1811

理性與感性

SENSE AND SENSIBILITY

Jane Austen

珍・奧斯汀

陳佩筠——譯

專文推薦

你們都是我真的姊妹

陳栢青（作家）

我愛上你了。

我已經，我早就，我必然……想替愛情加上時間量詞。珍・奧斯汀最初出版的兩部小說裡，少女們都在奔跑，瑪莉安・達希伍德一路從山頂跑回家中，伊莉莎白・班奈特在雨後的田園奔跑，鼻尖湧出熱氣、牙齒唧不住聲音，幾聲喘，靈魂像要跟不上身體，有個什麼像要自馬甲或寬檐帽束起底「淑女一樣的自己」掉出的那一刻，男孩在這時候出現。愛情都在這時候降臨。那應該是日本偶像劇的開場，或者我說顛倒了，一切的愛情故事從珍・奧斯汀的地平線上起跑，跑，不停跑，世界上所有嚮往愛情的女孩都在奔跑，但這一路跌跌撞撞，與其說是向前，不如說是往後——《理性與感性》中，大姊艾蓮娜在小說第三章便和青年愛德華互相意愛。二妹瑪莉安不出第十章便會邂逅紳士韋勒比——那之後姊妹們的愛情長跑，並不是往前，這麼長的冒險，動用全部理性與感性，只是不停回頭確認原初的愛。

對我來說，少女們的奔跑在羅曼史，或是小說的原野上犁出一條換日線來。這是我個人粗糙的公式，愛情來得非常快，可似乎越古老的故事，愛情發生得越早。而越靠近現代，那個

「體認到愛」的瞬間被啟動得越慢。隨著小說史的演近，「愛」不是過去式，正逐漸成為現在式，乃至於未來式——我將會愛上你。越接近現代，愛成為小說的結果，而不是起因。

當然有很多因素，但我想，主要是「自我」的關係。那個小小的、可是不能被隨意丟棄的東西隨著時代被一點一點搭建起來。女孩要成為自己。要去選擇，選擇「我」是什麼，選擇「我」擁有什麼，選擇「我」該捨棄什麼，而那些選擇，就是「自我」的構成。愛與自我是這樣相糾結，彼此互為因果，而拉鋸在小說的地平面上。

《理性與感性》出現得這麼早，它是珍．奧斯汀所有作品中最早接觸讀者的，乃至於書中的愛情，同樣出現得很早，早在角色登場之初，我們親愛的珍姨已經忙不更迭地幫你完成配對。

但如果「愛」已經在小說前幾頁告訴你了，那剩下來幾百頁篇幅要幹什麼？

這就是《理性與感性》好看的地方吧。書裡頭的愛情發生得這麼早，但你要為它憂慮到小說最末。它不放過你，你放不下愛。

事實是，你無法僅憑著愛，就和別人共度一生。

我以為這一個前提，隱藏在珍．奧斯汀所有小說中。

愛著，然後呢？

《理性與感性》一書的「理性」，用的是「Sense」。我知道有更多關於「理性」的詞彙，例如「Rationality」就關於推論、推敲，傾向邏輯上的推演。而「Sense」涉及情緒與感官。或者「理性」與「感性」不是純邏輯與純感覺的對立，而其實是你如何規範自己的心，以現代行話來說，那就涉及情緒管理與感覺調適，也可以這麼說：自我覺察與控制。

只有孩子可以用力地哭號。但你們不是孩子了。你們必須長大。長大是什麼？就是對自我的覺察和調適。現在該把情緒完全放出來嗎？你怎樣去處理生命中的大事件？你要怎麼表現自己，安置對方？在這個遲早會發現自己並不是中心的世界裡，你怎樣讓一切在該在的位置上？

《理性與感性》的世界裡，長大是很困難的。因為所有的故事都發生在這裡，閨房、客廳、舞會、村莊與都會中豪宅。那樣狹小的、人際關係磕磕碰碰的地方。人在這其中不容易長大。只是容易老了。被傷害，被笑。帶著一點遺憾，也就這樣了。那時候，少女們一下就老了。

珍．奧斯汀非常會寫少女。會寫的是她們的心。一間又一間的，也是個小小的房間，你會看到兩姊妹內心世界完全不同的裝潢格局。瑪莉安總是任意地釋放自己，門窗經常不關。而艾蓮娜把自己藏在很深的地方，窗簾掩得密不透風。瑪莉安太恣意，像是所有人的女兒，而艾蓮娜過度緊張，有時還以為她是大家的媽。

愛情，就是她們練習長大的方式。小說家安排一次又一次火車一樣駛過的愛情事件，車燈那樣照亮她們的房間，讓我們洞悉其內在情狀，又大地震那樣讓其中杯盤動搖，試圖改變內在房間的動線。

《理性與感性》好看的地方在於，她善用對稱性：大姊戀愛了，二妹戀愛了。二妹失戀，大姊也失戀。你會看到姊妹們如何處理同一事件，做出不同反應。

而更珍貴的部分在，這兩個小房間是連在一起，是有隔壁的。艾蓮娜與瑪莉安，兩個不同生命格局的人緊密相連，並經常彼拜訪各自的房間。一個替另一個高興，一個為另一個擔憂。正是同一事件發生時，兩人在彼此房間的走位和各自房間裡的張演，展現了人心巧妙的情態，讓情緒管理與感覺調適有了必要性，因為你不是一個人啊，你還有個姊姊或是妹妹，你總是考慮到她。理性與感性的練習，是長大的練習，而這個自我的長大，卻是透過至親之人存在。也就是，透過「隔壁」，反而走向自己內在的房間。

這是其他羅曼史或是愛情小說所罕見的，因為大部分小說裡的愛情，都是為了一個和自己沒有真正關係的人發動的，那時候，所謂的「自己」是隨時可以拋棄的，一咬牙，動不動做到絕、絕到底，愛就算很難，也變得容易感人。

但達希伍德姊妹的愛是高難度的，因為她們的感情狀態，不到絕，不能輕易到盡頭，在不停跑向對象，也是對向房間去愛人的同時，在隔壁，有另一個必須以不同方式愛著的人存在。這個「隔壁」，讓她們的愛有轉折，有轉彎，也就有了餘地。理性在此萌芽，感性在此發生。

作為珍奧斯汀最初面對廣大讀者的小說，珍顯現的成熟，並不只是在冷峻的文筆，或意在言外的幽默，反而好看在她未必那麼成熟上。

你會喜歡她的角色。達希伍德一家人，誰不愛？大姊理性，二妹感性。

但再來呢？

這樣想來，少女們的愛情開始太早了。一下她們就決定「這是我要的人」，輕易到她們會讓你說聲，活該。事實是，達希伍德家的情人們全都是惹事精。整本《理性與感性》並不是寄託在少女的幻想上：「王子來拯救公主」——相反的，這本小說裡的男人幾乎都是靠不住的，愛出包，唯一靠得住的男人，又太老了，與其說他是愛人，不如說是親人，想叫哥，還不如要他當爸。小說這麼熱熱鬧鬧，但那不是愛的甜美，而往往是愛的痛苦。珍．奧斯汀最早的小說，不是建築在愛有多美好上，她讓愛這麼早發生，「我已經愛上你了」，但然後呢？然後，你就開始失去，你悔恨，你崩潰，你二次崩潰，你一次一次懷抱希望，你又一次失望。

不成熟——衝動的愛戀、每天在困惑與期待中反覆煎熬——反而更貼近現代的我們，時間過去這麼久了，我們學會很多東西，連「自己」都磨練得那樣厚實。可只有愛情還像是當初，還像是十九世紀的十八、九歲少女那樣，哪一代的愛情不是如此？誰的愛不是百孔千瘡，誰不曾在夜裡哭泣，每一次，都以為是這次了，誰知道，又是下一次。

那是我們的失敗及其偉大。

我曾經失敗地愛著。

很久以後想起，那也許是我這一生，最美好而偉大的時候。

我覺得《理性與感性》的現在式語法在這裡。那使得珍．奧斯汀變得現代。她讓古老的，受苦的心，一次又一次，和現代一樣跳動。

獻給二十一世紀珍的姊妹們。
開啟這本書，你們都是我真的姊妹。

系列導讀一

社會與人性的觀察家：談珍．奧斯汀的長篇小說

高瑟濡
（臺灣大學外國語文學系副教授）

《傲慢與偏見》：所謂「全世界最幸運的家庭」

當我跟伊莉莎白・班奈特（Elizabeth Bennett）差不多年紀時，《傲慢與偏見》（*Pride and Prejudice*, 1813）的愛情故事吸引了我所有的注意力與想像力。她並非大姐珍（Jane）那種楚楚動人的第一眼美女，卻是五位姊妹中最有想法、最聰穎、自尊心也最強的一位。而正如同二十世紀末的全英國女性，都曾為ＢＢＣ電視影集版（一九九五年）裡，柯林・佛斯（Colin Firth）所飾演的達西先生（Mr. Darcy）那帶點傻氣與微慍的愛慕眼神著迷一般，遠在東方的現代少女也同樣曾嚮往身邊有個屬於自己的達西先生。即便自己無論是在社交、職場或愛情上，笨拙與平凡的等級，明明比較接近每天不忘記錄卡路里與體重的那位圓潤迷糊傻大姐布莉琪・瓊斯[1]，卻也仍然幻想相愛的兩人能在互相碰撞、彼此傷害，甚至在對方面前出糗而自慚形穢時，能從對方眼中體悟到自己的傲慢與偏見，並一同羞愧反省。

在珍・奧斯汀（Jane Austen）所創造出來的世界中，達西先生跟伊莉莎白可謂是理想典型的「白富美」配「高富帥」。雖然一般讀者都會同意，嚴格來說奧斯汀的角色中並沒有徹頭徹尾的大壞蛋，但若一定要推派渣男代表，那應該就是那些擅長利用自己的費洛蒙，誘惑純潔少女逾矩、私訂終身或甚至大膽私奔，最後卻能輕易屈服於財勢而背叛承諾、始亂終棄的危險男人。少數惡女們也不遑多讓，玩弄各種小手段賣力釣金龜婿，一旦遇到更可口的獵物，瞬間就能轉彎。但是奧斯汀筆下的「白富美」，儘管各自也有小缺點及小盲點，在求偶的競爭市場中被標示高低不等的價值，卻毫無例外都對感情直率而沒有心機。她們所能提供的珍寶，往往不是能贈予夫家的社會地位與嫁妝，或甚至也不是足以誇耀的過人聰慧、才藝與美貌，而是一顆清楚而富有常識（common sense）的腦袋。她們的美，則展現在其如何努力平衡自身情慾和社會要求，如何在群體中定義與扮演自身角色，如何在謹慎斟酌（discretion）的自我節制下追求自我。

至於所謂的「高富帥」，達西先生因為社會地位高而備受尊敬，即令是平常詼諧幽默、談笑風生的班奈特先生（Mr. Bennett），在他的智慧沉著與成熟自信面前，也不禁要收斂幾分。與同樣富有的賓利先生（Mr. Bingley）不同的是，達西先生與《理性與感性》（*Sense and Sensibility*, 1811）中的布蘭登上校（Colonel Brandon）及《艾瑪》（*Emma*, 1815）中的奈特利先生（Mr. Knightley）一樣，皆為大地主，他所擁有的大莊園彭伯里（Pemberley），是他之所以有資格被讚譽為「超絕高富帥」的源頭，也是讓伊莉莎白愛上他的觸媒。相較於以錢咬錢的資本家，這三位大地主的共同魅力，以及種種英雄救美帥氣作為背後的支持力量，並非房地資

1 Bridget Jones，英國女作家Helen Fielding筆下《BJ單身日記》（*Bridget Jones's Diary*, 1996）的女主角。該部小說的靈感即來自於《傲慢與偏見》，電影改編版（二〇〇一年）也邀請到當時人氣爆表的柯林・佛斯出演現代版的達西先生——馬克・達西（Mark Darcy）。

產（estate）所創造的財富及賦予的社會地位，而是他們勇於承擔大家長責任後散發的領袖風範與魄力，是親力親為管理莊園大小事務後培養出來的判斷力、決斷力與行動力，是用心關照上下所有家族成員時所展現的仁慈與善良，也是能善用智慧和權勢導正偏差、讓波瀾四起的社會回歸平衡的手腕。

最重要的是，相較於那些經濟還無法獨立，所以需要阿諛奉承、委屈順服的窩囊繼承人們（heirs），例如《理性與感性》中的愛德華．費勒斯（Edward Ferrars）與約翰．韋勒比（John Willoughby），以及《艾瑪》中的法蘭克．邱吉爾（Frank Churchill），抑或是從事牧師或海軍職業的非繼承人們，達西先生的彭伯里、布蘭登上校的戴拉弗（Delaford），以及奈特利先生的丹威爾（Donwell Abbey）等莊園的富裕繁榮，象徵著這三位「高富帥」在當時英國社會複雜網絡中所享有的珍貴自由。或許在奧斯汀小說的社會背景中，也只有這樣的達西先生，才能將班奈特一家從原本可預期的悲慘命運中解救出來，甚至使之一躍成為小說敘事者戲稱之「全世界最幸運的家庭」。

《理性與感性》：非關理性或感性抉擇的宿命

在《理性與感性》中，與珍和伊莉莎白一樣姊妹情深的艾蓮娜・達希伍德（Elinor Dashwood）和瑪莉安・達希伍德（Marianne Dashwood），最終可說也是仰仗大地主布蘭登上校而得以雙雙掙脫悲劇宿命。兩對姊妹同樣生活在長子繼承制（primogeniture）的陰影下，但正如執導這部小說一九九五年電影改編版本的李安導演所深刻體會到的，失去了父親與兄長保護的達希伍德姊妹們，其所面臨的禮教束縛、經濟困窘以及社會地位帶來的限制，比起還有父親守護、仍可維持仕紳家庭生活水準的班奈特姊妹們要殘酷許多。無論是乾柴烈火型的瑪莉安，或是悶騷型的艾蓮娜，她們從小在優渥順遂的環境下培育出上等品味、教養與美德，卻在失怙後，由於繼承了大筆遺產的同父異母兄長，自私冷血地吝於提供經濟資助，因而得承受在婚姻市場中大幅貶值的命運，令人不禁為之惋惜而欷噓。

雖然乍看之下，達西先生很明顯因為自身的各種優勢而言行舉止傲慢，伊莉莎白則太過相信自己的第一眼直覺而總是太快對人下評斷，然而這兩人不止在衝突中揭露彼此的缺點，也在自省中看到自己有著跟對方一樣的缺點，因而才更能彼此寬容、理解。同樣的，雖然艾蓮娜顯然代表理性而瑪莉安代表感性，然而其實兩人都兼具理性與感性，差別在於艾蓮娜以理性節制與壓抑她豐沛的情感，務求不因一己之私情而為他人、尤其是家人帶來痛苦折磨，瑪莉安則忠實於自己的情感，不受外界目光左右，轟轟烈烈去愛，與傷痛。

在這部直接以「理性與感性」命名的小說中，奧斯汀傳達了她對於這兩項態度。她小心翼翼讓極可能會被批評為任性自私的瑪莉安擁有許多美好特質，而雖然不少對於瑪莉安最後的結局不太滿意，甚至質疑只有單方愛慕的婚姻，對於感情豐富的瑪莉安不知到底要算獎賞還是處罰。但就當時的社會而言，布蘭登上校所能提供給達希伍德一家的物質生活與社會地位，遠遠超出她們原本所能夢想的。此外，布蘭登上校的年紀（三十五歲）雖然是瑪莉安（十六歲）的兩倍，但身為「高富帥」的他，絕不單僅能引導瑪莉安學習控制收斂感性，而是反而能寵愛甚至溺愛她，給予她更多個人空間與自由。至於瑪莉安，這樣的結局也允許她繼續沉陷於心碎與幻滅中，直到她能打從心底真正超脫，一方面佐證那段感情的真摯與深刻，一方面也能為她從瑪莉安派讀者那裡贏得更多憐惜。

兩相比較之下，艾蓮娜在感情路上所受的磨難其實並不亞於瑪莉安，但她的愛情與婚姻伴侶卻平淡普通許多。雖說她與愛德華彼此吸引，但愛德華因為與璐西（Lucy Steele）私訂終身而被母親斷絕關係，在經濟上還是得仰賴布蘭登上校給予的教區牧師職位。若單以結果論來看，可見奧斯汀對於以理性壓抑感性、重視群體勝過個人主體的行為，也並非毫無保留地支持。關於這點，可從另外兩位與艾蓮娜有類似個性與命運的女主角中得到更多佐證：《傲慢與偏見》中的珍．班奈特就是因為過於矜持內斂，達西先生才會懷疑她對賓利先生的感情，甚至試圖拆散兩人，避免已用情至深的好友賓利先生受到傷害；《勸服》（*Persuasion*, 1817）中的安・艾略特（Anne Elliot）則接受了教母羅素夫人（Lady Russell）的勸服，在種種現實考量下拒絕了溫斯沃斯上校（Captain Wentworth）的求婚，但懊悔卻隨著時間與青春的流逝越來越深。

從現代觀點來看，或許問題的癥結從來都不是在理性與感性之間作抉擇。誤會解開後，賓利先生仍然熱情地回到珍・班奈特身邊，而溫斯沃斯上校在見識過活潑外向的路易莎・穆斯格羅夫（Louisa Musgrove）那絲毫不考慮後果的莽撞行為後，也願意放下七年多以前被拒絕的屈辱，重新愛上冷靜沉著、善良可靠的安。跟韋勒比一樣都是私訂終身的愛德華，可以信守一個已被證實是錯誤的承諾，直到女方主動背叛、轉移目標到費勒斯家的新繼承人——愛德華的弟弟身上。《艾瑪》中的法蘭克・邱吉爾在珍・菲爾費克斯（Jane Fairfax）的堅持下，努力配合守住兩人私訂終身的祕密，甚至與艾瑪公開調情做為煙霧彈，直到可能反對珍・菲爾費克斯的舅媽過世後，才得以在舅舅的許可與祝福下結婚。無論是上述哪個例子，無論是選擇公開放閃或默默甜蜜，備受折磨的永遠都是投入真愛與謹守道德份際的那方。因此，問題的癥結說到底，還是抵擋不住財富壓力與誘惑的那方，而讓渣男惡女成為渣男惡女的根源，則是那允許財富操控人類情感、引誘人背叛的社會經濟制度。

《艾瑪》與《勸服》：婚姻關係與領導階級的重新想像

在六部小說中，另一個同樣讓不少讀者感到不滿意的結局，當數《艾瑪》裡，艾瑪·伍德豪斯（Emma Woodhouse）與奈特利先生幾乎毫無任何情慾元素鋪陳的結合了。由於這部小說的敘事觀點幾乎完全站在艾瑪的視角，而既然艾瑪堅信自己不需要、也不想要進入給女性太多束縛的婚姻中，又把大半時間與精力投注在教育自己自願照顧的海莉葉（Harriet Smith）並幫她找到好歸宿，以及幻想法蘭克·邱吉爾對自己理所當然的著迷中，再加上艾瑪受限與偏頗的視角，正是故事情節中造成各種誤解的源頭，因此無論是奈特利先生坦承自己對艾瑪多年的愛慕，或是艾瑪在海莉葉的告白威脅下體認到奈特利先生對自己的重要性，對於讀者來說，都是結局前突如其來的大爆點。

此外，艾瑪具備不少類似現代拉子的特質，而這也讓因此欣賞她的讀者們（特別是現代女性讀者們），難以接受她最後仍不能免俗地進入婚姻中。艾瑪是一隻驕傲的孔雀，她充分瞭解、也能充分利用自己所擁有的各種優勢，包括聰明才智、權威自信、心智力量以及財富地位等。在所有奧斯汀的女主角中，她是唯一有資格排拒婚姻，且能在各方面都與男主角相抗衡的角色，即便她有不少小缺點，尤其是以自我為中心的優越感，對於周遭的人事物又似乎一直做出錯誤判斷，但她在與奈特利先生的爭論中，卻總是能提出讓讀者也不得不贊同的觀點。她的目光完全聚焦在海莉葉與珍這兩個女性角色上，她似乎對男性缺乏情慾想像，因此感受不到艾爾頓先生（Mr. Elton）對她的追求，而法蘭克的猛獻殷勤也對她起不了致命誘惑，不可能造成實質傷害。她懂得欣賞海莉葉的女性美，並站在如同雕刻家畢馬龍[2]的男性主宰地位上，夢想將海莉葉型塑成她心中的理想女性，並為之找到足以匹配的對象。她對於珍的敵意，除了是因為嫉妒她足以與自己匹敵的教養與聰慧之外，或許更多是來自於無法進入對方的心靈世界、對她的人生無法有任何參與及影響。

像這樣一位女子的婚姻，在歷史與社會的脈絡下自有特別意義。奧斯汀創作的年代，也是浪漫詩人們創作的年代，他們同樣都經歷了工業革命、貴族沒落、社會階級鬆動、法國大革命、拿破崙戰爭等經濟、社會與政治各方面的遽變。這些現實社會中的難題與挑戰，雖然常被奧斯汀的讀者忽略，但也從未在作品中缺席。《艾瑪》與《勸服》即可被視為是奧斯汀在動亂時代中，對於婚姻關係與領導階級的重新想像。前者描繪具有自我反省意識與能力的統馭者，在不斷辯證與互相警惕中自我精進，而後者則主張以美德與能力作為衡量菁英領導階級的新標竿，取代完全由血統決定、已日趨墮落的世襲制。

2 Pygmalion，古羅馬詩人奧維德（Ovid）作品《變形記》（*Metamorphoses*）中的賽普勒斯雕刻家。他用雕刻在象牙上體現出自己心中的理想女人形象，卻不由自主愛上這個自己一手創造出來的成品，甚至渴望能在現實生活中找到一模一樣的女人。

若從這樣的角度來審視艾瑪這個角色，那麼她的缺點正是掌握權勢者在毫無節制下的自我膨脹，也正是她在成長為理想統治者的過程中，必須要有所自覺且加以克服的。因為她在財勢、地位與智慧各方面都凌駕於海莉葉之上，所以她自詡為監護人，就像艾爾頓太太自詡為珍的監護人一樣。她不經意地濫用海莉葉對自己的仰慕與情感，毫不質疑自己握有操控海莉葉人生的權利與義務，對海莉葉的身世之謎肆意灌注自己的豐富想像，進而武斷判定與她素未謀面的馬汀先生（Robert Martin）配不上自己想像中的海莉葉。她不僅熟悉社會階級的分層架構，也能獨立於外在社經條件去判斷個人的德行、品味與能力，她打從心底對艾爾頓太太的膚淺與勢利眼感到不恥，自己卻在情緒受法蘭克的鼓動高漲時，公開嘲笑貝茲小姐（Miss Bates）的愚鈍，侮辱了一個與達希伍德姊妹有類似悲劇遭遇的善良熟齡單身女子。艾瑪的缺點不僅源自於軟弱的父親與家庭教師的寵溺，也是當時社會制度對統治階級的縱容，更是當時女性生活經驗受限制的產物。

對於這樣的艾瑪來說，在她缺乏領導者典範的世界裡，她與奈特利先生之間的友伴式婚姻（companionate marriage）是彌足珍貴的。他們在許多方面很相似，但在許多觀點上是互補的，而艾瑪年紀輕輕就已經有足夠的能力與膽識，能抵抗奈特利先生對自己的操控，保有獨立思考判斷的可能。這樣的兩人能從多元角度檢視彼此的盲點，在履行大家長義務時，能時刻提醒彼此收斂權力。更重要的是，奈特利先生的大莊園與事業，不僅能讓艾瑪的聰慧與精力能有實質上的用武之地，更能帶艾瑪脫離海布里（Highbury）這個封閉世界的桎梏，開拓她的眼界，成為真正理想的統治者。

《勸服》中的安．艾略特與艾瑪一樣出身好家庭，兩人的命運卻有如天壤之別。母親同樣早逝的安，雖然有值得信賴與尊敬的教母在身邊，也曾有過青春美貌與摯愛戀人，但教母羅素夫人正是七年多前勸說她拒絕年輕海軍軍官溫斯沃斯上校求婚的關鍵人物。而這位如今身價暴漲歸來的前男友不但仍對此耿耿於懷，甚至多次在安的面前與穆斯格羅夫姊妹們調情，讓她心中充滿懊悔與愧疚。她也有姊妹，卻過著最孤獨的生活。已出嫁的小妹瑪莉．穆斯格羅夫（Mary Musgrave），跟伊莉莎白的母親班奈特太太一樣，老愛裝病博取他人關注。而仍小姑獨處、待價而沽的大姊伊莉莎白．艾略特（Elizabeth Elliot），則是被父親寵壞、奢華膚淺的嬌縱大小姐，年近三十仍夢想能憑藉美貌擄獲金龜婿。

青春活潑的艾瑪集大家的寵愛及尊敬於一身，她確信自己能掌握自己、甚至他人的人生，她的故事只有喜劇中常見、無傷大雅的誤解元素，有如班奈特先生風格般戲謔嘲諷的敘事聲音（narrative voice），藏不住奧斯汀本人對艾瑪的特別偏愛。《勸服》全篇則如秋天般瀰漫著淡淡憂傷，在令人窒息的環境下早已褪色、甚至眼看即將要枯萎的安，終於在能接受她、並懂得欣賞她的人群中，一次又一次證明自己能在急難中處變不驚，能默默為病痛、哀傷與驚慌失措者提供實質協助與感情撫慰，在過程中慢慢恢復原有的美貌、光澤與活力，也慢慢贏回溫斯沃斯上校的愛慕。

安的父親艾略特爵士（Sir Walter Elliot）雖然貴為從男爵（baronet），是六部小說中少數有貴族頭銜的父親，卻是最糟糕的父親，也是桎梏安的源頭。《傲慢與偏見》中，腦袋清楚的仕紳班奈特先生，雖然一直懈怠自己教育妻女的責任，樂於以超然的旁觀者視角，笑看所有人、尤其是他妻子的荒謬言行，直到事態嚴重到幾乎要無法收拾。但在莉迪亞（Lydia）私奔事件中得到教訓的他，最後還算終能體會到自己身為父親的責任。《艾瑪》中體弱多病的伍德豪斯先生只懂得關心自己與他人的健康，把教育女兒的責任，全都推到在家中原本理應沒有權威地位的家庭女教師身上，也難怪會養成艾瑪天不怕地不怕的個性。然而，最起碼這兩位父親與女主角之間的關係是親密的，他們很清楚也很懂得欣賞女兒的優點，並至少能讓女兒的個性自由發展。艾略特爵士卻是個揮霍無度、只注重外表虛榮的父親。即便已快散盡家財，被迫得移居物價水準較低的巴斯（Bath）、並將凱林奇府（Kellynch Hall）出租，他也還念念不忘妝點門面與排場，以維持與自己身分相匹配的外在形象。在母親艾略特女士（Lady Elliot）於十三年前過世後，安一直得生活在這樣價值觀錯亂的家庭裡，多年來被忽略甚至貶抑得一文不值，比外人還不如。

溫斯沃斯上校的姊夫克勞夫特上將（Admiral Croft）取代艾略特爵士入住凱林奇府，象徵在拿破崙戰爭中，以實力證明自己、並獲得相對應獎賞的海軍英雄們，將英勇的海軍魂帶回國內，成為新時代的領袖典範。他們在船上遵守嚴明的團隊紀律，擁有統御下屬的能力，敢冒險能吃苦，並能與袍澤共患難。這些都正是戰後動亂中的英國、尤其是道德逐漸崩壞的上流社會所迫切需要的特質。當平常喜歡擦脂抹粉、細心保養肌膚、在家中擺滿鏡子以便隨時能顧影自盼的艾略特爵士，自以為是地批評長年歷經風吹雨打的海軍臉上常見的粗糙肌膚時，他自我暴露的淺薄更加強而有力地凸顯出兩者之間的鮮明差距。

這樣一群足以為人表率的新時代菁英，最能與之匹配的佳偶自然也非一般上流社會所吹捧的、像穆斯格羅夫姊妹般有才藝有教養的時尚高雅女子。如果說伊莉莎白在彭伯里看到達西先生的魅力，那麼安便是從溫斯沃斯上校的姊姊克勞夫特夫人身上，看到自己可以嚮往的未來。也就是說，克勞夫特夫人與克勞夫特上將兩人形影不離、鶼鰈情深的婚姻，為安開啟了重新定義求偶條件與婚姻生活的想像空間。在十五年的婚姻中曾多次伴隨夫婿橫渡海洋的克勞夫特夫人，有著健康的心智與體魄，能長期忍受海上的各種氣候變化，從未抱怨船上的簡單設備，與夫婿同甘共苦而甘之如飴，全心全意支持夫婿的職業。而在多次近乎「美德測試」的事件中，安證明了自己也能像克勞夫特夫人一樣，成為海軍軍官的最佳伴侶。她與溫斯沃斯上校的未來，雖然仍可能有戰爭的威脅，卻必然會充滿新奇與冒險，等著相愛的兩人一起去體驗。

《曼斯菲爾德莊園》：自由轉換視角的全知敘事者

《曼斯菲爾德莊園》（*Mansfield Park*, 1814）中的芬妮・普萊斯（Fanny Price），有著比安更強烈的疏離感，她雖然從小在二姨丈湯瑪斯・伯特倫爵士（Sir Thomas Bertram）家的富裕環境中長大，卻始終只是離鄉背井、寄人籬下的外人。從十歲開始，她除了因為缺乏歸屬感而充滿不安與焦慮，更得承受勢利眼的大姨媽諾里斯太太（Mrs. Norris）的差別待遇。這樣一位邊緣角色的視角，甚至也不是這部小說的唯一敘事核心。在六部小說中，這是唯一採用全知敘事者、並讓其大量自由穿梭於其他角色內心的作品。這樣的敘事手法，一方面更加凸顯芬妮的弱勢地位，一方面讓其他角色也有獲得讀者理解甚至同情的可能，挑戰讀者習慣將男女主角簡化為道德模範的傾向。其中芬妮與瑪莉・克勞佛（Mary Crawford）這對朋友與情敵，便與艾瑪及艾爾頓太太之間形成有趣的對比。

當艾爾頓先生追求艾瑪未果後，為了療情傷而前往社交勝地巴斯的他，很快就結識並迎娶艾爾頓太太回家。雖然艾瑪對艾爾頓先生自始自終毫無半點興趣，但看到艾爾頓先生將這樣一位在各方面都讓她難以忍受的女人當作自己的替代品，內心也難免因為嚴重質疑艾爾頓先生求偶的品味而感到受辱。然而，雖然艾爾頓先生的確只看中艾爾頓太太略遜於艾瑪、但也算得上是優渥的身家背景，在艾爾頓太太這個角色身上也確實有不少艾瑪的影子。在艾瑪的眼中，艾爾頓太太舉止傲慢、高高在上、喜歡炫富、頤指氣使、以上流人士自居，卻頂多只是東施效顰的新興資產階級，缺乏悠遠的家族歷史以及真正的高雅教養。她之所以對與自己有類似缺點的艾爾頓太太懷有敵意，或許是因為自己為海莉葉設想的計畫因她而落空，或許是因為艾爾頓先生竟然為了這樣的女人就可以這麼迅速從自己造成的傷害復原，或許是因為她真心嫌惡這些缺點卻未察覺自己也有類似表現，但也或許是因為所謂「微小差異式的自戀」（narcissism of minor difference），也就是說，無論有無自覺，她或許都認為自己才真正有資格，艾爾頓太太只是山寨版的拙劣冒牌貨，而且深信兩者的表現有程度與本質上的差異。

由於艾瑪的視角是小說唯一的主要敘事核心，所以讀者看到的艾爾頓太太，幾乎就是艾瑪眼中的艾爾頓太太，而這個可笑角色的主要作用之一，乃在於做為反射與嘲諷艾瑪的鏡子。在《曼斯菲爾德莊園》的前兩卷中，芬妮跟瑪莉兩人的視角在敘事上卻有同等份量，如果說芬妮是最弱、存在感最低的女主角，那麼瑪莉便是搶盡女主風采的最強女二。這兩人都因從小寄人籬下而有受創的不愉快過去，也都與自己的哥哥有深厚感情。低下的家庭地位形成芬妮膽怯、羞澀、內斂的個性，對於被其他家人忽略的芬妮來說，艾德蒙在其人格養成與道德教育上扮演極為重要的角色，也難怪他最後會發現芬妮比瑪莉更適合自己。至於克勞佛兄妹倆，他們在雙親過世後，雖然有叔父克勞佛上將（Admiral Crawford）與叔母克勞佛太太的照顧與寵愛，但這兩位長者的驚世婚姻，以及克勞佛上將在喪妻後放縱的男女關係，對於兩兄妹的婚姻觀與道德觀難免有深遠的負面影響。

由於自由轉換的敘事觀點，讀者可窺知瑪莉與艾德蒙的確兩情相悅，然而兩人的關係卻似乎複製了克勞佛上將的婚姻。瑪莉不喜歡宗教，自然排斥艾德蒙接受任命為牧師，更加嫌棄這個職業的收入水平。艾德蒙的妹妹瑪莉亞（Maria），在結婚後仍與亨利・克勞佛（Henry Crawford）藕斷絲連、糾纏不清，遭致被夫家離緣的命運，瑪莉卻仍執意袒護哥哥，縱容其玩弄女人、只享受征服過程的癖好，拒絕跟艾德蒙一起嚴厲譴責兩人的不倫戀，甚至怪罪芬妮拒絕亨利的求婚。這對情侶在這場家庭醜聞風波中的立場與態度迥異，使艾德蒙終於認清兩人之間的鴻溝而下定決心分手。比起《理性與感性》中、為了財富而遺棄瑪莉安的韋勒比，艾德蒙的確似乎有充足理由結束這段戀情，但非因自己行為不檢而被拋棄的瑪莉，所受的傷害絕對不下於瑪莉安。敘事聲音對於瑪莉內心世界的描寫，使得瑪莉的存在不僅只是做為凸顯芬妮美德的陪襯，而是藉由兩個角色的對比，鼓勵讀者進一步深入省思家庭教育與生活環境對人格形成的影響，以及人與人之間的情感如何介入個人的道德選擇。

伯特倫（Bertram）與克勞佛兩家年輕人籌劃演出伊莉莎白・英奇巴爾德（Elizabeth Inchbald）劇作《海誓山盟》（*Lover's Vow*, 1798）的情節，即是很好的一個觀察切入點。在過程中，所有參與者似乎都各懷鬼胎，連起先反對這個提議、看似道德感較高的艾德蒙與芬妮，也並非完全無懈可擊。艾德蒙原本因劇作內容涉及禁忌議題而反對此計畫，但終究無法忍受瑪莉與其他男人在演出時可能有親密接觸，最後還是選擇妥協加入。除了道德方面的疑慮，芬妮的反對也難免摻雜私人情緒，包括她自己的膽怯個性以及對瑪莉的羨慕與嫉妒。兩人最後都參與其中，與所有人一起目睹亨利與瑪莉亞以演出為藉口公然調情，也與所有人一起縱容兩人的行為，即便是當芬妮拒絕亨利的求婚時，也因為顧慮到瑪莉亞的形象，而選擇不向伯特倫爵士揭露兩人的不當舉止。這樣因為私情而無法擇善固執到底的兩人，似乎也沒有立場譴責瑪莉在亨利與瑪莉亞事件後所採取的態度，亦或是責怪她在情感上無法感激於己有恩、卻行為放縱的克勞佛上將。

在此脈絡下，也應能從不同角度來思考潛藏在遙遠的安地卡島（Antigua）、踩著奴隸的血汗、支撐伯特倫一家富裕生活的殖民地農莊（plantation of slavery），以及這部作品中引發爭議的緘默態度。個人明顯反對奴隸制度的奧斯汀，在這部作品中給了讀者一個道德兩難的課題：得益於奴隸制度的帝國統治者，對待自家人不見得是冷酷無情的暴君，而得其羽翼庇護者如芬妮，在周圍所有人都保持緘默的氛圍下，又要如何才能有足夠的道德勇氣去質疑、更遑論去譴責一個做壞事的好人。

《諾桑格寺》：向哥德小說女王致敬

奧斯汀生長與創作的年代，不只是工業、政治、經濟與社會大革命的年代，也是堪稱為文學大革命的年代，她並未像威廉・華茲渥斯（William Wordsworth）一樣正式發表所謂「文學實驗」的宣言（Preface to *Lyrical Ballads*, 1800, 1802），但她叫好又叫座的小說創造了前所未有的獨特風格，提升了小說此一文類的文學地位。正如同她對當代社會重大議題的回應，她也同樣在多部作品中回應當代流行的文類與文學風格，探討文學對個人與社會的影響，《曼斯菲爾德莊園》裡的業餘戲劇演出，只是其中一個例子。

最早完成、但在奧斯汀身後才與《勸服》一起出版的《諾桑格寺》（*Northanger Abbey*, 1817），即是透過諧擬（parody）手法向自己喜愛的哥德小說女王安・拉德克利夫（Ann Radcliffe）致上敬意。於是乎女主角凱瑟琳・莫蘭（Catherine Morland）的角色設定，無論是家世背景、外貌個性、才能興趣等，都被刻意拿來與典型的哥德小說女主角相比，卻壓根沾不上半點邊，甚至與之完全相反。這樣一位在各方面都平凡無奇，被男主角亨利・提爾尼（Henry Tilney）譽為「天然呆」（natural），甚至帶著些許小男孩淘氣與活力的健康寶寶，在哥德小說裡絕對是有如鳳毛鱗爪的異類，卻正是哥德小說眾多女讀者的寫照。她們都是有教養、有閒情逸致的識字姑娘，在受限的生活圈中，過著平靜無波的日子，於是藉由閱讀哥德小說，她們跟著女主角一起在具有異國風情的遙遠國度（例如義大利或法國）、或遙遠的浪漫年代（例如十五、十六世紀）中長途跋涉，靠著豐富想像力去體驗現實生活中不可能遭遇到的新奇與恐怖經歷。

像《諾桑格寺》這樣的大莊園，曾經是隸屬於羅馬教廷的天主教修道院，在亨利八世與教廷決裂，使英國國教脫離教廷管轄，並解散全英格蘭的天主教修道院後（十六世紀中葉），這些房地產就成了富貴家族世代傳承的私有宅第。如此具有悠久歷史的特殊建築，本就是哥德小說創作靈感的來源，更是眾多哥德小說的空間背景，也難怪已受哥德小說制約的凱瑟琳（Catherine），一進入到《諾桑格寺》，就不由自主地被那些哥德小說家從現實生活中挪用到虛構世界裡的元素所吸引，一步一步踏入她自己所建構的哥德化現實中。

然而，奧斯汀並非意圖如華茲渥斯般譴責哥德小說對廣大讀者帶來的負面影響。事實上，在小說的文學地位仍然低下的年代，奧斯汀在這部作品中大力捍衛這個年輕文類，她甚至認為甘願自貶身價的小說家，以及不敢大方承認自己喜愛閱讀小說的讀者，都是虛偽矯情的。她讓亨利．提爾尼譴責凱瑟琳無法區分現實與虛構，卻也讓他讚揚能帶來愉悅感的好小說，他甚至主張有問題的不是小說，而是讀者自身的判斷能力，正如《曼斯菲爾德莊園》裡面的戲劇演出，也只是被濫用為公開調情的藉口。

《勸服》中的安．艾略特與班威克上校（Captain Benwick），以及《理性與感性》中的瑪莉安．達希伍德則同為自然詩與浪漫敘事詩的愛好者，前者如湯姆生（James Thomson）與古柏（William Cowper），後者如史考特爵士（Sir Walter Scott）與拜倫（Lord Byron）。這三人的個性顯然與亨利．提爾尼、凱瑟琳．莫蘭、克勞佛兄妹與伯特倫兄妹有天壤之別。他們都多愁善感，具有容易感到孤獨的特質，特別渴望能找到與自己產生靈魂共鳴的伴侶。在遇到同好與知己時，他們能感受到特殊的親密感，迫不及待會有想要掏心掏肺一吐滿腔熱情的衝動，也期待對方能有與自己相同頻率及熱度的回應。無論韋勒比是否真心喜愛詩，在他的刻意殷勤鼓勵下，瑪莉安自然一股腦兒投入兩人一起讀詩的浪漫。還無法從未婚妻過世的哀痛中走出的班威克上校，光是與安暢談詩，就有抒發悲傷的療癒功效。

無論是戲劇、哥德小說、自然詩與浪漫敘事詩，都是奧斯汀所鍾愛的文學，然而她也同時提醒讀者假戲真作的致命誘惑，辨別現實與虛構的重要性，以及縱放情感、沉溺於感傷中自悲自憐的危險。安雖然也喜愛詩，卻鼓勵班威克上校不要偏食，也應嘗試涉獵傳達積極光明能量的散文作品。做為小說家的奧斯汀，與詩人之間或許存在著本質上的差異，她是社會與人性的觀察家，她沒有激進的言論思想，卻也非故步自封的保守主義者，她不做高高在上的道德說教，而是以超然的角度、包容體諒的心、機智風趣的幽默感，去笑看芸芸眾生的弱點與荒謬，也讓讀者在笑中看盡人間百態。

系列導讀二

我們的珍・奧斯汀

馮品佳（交通大學外文系講座教授，中研院歐美所合聘研究員）

珍・奧斯汀曾經說過，自己的作品只是「在一小塊（兩吋寬的）象牙上精雕細琢，結果差強人意」的小品。對於珍迷（Janeites）而言，奧斯汀的小說當然絕對不只如此。即使她已經過世兩百年，奧斯汀的小說仍然廣受世界各地讀者喜愛，歷久不衰。然而，這位出生於十八世紀末的作家對於二十一世紀的讀者到底有什麼相關性？特別是華文世界的讀者，接觸到的是翻譯後的文字，與奧斯汀所書寫的十八、十九世紀英國社會更是距離遙遠，為何我們仍然深深受到這位隱士型作家筆下所建構的世界所吸引呢？奧斯汀的小說到底為何能夠具有這種穿越語言時空隔閡的魅力呢？

英國國家廣播電台曾經分析美國的珍迷現象，除了讀者對於十九世紀初英國文化的嚮往之外，就是小說中男女主角的羅曼史最具吸引力。不論是《傲慢與偏見》及《諾桑格寺》中舞會結下的情緣，《艾瑪》與《曼斯菲爾德莊園》中青梅竹馬兄妹式的感情昇華，《理性與感性》中的薄情郎與癡心男女，或是《勸服》中的第二次戀情，打動了不同世代的讀者，也是後世言情小說所不斷模仿的對象，並且透過層出不窮的改編電影，持續召喚新生代的珍迷進入奧斯汀的愛情魔法世界。在欲望流竄的當代社會，奧斯汀筆下各種發乎情而又止乎禮的感情篇章或許更能引人入勝。

愛情當然是奧斯汀小說的主軸，而婚姻則是她每一位女主角的最終歸依。這樣鮮明的「婚姻情節」（marriage plot）使得讀者對於奧斯汀本人的感情世界感到好奇。終身雲英未嫁的奧斯汀是如何編織出如此多此多姿的愛情故事？她理想中的婚姻究竟是何樣貌？眾所周知奧斯汀以書寫英國社會的風態（manners）見長，她筆下各種愛情故事的樣貌，應該也源自於她對於當時英國中產階級求偶故事敏銳的觀察，特別針對女性如何能在以父權為主、財富至上的社會氛圍中覓得良人抒發己見。

至於她自己的婚姻經驗，身為閨秀作家，後世對於奧斯汀的生平知之有限，再加上她過世之後，奧斯汀的姊姊焚毀了她大量的書信，使得女作家的真實人生始終是諱莫如深。除了她曾經訂婚、卻又在第二天解除婚約之外，就只有書信中提到的幾位可能戀人供後人臆測。由奧斯汀戲劇化的悔婚故事可以推測她對於婚姻的重視，就像《傲慢與偏見》中女主角伊莉莎白・班奈特即使面臨母親與經濟的壓迫，也不願意接受表哥或是達西的求婚。現實世界的奧斯汀也面臨到父親逝世之後的經濟窘境，與母親姊姊相依為命，但是對於自己選擇不婚仍然無怨無悔。從班奈特先生的口中我們也可以了解婚姻幸福的定義不是金錢，而是男女才智相當，所以能夠互相尊重。

而奧斯汀筆下的女主角到底誰才是珍／真的化身，讀者的首選可能是活潑直率的伊莉莎白，因為她聰慧明理，雖然生長於鄉村卻雍容大度，面對貴族姨媽的咄咄逼人仍然可以不卑不亢。另一位可能的人選則是《勸服》中二十六歲卻因失去初戀而容顏憔悴的安・艾略特。安最貼近奧斯汀的年齡與心態，代表的是成熟的女性智慧，這也是她能夠逆轉勝、從年輕貌美的情敵手中奪回戀人的致勝關鍵。《理性與感性》年方雙十、忍辱負重的的大姊艾蓮娜可能是十九世紀理想的女性代表，但是敢愛敢恨的小妹瑪莉安或許更能獲得現代女性的青睞。

美國作家法樂（Karen Joy Fowler）在小說《珍・奧斯汀讀書會》（*The Jane Austen Book Club*）中，敘述六位性格迥異的男女，如何在閱讀奧斯汀的六本小說之後走向不一樣的人生道路，以讀書會的方式介紹了奧斯汀的作品在當代社會的意義。不論是年近七旬的老太太、或是三十上下的年輕女性、甚至是四十餘歲的男性工程師，每個角色都透過閱讀奧斯汀的小說找到生命追尋的目標。法樂的詮釋絕對不是對於奧斯汀過度的讚美，而是領悟到這些經典文學對於人類所具有的重要啟發。奧斯汀筆下栩栩如生的人物以及對於人心及社會風態深刻的描述，超越了時空地理的限制，為不同世代的讀者創造出與個人生命息息相關的意義，這也是她的小說可以持續廣受世界各地讀者喜愛最主要的原因吧！

目錄

1

達希伍德家族落腳在薩塞克斯郡[1]這個地方很久了。他們擁有廣大的地產，自己就住在位於產業中心的諾蘭莊園；幾個世代以降，謙恭有禮的處世態度為這家人贏得附近鄰人的一致好評。[2]這片產業的前任主人終身未娶，活到非常高壽，生命中有很長一段時間是由姊姊照顧在側、操持家務；然而姊姊的過世——早了他十年——為他的家帶來天翻地覆的改變；為了彌補她的缺席，他邀請諾蘭莊園的法定繼承人、老紳士也有意遺贈與之的姪兒，達希伍德先生，一家人前來同住。有了姪兒、姪媳與他們的孩子相伴，老紳士又能悠然度日了。對他們的依賴也日益加深。達希伍德夫婦對老紳士的無微不至，並不僅僅出於自身利益的考量，同時也因著他們良善的本性，充分滿足了這年紀老人的需求，遑論孩子們的活力帶來了新滋味。

上一段婚姻為亨利．達希伍德先生留下一個兒子，現任妻子則替他生下三位千金。充分享受到母親龐大財富庇蔭的兒子，如今已長成一名得體穩重的青年，並於成年後繼承了其中一半

1 Sussex，位於英格蘭東南部，一九七四年已劃分為東薩塞克斯郡與西薩塞克斯郡。

2 在奧斯汀的小說世界中，「社會認可」（social approval）極為重要，而鄰居的敬重就是受認可的證明之一。

財產。而他的婚姻——就在他成年、繼承家產後不久——同樣為他帶來可觀的財富。因此相較於妹妹們，繼承諾蘭莊園並不是那麼重要。她們的將來僅能依靠父親繼承的那一點遺產。女孩們的母親一無所有，父親自己能動用的僅七千英鎊；至於第一任妻子餘下的另一半財產也是要留給她兒子的，他本人只能在生前享有從中孳生的息金。

老先生過世了，遺囑也宣讀了，毫無例外地是幾家歡樂幾家愁。他倒非無情無義地沒將莊園留給姪兒，只是眾多附加條件使這番贈與大打折扣。達希伍德先生盼著這筆遺產，更多地是為妻女著想，而非自己或兒子——結果它們最終卻保留給他兒子、和他年僅四歲的孫子繼承，因此他無權靠著買賣地產甚至是其上的珍貴木材，支應、養活他最親愛的家人。一切利益的依歸就是這孩子——偶爾跟著父母拜訪諾蘭莊園，一直頗討叔公歡心，說可愛麼也就與一般兩、三歲大的小孩沒兩樣：說起話來還口齒不清，認真地希望凡事都要按他的辦法來做，一堆鬼靈精怪的小把戲，又鬧得不得了，卻比下了姪媳和姪孫女這麼些年對他的付出。然而他也不想顯得刻薄，作為對這三個女孩的心意，他留給了她們每人各一千英鎊[3]。

達希伍德先生起初深感失望，但他天性樂觀，而且照理應該還能活上好些年，只要控制生活開銷，從本來就很大的莊園提供的收入，去累積一筆可觀的數字，還是極有可能立刻加以改善。然而這筆遺產過繼得太遲，他只享用了它一年。他沒比叔父多活太久，加上叔父的遺贈，他留給遺孀和女兒的也不過一萬英鎊。

達希伍德先生一發現自己來日無多，立刻找來兒子，拖著病體、用盡力氣對他耳提面命關於繼母和妹妹們的利益。

約翰・達希伍德先生不像其他家人一樣感情豐富，然而在這種時刻，他也被這種發自天性的請求打動了，承諾將盡其所能地讓她們過上舒服日子。他的父親甚感欣慰，約翰・達希伍德先生也才抽空思考，自己能為她們盡些什麼心力。

這年輕人的本性並不壞，除非你要把冷漠和自私也算進來，不過大致而言，他很受人敬重：因為對自己該盡的本分處理得宜。要是他能娶個善解人意的太太，或許能得到的敬意還不止如此——他自己本來就是個可親的人也說不定；他結婚時還太年輕，對妻子又死心塌地；結果約翰・達希伍德太太簡直是丈夫的加強版——論心胸狹小、自私，都有過之而無不及。

他允諾了父親時，思考過再為三名妹妹各添上一千英鎊。他當時確實自認辦得到：每年的四千英鎊[4]加上現有收入，以及母親留給他的一半財產，溫暖了他冷漠的心腸，也讓他自覺慷慨得起——「沒錯，我可以給她們三千英鎊：既慷慨又好看！夠她們過上愜意的生活。三千英鎊呢！撥出這樣一筆款子，只需要做出一點點犧牲而已。」——他這麼想了一整天，還有接下來的幾天，不曾感到後悔。

公公喪禮結束沒多久，約翰・達希伍德太太連通知婆婆一聲也沒有，就帶著孩子和僕人出

3 經過通膨與匯率的換算，一八一一年的一千英鎊相當於二〇一六年的兩百八十八萬元新台幣。

4 從年收四千元推算，諾蘭莊園的價值約八萬英鎊，相當於今值二・四億元新台幣。

現了。她當然能來：公公過世的那一刻起，房子就屬於她丈夫的了；可是她這麼做實在太過失禮，對任何像達希伍德太太這樣在治喪中、感受一般的女性，肯定都覺得非常不高興——更別提達希伍德太太的內在有多看重榮譽、多熱愛寬宏的胸襟，所以不管是誰做出或面對任何像那樣的冒犯，她都堅定地感到厭惡。約翰．達希伍德太太在夫家從來不受歡迎，不過直到現在，她才有機會向她們展示，在情況需要她予以撫慰時，她可以無感到什麼程度。

無禮得叫達希伍德太太打從心底反感的兒媳，讓她在他們一行人抵達之後就寧可從這個屋子裡搬出去、永遠不回來算了，要不是她的大女兒懇求她先想想這麼離開是否妥當，以及對三個孩子的疼愛，她隨後才打消念頭、決定留下，也為了她們著想，避免與她們的哥哥決裂。

艾蓮娜，她們家的長女，她的建議總是實事求是，性格明理、遇事決斷冷靜，儘管才十九歲已能勝任母親的諮詢對象；興沖沖的母親常常瞻前不顧後，為了她們所有人的福祉，她經常得攔著母親。她心地極好——溫柔多情，卻也懂得如何駕馭它們：這是她母親還沒學會的功課；而她其中一個妹妹則索性不學了。

就各方面來說，瑪莉安的能力並不輸艾蓮娜。她靈敏慧黠，但對每件事都是一頭栽進去：她的悲傷、她的喜悅，都不知何謂節制；她慷慨大方、平易隨和、有趣……集所有優點於一身，就是沒有謹慎。和母親簡直是同個模子刻出來的。

妹妹真是太感性了——艾蓮娜不無擔憂地看出來了，達希伍德太太卻視之為貴重且值得珍惜。她們在如今這強烈的悲慟中相互鼓勵；哀痛先是將她們擊垮，接著捲土重來、回訪、創生……不斷不斷。她們將自己全權交給了哀傷，往每個能找到不幸的思緒裡尋求更多、更多，並鐵了心不相信可能還有任何慰藉。艾蓮娜當然也難過極了，可是她仍然可以掙扎、可以抽離自己。她可以和哥哥商量，可以在嫂嫂到訪時接待她，可以盡力鼓舞母親付出相似的努力、勉勵她做出相似的忍耐。

年紀最小的妹妹瑪格麗特有著好脾氣與好個性，不過已經染上瑪莉安的天真爛漫，卻沒有多少她那種感受力；十三歲的她，相較於人生已超前了一段的姊姊們，自然是完全不可相提並論。

2

約翰．達希伍德太太一躍成為諾蘭莊園的女主人，婆婆和三位小姑倒落得成為訪客。不過，她待她們還算有禮數，而她丈夫也拿出了他除了對他自己、他老婆和他們的小孩以外，能給予其他人的最多的善意。他還頗為真誠地要求她們考慮將諾蘭莊園當成自己家；對達希伍德太太來說，既然她尚未在附近找到合適的安頓之所，繼續留下來顯然是個選項，便同意了他的邀請。

繼續待在一切都能勾起她美好回憶的地方，正好稱了她的心意。歡愉的時刻，不會有人比她還雀躍，或是更加地懷抱著對幸福的樂觀期望（這不就是幸福麼！）但落入憂傷時，她也一定會任自己鑽進牛角尖裡，沒得安慰，一如她的快樂容不下一點雜質。

約翰．達希伍德太太完全不贊同丈夫打算為妹妹做的事。要從兩人親愛的小男孩手中拿走三千英鎊，很可能會害他窮死的！她懇求他再想想這件事。問問他自己怎能打劫自己的孩子、還是他的獨子，這麼多的錢？三位達希伍德小姐——與他只有一半的血緣，在她眼裡根本是一點關係也沒有——憑什麼要求他如此大手筆的慷慨呢？大家都知道，同父異母的手足之間無須期待什麼感情羈絆，因此他何苦要毀了自己和他們可憐的小哈利，把他全部的錢都送給只有一半血緣關係的妹妹呢？

「這是父親臨終前交代我的，」她的丈夫回答：「要我好好幫助她們孤女寡母。」

「我敢說他才不知道自己在說什麼，當時他想必早已意識不清了。他要是還神智清楚，才不會要求你把親生兒子未來一半的財產拿出來、分給她們。」

「他並沒有指定金額，我親愛的芬妮，只是要求我幫助她們，讓她們過得比他在的時候更寬裕些。或許他已視之為我的責任了；他不可能以為我會棄她們於不顧。既然他要我答應，我當然也只能答應，至少我當時是這麼想的。而答應了人家，就得做到。不管她們什麼時候搬離諾蘭莊園、在新家安頓下來，都勢必要為她們做點什麼。」

「那麼，就為她們**做點**什麼吧；但**那**不必得是三千英鎊。想想，」她繼續說：「錢一旦給出去，就別想拿回來了。你的妹妹會嫁人，帶著它們遠走高飛。是啊，要是那筆錢能留在我們可憐的兒子身上——」

「喔，沒錯。」她丈夫非常嚴肅地說：「那可就大大不同了。哪天哈利可能會遺憾失去了這麼大一筆錢。假定，要是他有個大家庭，這可不無小補。」

「肯定是如此。」

「那麼，或許這麼做對所有人都好，我就把金額降低一半——每人五百英鎊，對她們而言，已經是一大筆錢了！」

「噢，這真是太棒了！世界上哪個哥哥對待妹妹——即便是親妹妹！——有你一半好啊！

更別說她們還是你的繼妹！你真是太慷慨了！」

「我不想顯得小器，」他回道：「在這種情況下，付出得多比付出得少更好。至少不會有人認為我虧待她們；哪怕是她們，也不可能期待得到更多了。」

「沒人知道**她們**期望得到什麼，」他的妻子說道：「而我們不該考慮她們的期待；問題在於你能負擔多少。」

「沒錯——我想我是負擔得起給她們每人五百英鎊。更何況，就算沒有我的補助，在她們的母親過世後，她們各自也能分得三千英鎊左右——對任何年輕女性都是筆相當豐厚的財產。」[5]

「當然啦，而這也確實提醒了我，她們還不需要你的援助呢！她們可以平分足足一萬英鎊呀！要是她們結了婚，自然可以過上好日子；即使沒嫁人，光靠一萬英鎊的息金，也足以過得舒舒服服的了。」

「說得太對了，也因此，既然她們的母親還健在，我正在考慮，是否更應該為她貼補生活費，而不是針對妹妹們——我是指年金之類的——她跟妹妹們都會感到大有助益。每年一百英鎊，絕對能讓她們過得相當愜意。」

然而他的妻子並沒有馬上同意這個計畫，而是猶豫了片刻。

「是啊，」她說：「這當然比一口氣付出一千五百英鎊來得好。但要是達希伍德太太再活個十五年，我們可就得不償失了！」

「十五年！我親愛的芬妮，她不可能活超過這一半的時間。」

「當然不可能；可是如果你有注意到，每年都拿得到錢的人總能好好活上一輩子；加上她身體硬朗、健康，年紀還不到四十歲。年金需要你慎重以對；它們年年找上門來，甩都甩不掉。你不曉得自己在做什麼。我可知道一堆關於年金的麻煩事。根據父親的遺囑，我母親每年都苦於要付錢給三個退休的老僕人，她發現簡直沒有比這更令人無法置信的事。這些年金每年要分兩次支付，付給他們也麻煩重重，有時聽說其中一人過世了，後來又發現不是那麼回事。母親為此厭煩透了。她說這樣沒完沒了地付錢給別人，那些收入根本就不屬於自己；這是父親不夠仁慈，不然母親就可以全權掌控這筆錢、不受任何約束了。這也使我對年金如此深惡痛絕，絕對不會贊同這種把自己困住的事。」

「確實不會令人愉快，」達希伍德先生回道：「如果每年的收入都得像那樣撥一份出去的話。丈母娘說得很對，自己的財產根本不屬於自己的了。每年都要受制於一筆固定的支出、在固定的日子[6]，說什麼都不是件值得期待的事：這剝奪了一個人的自主權。」

---

5 三千英鎊若以年利率百分之五計算約一百五十英鎊，僅相當於單身仕紳的一年最低開銷，因此約翰．達希伍德夫人所謂的「相當豐厚」實有誇大之嫌。

6 英國的莊園一年四季有固定繳納租金的日子：春分三月二十五日、夏至六月二十四日、秋分九月二十九日，冬季則為十二月二十五日。

「正是如此，而且還沒人會感激你。她們安穩得很，你做什麼她們都視為理所當然，完全不會想到要謝你。假如我是你，當然全按自己的考量行事。我才不要給自己找麻煩、**每年**固定支付她們任何東西。我們不一定每年都很容易從開銷裡撥出一百英鎊、甚至是五十英鎊出去啊！」

「親愛的，我想妳說得很對，這件事上還是不要考慮年金的做法比較妥當；不管偶爾給她們多少，都會比年金有益，要是她們覺得反正都會有固定的大筆收入，只會養成揮霍度日的習慣，到了年底也不會存下更多錢。這麼做顯然是更好的辦法。就不時給她們一筆五十英鎊的生活費吧！她們既不必擔心缺錢花用，我也算履行對父親的諾言。」[7]

「那是當然了。老實說，我甚至覺得，爸爸根本沒有要你掏錢給她們的意思。我敢說，他對你頂多只有些合理的期望，比方幫她們找間舒適的小屋、協助她們搬家，送些當季的海鮮或野味之類。我保證他絕對別無奢求，否則他的要求就太奇怪、太不講理了。親愛的達希伍德先生，你想想，你的繼母和她的女兒們，光靠每年七千英鎊的利息，就能過上多舒服的生活；更何況每人還有一千英鎊，每年多賺五十英鎊的利息，她們當然可以以此支應她們的母親。全部加起來，她們每年可有五百英鎊，就四個女人家，到底還想要多多少呢？——她們根本不需要花什麼錢！持家根本就是小意思。她們沒有馬車，沒有馬匹，幾乎不需要請傭人；她們不用交際，所以也不用多花錢！想想她們會過得多愜意！一年五百英鎊！我根本想不出來她們要怎麼花掉其中一半；如果你還要多給，光想就覺得可笑。她們還能給**你**點什麼呢！」

「是啊！妳說得對極了。」達希伍德先生說道：「父親對我的請求想必完全如妳所言，沒有其他意思。我現在完全明白了，就依照妳說的，用這些協助與善意履行我的承諾吧！一旦母親搬去別間房子，我會做好準備，盡我所能地安頓她。屆時也許可以送些家具過去。」

「當然了。」約翰・達希伍德太太回答，「不過你得考慮一件事。你的父母搬來諾蘭莊園時，雖然賣掉了史坦希爾的家具，但所有瓷器、金銀餐具和亞麻桌巾都還留著，現在則留給了你母親。只要她帶上這些，家裡幾乎已經什麼都不缺了。」

「妳的考慮很實際。確實是貴重的遺贈呢！要是我們這兒也能拿到一些漂亮的金銀餐具，就太好了。」

「是啊，那套瓷器餐具比這屋裡原有的還好看一倍。在我看來是太好看了，不配用在她們能負擔得起的任何住處。不過，也就是這樣了。令尊只想到**她們**。我得說，你不必對他感到特別虧欠，或特別在意他的遺願，因為我們都很清楚，要是他辦得到，肯定會把一切都留給她們。」

這樣的結論非常有力。無論他之前有過什麼打算，如今他都決定好：只要不是太失禮，像妻子指出的那樣、與父親的遺孀遺眷和睦共處，就不需要再替她們多做些什麼了。

---

7 在老婆的慫恿下，約翰・達希伍德對妹妹的資助，從一開始的年金一千鎊，最終縮水成不定期的五十鎊。

3

達希伍德夫人又在諾蘭莊園住了幾個月，倒也不是因為她不情願搬出諾蘭莊園。每樣熟悉的景物都曾經讓她情緒澎湃，現在已經不再令她觸景傷情；當她足以重新打起精神，不再因為悲傷的回憶而感到鬱鬱寡歡，就能開始思索別的問題。她迫不及待想離開此地，不過由於無法遠離曾經深愛的家園，便不眠不休地在諾蘭莊園附近尋覓適合安頓的新家。可惜她無法立刻滿足自己渴望舒適生活的心願，她已經看過好幾間房子，迫不及待想當成落腳的新居，然而思緒縝密的長女總認為房子空間太大，以收入無法負擔為由而拒絕。

達希伍德先生曾告訴夫人，他的長子承諾會好好照顧她們母女，讓他臨終前感到十分寬慰。看到丈夫真心相信兒子的諾言，達希伍德夫人同樣不疑有他，想到三名女兒，如此的安排令她感到安心；雖然對她自己而言，即使遠低於七千英鎊[8]也能過得綽綽有餘。她對他們的兄長同樣心存感激，並為自己過往的質疑感到歉疚，如今深信他確實慷慨大方。他仍對繼母和同父異母的妹妹照顧有加，因此有很長一段時間，她都堅信約翰會毫不吝惜，真心為她們母女打算。

打從一開始見到兒媳，達希伍德夫人就對她沒什麼好感；同住了半年後，達希伍德夫人越來越了解對方的性格，厭惡的心情更是與日俱增。即使她們之間仍維持基本的禮貌，也還留有婆媳之間的情分，但是兩人都心知肚明，要不是此時出現了一個非常狀況，讓達希伍德夫人認為女兒更應該繼續留在諾蘭莊園，否則她倆根本無法長時間住在同一個屋簷下。

約翰·達希伍德夫人的弟弟在姊姊入住諾蘭莊園沒多久，隨即認識了達希伍德母女；他是個文質彬彬、討人喜歡的年輕人，大部分時間都待在諾蘭莊園裡，也因此和達希伍德夫人的長女艾蓮娜日久生情。

愛德華·費勒斯身為長子，父親留下相當可觀的遺產，有些母親或許會出於利益考量而鼓勵女兒和他交往；某些母親則會十分謹慎，畢竟愛德華可運用的財力十分有限，其財產分配全憑母親作主。然而，這兩者都不是達希伍德夫人考量的因素。這名友善親切的年輕人對女兒情有獨鍾，艾蓮娜也同樣深受吸引，就足以令達希伍德夫人甚感欣慰。她認定，門不當戶不對絕非阻止有情人終成眷屬的正當理由，更由衷相信所有認識艾蓮娜的人，都會深深感受到她的優點。

愛德華·費勒斯之所以留給她們這麼好的印象，並非因為他的外表和舉止散發出強大的個人魅力。他的外表稱不上出色，言行舉止也很難一開始就討人喜歡，要花時間與他熟識後才能產生好感。他生性害羞，不懂得為自己塑造形象；但是一旦克服與生俱來的羞怯，他那開朗友

8 年收入約三百五十英鎊（一百零五萬新台幣）。

善的溫暖天性便能一覽無遺。愛德華天資聰穎，良好教育更為他奠定扎實的底子；可惜他的能力和個性，無法滿足望子成龍的母親和姊姊。她們期望愛德華出類拔萃，即使心目中的理想模樣也還沒個底，卻依然盼著他脫穎而出。母親期許兒子朝政壇發展，無論在國會謀得一席之位，或是和權威人士密切往來也好；約翰．達希伍德夫人同樣對弟弟寄予厚望，不過在弟弟真正功成名就之前，能見他駕著四輪馬車，四處溜達，就足以令她心滿意足了。然而，愛德華並不稀罕高位，也對四輪馬車不感興趣。他只想建立一個美好家庭，享受恬靜的生活。幸運的是，他的弟弟倒是比他更像個可塑之材。

愛德華在諾蘭莊園住了好幾個星期，才終於引起達希伍德夫人的注意；當時她沉浸於悲傷裡無可自拔，對周遭環境漠不關心。她只知道愛德華沉默寡言、舉止低調，不曾在她心煩意亂之際說出不得體的話，正是這一點博取了她的好感。一天，艾蓮娜不經意討論起愛德華與姊姊之間的差異，才讓達希伍德夫人進一步觀察和肯定起愛德華。光是和姊姊大相逕庭，就足以讓愛德華深受達希伍德夫人的青睞。

「這就夠了。」她說，「只要知道他和芬妮截然不同，那就夠了。這表示他是個討人歡心的孩子，我已經開始喜歡他了。」

「我就知道您會欣賞他。」艾蓮娜說，「您越了解他，就會越欣賞他。」

「欣賞他！」她的母親面帶微笑，「我可不光是欣賞他，還喜歡得很呢！」

「您也會敬重他的。」

「我可從來分不清敬重和喜歡有什麼兩樣。」

如今，達希伍德夫人開始想方設法認識愛德華。她的態度極其友善，讓他很快就卸下心防。她迅速理解愛德華的一切優點；或許由於她認定愛德華對艾蓮娜一往情深，也就格外起勁想看清他的底細。不過，達希伍德夫人確實對他讚許有加，即使他木訥寡言，有別於她認為年輕人都該口若懸河的既定印象，但是由於她清楚愛德華熱誠良善、性格溫順，拙於口詞也就不再顯得乏味了。

達希伍德夫人察覺到愛德華對艾蓮娜的心意後，很快就確定他們兩情相悅，並開始期待小兩口盡快結婚。

「親愛的瑪莉安，再過幾個月，」她說，「艾蓮娜就要邁入人生的下一個階段了。我們免不了想念她，不過她一定會過得非常快樂。」

「噢，媽媽，她不在身邊，我們該怎麼辦才好？」

「親愛的，我們不會和她分隔太遠，也不過幾英里的距離，還能每天都碰上面。妳會多出一名哥哥，而且是真正疼妳的好哥哥。愛德華真是我見過心腸最好的孩子。但是，妳的臉色看起來不太好，瑪莉安。妳不贊成姊姊嫁給他嗎？」

「或許吧！」瑪莉安說，「我確實有些驚訝。愛德華非常平易近人，我很喜歡他。可是，他

---

9 四輪馬車（Barouche）：能容納四名乘客的豪華馬車，需要四至六匹馬拉動，象徵著財富與地位。

不像一般的年輕人，總覺得少了點什麼。他的外表不會讓人眼睛一亮，從他身上也找不到一絲能深深吸引姊姊的特質。他的雙眼無神，毫無熱情，無法一眼就反映出才華洋溢的光芒。除此之外，媽媽，我更擔心他根本不具備任何藝術品味。他對音樂似乎沒有多大興趣，雖然他很欣賞艾蓮娜的畫作，卻並非真正了解那些畫作的價值。即使他總是專心看著艾蓮娜作畫，不過顯然對這門藝術一竅不通。他欣賞那些畫作，是因為他喜歡艾蓮娜，而不在於他懂得鑑賞那些作品。他得兩者皆備，在我心裡才搆得上資格。如果對方不能擁有和我完全相仿的品味，我和他在一起不可能感到快樂；他必須與我志趣相投，和我喜歡同樣的書、愛好相同的音樂。噢，媽媽，回想愛德華昨晚為我們朗讀的時候，如此空洞乏味，簡直像沒有靈魂似的！我真替姊姊感到難過。但是她處之泰然，好像根本沒有注意到這一點。那些優美的文句總能激發我許多思緒，可是用那種平板沉悶的語調朗誦，簡直冷冰冰到了極點！」

「如果讓他朗讀簡短優雅的散文，相信他會做得很好。我當時就這麼想了，妳卻偏偏給了他威廉·古柏[10]的詩。」

「媽媽，要是連古柏的詩都打動不了他，還能讀什麼呢！不過我們必須接受志趣不同的事實。艾蓮娜和我的感受不一樣，她或許對此毫不為意，依然與他相處融洽。但是如果他是我的戀人，聽到他用毫無感情的語調朗誦詩集，我的心都要碎成一地了。媽媽，我越了解這世界，就越確信自己永遠遇不到能令我真心相愛的男人。我的要求太多了！他不但要具備愛德華的一切美德，還得長得一表人才、風度翩翩，才能讓所有魅力相得益彰。」

「記住，親愛的，妳還不到十七歲，認定自己無法奢求幸福還言之過早。妳怎麼可能不比媽媽來得幸運呢？瑪莉安，但願我們母女倆的命運，只會有一點截然不同！」

---

10 威廉·古柏（William Cowper, 1731-1800）：英國浪漫主義詩人，擅長描寫日常生活與鄉村場景，是奧斯汀最喜歡的詩人之一。

4

「艾蓮娜，」瑪莉安說，「愛德華對繪畫一竅不通，真是令人同情。」

「一竅不通！」艾蓮娜回答，「妳為什麼會這麼想？他自己確實不作畫，但是很喜歡欣賞別人畫畫；我保證他絕對擁有與生俱來的鑑賞能力，只是沒有機會展現出來罷了。他要是有機會學畫，一定能畫得非常出色。他對自己的評斷能力太沒信心了，所以總是不願意對任何畫作發表意見。然而，他天生具備恰如其分又單純的鑑賞能力，所以還是能提出得宜的見解。」

瑪莉安深怕觸怒姊姊，便不再對此發表意見。但是，艾蓮娜形容愛德華欣賞別人畫作時的欣喜反應，與如獲至寶的喜悅還差了十萬八千里，在她眼裡實在很難稱之為藝術品味。儘管她對這個小錯誤暗自發噱，她仍肯定姊姊是被愛情沖昏了頭，才會對愛德華的表現如此盲目。

「瑪莉安，」艾蓮娜繼續說，「我希望妳不要認定愛德華缺乏藝術品味。既然妳和他相處得這麼融洽，我敢說妳根本沒有這樣的念頭；要是妳真**那麼**想，不可能還對他如此客氣。」

瑪莉安不曉得該說些什麼。她壓根兒不想傷害姊姊，卻又不願說出違心之論。最後她只好回答：

「艾蓮娜，要是我對愛德華的想法，與妳對他的認知有所不符，希望妳不要生氣。我不像妳有這麼多機會，深入了解他在性格、嗜好和品味上有哪些不易察覺的特性；但是我由衷佩服他品行端正、理智明斷。我知道他擁有許多優點相當討人喜歡。」

艾蓮娜露出微笑：「我相信就連他最親近的朋友，也會對這番評論點頭稱是。妳怎麼說得出如此打動人心的稱讚？」

看到姊姊如此容易就能取悅，讓瑪莉安又高興了起來。

艾蓮娜繼續說：「要是有機會和他暢談，我相信所有人都會明白他理智明斷、品行正直。他生性害羞，時常沉默寡言，因此很難讓人察覺他具備敏銳的見解，始終秉持自己的原則。妳對他瞭若指掌，自然知道他擁有豐富的內涵，對他的評價也就不失公允。不過妳所提到的特性，就某些情況來說，我比妳知之甚詳。我不時和他形影不離，而妳幾乎都待在母親身旁，一心沉浸在母女的相處時光裡。我經常與他碰面，深諳他的細膩感受，也領教了他對文學和藝術的見解；我能肯定他知識淵博、熱愛閱讀，既擁有豐沛的想像力，觀察力也精準而敏銳，還具備細膩單純的藝術品味。一如他的為人處事，妳越了解，就越能感受到他的不凡才華。初次認識時，並未對他的談吐留下深刻印象，他的外表亦非那麼出色；直到發現他的雙眼十分漂亮，流露出的表情也顯得特別好看。現在我對他熟悉不過，我認為他確實長得一表人才，至少稱得上俊美了。瑪莉安，妳覺得呢？」

「艾蓮娜，即使我現在不覺得他長得好看，我也很快就會這麼想了。妳要我將他視為哥哥般敬愛，我自然不會看到他外表上的任何缺陷，一如我認為他的內心同樣完美無瑕。」

艾蓮娜一聽不禁感到吃驚，這才後悔自己不該一提到愛德華就如此推崇備至。愛德華在她心目中備受推崇，她相信自己在愛德華心裡也有同等的地位；然而，她還得更加確定愛德華的心意，才能認同瑪莉安確信他倆情投意合的想法。她知道瑪莉安和母親對此已有所想，她們相信兩人會步入下一階段。對她們而言，想望會成為希望；而希望會成為指日可待的期望。她試著向妹妹解釋真正的情況。

她說：「我不否認，他在我心目中的地位非常重要──我非常敬重他，也很喜歡他。」

瑪莉安忽然感到怒不可遏：「尊敬他！喜歡他！鐵石心腸的艾蓮娜！噢，這麼形容妳都還嫌太客氣了呢！妳只是害羞才這麼說。妳要是再用這些字眼，我就立刻離開這裡。」

艾蓮娜不禁笑了出來。「真是抱歉。」她說，「請相信我，我如此平靜地表達自己的心情，絕不是故意要惹妳生氣。請妳相信，我的心意當然比表達出口的來得強烈。他的品德高尚，我又懷疑──希望──他有意於我，才會浮現這樣的感情，這也絕非胡亂臆測。不過除此之外，妳可別再期待什麼。我無法確信他確實鍾情於我。有時候情況不免顯得撲朔迷離；然而，除非他確實表白自己的心意，否則我自然希望不要妄加揣測，將心裡偏頗的想像信以為真。我心裡很少──幾乎──不曾質疑過他的心意。可是除了他自己的想法，我們還有更多需要考量的。他絕對談不上能自食其力。我們對他的母親一無所知，但是，芬妮不時提起她待人處世的態度和想法，我們似乎很難認定她是位平易近人的女士。要是愛德華想娶一個身無分文又毫無地位的女孩，他想必也很清楚自己會遇上種種阻礙。」

瑪莉安這才驚訝地發現，她與母親的天真想像遠遠悖離事實。

「妳根本還沒和他訂婚！」她說，「只是想必也快了。不過你們要是能晚點結婚，倒有兩個好處。一來我不會這麼快就失去妳，二來愛德華可以多點時間培養對繪畫的品味，作畫是妳的興趣，這對你們倆將來的幸福而言不可或缺。噢，要是妳的繪畫天分能早點讓他開竅，自己也開始嘗試作畫，你們倆會多開心啊！」

艾蓮娜將內心的真實想法都告訴妹妹。和愛德華之間能否開花結果，她的想法不及瑪莉安來得樂觀。有時愛德華會變得無精打采，倘若他並非有意冷淡，那就表示他幾乎認定兩人的未來毫無希望。假如他對艾蓮娜的心意也有所懷疑，頂多感到有些不安，不可能讓他老是顯得鬱鬱寡歡。對此，艾蓮娜或許能找出更為合理的解釋：愛德華在家裡無法自主，不可能讓他放心表達自己的感情。她很清楚，愛德華的母親並未給他一個舒適溫暖的家，也擺明了愛德華不可能不遵照母親的意思成家立業。艾蓮娜既然對此有了底，自然不認為和愛德華之間的感情能走得順遂。即使母親和瑪莉安認定有情人終成眷屬，艾蓮娜依然不願妄自斷定和愛德華的感情有個美好結果。兩人相處的時間越長，愛德華的心意似乎也更加表露無遺；然而，艾蓮娜有時卻不免痛苦地想著，這不過是友情罷了。

但是，無論愛德華再怎麼克制內心的情感，一旦讓姊姊有所覺察，就足以令她不安，甚至（更可能）變得口無遮攔。她一逮到機會，就當場對婆婆擺明，愛德華將來要出人頭地，母親費勒斯夫人打定主意讓兒子和門當戶對的女人結婚，企圖勾引他的女人不會有什麼好下場。

達希伍德夫人既無法置若罔聞，也不打算表現得平心靜氣。她輕蔑地出言駁斥，隨即離開了房間，頓時下定決心，無論搬家會帶來多少不便、花上多少錢，哪怕只是再多一個禮拜，她也絕不允許心愛的艾蓮娜繼續忍受如此委屈。

達希伍德夫人的思緒如此紛亂之際，收到一封時機恰到好處的來信。一名住在德文郡[11]的親戚願意提供一間小屋[12]讓她安頓下來，房租相當便宜。這位紳士親筆寫信給她，字裡行間流露出真誠助人的心意。他深知達希伍德夫人亟需落腳的新居，雖然屋子空間不大，但是倘若達希伍德夫人滿意這個地方，他保證會盡力張羅好她需要的一切。他詳盡地描述了房舍與花園的模樣，並誠摯邀請達希伍德夫人和女兒到巴頓莊園做客；由於小屋坐落於同一教區，屆時達希伍德夫人就能親自確認小屋應該如何整修。他似乎非常熱切地希望母女四人拜訪巴頓莊園，每字每句皆滿溢真誠的邀請之意，尤其同住一個屋簷下的家人反而冷淡疏離，更讓達希伍德夫人對此盛情欣喜不已。

她沒有時間細想，讀完信之後便已下定決心。巴頓所在的德文郡距離薩塞克斯郡如此遙遠[13]，就在幾個小時前，這足以讓達希伍德夫人忽略它的任何優點，並因而打退堂鼓，現在卻成了最吸引她的理由。離開諾蘭莊園似乎不再是個壞主意，想到惹人厭的兒媳給了她這麼多苦頭，能遠離此地簡直求之不得。諾蘭莊園既然由這種女人當家做主，向她曾經摯愛的家園永別，似乎就顯得不這麼痛苦了；與其住在這裡自討苦吃，還不如偶爾來訪顯得吸引人。她立刻動筆回信向親切的約翰．米德頓爵士表達感謝之意，並表示欣然接受對方的提議。她隨即將兩封信交給女兒看，希望在寄出回信之前先徵得女兒的同意。

艾蓮娜向來認為，與其一直住在諾蘭莊園，在較遠的地方安頓下來才是更為理智的做法，因此並不反對母親決定搬去德文郡。從約翰爵士的描述看來，小屋的格局簡單，租金也相當便宜，兩者都挑不出反對的理由。雖然這並非她打從心底期待的計畫，搬離諾蘭莊園也有違她的心願，她依然沒有阻止母親回信接受對方的提議。

11 德文郡（Devonshire）：位於英格蘭西南部，氣候宜人。
12 小屋（cottage）：原是指附有小片農地的屋舍，在十八世紀時也用來指稱鄉間小別墅。
13 薩塞克斯郡位於東南岸，德文郡則位居西南部。

5

達希伍德夫人回信沒多久，立刻欣喜地告知約翰·達希伍德夫婦，她已經找到了新家，一切安置妥當就會搬出莊園。夫婦倆感到十分訝異；約翰·達希伍德夫人不發一語，她的丈夫則禮貌地表示，希望達希伍德夫人不會搬離諾蘭莊園太遠。達希伍德夫人回答，她會搬到德文郡，心裡感到十分滿足。愛德華一聽，立刻轉頭問她：「德文郡！妳們真要搬到這麼遠的地方？要搬到哪個地區？」他的語氣滿是驚訝與關切，達希伍德夫人一點都不感詫異。她向愛德華解釋，新居坐落於埃克塞特以北不到四英里的地方。

「就只是間不起眼的小屋，」她繼續說：「但是，我非常歡迎朋友來訪。我們不費吹灰之力就能增建一、兩間房，如果大家願意不嫌遠，我一定能騰出空房讓朋友過夜。」

語畢，她親切地邀請約翰·達希伍德夫婦造訪巴頓，對愛德華更是百般歡迎。雖然上次和芬妮談過話之後，她便打定主意再也不和媳婦同住一個屋簷下，但是對芬妮的想法卻絲毫不為所動；她壓根兒不想讓愛德華和艾蓮娜分隔兩地，之所以當著芬妮的面邀請愛德華來訪，就是想表明她不樂見芬妮企圖拆散這對戀人。

約翰·達希伍德先生一再表示，十分遺憾母親要搬離諾蘭莊園，定居到如此遠方，讓他連協助運送家具的忙都幫不上。眼前的狀況確實令他良心不安，他只打算花這麼一點力氣履行對父親的承諾也辦不好。家具全數經由船運送達，主要是些亞麻布料、金銀餐具、瓷器和書籍，還有瑪莉安那架漂亮的鋼琴。約翰・達希伍德夫人目送這批家當一一搬走，不免十分惋惜；和夫婦倆相比，達希伍德夫人幾乎身無分文，根本配不上如此精美的家具。

達希伍德夫人簽下一年租約，小屋的陳設一應俱全，隨時可以入住。雙方對於合約順利達成共識，只要先花些時間處理留在諾蘭莊園的家當，並決定好合適的佣人數量，就能動身前往新居。對於自己關切的事情，達希伍德夫人向來非常迅速就能處理得宜。她在丈夫過世後便賣掉了馬匹，如今也聽從艾蓮娜的極力勸說，一併賣掉了馬車。為了讓女兒方便出門，原本她打算保留馬車，不過艾蓮娜成功說服母親打消念頭。同樣地，依艾蓮娜之見，家裡只須留下三名僕人即可，因此她們很快就從諾蘭莊園挑選出兩名女佣和一名男僕。

男僕和其中一名女佣隨即出發前往德文郡，為女主人先行打掃新居；由於達希伍德夫人與米德頓女士素不相識，因此她決定直接搬進小屋，而非前往巴頓莊園做客。達希伍德夫人十分信任約翰先生對小屋的描述，並不打算先行確認屋況，決定等入住時再一睹新居的面貌。達希伍德夫人搬家在即，芬妮顯然十分高興，即使她言不由衷地希望母親晚幾天再走，卻怎麼也藏不住那份喜悅，令達希伍德夫人更加迫不及待搬離諾蘭莊園。現在似乎是約翰履行對父親的承諾的大好時機，畢竟他抵達諾蘭莊園時刻意裝作若無其事，如今達希伍德母女即將搬離，他在此時表示心意更適合不過。但是，達希伍德夫人的希望很快就全數落空；從約翰的絮絮叨叨聽來，她隨即意識到，他對母女四人的幫助，僅止於讓她們寄住在諾蘭莊園半年。他不時提到家庭開銷高漲，財務吃緊，再怎麼顯赫的大人物也會面臨同樣的問題；約翰很顯然還需要更多收入，不必奢望他會掏出一分半毫。

從收到約翰・米德頓先生的來信之後，也不過短短幾個星期，達希伍德夫人的新居已順利安置妥當，母女四人啟程的時刻終於到來。

即將離開摯愛的家園，不禁令她們淚如雨下。搬家前夕，瑪莉安獨自在屋子四周依依不捨地漫步。「親愛的諾蘭莊園！什麼時候我才能不再對妳如此留戀？什麼時候我才能將異鄉視為真正的家？此時此刻，光是看著眼前這幢可愛的房子，就足以令我心碎，我可能再也看不到妳了！還有你們，每棵樹木都如此令人熟悉！然而，對你們來說，一切將與往昔無異吧！即使我們遠去，沒有任何一片葉子會因此而凋零；即使我們不再有機會注視著妳們，也沒有一草一木會因此變得毫無生氣。對你們而言，一切如昔，你們不曉得自己讓人們勾起什麼樣的情緒，渾然不覺曾經漫步於樹蔭下的我們發生了什麼變化。但是接下來，還有誰會因為你們而感受到快樂呢？」

6

她們啟程後，起初情緒十分低落，這趟旅程顯得沉悶乏味。然而隨著她們離新居越來越近，便逐漸忘卻憂傷，開始興致盎然地欣賞起即將落腳的鄉野景致，更為巴頓山谷如詩如畫的景色雀躍不已；這裡土壤肥沃，林木蓊鬱，也有豐美的牧草。她們沿著山谷蜿蜒前進了一英里多，終於抵達新家。屋前有座小小的茵綠庭院，穿過一扇乾乾淨淨的小門，就進到屋裡了。

巴頓小屋麻雀雖小，五臟俱全，是非常舒適的居住環境，但是，與其他小屋相比，就顯得不盡完善：它的格局方正，屋頂鋪的是瓦片[14]；窗櫺並非漆成綠色，牆上也沒有爬滿忍冬的藤蔓。一條狹窄的走廊直通屋後花園，走道兩側各有一間約十六平方公尺的客廳，再往下走便是廚房、洗衣房等空間與樓梯，還有四間臥室和兩座小小的閣樓。小屋新建不久，屋齡僅有數年，維護得宜。和諾蘭莊園相比，這間屋子確實顯得狹小寒酸，不過當她們一踏進屋裡，便立刻收起了眼淚；僕人歡欣地迎接主子，這份喜悅感染了她們，決定打起精神來，展現出快樂的笑靨。九月初正是舒適宜人的季節，在晴朗的天氣下初次見到這座小屋，立刻讓她們留下十分美好的印象，順利對新家建立起深厚的情感。

14 當時別墅小屋的流行款式為不規則的格局以及茅草屋頂。這段文字巧妙點出達希伍德母女養尊處優的習氣。

小屋坐落的環境十分迷人，屋後高山聳立，左右亦有峰巒相連；群山之間可見開闊的高地，也有不少耕地和茂盛的林木。巴頓村位於其中一座山上，因此從小屋窗外望去，景色令人心曠神怡；屋前的視野更為遼闊，足以將整座山谷風光盡收眼底，甚至能遠眺鄉野美景。山谷一路綿延，在群山環繞的小屋前碰上盡頭，再從最陡峭的兩座山脈之間繼續延伸，沿著不同方向岔出另一條支谷。

達希伍德夫人相當滿意小屋的空間與陳設，雖然先前過慣了不虞匱乏的生活，免不了要為小屋添置許多必需品，但是，她向來樂於添購家居用品與整修房舍，現在甚至有足夠的財力[15]，依照自己的意思將房間改建得更加雅致。「對我們一家子而言，」她說，「這間屋子確實太小了。不過眼前我們將就些，也還是能過得挺舒服的。畢竟一年快過了，現在要修繕為時已晚。要是有錢的話——我敢說屆時手頭一定寬裕許多，或許到了春天，就能想想辦法改建房子。我打算經常邀請朋友來家裡做客，這兩間客廳空間太小了，或許可以考慮將其中一間客廳擴建至走廊上，再加上另一間客廳的部分空間，剩下的空間則改成走道。新建一間大客廳應該不難，再加間臥室和小閣樓，這小屋住起來可就非常愜意啦！我希望樓梯建得氣派些，雖然無法凡事如願，至少能拓寬一點吧！到了明年春天，看看手上還剩多少錢，就能按部就班地規劃改建了。」

達希伍德夫人這輩子根本不曾存過一毛錢，還想著要從一年五百英鎊的收入撥出預算，為小屋進行整修；幸好在此之前，這一家子依然能安於現狀。她們各自忙於安頓好藏書和私人物品，為自己布置出舒適的居家空間。瑪莉安搬出鋼琴妥善安置，艾蓮娜也在客廳的牆上掛起自己的畫作。

翌日，吃完早餐沒多久，達希伍德母女仍忙著整頓家裡，房東先生正好登門拜訪。他熱情地歡迎她們入住巴頓，並表示若生活上有任何不便之處，他很樂意從自己的莊園提供協助。約翰·米德頓爵士年約四十，相貌端正，以往曾造訪史坦希爾，不過由於時間久遠，達希伍德家的年輕女孩對他都沒什麼印象。他的談吐幽默風趣，一如那封來信所流露出的溫暖風格，本人的態度也相當親切友善。達希伍德一家入住小屋似乎令他深感欣慰，一心惦記著母女四人是否都住得舒適。他誠摯希望兩家人能密切往來、相處和睦，並相當熱忱地表示，在達希伍德家的新生活步上軌道之前，歡迎她們每天都到巴頓莊園用餐。他的態度十分堅持，幾乎顯得有些失禮，卻也不至於讓達希伍德母女感到難以招架。他的一片好意不光只是嘴上說說，前腳離開沒多久，立刻派人從莊園送來一大籃蔬菜水果，到了傍晚又有野味送上門。他甚至堅持每天親自為達希伍德家收送信件[16]，也十分樂於與她們分享自己訂閱的報紙。

米德頓女士透過夫婿有禮地轉達，希望在達希伍德夫人有空的時候上門親訪；達希伍德夫

15 賣掉馬匹、馬車和其他家當的收入。

16 鄉間通常會指定某間旅店做為郵局，全村的信件皆在此收送，只有倫敦才提供郵寄到府的服務。約翰爵士的熱心之舉，也透露出他好管閒事的性格。

人隨即表示歡迎，以同樣禮貌的語氣邀請她來做客。因此到了翌日，米德頓女士便正式登門造訪。

達希伍德一家在巴頓的生活十分倚賴米德頓女士，自然迫不及待要見見這位重要人物；她也不負一家人的期望，是個氣質典雅的美人。米德頓女士芳齡約二十六、七歲，面容姣好、身材高䠷，談吐十分優雅。米德頓爵士沒有妻子這般落落大方的儀態，不過，米德頓女士若同樣擁有丈夫流露出的坦率熱誠，舉手投足還能顯得更加動人。她停留的時間一長，達希伍德一家起初對她的好印象也大打折扣；儘管她家教良好，態度卻顯得拘謹冷淡，除了幾句平凡無奇的寒暄，就很難再找出什麼話題來。

然而，談話未曾因此停歇，畢竟約翰爵士相當健談，米德頓女士也非常聰明地帶著大兒子隨行。他是個年約六歲的可愛男孩，每當眾人找不到話題時，達希伍德一家的注意力就會圍著他打轉，一會兒問問他的姓名和年紀，一會誇獎他長得可愛。小男孩總是低頭緊抱著母親，米德頓女士還得幫兒子一一回答問題。做母親的感到十分驚訝，這孩子平常在家吵到快掀了屋頂，怎麼在別人面前就變得如此害羞了呢？到別人家做客，果然還是該帶著孩子同行，才能順利打開話匣子。眼下她們又花了十分鐘討論起這孩子長得比較像父親還是母親，又是哪些地方長得像他們；想法自然因人而異，每個人都十分驚訝，其他人的觀點竟如此迥異。

過沒多久，達希伍德一家又開始討論起米德頓家的其他孩子，因為除非她們點頭答應隔天會到莊園用餐，否則約翰爵士根本不打算離開這間屋子。

7

巴頓莊園距離小屋大約半英里遠，達希伍德一家搬進山谷時曾經路過此地；但是，由於中間隔著一座山，因此從小屋放眼望去，看不到這座莊園。房屋相當高大氣派，米德頓夫婦各自展現出熱情好客和品味優雅的一面，家裡幾乎無時無刻都有朋友留宿，結交的廣泛人脈也是鄰區之最。對夫妻倆而言，交際是不可或缺的快樂泉源。儘管他們的性格舉止彼此大相逕庭，但兩人很一致地將他們有限的天賦與品味，投注在與生產無關的狹小事務上。約翰爵士愛好運動，投身射擊打獵，身為母親的米德頓女士則將精力放在孩子上，這就是夫妻倆各自的唯一寄託。米德頓女士可以一年到頭將時間花在寵溺兒女，約翰爵士的活動則只能在合適的季節。但是，如此忙進忙出，正好彌補了性格與教育上的不足；約翰爵士得以保持豐沛活力，米德頓女士也能充分展現良好的教養。

米德頓女士十分自豪於既燒得一手好菜，又善於料理家務；她之所以對聚會樂在其中，正是出於得以誇耀的虛榮心。不過，約翰爵士卻是由衷愛好社交；他喜歡邀請一大群年輕人到家裡做客，氣氛越喧鬧越令他高興。託約翰爵士的福，附近一帶的年輕人玩得可盡興了：每到夏天，他便呼朋引伴到戶外享用冷火腿和雞肉；一到冬天更會舉辦一場又一場私人舞會，任何年輕女孩皆能感到心滿意足。

鄉間新搬進一戶人家，約翰爵士自然熱切歡迎，尤其這次搬進巴頓小屋的新鄰居更令他深深著迷。達希伍德家的三位姑娘年輕貌美、純真無邪，贏得他最美好的印象，畢竟毫不矯揉造作的純潔個性，才能使外表漂亮的女孩成為秀外慧中的典範。達希伍德母女的生活與昔日相比堪稱不幸，約翰爵士天性慷慨，因此非常樂於收留這一家人。能為表姪女盡一份心力，讓好心腸的他感到十分寬慰；而讓只有女性成員的家庭入住自己的小屋，更令喜歡狩獵的他感到心滿意足。雖然他向來敬重和自己同樣愛好打獵的男性，但並不會經常在自己的莊園招待他們。

約翰爵士站在門口誠摯迎接達希伍德母女到巴頓莊園做客。他帶領一行人走進客廳，儘管前一天他已深表不安，約翰爵士還是再次向女孩們致歉，沒能安排年輕俊俏的小伙子與她們作伴；除了他自己之外，就只有一名友人同行，這位紳士正住在莊園裡，不過他有些年紀，性格也不是那麼活潑。他希望達希伍德家的小姐不會因人數過少而失望，並保證絕不會再次發生同樣的情況。那天早上他拜訪了許多戶人家，希望多邀請幾個人加入，可惜這晚月光清朗，所有人都已經安排好外出行程，無法抽空[17]。幸好米德頓爵士夫人的母親在最後一刻抵達巴頓莊園，她是個性格開朗、討人喜歡的老夫人，他相信今晚不至於如女孩們所想像那般乏味。三名女孩和母親見到兩名素昧平生的客人相伴，倒也感到滿足，沒有任何埋怨。

米德頓女士的母親詹寧斯夫人是個豐腴的老婦人，性格開朗、談吐風趣；她滔滔不絕地說著，看起來興高采烈、不拘禮節。她有說不完的笑話，一頓晚餐下來，開了不少關於情人和丈夫的玩笑，嚷嚷著女孩們是不是把心上人留在薩塞克斯郡，還故意觀察她們有沒有羞得面紅耳赤。瑪莉安不禁替姊姊感到十分惱怒，將目光轉移到艾蓮娜身上，留意她如何應付這番嘲弄。然而，比起詹寧斯夫人這番老掉牙的奚落，瑪莉安的嚴肅表情反而更令艾蓮娜痛苦。

布蘭登上校和約翰爵士的風度截然不同，看起來就不是與他氣味相投的朋友，一如米德頓女士身為他的妻子並不登對，詹寧斯夫人也不適合做為米德頓女士的母親。布蘭登上校沉默寡言、表情嚴峻，但是外表倒不會使人不快。只是瑪莉安和瑪格麗特認定他是個年紀一大把的單身漢，因為他已經足足三十五歲了。雖然他長得不算英俊，不過看起來十分睿智，談吐更是深具風範。

對達希伍德一家，這群人當中似乎找不到契合的朋友。可是，米德頓女士毫無生氣的冷淡態度特別令人反感；相較之下，嚴肅的布蘭登上校，甚至是喧鬧不已的約翰爵士和詹寧斯夫人，都顯得有趣多了。似乎直到晚餐後，四個孩子吵吵鬧鬧地走了進來，才終於讓米德頓女士恢復了生氣。孩子們圍著母親、拉著她的衣角，所有談話也就此打住，話題開始繞著孩子打轉。

用過晚餐，眾人得知瑪莉安會彈琴，便邀請她彈奏幾首。鋼琴準備就緒，聽眾都相當期待；瑪莉安有副好歌喉，便應眾人要求選唱了幾首歌。這些樂譜是米德頓女士嫁進門時帶過來的，而且很可能從她結婚那天起，便原封不動地擱在琴架上。即使米德頓女士的母親認為女兒

---

17 鄉間缺乏照明，因此月光明朗的夜晚，通常是人們外出遊玩的大好機會。

琴藝極佳，她自己也表示相當喜歡彈琴，卻仍在婚後放棄了音樂這條路。

瑪莉安的表演博得熱烈掌聲。每當她彈完一首曲子，約翰爵士都不吝大聲讚賞，卻也在她彈奏期間以同樣大聲的音量談話；米德頓女士不停制止丈夫出聲，不懂怎麼有人老是在欣賞音樂表演時分心，卻隨即請瑪莉安演唱一首才剛表演完的曲子。所有人當中，就只有布蘭登上校全程安安靜靜、十分專注地聆聽，瑪莉安的敬意也油然而生；相形之下，其他人吵吵鬧鬧、完全不懂得欣賞音樂，瑪莉安對他們的尊重已蕩然無存。布蘭登上校對音樂的愛好，雖不及瑪莉安那般如癡如醉，然而相較於其他人低下的品味，已顯得難能可貴。瑪莉安明白，男人活到三十五歲這把年紀，感受能力自然不再敏銳，也不會沉浸於強烈的快樂情緒；上了年紀是人生的必經之路，她完全能包容上校因年長而顯得沉穩的反應。

8

詹寧斯夫人是個寡婦，坐擁一大筆遺產，膝下兩名女兒都如她所願嫁了好人家，因此現在她的責任已了，就忙著為身邊的人湊對。她樂此不疲，竭盡所能為人牽線，絕對不放過任何機會替所有認識的年輕人點鴛鴦譜。她總能立即察覺曖昧的氛圍，特別喜歡對年輕女孩明示暗示哪家男孩迷上了她，逗得女孩一陣害羞。因此她抵達巴頓莊園沒多久，立刻憑著這敏銳的直覺，判定布蘭登上校愛上了瑪莉安・達希伍德。兩人共處的第一晚，布蘭登上校就非常專注聆聽瑪莉安的歌聲，很快勾起了她的疑心；翌日，米德頓一家前往小屋用餐，布蘭登上校依然沉浸於瑪莉安的歌聲，讓詹寧斯夫人更加肯定他的一片情意。看來事實就是如此，她有百分之百的把握。小兩口可真登對，男方家境富裕，女方則是儀表出眾。打從透過約翰爵士結識布蘭登上校以來，詹寧斯夫人就非常期望他娶個好妻子，更永遠急著為每個漂亮女孩覓得如意郎君。

撮合別人帶給詹寧斯夫人不少樂趣，因為她可以盡情地開男女雙方的玩笑；她在莊園的目標是布蘭登上校，一到小屋，矛頭就指向瑪莉安。她的玩笑話對布蘭登上校沒有太大影響，他身為當事者，對此不為所動。瑪莉安一開始對她的暗示摸不著頭緒，但是在了解言下之意後，頓時不曉得該因為這番論斷過於荒謬而捧腹大笑，還是對這番無禮的揣測表達譴責。她認為，這無疑是血淋淋地嘲諷著布蘭登上校年紀一大把，至今卻仍形單影隻的悲慘處境。

達希伍德夫人知道布蘭登上校僅僅比自己年輕五歲，在青春洋溢的女兒眼中，想必難以接受如此驚人的年齡差距，因此要求詹寧斯夫人，別再揶揄上校的年紀。

「媽媽，或許您認為這番揣測並非不懷好意，不過，您至少得承認確實很可笑。布蘭登上校自然比詹寧斯夫人年輕，可是他的年紀大到足以當我的父親了；即使他曾有心思談情說愛，到了這把年紀，一切也早已雲淡風輕。簡直太荒謬了！如果男人到了這把年紀又病痛纏身，卻仍逃不過這種調侃，到底還能靠什麼避免落人口實？」

「病痛纏身！」艾蓮娜說，「妳說布蘭登上校病痛纏身？我能理解在妳看來，說不定覺得他的年紀還比母親大得多，但是也不能盲目認定他已經老到無法活動筋骨吧！」

「妳沒聽見他抱怨風濕痛嗎？上了年紀的人不是最常得這種病？」

「親愛的，」她的母親大笑起來，「照妳這種說法，妳想必一直擔心我變得衰老不堪吧！在妳看來，我能活過四十歲簡直就是個奇蹟。」

「媽媽，妳這麼說對我太不公平了。我知道，布蘭登上校的年紀還沒大到會讓人擔心他隨時走掉，他說不定還能活上二十年呢！但是，不會有女孩想嫁給三十五歲的男人。」

艾蓮娜說：「或許三十五歲和十七歲的兩人確實不適合走入婚姻。可是假設出現了一名二十七歲的單身女性，我相信三十五歲的布蘭登上校若娶她為妻並不為過。」

過了一會兒，瑪莉安開口說：「女人到了二十七歲再也不能期待愛人與被愛了。如果她的生活不如意，或是身上沒多少錢，嫁做人婦可以讓自己過得安穩些，她想必也甘於洗手作羹湯的家庭生活。他若能娶到這樣的女人自然再理想不過。雙方各取所需，皆大歡喜。對我而言，這談不上是樁婚姻，卻也沒什麼大不了。感覺像是場交易，彼此都想從對方身上獲得好處。」

艾蓮娜回答：「我知道很難說服妳二十七歲的女人絕對能愛上三十五歲的男人，並將他視為理想的另一半。但是，我並不認同只因布蘭登上校昨天（天氣又濕又冷）抱怨他一邊肩膀有些疼痛，妳就認定他和妻子一輩子都會困在病榻上。」

瑪莉安說：「可是他提到了法蘭絨背心[18]。一聽到法蘭絨背心，我就不禁聯想到疼痛啦、抽筋啦、風濕痛這一類的，總之就是上了年紀才有的各種毛病。」

「假如他只是發高燒，妳想必不會這麼嫌棄他。瑪莉安，妳就承認吧！發高燒的男人臉頰發燙、眼神空洞、心跳加速，難道不會讓妳感到一絲興趣？」[19]

艾蓮娜說完，隨即離開了房間。瑪莉安開口說：「媽媽，關於疾病的話題，我得向妳坦承有一件事令我感到擔憂。我確定愛德華．費勒斯也生病了。我們搬來這裡已經將近兩個星期，他卻遲遲不出現。要不是真的身體不適，不可能拖這麼久。否則還有什麼事能讓他耽擱在諾蘭

18 法蘭絨背心：保暖內衣，當時的人認為具有保健效果。

19 十八、十九世紀的小說女主角經常因失戀之苦而莫名發燒，男主角發燒則較為罕見。此處有諧諷當時的流行小說之意。

莊園？」

「妳認為他應該這麼早就來拜訪？」達希伍德夫人說，「我可不這麼想。相反地，要說我對此事有一絲擔心的話，那就是如今回想起來，當初邀請他來巴頓一趟時，他顯得有些猶豫不決。艾蓮娜已經在期盼他了？」

「我沒和她談過這件事，不過，她當然巴望著見他一面。」

「我想是妳多慮了。我昨天和她提起要在多出的空房裡裝上壁爐，她說還不急，這陣子沒有必要用上那間客房。」

「那可就怪了，這是怎麼回事？但是，他們對待彼此的態度完全說不通！他們分別時顯得如此冷淡、泰然自若；兩人最後相聚的那一晚，說起話來也無精打采。愛德華向我們道別時，對我和艾蓮娜的態度並無二致，彷若疼愛兩個妹妹的親哥哥。出發的那天早上有兩次我刻意先行離開，想留他們兩人獨處，可是愛德華不知怎麼回事，總是立刻跟著我走了出來。要與諾蘭莊園和愛德華道別，艾蓮娜哭得還沒我慘呢！直到現在她還是努力壓抑著自己。她什麼時候表現過垂頭喪氣或鬱鬱寡歡的模樣？什麼時候看過她刻意不與人來往，或是對身邊的人流露出一絲煩躁不滿呢？」

9

如今達希伍德母女在巴頓小屋安頓下來，日子過得倒也愜意。房舍、花園和周圍環境逐漸變得熟悉，原本在諾蘭莊園的日常生活重新步上軌道，比起失去父親之後住在諾蘭莊園的那段日子，現在過得更加快樂。最初兩個星期，約翰．米德頓爵士每天都來拜訪她們；他在家裡向來無所事事，因此非常訝異母女四人怎能如此忙碌[20]。

除了巴頓莊園一家之外，其他探望達希伍德一家的訪客並不多。即使約翰爵士熱切希望達希伍德一家盡快融入鄰里生活，一再表示他的馬車隨時聽候差遣，但是，達希伍德夫人生性獨立，並未讓女兒多與外界接觸，甚至拒絕拜訪超過步行範圍的人家。路程較近的鄰居寥寥可數，也不是每家都能順利登門拜訪。如前所述，巴頓有條岔出的支谷；達希伍德家的女孩初來乍到不久，某次沿著這蜿蜒的亞倫罕峽谷散步，在距離小屋大約一英里半的路上，發現了一棟氣派的古宅。這座宅邸讓她們聯想起諾蘭莊園，因此勾起濃厚興趣，期待能好好登門拜訪。然而，她們打聽後才知道，屋主雖是個性格非常溫和的老婦人，卻因病行動不便，只能待在家裡

20 作畫、彈琴、閱讀與針線活。

足不出戶。

整座鄉間交錯著風景秀麗的步道。透過小屋的每扇窗戶往外望去，幾乎都能欣賞到高聳的山陵；每當晨霧遮蔽了山谷的極致美景，女孩們便迫不及待想爬上山頂，將令人沉醉不已的景致盡收眼底。在一個令人難以忘懷的早晨，飄著細雨的陰鬱天空露出一絲燦爛陽光，深深吸引著瑪莉安和瑪格麗特；由於前兩天陰雨綿綿出不了門，她倆憋得難受，毅然決定到山上透透氣。即使瑪莉安堅信接下來一整天都不會下雨，山頂上的烏雲很快就能散去，對達希伍德夫人和艾蓮娜而言，天氣依然不夠晴朗，母女兩人繼續埋首閱讀作畫，姊妹倆則結伴同行。

她們雀躍地往山上走去，一路瞥見烏雲後方逐漸露出藍天，就更慶幸自己決定出門。一陣強勁的西南風迎面而來，令人精神為之一振，姊妹倆不禁為母親和艾蓮娜感到惋惜；她們不肯出門，錯失了如此心曠神怡的自然饗宴。

瑪莉安說：「世上還有比這更棒的享受嗎？瑪格麗特，我們起碼得在這裡消磨兩小時！」

瑪格麗特欣然同意，兩人又高高興興地迎風而行，一路開懷大笑。但是，這快樂的光景只維持了二十分鐘，兩人頭頂頓時烏雲密布，接著便無情地澆下傾盆大雨。姊妹倆既驚訝又失望，只好心不甘情不願地折返，因為除了回家，一路上並無任何可遮蔽的地方。不過，她們還能找到平時無法體驗的新樂子：從陡峭的山側全速奔跑下山[21]，直抵自家花園門口。

兩人拔腿狂奔。起初瑪莉安超前，卻冷不防絆了一跤；瑪格麗特一時煞不住腳，無法停下來拉她一把，只得順勢跑下去，率先安全抵達山腳。

瑪莉安摔倒的當下，正好有位帶著獵槍上山的紳士，一旁跟著兩隻獵犬，距離瑪莉安不過幾碼；他見狀立刻放下獵槍，趨前想幫瑪莉安一把。瑪莉安雖然勉強起身，卻因為扭傷腳踝而幾乎站不起來。這名紳士好心出手攙扶，即使她想客氣推辭，但是，在這分秒必爭的緊要關頭，他仍一把抱起了瑪莉安，迅速將她帶下山。他穿過花園，已返家的瑪格麗特並未關上門，也才剛進門沒多久；他逕自走進小屋，讓瑪莉安坐在客廳的椅子上，這才鬆手。

艾蓮娜和母親一見兩人進門，驚訝地站起身來，困惑地直盯著這位不速之客，暗自卻大表讚嘆。這名紳士一面為自己貿然闖入的舉動致歉，一面解釋原因；他的態度誠懇、舉止優雅，那富有磁性的嗓音和真摯表情，讓他原本就挺拔不凡的外表更顯出色。即使他長得又老又醜、舉止粗魯，光憑他解救了自己的女兒，達希伍德夫人仍會感激涕零；更何況眼前這名紳士年輕英俊、氣質出眾，讓他的熱心之舉益發魅力十足。

她一再向這位紳士致謝，並一如往常以親切的口吻招呼他稍坐歇息。他渾身又髒又濕，婉拒了這番好意，達希伍德夫人轉而請教他的姓名。這名紳士自稱韋勒比，現居亞倫罕，希望翌日有幸再次登門拜訪，慰問達希伍德小姐。達希伍德夫人欣然同意，他轉身走出屋子，冒著滂沱大雨離開，此舉再次為他贏得更多好感。

這名一表人才、風度翩翩的紳士立刻讓達希伍德一家讚嘆有加，除了他的迷人外表，他對

21 一般認為，年輕女孩奔跑是不成體統之舉。

瑪莉安這番英雄救美、百般殷勤之舉，更成了其他人尋瑪莉安開心的話題。瑪莉安不像其他人有這麼多機會注意他的長相，當他一把抱起她時，她早已羞得雙頰緋紅，直到進屋後都沒有心力打量對方。但是，她倒也已經勾勒出那名紳士的清晰輪廓，不禁跟著母親和姊妹對他連番稱讚，誇獎得十分起勁。那位紳士的外表和氣質，與她最喜歡的故事中的男主角形象不謀而合；他能拋開矜持抱她進屋，展現出迅速得宜的應變能力，更令她大為讚賞。關於他的一切都如此迷人：他有個好聽的名字，住在她們最喜歡的村落裡，她也很快意識到，獵裝才是最能襯托出男子氣概的打扮。她沉浸於自己的思緒，回想起一切，不禁心花怒放，連腳踝扭傷的疼痛都忘得一乾二淨。

那天上午過沒多久，天氣一轉晴，約翰爵士立刻登門拜訪達希伍德一家。她們提起瑪莉安受傷的經過，也迫不及待追問起他，是否認識那位住在亞倫罕的韋勒比先生。

「韋勒比！」約翰爵士大聲說，「什麼，他現在回鄉下來了嗎？這可真是個好消息。我明天就去拜訪他，邀請他星期四過來共進晚餐。」

「所以，您認識他？」達希伍德夫人問道。

「認識他？當然啦！他每年都會來這裡呢！」

「他是個什麼樣的年輕人？」

「我敢向妳保證，他是我這輩子見過最優秀的小伙子。名副其實的神槍手，而且全英格蘭找不到比他馬術更為精湛的人了。」

「您對他的評語就只有這樣？」瑪莉安憤慨地大聲說：「他和身邊的朋友相處得如何？他的喜好是什麼？又具備哪些才華？」

約翰爵士感到摸不著頭緒。

「老天，」他說，「我對他的評語恐怕就只有這樣。不過，他是個討人喜歡、幽默風趣的年輕人，我也不曾見過那麼優秀的黑色獵犬。那隻獵犬今天也跟他一起出門打獵嗎？」

一如約翰爵士說不上韋勒比先生的為人，瑪莉安也對韋勒比先生的獵犬毛色毫無概念。

「他是誰？」艾蓮娜說，「他是哪裡人？在亞倫罕買了房子嗎？」

這些問題約翰爵士倒還回答得出來，他表示韋勒比先生並未在鄉間置產，只有拜訪住在亞倫罕苑的老夫人時才會待上一陣子，他倆是親戚，老婦人的財產未來也會由他繼承。他接著說：「這就對了，達希伍德小姐[22]，他確實是值得一釣的金龜婿。他在索美塞特郡[23]還有一座漂亮的小莊園，假如我是妳，我才不會將韋勒比拱手讓給妹妹呢，即使跌下山的是她。瑪莉安小姐總不能將全天下的男人都占為己有吧！她如果不把布蘭登放在心上，他可是會嫉妒的。」

達希伍德夫人臉上掛著意味深長的笑容，開口說：「我才不相信我的兩位女兒會如您所說地去釣他。從小我就不是如此教導她們。男士跟我們在一起很安全，不管他們是多麼有錢。不

22 長女通常以家族姓氏稱呼，年紀較小的女孩則直呼教名。因此本書中的達希伍德小姐指的正是艾蓮娜。

23 索美塞特郡（Somersetshire）：位於英格蘭西南部，鄰近巴頓小屋所在的德文郡。

過依您所言，我還是很欣慰他是個值得敬重的年輕人，也是值得結交的朋友。」

「他真是我見過最棒的小伙子，」約翰爵士再次強調，「我記得去年在莊園舉辦了一場聖誕舞會，他竟然從晚上八點跳到凌晨四點，連椅子都沒沾過一下。」

「他真跳了這麼久？」瑪莉安提高了音量，眼神閃閃發亮。「還能繼續保持優雅的舞步，依然活力十足？」

「是啊！而且早上八點就起床了，還去騎馬打獵呢！」

「他正是我欣賞的類型！年輕人就該這樣啊！無論他現在的興趣是什麼，想必他會全力以赴，全心衝刺也不感到疲累。」

「哎呀，正是如此。」約翰爵士說：「他就是這樣的人。看來妳已經準備釣上這個金龜婿，完全把布蘭登上校拋諸腦後了。」

「約翰爵士，那可是我最討厭的說法。」瑪莉安激動地說：「我不喜歡這種故作機智的陳腔濫調，其中最令人作嘔的用語就是『釣金龜婿』或『征服男人的心』。這些說法終究會變得越來越不堪入耳，要是它們曾經稱得上是巧妙的用語，時間也早已將其絕妙之處消磨殆盡。」

約翰爵士對這番責備不甚理解，不過，他還是似懂非懂地開懷大笑，回道：

「噢，我敢說妳一定能征服許多男人的心。可憐的布蘭登！他已經犯了相思病，我向妳保證，他絕對是值得妳放餌的金龜婿，儘管發生了這次跌下山坡扭傷腳的插曲。」

10

瑪莉安的救命恩人——這是瑪格麗特對韋勒比言過其實的稱呼——隔天一大早就親自到小屋慰問瑪莉安。達希伍德夫人客客氣氣地迎接他，由於約翰爵士的評論令她好感倍增，心底也由衷感激這位紳士，因此態度格外親切。一場意外讓韋勒比先生結識了達希伍德一家，這趟來訪令他確信，母女四人個個蕙質蘭心，彼此感情深厚，相處十分融洽；毋須再次登門造訪，他便已深切感受到她們的動人魅力。

達希伍德家的大小姐肌膚細緻、五官端正，身材也玲瓏有致。瑪莉安的外貌更為出色，雖然不像姊姊一般穠纖合度，然而高䠷的身材更為醒目；她的長相十分甜美，即使以老套的說辭稱讚她是個漂亮姑娘，倒也名符其實。她的膚色並不白皙，不過十分勻稱，光滑細緻；她的五官標致，笑容甜美可人，還有一雙烏黑靈動的大眼，炯炯有神，總是充滿生氣，任誰見了都會感到神采飛揚。[24]瑪莉安初見韋勒比時，由於回想起前一天他抱著自己回家的情形，不禁感到有些難為情，一時還無法直視他；但是，當她逐漸忘卻害羞的心情、重新整頓思緒後，她開始

24 儘管讀者往往對於外貌最感興趣，但是珍．奧斯汀通常優先描繪筆下女主角的性格。

深深感受到韋勒比完美無缺的紳士教養，欣賞他的坦率與充沛活力。最重要的是，瑪莉安聽他談起自己熱愛音樂和舞蹈，不禁對他投以讚賞的目光，因此接下來的大半時間，韋勒比幾乎只沉浸於與瑪莉安的談話。

要讓瑪莉安打開話匣子，最適合的話題就是閒暇娛樂，她總能滔滔不絕地聊起自己喜歡的消遣活動，既不會害臊，也不會緊張得結結巴巴。兩人很快就發現，彼此都熱愛跳舞和音樂，對兩者也擁有極為相似的看法。瑪莉安喜出望外，想更深入了解他的想法，便詢問起對方涉獵的文學範疇；她聊起幾名最欣賞的作家，談得興高采烈。這名二十五歲的年輕人，即使過去對這些優秀的文學作品漠不關心，此時若不立刻表現出大為讚賞的態度，可就太不明智了。兩人的喜好幾乎完全一致。他們喜歡同樣的文學作品，欣賞同樣的篇章，即使偶有差異和意見相左的時刻，瑪莉安一開口辯駁、眼神閃閃發亮，總能立刻消弭這些歧見。他全盤接受瑪莉安的想法，瑪莉安的熱情也感染了他。在他告辭之前，兩人都感覺一見如故，彷彿相識已久。

「瑪莉安，」韋勒比離開不久，艾蓮娜便開口，「才一個早上，我覺得妳已大有斬獲。妳幾乎摸透了韋勒比先生對每件事情的想法。妳知道他對古柏和華特．司各特爵士[25]的看法，確定他擁有鑑賞這些優美詩篇的能力，還清楚他讚賞亞歷山大．波普[26]的作品『循規蹈矩』[27]。但是，倘若你們以如此驚人的速度談遍所有話題，兩人該如何長久地交往下去呢？你們很快就會聊完所有感興趣的話題。只消再碰一次面，聽他談談對美景的看法、是否贊成再婚，接下來就無話可說了。」

「艾蓮娜，」瑪莉安大聲說：「妳這麼說對我公平嗎？難道我的想法如此乏善可陳？不過我了解妳的意思，我實在聊得太忘我、太盡興了，如此暢所欲言。我錯在違背老掉牙的禮節，忘了保持莊重；我應該虛假地展現矜持、毫無生氣、枯燥乏味的一面，卻表現得活潑開朗、真心誠意。要是我只是談談天氣、路上風景，或是每十分鐘才開口一次，妳就不會這樣指責我了。」

「親愛的，」她的母親開口，「可別生艾蓮娜的氣，她只不過在逗妳罷了。要是她真想破壞妳和新朋友聊天的樂趣，我會好好教訓她一頓。」瑪莉安的心情頓時平靜許多。

至於韋勒比先生，無疑非常高興認識這一家人，熱切希望更進一步來往。他天天登門拜訪達希伍德一家，一開始總以探望瑪莉安為由，但是，達希伍德一家欣然歡迎他，時日一久，態度益發親切，不等瑪莉安完全康復，他也不再需要以此為藉口了。瑪莉安有幾天出不了門，可是從來不曾像這樣，即使關在家裡也絲毫不感厭煩。年輕的韋勒比才華洋溢、思緒敏捷，他總是充滿朝氣，個性活潑開朗，待人親切友善。他完完全全就是瑪莉安心儀的類型，再加上除了俊俏迷人的外表，其熱情性格也因為瑪莉安而變得更加奔放，相輔相成下完全擄獲佳人的

---

25 華特．司各特（Sir Walter Scott，1771-1832）：蘇格蘭詩人與歷史學家。
26 亞歷山大．波普（Alexander Pope，1688-1744）：十八世紀最偉大的英國詩人。
27 波普的作品風格以理性、有條不紊著稱，對情感奔放的瑪莉安而言較為無趣。

芳心。

韋勒比陪伴在側，逐漸成為瑪莉安最大的快樂。他們一起閱讀、聊天、歌唱；韋勒比的音樂造詣令人驚豔，朗誦時展現出美妙語調與豐沛情感，更讓可憐的愛德華望塵莫及。

一如瑪莉安，在達希伍德夫人眼裡，韋勒比同樣顯得完美無缺；艾蓮娜也認為韋勒比無可挑剔，僅對他的一項習慣頗有微詞（這點卻和瑪莉安極為相似，瑪莉安對此亦十分讚賞）：韋勒比無論在什麼情況都會高談闊論，很少顧及場合與旁人的想法；總是貿然對他人妄下評論，會因為忘我地沈溺在喜愛的事物中而忽略了基本禮節，並對人情世故輕易地嗤之以鼻。儘管韋勒比本人和瑪莉安皆能提出辯解，艾蓮娜依然對韋勒比如此缺乏謹慎穩重的態度無法苟同。

瑪莉安十六歲時就絕望地認定，這輩子不可能遇見心目中的理想情人；如今她意識到這個想法過於魯莽，根本毫無道理。無論悲喜時刻，韋勒比都符合她勾勒出的完美形象，令她無比傾心；韋勒比的舉動也表明他有心成家立業，並擁有極為優秀的條件。

達希伍德夫人亦不曾因為韋勒比將來要繼承一大筆財富，就盤算著將瑪莉安嫁給他；但是過不到一星期，她心裡不禁浮起一線希望，開始期待有情人終成眷屬，甚至暗自高興家裡能多了愛德華和韋勒比兩名好女婿。

周遭朋友很早就察覺到布蘭登上校對瑪莉安的心意，如今當他不再受大家注意，卻被艾蓮娜第一個察覺出來。現在眾人的注意力及開玩笑的對象都轉向那位更幸運的對手；之前布蘭登上校尚未產生情愫時飽受揶揄，如今真的動了情反倒無人奚落。艾蓮娜不得不承認，雖然詹寧斯夫人一廂情願地認定布蘭登上校鍾情於她，然而眼下他青睞的對象顯然是瑪莉安。儘管韋勒比是因為和瑪莉安志趣相投而產生好感，但是，即使布蘭登上校與瑪莉安的個性天差地別，也無法阻止他傾心於瑪莉安。艾蓮娜為布蘭登上校感到擔憂，畢竟面對如此討人喜歡、年僅二十五歲的年輕小伙子，足足大了十歲又沉默寡言的男人有什麼希望可言？艾蓮娜實在看不出勝算，由衷期望布蘭登上校不會因此心碎。她很欣賞布蘭登上校，即使他嚴肅拘謹，艾蓮娜仍看得出他有趣的一面；他的態度雖然一本正經，卻也溫和有禮；他之所以一板一眼，倒不是因為天性陰沉，而是性格壓抑使然。約翰爵士曾透露布蘭登上校過往的心理創傷，讓艾蓮娜認定他的遭遇十分不幸，對他既敬重，又深感同情。

艾蓮娜之所以較為同情和尊重布蘭登上校，或許是因為韋勒比和瑪莉安都對他不屑一顧，認定他只是個沉悶乏味的中年人，刻意貶低他的優點。

一日他們聊到了布蘭登上校，韋勒比開口說：「布蘭登就是那種人人稱讚、卻沒有人真正在乎的人；大家表面上很高興見到他，卻沒有人樂意與他談話。」

「我的想法正是如此！」瑪莉安大聲說。

「別說得這麼誇張。」艾蓮娜說，「你們兩人的想法都太偏激了。巴頓莊園一家都非常敬重他，我見到他時，也總要想方設法和他搭上話。」

韋勒比答道：「能受到妳的青睞他確實很幸運。但是，獲得其他人的敬重，簡直和懲罰沒什麼兩樣。像米德頓女士和詹寧斯夫人這一類女人，獲得她們的認同和羞辱並無二致，有誰會因此沾沾自喜呢？」

「但是，或許你和瑪莉安的羞辱言論，可以彌補米德頓女士和詹寧斯夫人對他的器重。如果她們的美言也成了批評，那你們的責難不就成了稱讚？你們充滿先入為主的偏見，相比之下，她們至少還保有自己的眼光呢！」

「為了維護妳偏袒的對象，妳竟然也會莽撞無禮啦。」

「套用妳的話來說，我所偏袒的對象思路非常清晰；我向來最欣賞理性的人，即使他已經年近三、四十歲，也無損其魅力，瑪莉安。他的閱歷豐富，去過許多國家，讀過不少書，也十分擅長思考。我發現不管談論什麼話題，他都能讓我增長許多知識；我向他提出任何問題，他總能展現出良好的教養和性格，一一回答。」

「妳的意思是，」瑪莉安嗤之以鼻地提高音量，「他能告訴妳東印度的天氣熱得要命，蚊子多得可怕。」

「我要是問他這種問題，他確實會如此回答我。可惜還真不巧，我早就知道這些事了。」

韋勒比說：「或許他對印度的有錢人、古金幣和轎子也觀察入微。」

「我敢說，他瞭若指掌的事情絕對超乎你想像。你到底為什麼如此討厭他？」

「我沒有討厭他，反而非常尊重他呢！每個人都說他的好話，卻沒有人認真注意他。他的財富多到花不完，時間多到不知道能做什麼，每年還能添上兩件新大衣。」

瑪莉安高聲說：「而且他毫無天分和藝術品味，看起來總是無精打采。他的見解平淡無奇，感覺遲鈍，說起話來一點抑揚頓挫都沒有。」

「你們未免給他編了太多缺點，」艾蓮娜回道，「而且靠你們的想像力渲染得天花亂墜。相形之下，我對他的評語聽起來還真是平淡乏味。我只能說，他是個理性思考的人，極具教養、學識淵博，談吐溫和優雅，我相信他還有顆真誠善良的心。」

「達希伍德小姐，」韋勒比大聲說，「妳這番話對我真是太有失公允了。妳試著以理性說服我違背自己的理智。不過這是不可能的。任憑妳的話說得多好聽，我的想法始終如一。我之所以討厭布蘭登上校，出於三個無可爭辯的理由：每當我希望天氣放晴，他總愛嚇唬我很快就會下雨；他對我馬車上的布幔吹毛求疵；無論我怎麼說服他，他就是不肯買下我那匹棕色母馬。我相信他的個性在其他方面無可挑剔，不過如果妳有興趣一探究竟，我願意和盤托出。雖然坦承這些事不怎麼令人愉快，可是我希望妳聽完之後，不會再認定我沒資格討厭他。」

11

達希伍德一家從未想過搬來德文郡後會有這麼多大大小小的活動，完全占據她們的心思與時間；邀約函如雪花般飛來，上門的訪客絡繹不絕，母女忙得無暇處理重要的家務。不過，情況就是如此。自從瑪莉安康復之後，約翰爵士便熱熱鬧鬧地展開原本計畫好的娛樂活動；莊園舉辦起一場又一場舞會，即使十月陰雨綿綿，仍能趁雨勢停歇的日子舉行水上派對。韋勒比從未錯過任何一場，這些派對氣氛悠閒自在，他很自然就與達希伍德一家更為熱絡，也有更多一親芳澤的機會，向瑪莉安表示熱烈的愛慕之意；而從她的言行舉止看來，他有十足把握自己已成功擄獲佳人的芳心。

艾蓮娜並不意外兩人如此契合，只希望他們不要過於張揚，甚至一度提醒瑪莉安別忘了矜持。但是，瑪莉安非常討厭隱藏自己的心意，認為並無任何可恥之處；刻意壓抑感情不僅毫無意義，更等同於墨守成規，屈服於錯誤觀念，一點都不光采。韋勒比也抱持一樣的想法，因此兩人總是隨心所欲地展現自己的情意。

一旦韋勒比在場，瑪莉安的視線就離不開他；他的一舉一動都無懈可擊，一言一行也無可挑剔。莊園的晚餐結束後，要是大家玩起牌來，他便會耍些小伎倆，犧牲自己和其他人，讓瑪莉安在牌局占上風；若是舞會時間，兩人大多是彼此的唯一舞伴；假如他們暫時無法一同跳舞，還是會盡量並肩而立，鮮少和其他人說上半句話。他們對彼此的心意表露無遺，很自然成了眾人的笑柄，兩人卻絲毫不感害臊，也很少因此惱怒。

面對兩人的濃情蜜意，達希伍德夫人甚感欣慰，絲毫不認為他們過於張揚。年輕人因為深愛彼此而有如此反應，對她而言真是自然不過。

瑪莉安沉浸於幸福之中，韋勒比完全占據了她的心。她從薩塞克斯郡搬來時，還一心惦記著諾蘭莊園，從未想過這份眷戀會在不知不覺中沖淡許多。由於韋勒比的陪伴，如今她已深深愛上新家。

相形之下，艾蓮娜就沒這麼快樂了。她的心裡仍感到不自在，對於各式活動無法由衷樂在其中。心上人遠在諾蘭莊園，這些娛樂既不能彌補她的分離之痛，也無法沖淡她對諾蘭莊園的思念之情。米德頓女士和詹寧斯夫人取代不了她一心掛念的聊天對象，儘管詹寧斯夫人話匣子一開就關不了，打從一開始便特別關照艾蓮娜，經常找她聊天，卻已經絮絮叨叨地舊事重提了好幾回；假如艾蓮娜記性夠好，才相識不久，她就能對詹寧斯先生的病痛如數家珍，他臨終前對夫人所說的每一句話也能倒背如流。米德頓女士唯一勝過母親的地方在於沉默寡言，艾蓮娜很輕易就察覺到，這並非因為她特別冷靜理智，而是個性淡漠使然。她對待丈夫和母親的態度同樣冷淡，也不打算和任何人親近，每天說的話都是一個樣。她冷漠無謂的態度始終如一，幾乎沒有什麼情緒起伏。倘若一切打點得井井有條，兩名年紀最大的孩子也能隨侍在側，她並不反對丈夫安排各式聚會，卻幾乎未曾從中獲得任何快樂，和枯坐在家的感覺並無差別。她即便在場，也未能讓賓主盡歡，和客人鮮少交談；唯有管教調皮搗蛋的兒子時，眾人才會注意到她的存在。

看在艾蓮娜眼裡，在這群結識不久的新朋友之中，就只有布蘭登上校才華出眾，是唯一值得結交的朋友，也唯有與他作伴才能帶來樂趣。韋勒比可就完全談不上了。儘管她也喜歡韋勒比，如手足般關愛他，但是韋勒比正陷入熱戀，一心一意愛著瑪莉安；要是他沒有被愛情沖昏頭，或許還比較討人喜歡。可憐的布蘭登上校同樣對瑪莉安一片深情，卻無法獲得相同的回應；每當瑪莉安冷淡以對，和艾蓮娜聊天總能帶給他莫大慰藉。

艾蓮娜對布蘭登上校的同情與日漸增，從他不自覺透露出的話語聽來，她幾乎可以肯定，布蘭登上校已察覺到這場苦戀毫無希望。那晚在巴頓莊園用過餐，眾人皆翩翩起舞，他倆則並肩坐下。布蘭登上校的目光直盯著瑪莉安，沉默了幾分鐘後，他露出虛弱的微笑，開口說：

「我很清楚，令妹並不接受第二段感情。」

「確實如此。」艾蓮娜回答，「她的想法都太天真爛漫了。」

「或者如我所想，她認定真愛不可能出現第二次。」

「我想，她確實這麼認為。不過我不懂她為什麼會有這種想法，畢竟我們的父親就娶了兩任妻子。她花個幾年累積常識、多多觀察，看法想必會理智得多。屆時，她自己或許能更容易重新看待這件事，不會像現在感到如此不合情理。」

「或許如此。」他回答，「不過，年輕人的偏見總是討人喜歡，如果他們屈服於普遍的想法，反倒可惜了。」

「這就不見得了。」艾蓮娜說，「即使解釋為熱情奔放、年少無知，也不足以彌補瑪莉安這種想法所造成的困擾。不幸的是，她向來不把禮貌當一回事，我由衷期望她能多見見世面，相信會為她帶來莫大好處。」

過了一會兒，他又接著說：

「令妹反對第二段感情的想法，不會因人而異嗎？難道任何人談第二次戀愛，都同樣罪不可赦？要是另一半不忠，或是出於情勢所迫，第一段感情以失望作結，還是得若無其事地度過餘生嗎？」

「老實說，我並不清楚她的所有想法。可是我還不曾聽她提過，談第二次戀愛情有可原。」

他說：「她不會一直抱著這種想法。一旦感情生變，徹徹底底轉變——噢，不，還是別妄想了。年輕女孩若是不得不放棄對戀情的美好憧憬，接下來浮現的想法就會變得平庸不堪、滿腦子都是危險念頭！這是我的經驗談，我認識一個女孩，性格與令妹相近，也擁有類似的想法和價值觀。但是，一連串不幸的遭遇，迫使她改變——」他猛然停了下來，彷彿意識到自己透露太多訊息，然而他的表情反倒勾起艾蓮娜的好奇心；要是他沒對那名女子的遭遇三緘其口，還不至於讓艾蓮娜察覺有異。她不禁猜想，布蘭登上校過去想必有段戀情，如今才會令他心中再掀波瀾。艾蓮娜並不打算追問，可是，如果換成瑪莉安，顯然不會如此善罷甘休。她腦筋動得快，想必能憑著天馬行空的想像力，迅速勾勒出來龍去脈，編造出一段賺人熱淚的淒美愛情。

12

隔天早上，艾蓮娜與瑪莉安一同外出散步。儘管艾蓮娜深知妹妹個性草率、欠缺思慮，然而瑪莉安透露的消息，仍令她對妹妹的魯莽行徑大感意外。瑪莉安興高采烈地說，韋勒比要送她一匹他親自在索美塞特郡養大的馬，十分適合女孩代步。瑪莉安完全忘了母親並不打算養馬，要是她在決定前花些時間細想，就知道一旦接受這匹馬，她勢必得為僕人添購另一匹馬[28]，還得指派一名僕人當馬伕，並打造一間馬廄；然而，她不假思索就接受了這份禮物，還雀躍不已地與姊姊分享這份喜悅。

「他打算立刻派馬伕到索美塞特郡，將那匹馬送過來。」她接著說，「到時候我們就能天天騎馬了。妳也可以一起騎！親愛的艾蓮娜，妳想想，能在山坡上馳騁，是多麼愜意的事！」

她不願細想這件事背後有多少殘酷的現實問題，足以使她從這番美夢清醒過來。有好長一段時間，她始終拒絕面對現實。多聘請一名僕人的開銷無足輕重，她相信母親不會反對；僕人騎什麼馬都行，隨時能從巴頓莊園找一匹來；至於馬廄更沒什麼大不了，隨便搭個棚子就行。

28 瑪莉安外出騎馬時，必須有一名僕人隨侍在側。

艾蓮娜提醒瑪莉安，她對韋勒比所知甚少，也才相識不久，現在接受這份心意似乎有些不妥。這就讓瑪莉安聽不下去了。

「艾蓮娜，要是妳以為我還不了解韋勒比，那可就大錯特錯了。」她激動地說，「我們確實相識未久，可是，除了妳和媽媽，我最了解的人就是他了。雙方能否熟識，和相處時間長短並無關聯，端看性格；有人相識七年仍無法契合，卻也有人只相處七天就一拍即合。倘若今天不是韋勒比，而是哥哥送馬給我，我一定甚感不妥，無法收下這份禮物；我和約翰同住一個屋簷下這麼多年，彼此卻不親近。但韋勒比就不一樣了，我已經很清楚他了。」

艾蓮娜明白多說無益。她很清楚妹妹的脾氣，對這棘手問題唱反調只會讓瑪莉安更加固執。於是改為動之以情，提醒瑪莉安，一旦疼愛女兒的母親同意家裡多養一匹馬（她非常可能點頭答應），就得為此忍受諸多不便。這立刻讓瑪莉軟化了。她承諾不會向母親提起這份禮物，免得母親一口答應；下次和韋勒比碰面時，她也會婉拒。

瑪莉安確實信守承諾，當天韋勒比拜訪小屋時，艾蓮娜聽到瑪莉安失望地低聲婉拒他，並詳細解釋不得不拒絕的原因，也讓韋勒比無法再繼續說服她。不過他依然誠摯地表達關切，以同樣小聲的音量接著說：「但是，瑪莉安，即使妳現在無法接受那匹馬，牠還是歸妳所有。在妳帶走牠之前，我就先幫妳看管吧！總有一天妳會搬離巴頓小屋，建立起自己的家庭，屆時這匹『瑪布皇后』[29]就完全屬於妳了。」

達希伍德小姐[30]一切都聽在耳裡——從韋勒比這一席話的內容和語調，以及他直呼妹妹的教名[31]，她立刻明白兩人之間的感情已密不可分，明確傳達出認定彼此為終身伴侶的堅定心意。她確信兩人已互許終身，對此倒是毫不意外；令她難以置信的是，明明小兩口個性如此坦率，她和周遭的人竟然都被瞞在鼓裡，無意間才得知如此重大的消息。

隔天，瑪格麗特又透露了一些消息，更讓兩人的婚約浮上檯面。韋勒比前一晚與她們待在一起，有段時間只剩瑪格麗特和小倆口在客廳，她趁此機會仔細觀察了一番。翌日她與大姊獨處時，隨即擺出鄭重其事的表情和盤托出。

「噢，艾蓮娜。」她嚷道，「我有個天大的祕密要告訴妳：我敢說瑪莉安很快就要嫁給韋勒比先生了！」

艾蓮娜回道：「打從他們在山上認識以來，妳幾乎每天都這麼嚷嚷。我還記得他們認識不過一個星期，妳就信誓旦旦地說瑪莉安將韋勒比的照片掛在頸鍊上，最後發現根本只是叔公的畫像！」

「但是，這次確實不一樣！我敢說他們很快就要結婚了，因為他身上有一綹瑪莉安的頭髮！」

---

29 瑪布皇后（Queen Mab）：傳說中會藉由夢境呈現人類欲望的仙子。以此為馬匹命名，隱含挑逗之意。

30 在此稱呼艾蓮娜為達希伍德小姐，不僅強調她身為長女的身分，也傳達她在家中肩負的責任。

31 通常男女雙方訂婚後，男方才會直呼女方的教名。

「瑪格麗特，別瞎猜了，說不定那只是他某位叔公的頭髮呢！」

「才不呢！那真的是瑪莉安的頭髮。我敢保證，因為我親眼看見他剪下來的。昨晚喝過茶，妳和媽媽離開房間後，他倆就在一旁竊竊私語，每個字都說得飛快，他似乎向她苦苦哀求著什麼。之後他就拿了瑪莉安的剪刀，從她披在肩後的長髮剪了一束下來。他親了親那綹頭髮，用一張白紙包起來，然後夾進他隨身攜帶的皮夾。」

瑪格麗特描述得如此煞有其事，艾蓮娜再也無從質疑；事實上，她原本就無可否認，因為她親眼所見、親耳所聞，都與這番陳述完全吻合。

對艾蓮娜而言，瑪格麗特有時實在表現得不夠伶俐。一天晚上在巴頓莊園，詹寧斯夫人按捺不住長久以來的好奇心，纏著瑪格麗特說出艾蓮娜的心上人。瑪格麗特一面看著姊姊，一面回答：「我可不能告訴妳。對吧，艾蓮娜？」

這番回答自然引來一番哄堂大笑，艾蓮娜也試著擠出微笑，卻感到力不從心。她很清楚瑪格麗特的答案是什麼，她絕對無法平心靜氣地容忍那個名字成為詹寧斯夫人的笑柄。

瑪莉安想幫姊姊打圓場，可惜她的反應只是招致反效果。她面紅耳赤、怒氣沖沖地對瑪格麗特說：

「不管妳在胡亂瞎猜什麼，都不准說出來！」

「我才沒有瞎猜。」瑪格麗特答道，「是妳親口告訴我的。」

眾人這下更加樂不可支，迫不及待要求瑪格麗特多透露一些。

「老天，親愛的瑪格麗特小姐，快告訴我們吧！」詹寧斯夫人說，「到底是哪位男士呢？」

「夫人，恕我無可奉告。不過我確實知道他的名字，也知道那位男士現在身在何方。」

「這就對了，我們猜得到，他就住在諾蘭莊園吧？我敢說他是這一教區的助理牧師。」

「不對，那可不是他。他還沒開始工作呢！」

「瑪格麗特，」瑪莉安十分惱火地說，「妳應該很清楚，這一切只不過是妳的想像，這號人物根本不存在。」

「這麼說來，他才剛過世沒多久囉？瑪莉安，我很確定有這號人物存在，他的姓開頭字母是『F』[32]。」

令艾蓮娜感激不已的是，米德頓女士正巧在此刻打了岔：「這場雨下得還真大。」她知道米德頓女士並非好心為她解圍，只是十分厭煩母親和丈夫對這些粗俗無禮的玩笑樂此不疲。無論如何，她既然開頭談起了天氣，向來善解人意的布蘭登上校立刻接著附和，兩人開始一搭一唱聊起雨天來。韋勒比打開琴蓋，請瑪莉安為大家彈奏一曲，人們七嘴八舌的談論頓時安靜下來，不再對這話題緊抓不放。然而經過方才一番折騰，艾蓮娜心裡仍無法平靜下來。

當晚幾個人約好，隔天一同造訪一處風景十分優美的地方，距離巴頓莊園約十二英里之遙。此地歸布蘭登上校的姊夫所有，他人遠在國外，立下嚴格規定，若未經布蘭登上校首肯，

32 愛德華的姓氏為費勒斯（Ferrars）。

任何人都無法進入。據說當地風景美不勝收，約翰爵士更是讚不絕口；或許他的評論還算可靠，因為這十年來，每逢夏天，他總會呼朋引伴造訪該地至少兩次。該地坐擁豐沛的湖景，上午可以搭船遊玩，享受美麗的湖上風光。一行人還會備妥冷盤和馬車，一切一應俱全，以便所有人盡情吃喝玩樂。

少數人考量到，逢此時節不太適合，前兩個星期以來每天都在下雨，認為這項提議過於冒險。達希伍德夫人更不巧感冒，艾蓮娜便勸她待在家裡休息。

13

這趟計畫好的惠特韋爾踏青之旅，最後竟與艾蓮娜的預期完全相反。她原本已經有淋個濕透、筋疲力盡，甚至遭受驚嚇的準備，沒想到結果遠比想像中令人失望——他們根本沒去成。

早上十點整，眾人準時到莊園集合，準備一同享用早餐。雖然前天下了一整晚的雨，不過一到早上，烏雲便逐漸散去，陽光不時露出臉來，天氣變得舒適許多。一行人興致盎然，滿心雀躍，迫不及待要盡情玩樂；打定主意即使碰上再大的困難，也非成行不可。

眾人享用早餐之際，僕人將信件送進餐廳，其中一封交給布蘭登上校。他拆開一看，臉色頓時大變，隨即離開了房間。

約翰爵士問道：「布蘭登怎麼啦？」

眾人面面相覷。

「希望不是什麼壞消息。」米德頓女士說，「布蘭登上校這麼倉促離開飯桌，想必不是什麼普通的小事。」

過了大約五分鐘，布蘭登上校走了回來。

他一走進餐廳，詹寧斯夫人就開口說：「希望不是什麼壞消息，上校。」

「沒什麼要緊的，夫人，謝謝您。」

「是從亞維儂[33]寄來的信嗎？希望令妹的病情沒有惡化。」

「不是的，夫人。是來自城裡[34]的信，只是一樁公事罷了。」

「如果只是公事，為什麼會讓你如此心煩意亂呢？這說不通啊，上校。快告訴我們真相吧！」

「親愛的母親，」米德頓女士說，「別再問下去了。」

「還是你的表姊芬妮要結婚了？」詹寧斯夫人對女兒的責備不為所動，繼續追問。

「不是，真的不是那樣。」

「好吧，我知道是誰寄這封信給你了，上校。希望她一切安好。」

「您指的是誰？」布蘭登的臉色微微一變。

「噢，你很清楚我說的是誰。」

他轉頭對米德頓女士說：「夫人，真的十分抱歉，今天接到這封信，我有公事得處理，必須立刻趕去城裡。」

「城裡！」詹寧斯夫人大叫，「這種時候，能有什麼大事需要進城去呀！」

他說：「不能與眾人同樂令我深感遺憾。然而更遺憾的是，由於我無法出席，恐怕大家這趟旅行也要泡湯了。」

這對所有人而言是多麼沉重的打擊！

「布蘭登先生，要是你寫張便條給管家，」瑪莉安急切地問，「這樣總可以了吧？」

他搖了搖頭。

「我們非去不可。」約翰爵士說，「就到這兒了，怎能功虧一簣。布蘭登，你明天再進城去吧！就這麼做，沒得商量。」

「我很希望這件事能盡快解決，無奈沒有辦法，連一天也耽擱不得！」

「如果你讓我們知道所為何事，」詹寧斯夫人說，「我們也好一起判斷能否暫緩處理。」

「就不能晚六小時出發嗎？」韋勒比開口，「等我們回來，你再進城去。」

「我連一小時都無法耽擱——」

艾蓮娜聽到韋勒比對瑪莉安低語：「就是有人不喜歡與大夥兒同樂，布蘭登正是這種人。他大概不想被傳染感冒吧，所以就耍了這種小花招。我打賭五十基尼[35]，那封信一定是他自己寫的。」

「我相信事實就是如此。」瑪莉安回答。

---

33 亞維儂（Avignon）：位於法國南部的城市，布蘭登上校的妹妹與妹婿居住於此。

34 意指倫敦。

35 基尼（Guinea）：以黃金鑄造的法定貨幣，原等值一英鎊，但隨著金價的漲跌有所波動。一八一六年施行金本位制度後停止發行。

「我知道你一旦心意已決，沒有人能說服你改變心意，布蘭登。」約翰爵士說，「不過還是希望你三思。兩位凱雷小姐遠從牛頓過來，達希伍德家的三位小姐專程從小屋趕來，韋勒比先生也比平日早起了兩小時，所有人都滿心期待前往惠特韋爾一趟。」

布蘭登上校再次致歉，為自己破壞了這趟旅行深表遺憾，卻也表明此事沒有任何轉圜的餘地。

「好吧，那你什麼時候回來？」

「希望你在城裡打點好一切後，」米德頓女士繼續說，「就盡快回來巴頓莊園。我們可以延後這趟旅程，等你從城裡回來後，再一同前往惠特韋爾。」

「您真是太好心了。但我不曉得什麼時候能處理好一切，因此無法給您肯定的答案。」

「老天，他非回來不可！」約翰爵士高聲說，「要是他這周末不回來，我就親自去找他。」

「是啊，約翰爵士，去抓他回來。」詹寧斯夫人大聲嚷道：「說不定你就知道，他葫蘆裡到底在賣什麼藥。」

「我一點都不想打聽別人的隱私。想必是讓他難以啟齒的事。」

僕人回報，已為布蘭登上校備妥馬匹。

約翰爵士接著問道：「你該不會要騎馬進城吧？」

「不是，只騎到霍尼頓[36]，之後就改搭驛車[37]。」

「好吧，既然你心意已決，就祝你一路順風了。不過，還是希望你能改變主意。」

「我向您保證，這真的並非我所願。」

接著他便向眾人道別。

「達希伍德小姐，今年冬天，妳們姊妹不會進城去嗎？」

「很遺憾，我們無此打算。」

「那麼，看來我們得分別好一段時間了。」

他對瑪莉安不發一語，只是欠了欠身。

「親愛的上校，」詹寧斯夫人說，「在你離開之前，就告訴我們到底所為何事吧！」

布蘭登上校祝福她有個愉快的上午，就在約翰爵士的陪同下離開了屋子。

方才眾人出於禮貌，紛紛壓抑住滿腔怨懟與失望之情，如今立刻一股腦兒宣洩出來；旅程泡湯令大夥氣壞了，你一言我一語地抱怨。

「不管怎樣，我倒是知道他在搞什麼名堂。」詹寧斯夫人興奮地說。

所有人幾乎異口同聲地說：「夫人，您真的知道嗎？」

「當然，我敢肯定是為了威廉絲小姐。」

「威廉絲小姐又是誰呀？」瑪莉安問道。

「什麼，妳竟然不知道威廉絲小姐？我敢說妳一定聽過她的名字。親愛的，她和上校的關

36 霍尼頓（Honiton）：位於埃克塞特以北的小鎮。

37 驛車（Post）：傳遞信件或載送乘客的馬車，會於各個驛站更換馬匹以確保速度。

係非常密切；我不能透露他們親近到什麼程度，免得嚇壞妳們這群小姑娘。」接著她稍微放低音量，對艾蓮娜說：「她是布蘭登上校的私生女。」

「真的嗎！」

「當然囉！他倆長得可真像一個模子刻出來的。我敢說上校一定會把所有財產都留給她。」

約翰爵士一回來，便跟著眾人為了落空的旅程而大嘆可惜。最後大家一致認同，既然齊聚一堂，還是得一起找個樂子。經過一番討論，雖然他們最期待的還是前往惠特韋爾欣賞美景，不過，眼下一起搭車兜兜風，倒也不失為散心的好方法。馬車依照吩咐備妥後，第一輛正是韋勒比的馬車，瑪莉安坐上車時，露出前所未有的快樂神情。他飛快地駕車穿過莊園，兩人一轉眼便消失在眾人的視線中，直到大夥兒都陸續回到莊園後才姍姍歸遲。小倆口顯然玩得不亦樂乎，卻只是輕描淡寫地說，大家都到山間馳騁，他倆則是到那些羊腸小徑玩樂去了。

後來眾人又敲定晚上在巴頓莊園舉辦一場舞會，一整天都為此雀躍不已。凱雷家又來了幾個人，浩浩蕩蕩將近二十人共進晚餐，讓約翰爵士心滿意足。韋勒比一如往常坐在艾蓮娜與瑪莉安中間，艾蓮娜右邊則坐著詹寧斯夫人。一行人就座沒多久，詹寧斯夫人就傾身越過艾蓮娜與韋勒比，用他倆都聽得見的音量對瑪莉安說：「我已經看穿妳那些小把戲，我知道妳一整個早上都到哪裡去了。」

瑪莉安臉色大變，急促地回答：「您怎麼知道是哪裡——」

韋勒比說：「您難道不知道，我們可是乘著我的馬車外出的？」

「是啊，是啊，無禮先生，我可清楚得很，也打定主意要查明白你們到底上哪去。但願妳滿意你們的新家，瑪莉安小姐。那房子可真大呀！希望我登門拜訪時你們已經添購了許多新家具，當我六年前拜訪時它就很需要裝修了。」

瑪莉安心慌意亂地別過頭去，詹寧斯夫人不禁放聲大笑。艾蓮娜這才發現，詹寧斯夫人為了查出兩人的行蹤，早就差遣女佣向韋勒比的車伕打探，得知兩人去了亞倫罕一趟，花了好些時間在花園裡打轉，又將房子徹底看過一圈。

艾蓮娜難以置信，瑪莉安與史密斯夫人素不相識，假如史密斯夫人還待在莊園裡，她很難相信韋勒比會提議直接進屋去，而瑪莉安竟也同意了。

一離開餐廳，艾蓮娜立刻開口詢問瑪莉安；更震驚地發現，詹寧斯夫人所言竟然屬實。而艾蓮娜的質疑，讓瑪莉安怒不可遏。

「艾蓮娜，為什麼妳會認定我們沒有到那裡去看房子？這不也是妳自己也很嚮往的事嗎？」

「沒錯，瑪莉安。但是我不會還在史密斯夫人還在家的時候拜訪，也不會只讓韋勒比先生陪著我去。」

「可是，韋勒比先生才是有權利踏進那棟房子的唯一人選，他駕著敞篷馬車[38]，不可能還有其他人隨同。今天早上我玩得很盡興，這輩子從沒這麼開心過！」

38 敞篷馬車（Curricle）：由兩匹馬拉動的輕便雙輪馬車，座位僅能容納兩名乘客。

艾蓮娜說：「即使妳很快樂，恐怕不表示做的事名正言順。」

「正好相反，這是斬釘截鐵的證據，艾蓮娜。要是我的所作所為有何不妥，我絕對能在當下就意識到；倘若我知道自己行為不檢，就不可能玩得如此盡興。」

「但是，親愛的瑪莉安，妳的行為已經惹來許多冷嘲熱諷，妳還是不認為有何不妥嗎？」

「要是詹寧斯夫人的冷嘲熱諷可以當作行為不檢的鐵證，我們大概無時無刻都在違反紀律吧！她對我譴責也好、稱讚也罷，我都不屑一顧。我參觀了史密斯夫人的莊園、看過她的房子，實在不明白何錯之有。它們遲早都屬於韋勒比先生，而且——」

「即使它們將來都歸妳所有，瑪莉安，妳今天的行為也稱不上合理。」

姊姊的言下之意令她滿臉通紅，不過這番話同樣讓她心花怒放。她認真思索了十分鐘，又走到姊姊面前，高高興興地說：「艾蓮娜，或許我拜訪亞倫罕確實思慮不周，不過，韋勒比先生非常希望讓我親眼瞧瞧那地方。那棟房子真是美極了。樓上有間非常漂亮的客廳，空間大小適中，添置幾件新式家具就能布置得舒舒服服。由於是邊間，兩側都有窗戶，其中一面看得到屋後翠綠的滾球場，還能遠眺一大片斜坡上的美麗樹林；另一面則能看見教堂和村落，遠處就是令我們讚嘆不已的陡峭山陵。即使美景當前，我仍不覺得這房子多出色，居家擺設實在寒酸得可憐——但是，如果重新裝潢，韋勒比說，只需幾百英鎊，這棟房子就會是全英格蘭最賞心悅目的避暑別墅了。」

要是沒有人來打岔，瑪莉安絕對能興致勃勃，繼續讓艾蓮娜聽她細數每間房間。

14

布蘭登上校毫無預警地離開巴頓莊園，又對原因緘口不談，大大激發了詹寧斯夫人的好奇心，兩、三天過去依然揮之不去。她對什麼事都想窮究，凡是對他人行蹤津津樂道的人都是這副模樣。她反覆思索可能的原因，認定是一件壞消息，又開始揣測起布蘭登上校可能遭受的種種不幸，打定主意不讓他瞞過所有人。

「我敢說一定是讓人傷心的消息。」她說，「我看得出他的神情哀戚。可憐的傢伙！他的際遇想必糟透了。戴拉弗莊園每年不過兩千英鎊收入，哥哥又把一切攪得一塌糊塗，他這趟進城想必是為了搞定錢，不然還能有什麼原因？真是令人納悶，我非查個水落石出不可。或許是為了威廉絲小姐，這就對了，一定是她，我一提起她，他臉色看起來就很不對勁。說不定她在城裡病了，八成就是如此，聽說這孩子向來體弱多病。我敢打賭準是為了威廉絲小姐。他現在不太可能陷入經濟困難，畢竟他行事謹慎，莊園的一切開支想必已經打點好了。我真好奇還能有什麼原因！說不定他妹妹在亞維儂的狀況更糟了，寫信找他過去一趟。看他這麼匆促趕著出發，顯然不無可能。真希望他一切安然無恙，還能順利娶個好夫人。」

詹寧斯夫人就這麼沉浸於自己的想法裡，滔滔不絕地自言自語著。每當她想起某件事，就立刻改變想法，每件事都成了極為可能的原因。艾蓮娜雖然替布蘭登上校感到憂心，詹寧斯夫人也不停追問她的想法，卻不願猜測他為何離開得如此倉皇；她認為毋須對布蘭登上校離開一事如此大驚小怪，也不該妄加臆測。瑪莉安和韋勒比絕口不提訂婚一事倒令她相當驚訝，他們想必很清楚，身邊的人都十分關心兩人的終身大事；然而，日子一天天過去，兩人依然保持緘默，氣氛變得越來越微妙，與他倆坦率的作風更顯不符。艾蓮娜百思不得其解，既然兩人一貫的互動已讓大家心知肚明，為什麼還不大大方方地向母親和自己坦承呢？

她自然理解，婚姻大事不能由兩人輕易做主；雖然韋勒比經濟獨立，生活卻仍稱不上寬裕。約翰爵士估計他的莊園每年收入約六、七百英鎊，不過開銷驚人，平日入不敷出，不時聽他喊窮。但是，明明訂婚一事無從掩飾，兩人卻對此三緘其口，實在匪夷所思，更有違兩人一貫的想法和作風。艾蓮娜有時不免懷疑他們根本沒有真正訂婚，甚至因而打消詢問瑪莉安的念頭。

韋勒比的一舉一動，在在表達出他對達希伍德一家的深厚情感。對待瑪莉安，他總是竭盡所能給予情人專屬的溫柔；對其他人而言，他則成了彬彬有禮的女婿或可靠的兄長。他似乎將巴頓小屋視為深愛的家，待在這裡的時間遠多於亞倫罕。巴頓莊園平日若沒有舉辦聚會，他一早外出活動後，往往回到小屋與瑪莉安作伴，最疼愛的獵犬就趴在她的腳邊，一同消磨一整天的時光。

布蘭登上校離開鄉間約一週後，這天晚上，韋勒比對身邊的事物似乎流露出更為熾熱的情感。達希伍德夫人無意間透露，打算在春天整修小屋，他立刻積極反對；在他眼中，巴頓小屋的一切都如此恰如其分，毋須進行任何改變。

「什麼！」他驚聲叫道，「您打算整修這棟漂亮的小屋？不行，我絕對不同意這種事！在我看來，牆上連塊石頭也不需要填補，空間再擴大一分都嫌多！」

「別這麼緊張。」艾蓮娜說，「我們不會做那種事，母親才沒有多餘的錢整修呢！」

「真高興聽妳這麼說。」他高聲說，「要是她想把錢花在這種地方，那我倒希望她一輩子都一貧如洗。」

「真謝謝你啊，韋勒比。我向你保證，要是你和心愛的女兒們對這棟小屋的情感如此真摯，我絕對不會違背你們的心意。如果這件事如此傷透你的心，那麼到了明年春天，無論手頭上還有多少餘錢，我寧可讓這筆錢閒置，也不願拿來翻修小屋。不過，你就真的這麼喜歡這棟小屋，認定她完美無缺嗎？」

「沒錯。」他說，「在我眼裡找不出一絲缺點，甚至覺得它是唯一能帶來無比快樂的地方。要是我夠有錢的話，就會立刻把庫姆莊園的房子給拆了，重建一幢和這兒一模一樣的小屋。」

「那麼樓梯就得蓋得陰暗狹窄，還要有個煙霧瀰漫的廚房啦！」艾蓮娜說。

「沒錯！」他用同樣熱切的語調說，「一磚一瓦都會完整無缺地保留下來。無論這些陳設便利與否，任何枝微末節都不能有一絲一毫的變動！如此一來，我才可能在住進庫姆莊園後，重獲待在巴頓小屋裡的快樂時光。」

「我想，」艾蓮娜說，「即使未來你擁有更舒適的房間、更寬敞的樓梯，你也會認定自己的房子完美無瑕，一如你現在對這棟小屋的感覺。」

韋勒比說：「那樣的環境確實投我所好，但是，我對這棟小屋永遠充滿感情，沒有任何地方可以剝奪我對她的喜愛。」

達希伍德夫人以欣慰的目光看著瑪莉安，她眼神閃閃發亮，目不轉睛地盯著韋勒比，彷彿對他的想法完全瞭然於心。

他繼續說：「我多希望一年前回到亞倫罕時，妳們就已經搬進巴頓小屋了！每當我經過這幢小屋時，屋況看起來總是如此完美，不禁讓人覺得空在這裡真是太可惜了。我怎麼也沒想到，當我再次回來時，從史密斯夫人口中聽到的第一件消息，就是有人搬進了這幢小屋！我頓時高興極了，甚至預感能在這裡度過幸福快樂的時光。瑪莉安，妳說是不是啊？」他低聲對瑪莉安說，接著恢復原本的語氣：「但是妳有可能會破壞這間屋子，達希伍德夫人。異想天開地的改建只會剝奪它原有的單純美感！我們在這間漂亮的客廳初次相遇，也在此共度無數美好時光，您要是把它改建成平凡無奇的門廳，大家只會格外想念曾經如此愜意舒適的環境，其他任何裝潢再美麗的寓所都無法比擬。」

達希伍德夫人再次向他保證，絕對不會以這種方式整修小屋。

「您真是太好心了。」他激動地回答，「有您的承諾，就讓我放心了。如果您可以再答應我幾件事，我會由衷感激。請答應我，您不但不會整修小屋，與令嬡也不會有任何改變；妳們永遠會像現在一樣親切歡迎我，正因如此，才能讓巴頓小屋在我眼裡顯得如此美好。」

達希伍德夫人欣然允諾，韋勒比一整晚都顯得高興不已，幸福洋溢。

「你明天會來與我們共進晚餐嗎？」當他準備離開時，達希伍德夫人問道。「不必一早就過來，我們得先去莊園拜訪米德頓女士。」

他答應會在下午四點鐘[39]抵達。

39 當時人們通常於下午四點吃晚餐，晚上八點再享用晚茶。

15

翌日，達希伍德夫人與兩名女兒前往莊園拜訪米德頓女士；瑪莉安藉口要處理一些雜事，並未同行。達希伍德夫人猜想，韋勒比想必前晚與瑪莉安約好，要在她們離家時來訪，便欣然同意女兒留在家裡。

一行人返家時，韋勒比的馬車和僕人正在小屋前候著，達希伍德夫人不禁慶幸自己推測正確。目前為止，狀況確實一如她的預期，卻沒想到進屋後的情景完全出乎意料。她們剛踏上走廊，瑪莉安正好匆匆忙忙地走出客廳，情緒顯然十分激動，一邊拿著手帕拭淚，沒注意到她們進門，就迅速跑上了樓。她們大為驚訝，立刻察覺出事了，直接走進她方才離開的客廳，只見韋勒比背對著她們，獨自斜倚在壁爐架旁。他注意到一行人走進房裡，便轉過身來。從他的表情看來，他也和瑪莉安一樣情緒激動。

「瑪莉安怎麼了？」達希伍德夫人高聲問道，「她身體不舒服嗎？」

「她應該沒事。」他裝出高興的模樣，硬擠出一絲笑容。「不舒服的人是我——我現在真是失望透頂！」

「失望透頂？」

「沒錯，我無法遵守與妳們的約定了。今天早上，史密斯夫人仗著自己有錢有勢，指使起我這個窮困的遠房親戚，要我前往倫敦替她辦事。我剛依照吩咐離開了亞倫罕，接著前來此處與各位道別。」

「倫敦！你今早就要出發了嗎？」

「現在就得啟程了。」

「真是太令人遺憾了。但是史密斯夫人的意思又不得不照做。希望這份差事不會耽誤你太多時間。」

韋勒比臉色一紅，回道：「您真是太好心了。然而，我不確定能否很快返回德文郡。我一年只會回來探望史密斯夫人一次。」

「難道你只想探望史密斯夫人？這裡只有亞倫罕才會歡迎你的到來嗎？韋勒比，難不成你一點都不想回來看看我們？」

他的臉色變得更紅，雙眼直盯著地上，僅僅答道：「您真是太客氣了。」

達希伍德夫人一臉驚訝地看著艾蓮娜，她也感到同樣震驚。他們悶不吭聲了好一陣子，最後達希伍德夫人打破沉默。

「親愛的韋勒比，我只想告訴你，巴頓小屋的大門永遠為你敞開。我不奢求你馬上回來，只有你清楚史密斯夫人交給你的差事得花上多少時間，我相信你心裡有數，也不會對你的打算妄加揣測。」

韋勒比心慌意亂地說：「我要處理的事情有些棘手——我無法妄下定論——」

他就此打住。達希伍德夫人震驚得說不出話來，再次沉默不語。接著韋勒比掛上一抹慘澹的微笑，開口說：「這種拖拖拉拉的態度真是愚蠢至極。如今再也無法與妳們歡聚，再待下去只是折磨自己，我不該繼續逗留了。」

他匆匆向一行人道別，離開了房間。她們目送韋勒比上了馬車，沒多久就消失在視線中。

達希伍德夫人千頭萬緒，一時無語，隨即走出客廳，獨自為這場突如其來的別離擔憂。

艾蓮娜的憂心與母親不相上下，想起方才的情景，不禁令她焦慮不安。韋勒比向她們道別的態度顯得如此難堪，一臉強顏歡笑；最重要的是，他竟然拒絕了母親的邀請，遲疑不決的態度也不像熱戀時該有的樣子，與他平日的模樣大相逕庭，令她手足無措。她一度擔心韋勒比不曾認真打算與瑪莉安結婚，接著又猜想他和妹妹吵了一架；看瑪莉安走出客廳時那副悲痛模樣，爭執似乎是相當合理的解釋。只是她想到瑪莉安對韋勒比用情之深，實在很難相信兩人之間會發生如此嚴重的摩擦。

但是，無論什麼原因導致兩人分隔兩地，瑪莉安傷心欲絕可想而知。艾蓮娜心疼地想著，瑪莉安想必正痛哭失聲，甚至可能越陷越深，越覺悲痛。

約莫過了半小時，達希伍德夫人回到客廳；儘管她的雙眼有些紅腫，神色卻還顯得鎮定。

「艾蓮娜，我們親愛的韋勒比現在離巴頓可有好些距離了。」她坐下來忙起針線活，一面說：「他這一路上心情該有多沉重哪！」

「這真是太不尋常了。說走就走！彷彿一轉眼就結束了。昨晚他和我們待在一起時看起來多麼高興，笑容燦爛，對所有人都如此深情！現在，花了不過十分鐘道別，就這麼掉頭離開，似乎還打算一去不返！想必出了什麼大事，他卻隻字不提，和平時的模樣天差地遠。您想必也看得很清楚他變得多麼反常！到底發生了什麼事？他倆可能吵架嗎？還能有什麼原因，讓他如此不情願再回來看看我們呢？」

「艾蓮娜，他並非出於己願拒絕我們的心意，我很清楚這一點。他不得不接受這一切。我認真思考了一遍，即使我們起初都感到難以置信，但是，現在一切都說得通了。」

「您真的知道這是怎麼一回事嗎？」

「沒錯，我找出讓自己非常滿意的合理解釋。但是艾蓮娜，妳生性多疑，這個答案想必無法讓妳滿意，我很清楚這點；儘管如此，我還是相信這就是事實。我認為，史密斯夫人發現他對瑪莉安的心意後不甚贊同（或許她對韋勒比的婚事自有打算），因此急著要他離開，隨便捏造了個理由讓韋勒比前往倫敦。我認為真相就是如此。他想必意識到史密斯夫人會堅決反對這樁婚事，因此不敢坦承自己已和瑪莉安訂婚；他的生活仰賴史密斯夫人，自然不得不依照她的心願暫時離開德文郡。妳或許認為事情經過不見得就是如此，但是我不想聽到吹毛求疵的分析，除非妳找得出更合理的解釋。艾蓮娜，妳有什麼想法嗎？」

「我無話可說，妳已經很清楚我的答案了。」

「妳會告訴我，不見得是這麼一回事。艾蓮娜，妳實在令人摸不著頭緒！妳總是寧願往壞處想。妳同情瑪莉安的悲慘遭遇，認為可憐的韋勒比犯了錯，不願為他找理由辯解。妳認定他不可原諒，只是因為他與我們道別時，表現得不若以往情深意重。倘若只是因為一時無心，或是最近遭受挫折而情緒低落，難道也如此罪無可赦嗎？只因無法百分之百肯定，妳就不願接受所有可能的解釋？我們都深愛這孩子，還不能為他找出袒護的理由嗎？他或許有難言之隱，不得不暫時守口如瓶。妳究竟在懷疑他什麼呢？」

「我自己也說不上來。我們剛才親眼看到他如此反常的態度，我自然會懷疑發生了什麼不愉快的事。但是，您剛剛為他辯護的理由確實無可厚非，我亦期許自己對所有人保持客觀正確的評斷。韋勒比方才的舉動想必有充分理由，我也希望他確實有正當動機。只是，我仍希望他直截了當地說明，這才是韋勒比的作風。每個人都可能藏有祕密，然而韋勒比有所隱瞞，還是令我大感意外。」

「在情非得已的狀態下違背自己的行事作風，倒也情有可原，就別再苛責他了。但是，妳真的願意接受我為他辯解的理由？真令人高興——他可沒做錯什麼。」

「倒也不盡然。他或許是該向史密斯夫人隱瞞他們訂婚的消息——如果他們確實已經訂婚了——如此一來，韋勒比當下暫離德文郡，倒也不失為上策。儘管如此，他實在沒有理由對我們隻字不提。」

「對我們隻字不提！親愛的，妳竟然指責韋勒比和瑪莉安刻意對我們隱瞞實情？這就怪了，妳總是責備他們不夠謹慎啊！」

「他倆對彼此的心意我們都看在眼裡。」艾蓮娜說，「然而，我需要他們親口證實訂婚的消息。」

「我對他倆的感情和婚事都深信不疑。」

「但是就這件事，他們可不曾對妳吐露過隻字半語。」

「既然一切盡在不言中，他們說與不說，倒也無所謂了。至少這兩星期以來，看他對待瑪莉安和我們的態度，在在清楚地宣告，他不僅深愛瑪莉安、將她視為未來的妻子，也把我們視為親近的家人真心相待。我們難道還不夠了解彼此嗎？他的一言一行、一字一語，他那體貼入微、滿懷深情的態度，不是都在尋求我的同意嗎？親愛的艾蓮娜，他們的婚約豈不是明擺在眼前了？妳怎麼還會有懷疑的念頭呢？韋勒比明知瑪莉安深愛著他，又怎麼可能棄她而去好幾個月，卻未曾透露他的熾烈心意？他們難道不是在彼此互信的基礎上，才選擇分離的嗎？」

「我承認，」艾蓮娜說，「一切跡象都顯示，他們確實已經互訂終身，除了一件事之外——他們對此絕口不提。這對我而言才是關鍵。」

「太令人費解了！妳想必對韋勒比有什麼不滿，否則他們情投意合的事實明擺在眼前，為什麼妳就是不願相信呢？難不成他對瑪莉安的一切都是虛假？妳認為他根本不在乎瑪莉安嗎？」

「我沒有那樣想。他對待瑪莉安確實是真心誠意。」

「既然他如此真心誠意，為什麼又會如妳所想，如此冷酷無情地棄她而去，絲毫不關心兩人的未來呢？多麼奇怪！」

「親愛的母親，您得記住，我從來不是百分之百肯定這樣的想法。我承認自己有所顧慮，但是，這些疑心相當薄弱，或許很快就會消失殆盡。倘若我們發現他們之間有書信往來[40]，我就不會再感到如此憂心忡忡了。」

「妳這退讓還真大呢！妳大概得親眼看到他們走向教堂的祭壇，才會相信他們真要結婚了。妳這孩子真沒禮貌！我不需要這種證據。我對此深信不疑，不認為他們刻意對我有所隱瞞，一切都如此顯而易見，證據就明擺在眼前！妳不會質疑妹妹的心意，那就是對韋勒比抱有疑慮了。不過這又出於什麼原因？難道他不是感情真摯的高尚青年嗎？他有什麼表裡不一的行徑，令妳心生疑竇？難不成他會欺騙我們？」

「沒這回事，我相信他不是這樣的人。」艾蓮娜高聲說，「我很喜歡韋勒比，打從心底喜歡他；若是對他的高尚品格有所質疑，我的痛苦絕對不亞於您。我就是不由自主地有所猜忌，但是我不想放任自己繼續起疑。我承認他今早的行徑簡直嚇壞我了。他說話的模樣變得好陌生，甚至如此唐突無禮地拒絕您的好意。不過，或許您猜測的原因，可以合理解釋他的所作所為。他才剛和瑪莉安分手，眼看著她傷心欲絕地奪門而出。如果他真的因為不敢違逆史密斯夫人、不得不抗拒自己想馬上回來的心意，卻又很清楚，一旦拒絕您的邀約、推託自己無法馬上回來，會在我們心目中留下多麼糟糕的印象，並引起我們的猜疑，想必會令他困窘不安。在如此狀況下，我寧可他直截了當地坦承自己的難處，不僅能獲得我們的尊重，也才更符合他平日的性格。但是我不能如此心胸狹隘，只因為他人的見解與我不同，或沒有依照我所認定的方式，表現出合理一致的舉止，就否定對方的行為。」

「說得對極了。我們絕對不能失去對韋勒比的信任。我們和他雖然相識不久，卻對他毫不陌生，又有誰批評過他的任何缺點？如果他可以為自己作主，又結婚在即，卻什麼都不交代清楚就唐突離去，那確實很不尋常。但是，今天的狀況並非如此。就某些方面而言，這樁婚事打從一開始就不是那麼順遂，因為婚期還顯得遙遙無期。照此看來，即使他們確實有心隱瞞，也顯得無可厚非。」

此時瑪格麗特走進屋來，打斷了母女倆的談話。艾蓮娜得以沉思母親的言論，承認許多說法不無道理，希望對這一切情況都是合理的答案。

直到晚餐時間，瑪莉安才走進飯廳，一聲不吭地坐在桌前。她的雙眼紅腫，似乎好不容易才將眼淚忍住。她刻意避開所有人的視線，食不下嚥，一語不發。過了一會兒，達希伍德夫人滿是憐惜，靜靜地握住她的手，終於令她故作堅強的情緒潰堤，哭著離開了飯廳。

整個晚上，瑪莉安沉浸於強烈的悲傷之中，整個人彷彿洩了氣的皮球，既無法克制自己，也不願逼自己振作起來。只要稍微提及韋勒比，就會令她瞬間跌入萬丈深淵。雖然母親和姊妹心急如焚地安慰瑪莉安，但是，無論她們說了什麼，總能讓她無可避免地聯想到韋勒比。

---

40 未訂下婚約的男女嚴禁通信，所以艾蓮娜將此視為韋勒比與瑪莉安訂婚的證據。

16

要是和韋勒比分離的當天晚上，瑪莉安還能安然入睡，她想必不會原諒自己；假如隔天早上精神飽滿地起床，她將羞於面對家人。正因為這種視鎮靜為羞辱的想法，讓她避免了羞愧的可能；她整晚無法闔眼，整夜以淚洗面。隔天一早她頭痛欲裂，沒有力氣說話，胃口盡失。她的母親和姊妹對此憂心忡忡，卻怎麼樣也安慰不了她。還有誰的情感表現比她更為強烈！

早餐過後，她獨自外出散心，漫步到了亞倫罕；她沉浸在過去的種種快樂回憶，不禁為了失去一切的當下放聲痛哭。

這天晚上，她依然深陷於同樣的情緒，無可自拔。她不斷彈奏每首曾和韋勒比一起聆賞的喜愛曲目，回想過往他倆一同歡唱的時刻；她坐在鋼琴前，出神地盯著韋勒比為自己寫下的樂譜，排山倒海而來的悲傷襲上心頭，讓她幾乎喘不過氣來。日子一天一天過去，她依然走不出心裡的傷痛。她鎮日坐在鋼琴前，時而歌唱，時而痛哭，始終以淚洗面。讀書也好，彈琴也罷，俯拾皆是今非昔比的感傷回憶，令她傷心欲絕。其他書籍她一律碰也不碰，只是一個勁地翻閱兩人曾一同讀過的書籍。

如此強烈的苦楚不可能持續一輩子，過了幾天，憂傷便逐漸沖淡；但是當瑪莉安恢復平日的作息，一如往常獨自外出散心時，悲傷仍會偶爾湧上心頭，令她泣不成聲。

韋勒比未曾捎來隻字片語，瑪莉安似乎也不指望收到他的信。達希伍德夫人對此感到詫異，艾蓮娜則又不安了起來。不過，達希伍德夫人總能替眼下的狀況找出合理解釋，至少令自己稍感寬慰。

她說：「艾蓮娜，妳可別忘了，約翰爵士總是親自為我們往返送信。我們都認定這樁婚事非保密不可，假如他倆還保持魚雁往返，約翰爵士不可能對此守口如瓶。」

艾蓮娜不得不承認所言不假，也試著為他們絕口不提的原因找出合理解釋。可是，眼前有個如此直截了當的簡單方式，她認定能立刻揭開謎底，讓一切真相大白，因此她忍不住向母親提出建議。

她說：「您何不親口問問瑪莉安，是否已經和韋勒比訂婚了呢？您身為母親，一向待她如此寬容，想必不會惹惱她，母親關心婚事是自然不過。她向來坦誠，對您更是如此。」

「我說什麼都不可能開口問她。假如他們確實還未訂婚，這個問題會多麼傷她的心！這麼做實在太無情了。她既然不打算提這件事，在這節骨眼問她，她想必再也不會信任我了。我對瑪莉安了解不過，她很愛我，倘若時機成熟，我絕對不會是最後一個得知此事的人。我不想勉強任何人，這孩子失去的夠多了，儘管她心底不情願，或許還是會出於責任感，勉為其難地說出來。」

艾蓮娜認為妹妹年紀尚輕，這份寬容有些過了頭，又試著勸說母親開口，卻仍徒勞無功。

如今達希伍德夫人讓浪漫的天性牽著走，即使是尋常不過的謹慎關心，也在情感渲染下顯得不切實際。

過了許多天，家人依然不敢在瑪莉安面前提起韋勒比的名字。約翰爵士和詹寧斯夫人可就沒這麼好心，兩人的玩笑話總令瑪莉安更加痛心。然而，一天晚上，達希伍德夫人無意間拿起一本莎士比亞文集，大聲說：

「瑪莉安，我們還沒讀完《哈姆雷特》呢！還不知道結尾，親愛的韋勒比就遠行去了。我們就先把這本擱著吧！等他回來再一起讀完……只是，我們可能得等上好幾個月呢！」

「好幾個月！」瑪莉安驚呼，「不會的——說不定連幾個星期都不用！」

達希伍德夫人暗自懊悔自己說出這番話，卻讓艾蓮娜感到欣慰不已，因為從瑪莉安的回答聽來，她顯然還是對韋勒比有信心，也很清楚他的想法。

韋勒比離開約一週後，這天早上，姊妹們總算說服瑪莉安一道出門散心，不讓她獨自溜達。在此之前，瑪莉安出外散步時，總會刻意避開所有人，要是姊妹打算前往高地，她就會繞道其他小徑；她們要到山谷，她就往山上去，趕在其他人啟程前不見蹤影。不過，艾蓮娜堅決反對她繼續封閉自己，瑪莉安最終也動搖了。她們沿著村裡的小路散步，起初都不發一語，因為瑪莉安依然心事重重。艾蓮娜已十分慶幸她願意同行，因此不打算強迫她開口。山谷入口土壤肥沃，卻沒有雜草叢生，視野顯得十分開闊；眼前一條蜿蜒長路，就是她們初抵巴頓時經過的地方。她們停下腳步環顧四周，欣賞從小屋看不到的另一番光景；她們以往散步時不曾走到這裡，自然未曾見過這些景色。

眼前的景象中忽然出現人影，一名男子騎著馬朝她們疾馳而來；她們逐漸辨識出一名衣著優雅的紳士。過沒多久，瑪莉安便欣喜若狂地驚呼：「是他，真的是他！我就知道！」她立刻拔腿朝對方狂奔而去，艾蓮娜則在身後大喊：「瑪莉安，妳看錯了，那不是韋勒比！他不像韋勒比那麼高大，氣質也有別於他。」

「是他，就是他！」瑪莉安大聲說，「我確定就是他。他有相同的氣質，穿著一樣的大衣，我也認得那匹馬。我就知道他很快回來！」

她一面說，一面迫不及待地往前走；艾蓮娜幾乎確信來人並非韋勒比，因此努力加快腳步跟上瑪莉安。過沒多久，她們與那名紳士的距離不到三十碼，瑪莉安再次定睛細看，一顆心頓時沉入谷底，旋即倉促轉身往回跑。艾蓮娜和瑪格麗特高聲喝阻她，此時耳際傳來和韋勒比同樣熟悉不過的嗓音，也同聲要她停下腳步；她十分驚訝地轉過身來，欣喜不已地發現，眼前竟是愛德華．費勒斯。

此時此刻，也只有愛德華，能讓瑪莉安拋卻來者並非韋勒比的失望之情，並展開笑顏歡迎對方。她擦去淚水，對他粲然一笑，替姊姊感到十分開心，暫時忘了自己的沮喪。

愛德華下了馬，將馬匹交給僕人，與她們一同走回巴頓，顯然是特地前來拜訪達希伍德一家的。

達希伍德一家都興高采烈地迎接他，尤其是瑪莉安，態度比艾蓮娜更為熱情。愛德華和艾蓮娜即使相遇，對彼此的態度仍相當拘謹。以往在諾蘭莊園，瑪莉安便對兩人平淡得出奇的相處方式習以為常；但是，愛德華顯得格外冷淡，言行舉止怎麼看都不像久別重逢的戀人。他看起來十分茫然，見到她們似乎沒有絲毫興奮，臉上沒有任何愉悅的表情；他沉默寡言，有人提問才勉為其難地開口回答，對艾蓮娜也未曾展現格外親密的熱情。瑪莉安將一切看在眼裡，心裡愈發驚訝，幾乎要開始厭惡起愛德華來。她更情不自禁，不時回想起韋勒比來；相形之下，韋勒比的風度簡直讓未來的姊夫望塵莫及。

大家驚喜地寒暄一番，沉默了片刻後，瑪莉安開口詢問愛德華，是否直接從倫敦趕來。他回答，已回到德文郡兩個星期了。

「兩個星期！」她驚呼，十分訝異他和艾蓮娜待在同地這麼長一段時間，之前竟未曾來訪。

他接著有些焦慮地解釋，這段期間都和朋友待在普利茅斯附近。

「你最近去過薩塞克斯郡嗎？」艾蓮娜問道。

「大約一個月前，我曾回諾蘭莊園一趟。」

「可愛的諾蘭莊園現在是什麼模樣？」瑪莉安高聲問道。

「我們朝思暮想的諾蘭莊園，」艾蓮娜說，「在這個時節，想必和往年沒有多少改變吧！無論樹林裡或步道上，四處都是落葉繽紛。」

「噢！」瑪莉安大聲嚷道，「以往看著樹葉落下，總是讓我興奮不已！散步時，一陣風吹來，樹葉窸窸窣窣如雨般飄落在我身上，多麼愜意呀！每到秋高氣爽的時節，這總是令人精神一振。但是，現在沒有人欣賞了，他們只覺得落葉惱人，匆匆一掃而過，圖個眼不見為淨。」

艾蓮娜說：「可不是每個人都像妳一樣，對落葉如此鍾情。」

「確實如此，很少人像我有一樣感受，也不見得充分理解我的心情。不過，有時確實還是有人明白。」她說著，一時陷入沉思，不過很快又打起精神來。「愛德華，」她讓愛德華端詳眼前的景色，「這裡是巴頓山谷。你抬起頭來，可別太過激動。看看那些美麗的山！你見過能與此比擬的美景嗎？左邊就是巴頓莊園，坐落在樹林與農場之間，你可以瞧見屋子的一端。看到矗立在最遠處的高山了嗎？山腳下就是我們的小屋。」

「真是美麗的鄉間風光。」他回道，「不過，這些低窪地一到冬天，想必就變得泥濘不堪了吧。」

「眼前有如此美景，你怎麼會想到這種事情去了呢？」

他笑著回答：「因為我眼前除了美景之外，還有一條塵土飛揚的小路。」

「這可真怪！」瑪莉安一面喃喃自語，一面繼續往前走。

「你們和鄰居處得好嗎？米德頓一家討人喜歡嗎？」

「一點都不好。」瑪莉安回道，「沒有人過得比我們更悲慘的了。」

「瑪莉安，」她的姊姊高聲說，「妳怎能說出這種話？妳這樣對得起他們嗎？費勒斯先生，米德頓一家非常令人敬重，總是不遺餘力地關照我們。瑪莉安，妳難道忘了我們共度多少美好時光嗎？」

「我沒有忘記。」瑪莉安低聲說：「連痛苦的時刻也記得清清楚楚。」

艾蓮娜再也不想爭辯下去，將注意力轉回愛德華身上，試著和他聊起現在愜意的小屋生活，促使他偶爾提問，發表幾句意見。他的態度依舊冷淡拘謹，不禁令艾蓮娜相當困窘；她感到心煩意亂，甚至有些惱怒。但是，她決定念及過往的情份，不受當前的轉變影響，因此仍避免流露出一絲憤怒或不悅，盡力待他如家人般友善。

17

達希伍德夫人見到愛德華時，只驚訝了一會兒，便立刻冷靜下來；畢竟在她看來，愛德華拜訪巴頓小屋是再自然不過的事。她所流露出的喜悅與關愛之情，倒是遠遠超過心中的訝異。她極為熱情地歡迎愛德華，融化他原本羞怯冷淡的拘謹態度；打從一進屋，達希伍德夫人真誠相待的心意，便逐漸瓦解他的武裝，最後更讓他徹底放下心防。事實上，深受達希伍德小姐們吸引的男士，幾乎同樣喜歡達希伍德夫人。艾蓮娜十分欣慰地看著愛德華恢復她所熟悉的一面，他總算找回以往對待她們的熱絡態度，相當關心一家人生活的現況。儘管如此，他看起來依然悶悶不樂。他對這幢小屋和四周景致讚不絕口，關懷無微不至，卻仍然顯得無精打采。母女四人對此心照不宣，達希伍德夫人將此歸咎於他那心胸狹窄的母親，在餐桌前坐下時，仍忿忿不平地數落著自私的父母。

晚餐過後，他們圍坐在壁爐前，達希伍德夫人開口問道：「愛德華，費勒斯夫人現在對你有什麼打算？你還是得違背自己的意思，在眾人面前侃侃而談嗎？」

「我不這麼想。我希望母親如今已接受現實，我既沒有那樣的天份，也不願意選擇從政這條路！」

「但是這樣一來，你該如何建立自己的名聲呢？你必須一舉成名，才能滿足家族對你的期望。如果你不愛花錢、不善交際，沒有穩定的工作，又毫無自信，日子會很難過的。」

「我從不奢望要出人頭地，也找不出任何理由要讓自己聲名遠播。感謝上帝！誰都無法逼我成為口若懸河的天才。」

「我很清楚你毫無野心，自甘平凡。」

「我相信世界上大多數人都自甘平凡。我同樣希望開心過日子，可是，和所有人一樣，我得走自己的路才能過得快樂。追逐名利不會令我樂在其中。」

「要是能樂在其中，那才奇怪呢！」瑪莉安高聲嚷道，「財富和名聲怎麼能帶來幸福呢？」

「名聲確實與幸福沒有多大關聯，」艾蓮娜說，「不過，財富與快樂可就息息相關了。」

「艾蓮娜，這種話太丟人了！」瑪莉安說，「唯有一切事物都無法帶來快樂時，財富才能令人感到幸福。對我而言，金錢除了帶來富足的生活，根本無法帶給人們真正的滿足。」

艾蓮娜笑著說：「或許我們的觀念並無二異，妳所謂的富足生活，和我提到的財富近乎一致。看看現今世界的運作方式，沒有財富，我們就無法奢望任何舒適的生活品質。妳只是將自己的觀念說得比較冠冕堂皇罷了。說說看，要達到妳口中的富足生活，門檻是多少？」

「一年大約一千八百英鎊或兩千英鎊就夠了，不需要更多。」

艾蓮娜大笑。「一年兩千英鎊！我只要一千英鎊就滿足了。這結果一如我料。」

「一年兩千英鎊只是非常微薄的收入。」瑪莉安說，「再低就無法維持基本的家庭開銷了。我相信我的要求並不過分。聘請幾個佣人，有一、兩輛馬車代步，再養幾匹獵馬，少於兩千英鎊可就不夠用了。」

艾蓮娜聽到妹妹如此精準計算未來在庫姆莊園[41]的家庭開銷，不禁莞爾一笑。

「獵馬！」愛德華說，「為什麼你們需要獵馬？又不是所有人都要打獵。」

瑪莉安臉色紅了起來，回答：「可是，大部分的人還是會打獵。」

瑪格麗特突發奇想，說：「但願有人可以送我們每人一大筆錢！」

「噢，會有人給的！」瑪莉安大聲說，眼神閃閃發亮，一臉幸福洋溢，沉浸在美好的想像中。

艾蓮娜說：「我想，儘管我們並不富有，心裡都還是抱持著希望。」

「噢，親愛的！」瑪格麗特大聲說，「我會多麼高興呀！要是我有這麼一大筆錢，該拿來做什麼好呢？」

瑪莉安看起來似乎早有答案。

達希伍德夫人說：「假如我的女兒不需要母親協助，就都成了有錢人，要我自己花掉這麼一大筆錢，想必也令我不知所措呢！」

「您先好好整修這棟屋子。」艾蓮娜說，「花起錢來就會得心應手了。」

愛德華說：「真要如此，妳們全家就得到倫敦一趟，大肆採購一番啦！書商、樂譜商和畫

---

41 庫姆莊園（Combe Magna）：韋勒比的莊園。

廊都要樂得闔不攏嘴了。達希伍德小姐會花錢買下每一張新上市的版畫；至於瑪莉安，我知道她心性崇高，全倫敦的樂譜大概還滿足不了她呢！還有少不了的書！詹姆斯．湯姆森[42]、古柏、司各特，我敢說她會瘋狂買下每一本詩集，免得落入不懂欣賞的俗人手中。要是有哪本書教讀者如何欣賞歪歪扭扭的老樹，她也會毫不猶豫地買下。瑪莉安，對吧？倘若我說得有些失禮，還希望妳見諒。我只是想告訴妳，我可沒忘記我們過去的爭論呢！」

「愛德華，我很喜歡憶起從前。無論喜怒哀樂，都是美好的回憶，我一點也不介意你提起過往的日子。看來你很清楚我會把錢花到哪裡去，至少我的零用錢肯定會花在最喜歡的樂譜和書籍上。」

「妳還會花一大筆錢當作年金，為妳喜歡的作家和後代伸出援手。」

「那倒不會，愛德華，我會把錢用在別的地方。」

「那麼，要是有人把妳奉為圭臬的理念寫進書裡，妳也可以好好獎賞一番。每個人一輩子只能談一場戀愛——我猜，妳的想法至今仍未改變？」

「沒錯。到了我這年紀，想法大多已根深柢固，眼前所見所聞也很難改變心中的定見。」

艾蓮娜說：「你瞧，瑪莉安始終堅定不移，未曾改變。」

「她只是變得有些嚴肅。」

「才不呢，愛德華。」瑪莉安說，「你大可不必批評我，你自己也沒有開心到哪裡去呀！」

「你為什麼會這麼想呢？」他嘆了一口氣，答道：「不過，我本來就不是性格開朗的人。」

「我也不認為瑪莉安性格開朗。」艾蓮娜說，「我很難用『活潑』形容她。她個性認真，對自己有興趣的事物衝勁十足；說起話來滔滔不絕，總是如此精力充沛。但是，她並非永遠興高采烈。」

「妳說得沒錯。」他回答，「不過，我始終認定她是個活潑的女孩。」

「我很常注意到自己犯了以偏概全的毛病，」艾蓮娜說：「認定某些人就是性格開朗或個性嚴肅，發現他們比我想像中聰明或愚笨，總是和實際狀況截然不同，卻很難找出我下此定論的原因。有時候可以根據本人對自己的描述來判斷，不過，大多時候都是從別人口中聽到談論對方的想法，我卻沒有花時間求證、謹慎評斷。」

「艾蓮娜，」瑪莉安說，「我倒覺得，被別人的想法牽著走沒有什麼不對。我們之所以擁有判斷力，往往只是為了服從於他人的意見。我想，這向來是妳的原則。」

「不對，瑪莉安。我的原則從來不是屈服於他人的評斷。我只是試著開導妳的言行舉止，不要誤解我的用意。我承認，我總是希望妳對周遭的人更有禮貌，對此我感到很抱歉；但是，我什麼時候建議妳，要在緊要關頭時全盤接受他們的意見，或者完全相信他們的判斷？」

「看來妳還是無法讓令妹對所有人都保持禮貌。」愛德華對艾蓮娜說，「妳還沒說服她？」

---

42 James Thomson，1700-1748，蘇格蘭詩人，擅長描寫自然之美，最著名的作品為抒情詩《四季》（*The Seasons*）。

「正好相反。」艾蓮娜回答，意味深長地看著瑪莉安。

他接著說：「針對這個問題，我完全認同妳的看法；不過就實際做法而言，我或許更為傾向瑪莉安。我當然無意冒犯別人，但是，由於生性過於害羞笨拙，讓我看起來總是顯得漫不經心。我常認為，因為天性使然，我偏向和基層的人們打交道；置身於全然陌生的上流社交圈裡，總是令我感到非常不自在！」

艾蓮娜說：「瑪莉安毫無羞怯可言，就不能以此做為自己漫不經心的藉口。」

「她太了解自己了，不需要故作害羞。」愛德華回答，「就某方面來說，害羞不過是反映出自卑感。我要是能說服自己我的態度相當從容大方，也就不會感到羞怯了。」

「可是，你還是會顯得非常拘謹。」艾蓮娜回答，「這樣更糟。」

「拘謹！瑪莉安，妳覺得我很拘謹？」

「是啊，拘謹得很。」

「我不懂妳的意思。」愛德華滿臉漲得通紅，答道：「拘謹！為什麼？什麼態度讓妳覺得我很保守？我該說些什麼？妳為什麼會這樣想？」

愛德華如此激動，讓艾蓮娜看起來有些驚訝，不過她試著對此一笑置之，向他說：「你還不了解瑪莉安嗎？你一定明白她的意思。要是有人講起話來比她慢條斯理，對她喜歡的事物沒有表現出同樣的熱情，她就會認為對方態度拘謹。」

愛德華不再接腔。他表情嚴肅，深深陷入沉思。他坐在那兒，好一陣子都沉默不語。

18

艾蓮娜看著愛德華情緒如此低落，感到十分不安。愛德華的來訪並未讓她心滿意足，他似乎不怎麼樂在其中。他看起來顯然鬱鬱寡歡，她多希望愛德華對自己的情意也能表現得如此明顯，這份情感過去曾帶給她莫大鼓舞。然而，目前看來，愛德華對她的心意似乎曖昧不明；有時態度冷淡疏離，下一秒的眼神又滿是深情。

隔天早上，其他人尚未下樓，愛德華已與艾蓮娜、瑪莉安一同走入餐廳。瑪莉安總是想方設法活絡他倆之間的氣氛，很快就留兩人單獨在餐廳裡。但是，她樓梯還沒走到一半，就聽到客廳傳來開門聲。她轉過身來，震驚地看著愛德華獨自走出餐廳。

「我要去村裡看看我的馬匹[43]。」他說，「反正早餐還沒準備好，我很快就回來。」

愛德華回來時，對四周的風景讚嘆連連；他往村裡走去的路上，對許多優美的景致留下深刻印象。村子坐落的位置比小屋高，因此能將周圍美景盡收眼底，讓愛德華看得瞠目結舌。這番談論自然開啟了瑪莉安的話匣子，興高采烈地談起自己對這般美景的讚賞，要愛德華聊聊最

43 由於達希伍德家裡沒有馬廄，因此愛德華與僕役的馬匹寄放在旅店裡。

喜歡的景物，愛德華卻冷不防打斷她：「瑪莉安，妳問得太深入了。別忘了我對如畫美景[44]一無所知，要是談起具體細節，我既無知又缺乏鑑賞力，恐怕會惹得妳不高興。在我口中，崇山峻嶺成了陡峭的山丘；路面崎嶇不平，我只能形容成奇形怪狀；薄霧裡仍有遠景若隱若現，憑我的眼力卻什麼也欣賞不到。但是，我發自內心的讚美之辭，想必還是能讓妳滿意有加。這裡的鄉野景致美不勝收，高山聳立、林木參天，整個村落看起來雅致舒適；四處都有豐美的草原，乾淨整潔的農莊散落其中。這裡完全符合我心目中對於鄉村的完美印象，既有宜人美景當前，又有舒適的居住空間。此地的風景想必如詩如畫，妳總是為此驚嘆連連。我相信山上滿布奇岩怪石，青苔遍地，灌木叢生，可惜我無法欣賞箇中之美。我對如畫美景實在一竅不通。」

「恐怕確實如此。」瑪莉安說，「那你為什麼要大力稱讚此地風景呢？」

「我猜，」艾蓮娜說，「愛德華為了避免流於俗套，卻陷入了另一種窠臼。他認定許多人都會佯裝自己懂得欣賞自然之美；但是，他厭惡這種矯揉造作的姿態，便假裝自己對美景漠不關心，表現出毫無鑑賞能力的模樣。他向來一板一眼，自然也得故作一番姿態。」

瑪莉安說：「沒錯，對美景的讚賞似乎流於空談。所有人都佯裝自己真實感受到自然之美，故作高雅地形容何謂如畫美景。我討厭咬文嚼字，有時我寧可將這些讚嘆放在心底，因為除了平庸空洞的陳腔濫調，我實在找不出其他恰如其分的形容。」

愛德華說：「我相信妳確實是發自內心讚嘆美麗的景色；但是另一方面，妳姊姊也該理解，我所陳述的確實就是我所有的感受。我欣賞美景，不過並不是根據如畫美景的原則。我不喜愛外形扭曲、毫無生氣的枯樹，而是欣賞挺拔茂盛的高大樹木；我不喜歡破爛不堪的小屋，也對蕁麻、薊和石南花不感興趣；比起瞭望台，整潔舒適的農莊才深得我心。比起住在美麗山間的盜賊[45]，我更喜歡與衣著整潔、個性快活的村民為伍。」

瑪莉安一臉震驚地看著愛德華，心裡不禁深深同情起姊姊。艾蓮娜只是笑了起來。

他們不再談論相同的話題，瑪莉安隨即陷入沉思，直到一件新奇的東西突然吸引了她的目光：瑪莉安坐在愛德華身旁，他從達希伍德夫人手中接過茶時，手正好從她眼前晃過，瑪莉安因此注意到愛德華手上戴著一枚戒指，中間還鑲著一綹髮絲，看起來相當醒目。

「愛德華，我以前從來沒見過你戴戒指。」她高聲說，「那是芬妮的頭髮嗎？我記得她答應要送你一綹頭髮。不過，她的髮色似乎比較深。」

瑪莉安不假思索，這番話便脫口而出——但是，當她意識到自己深深刺痛了愛德華，不禁懊惱自己開口前欠缺思慮。愛德華滿臉漲得通紅，瞥了艾蓮娜一眼，答道：「沒錯，這是我姊姊的頭髮。髮色總會隨著戒指的光澤而有所變化。」

艾蓮娜迎向他的視線，臉上也掛著瞭然於心的表情。她知道那是自己的頭髮，頓時和瑪莉

---

44 如畫美景（picturesque）是威廉．吉爾平（William Gilpin）於一七八二年所提出的藝術理論，在本書寫作年代是很新潮的名詞與概念。

45 許多風景畫常以山賊作為主題。

安感到同樣高興。不過，姊妹倆的想法有所不同：瑪莉安認為那是姊姊送給愛德華的禮物；艾蓮娜卻心知肚明，愛德華耍了些小伎倆，在她不知情的狀況下偷偷取得自己的頭髮。她並不認為愛德華有心冒犯她，因此假裝視而不見，迅速轉移話題；但是，她決定抓緊每個機會仔細觀察那綹髮絲，以便確定那無疑是屬於自己的髮色。

接下來，愛德華侷促不安了好一陣子，最後甚至變得心不在焉，幾乎整個早上都繃著一張臉。瑪莉安對自己脫口而出的那番話感到相當自責，不過，要是她知道姊姊壓根兒沒生氣，想必很快就會原諒自己。

約翰爵士和詹寧斯夫人於午餐前登門拜訪。詹寧斯夫人聽聞有訪客來到小屋，特地趕來好好打探一番。在岳母的協助下，約翰爵士很快就意識到愛德華的姓氏開頭字母為「F」，以後可有的是材料揶揄專情的艾蓮娜，只是礙於他們與愛德華初識不久，還不敢立即造次。不過從那意味深長的神情看來，艾蓮娜很清楚，透過瑪格麗特提供的線索，他們已經嗅出端倪。

約翰爵士每每拜訪達希伍德一家時，總會邀請她們翌日到莊園共進晚餐，或是當晚一塊喝茶。這天，他認為自己有義務讓客人玩得盡興，便同時提出兩項邀約。

「你們今晚一定要與我們一起喝茶。」他說，「不然我們實在太寂寞了。明天也務必與我們共進晚餐，我們邀請了一大群客人。」

詹寧斯夫人點頭如搗蒜。「說不定還能舉辦一場舞會呢！」她說，「這可就讓妳大感興趣了吧！瑪莉安小姐。」

「舞會！」瑪莉安大叫，「怎麼可能！誰要來跳舞？」

「還有誰呢！當然是你們，還有凱雷一家和惠塔克斯一家。怎麼，妳認定某個傢伙不在，大家就跳不成舞了嗎？」

約翰爵士大聲嚷道：「我還真希望韋勒比可以回到我們身邊！」

這番話頓時讓瑪莉安滿臉通紅，愛德華也因此起了疑心。「誰是韋勒比？」他低聲詢問坐在身邊的艾蓮娜。

她只簡短地回答了幾句，但是瑪莉安的表情更加不言自明。愛德華仔細察言觀色，不僅明白了其他人的意思，也終於理解瑪莉安之前令他摸不著頭緒的複雜神情。賓客紛紛離去後，他立刻走到瑪莉安面前，悄聲說：「我釐清了一些頭緒，該不該將我心裡的想法告訴妳？」

「什麼意思？」

「我該說出口嗎？」

「當然。」

「好吧！我猜，韋勒比先生喜歡打獵。」

瑪莉安頓時感到又驚訝又困惑，但是，愛德華不動聲色的淘氣模樣，不禁令她莞爾。她沉默了一會兒，說：

「噢，愛德華，你怎麼猜得到？不過，如果時機成熟，我希望……我相信你會喜歡他的。」

「這絕對無庸置疑。」他回答。瑪莉安如此真心誠意、熱情洋溢，反而令他大為驚訝。他猜想韋勒比先生與瑪莉安不過泛泛之交，關係若有似無，只想逗逗她開心；要是他知道事實並非如此，絕不會貿然開這樣的玩笑。

19

愛德華在小屋住了一星期，達希伍德夫人真誠地希望他多待幾天。然而，愛德華彷彿想考驗自己，鐵了心要在大家玩得最盡興的時候離開。這兩、三天以來，雖然他的情緒依然起起伏伏，卻也漸入佳境；他對巴頓小屋的感情日益深厚，想到離開的時刻總不免唉聲嘆氣，嚷嚷著接下來不知如何打發時間，甚至不曉得離開她們後該何去何從。儘管如此，他仍非離開不可。時間不曾流逝得如此之快，這一星期轉眼即過，令他難以置信。愛德華不停將這些話掛在嘴上，還說了不少事，因而透露出他的心情轉折，先前的偽裝不攻自破——他在諾蘭莊園過得並不快樂，也厭煩待在城裡的生活；然而，無論是諾蘭莊園或倫敦，他都不得不回去了。他打從心底感謝達希伍德一家待自己如此親切，與她們共度的時光成了最大的快樂泉源。然而，儘管達希伍德一家和他自己都希望多待幾天，他也沒有任何時間限制，過了一星期，他還是執意離開，不再叨擾下去。

艾蓮娜將愛德華所有不尋常的舉動都歸咎於他的母親，即使她對愛德華的母親不甚瞭解，卻很慶幸，只要愛德華有任何反常之舉，都能以他的母親作為怪罪的藉口。儘管愛德華對艾蓮娜反覆無常的態度，令她感到既失望又苦惱，甚至有些生氣，不過她還是以最大的耐心真誠包容愛德華的一切作為；當初達希伍德夫人勸她如此體諒韋勒比時，可就沒這麼容易了。愛德華之所以無精打采、個性封閉又陰晴不定，正是因為他無法獨立生活，也深知母親的脾氣和對自己的厚望。他才住了幾天就執意離開，同樣起因於他無法脫離母親的掌控，不得不順著她的心意。長久以來，責任與理想之間、父母與子女之間，始終上演著根深柢固的交戰。若所有阻礙和對立不再延續，艾蓮娜該有多麼高興啊！什麼時候費勒斯夫人才能改變，讓她的兒子重獲自由、擁抱快樂的生活呢？然而，她知道目前一切只是空想，她得以尋求的慰藉，便是再次相信愛德華對自己的心意，並回想起愛德華住在巴頓小屋時，透過每個眼神、每一句話所流露出的情感；最重要的是，他的手上始終緊緊戴著那枚戒指，就是最令她欣喜的證據。

最後一天早上，大家一同享用早餐之際，達希伍德夫人開口說：「愛德華，如果你能找份工作全心投入，並制定計畫按部就班執行，我相信你會過得更快樂。當然啦，如此一來，周遭的朋友可能會感到有些不便，因為你無法花太多時間在他們身上。不過（她露出微笑），至少有件事對你大有助益——即使與他們道別，你也知道接下來該何去何從。」

他答道：「如您所想，我長久以來也一直在思考這個問題。沒有目標讓我投注心力，也沒有專業幫助自己順利謀職或自食其力，從以前至今，始終是我無可避免的悲慘際遇，往後甚至也很有可能面臨同樣的命運。不幸的是，我和家人瞻前顧後，反而讓我淪落至現在遊手好閒、無所適從的窘境；我們總是無法在選擇職業時達成共識：我嚮往擔任牧師，至今想法未曾改變；這對家裡而言不夠體面，他們希望我從軍，可是軍裝對我而言又太過光鮮亮麗了。當律師也非常風光，許多學法律的年輕人神氣地進出上流社會，駕著時髦輕便的雙輪馬車在城裡兜風。雖然家裡並不要求我費心鑽研法律，我依然沒有當律師的打算。至於海軍也是一條時髦的出路，可惜我的年紀太大，根本不符合門檻。最後，既然我不是非找一份工作不可，而且儘管沒穿上紅色軍裝[46]，我也同樣能打扮入時，那麼繼續遊手好閒，似乎就成了最有利的選擇。十八歲的年輕人大多不急著過忙得團團轉的日子，更何況身邊的人都勸我什麼事也別做。因此我進了牛津大學後，順利成章地過著無所事事的生活[47]。」

達希伍德夫人說：「我猜最後的結局會演變成，既然遊手好閒無法讓你感到快樂，未來你會對子女寄予厚望，要求他們培養各式各樣的興趣和專業，就像卡盧米拉[48]的兒子那樣。」

他語氣嚴肅地說：「我會盡可能不讓他們步上我的後塵，無論感情、言行舉止或身分地位，一切都不能帶有我的半點影子。」

「冷靜點，愛德華，這只是一時情緒低落的反應。你現在鬱鬱寡歡，自然認定凡是和自己不一樣的人都能過得幸福。可是別忘了，不分教育程度或地位，任何人都能感受到與朋友別離

---

46 當時英國陸軍的制服為紅色，海軍則為藍色。

47 十八世紀時，進入牛津大學（Oxford）和劍橋大學（Cambridge）就讀雖然極具聲望，所獲得的教育卻不扎實。

48 卡盧米拉（Columella）：英國作家理查葛拉夫斯（Richard Graves）所著小說《苦惱的隱士卡盧米拉》（*Columella; or, the Distressed Anchoret*）的主角，一心培養兒子學會許多專業技術。

的痛苦。想要掌握自己的幸福，你需要的只是耐心——或者換個更好聽的名字，你需要抱持『希望』。你如此渴望自由，總有一天你的母親會放手成全你；這是她的天職，她很快就會意識到作為母親最大的快樂，就是讓孩子無憂無慮地度過青春歲月。誰知道幾個月的時間能帶來多少變化呢？」

愛德華回答：「我想，即使再過幾個月，我的處境也不會改善多少。」

即使達希伍德夫人無法體會愛德華的沮喪心情，他的低落情緒卻在道別時讓她們平添不少感傷；愛德華隨即離開，艾蓮娜又格外難受，得耗費一段時間和心力才能撫平傷痛。但是她打定主意克制悲傷的情緒，一家人都因為愛德華離開而難過不已，她不想表現得比其他人更為感傷；因此她不像瑪莉安一樣，與情人分離後便沉默不語、自我封閉，鎮日什麼事也做不了，一味沉浸在悲傷裡無可自拔。姊妹倆的情人個性大相逕庭，兩人選擇療傷的方式亦截然不同，卻也各有成效。

愛德華一離開，艾蓮娜便立刻坐到桌前，花上一整天埋首作畫；她既不會刻意提起愛德華，也沒有避而不談，似乎一如以往，將全副心力放在家裡的日常生活上。即使如此做法無法沖淡悲傷，至少不會加深無謂的苦楚，母親和兩名妹妹也不至於太過擔憂。

艾蓮娜的舉止幾乎和瑪莉安完全相反，但是看在瑪莉安眼裡，似乎並不覺得較為可取，一如她不認為自己的方式有何不妥。她可以輕易展現自制力——然而，懷抱強烈的情感時，根本不可能如此節制；在感情平淡的狀況下保持自制，也沒什麼值得嘉許。儘管羞於承認，不過瑪莉安無法否認，姊姊對感情相當冷靜，她自己的感情則如此強烈明顯；即使心裡有些慚愧，她依然深愛自己的姊姊，也十分敬重她。

艾蓮娜並未將自己與家人隔絕，也不曾刻意避開她們獨自外出，或是鎮夜躺在床上無法闔眼，反覆思索；但是，她每天仍有許多時刻思念著愛德華和他的一切舉止，心情也起伏不定，時而湧現柔情和憐憫，時而滿心認同，時而沉浸於不諒解與猜忌。許多時候，當母親和妹妹不在家，或是忙於手上的工作，沒有機會與她們聊天時，寂寞的感覺就會油然而生。艾蓮娜總是不自覺放空，任由思緒天馬行空地奔馳，開始回憶過去、想像未來；浮現眼前的情景完全占據她的心思，讓她徹底沉浸於回憶與幻想，無可自拔。

愛德華離開沒多久，一天早晨，她坐在畫桌前沉浸於自己的思緒時，突然有客人登門拜訪。她正好獨自待在家裡，聽見屋前院子傳來小門關上的聲音，便往窗外一看，只見一大群人朝著門口走來：除了約翰爵士夫婦和詹寧斯夫人之外，還有兩名未曾謀面的紳士和女士。艾蓮娜就坐在窗邊，約翰爵士一見到她，便讓其他人前去敲門，逕自穿過草坪走來，艾蓮娜不得不開窗與他交談。由於門口與窗戶之間的距離相當短，談話聲很難不讓他人側耳聽見。

他說：「妳瞧，我們給妳帶來了新朋友。還喜歡他們嗎？」

「噓，他們會聽見的。」

「別擔心，聽見也無所謂。他們是帕瑪夫婦，我得說，夏綠蒂可真是個美人。妳往這裡瞧，就能看見她了。」

艾蓮娜知道再過一會兒就能見著那位女士，並未依言探出頭來看她。

「瑪莉安上哪去了？該不會是見到我們來訪就逃跑了吧？我看到她的鋼琴蓋還開著呢！」

「我想她是散步去了。」

詹寧斯夫人也湊了過來，她沒耐心守在門外，急著要開口說話。她擠到窗邊打招呼：「親愛的，妳好嗎？達希伍德夫人還好嗎？妳的妹妹都上哪兒去啦？什麼，妳居然一個人在家！妳會很高興有人作伴的，我帶著小女兒和她的夫婿來看看妳。他們來得可真突然！昨晚喝茶時，我好像聽到馬車的聲音，可從沒想過會是他們。我猜想是布蘭登上校回來了，就對約翰爵士說，我聽到馬車的聲音，說不定是布蘭登上校回來了——」

她話說到一半，艾蓮娜就得轉過身來迎接其他訪客。米德頓女士向她介紹那兩位不曾見過的客人，達希伍德夫人和瑪格麗特正好同時下樓來，一行人隨即入座，彼此寒暄。約翰爵士陪著詹寧斯夫人穿過走廊，走進了客廳，她沿路仍在絮絮叨叨方才的談話內容。

帕瑪夫人比米德頓女士小了好幾歲，姊妹倆幾乎沒有什麼相似之處。她的身材矮小豐滿，有張十分美麗的臉蛋，總是笑臉迎人，看起來非常高興。她不及姊姊優雅大方，卻更加討人喜歡。打從一進門，她就笑臉盈盈，不時開懷大笑，直到離開前，臉上始終掛著笑容。她的丈夫年紀尚輕，約莫二十五、六歲，表情嚴峻，穿著品味和氣質都略勝妻子一籌，卻顯得難以親近。他帶著自視甚高的表情走進屋裡，向女士們微微欠身致意，一語不發；稍微打量過所有人和屋裡後，他便從桌上拿起報紙，全程只顧著埋首閱讀。

帕瑪夫人與丈夫完全相反，個性相當熱情友善，還沒坐下來，就開始對客廳和一切擺設讚賞不已。

「這間客廳多漂亮！我從沒見過這麼迷人的擺設！媽媽，妳瞧，和我上回來訪時相比，這間屋子變了多少！我一直很喜歡這間可愛的小屋，不過，夫人（轉向達希伍德夫人），經您巧手布置，又變得更討人喜歡了！姊姊，看看這些擺設多好看！我多希望自己也能擁有這樣一間小屋！帕瑪先生，你說是不是呀？」

帕瑪先生一聲不吭，甚至連視線都不曾離開報紙。

「帕瑪先生沒聽見我說的話。」她大笑起來，「他有時就是這樣充耳不聞，實在很可笑！」

這令達希伍德夫人感到眼睛一亮，她不曾想過受人冷落時也能有此風趣反應，不禁一臉詫異地盯著夫妻倆。

詹寧斯夫人正扯著嗓門，繼續叨念著小女兒前晚來訪多麼令她意外，鉅細靡遺地交代完所有細節。回想起眾人的驚訝反應，帕瑪夫人又樂得開懷大笑，在場所有人也一致認為，這確實令人喜出望外。

「我們一見到他倆真是樂壞了！」詹寧斯夫人身體傾向艾蓮娜，儘管其他人都坐在房間裡，她還是彷彿怕被別人聽見似地，悄聲說：「但是，我還真希望他們別這麼急著趕路，也不希望他們千里迢迢過來這一趟，畢竟他們先到倫敦處理事情，還得繞道而行，妳知道的（她朝女兒的方向點點頭，指了指她），這對她來說太疲累了。我要她今早待在家裡好好休息，她卻堅持跟來。她一直迫不及待想見到妳們！」

帕瑪夫人大笑起來，說這根本一點都不礙事。

「她的預產期在二月。」詹寧斯夫人接著說。

米德頓女士再也忍受不了這場談話[49]，便轉頭詢問帕瑪先生，報上有什麼值得關注的新聞。

「沒什麼特別的。」他答道，又繼續讀起報紙。

「瑪莉安來了。」約翰爵士大叫，「帕瑪，快來見見這美若天仙的姑娘。」

他立刻穿過走廊打開前門，親自領她進屋。瑪莉安一出現，詹寧斯夫人立刻問她是否去了趟亞倫罕，帕瑪夫人隨即放聲大笑，似乎明白這個問題的箇中涵義。帕瑪先生抬頭看見瑪莉安進屋，盯著她打量了幾分鐘，又繼續埋首讀報。這時帕瑪夫人的目光轉向掛在牆上的畫作，起身走近欣賞。

「天啊，這些畫好漂亮！多賞心悅目呀！媽媽，快來瞧瞧，畫得可真好！這些畫真討人喜歡，我說什麼也看不膩。」她又再次坐下，轉眼就將屋裡的畫作忘得一乾二淨。

米德頓女士起身告辭，帕瑪先生也站了起來，放下報紙伸了伸腰，看著周圍的人們。

「親愛的，你剛才睡著了嗎？」他的妻子笑著說。

他並未搭理這番話，又看了看房間，開口表示天花板很低，似乎有點歪斜。接著他鞠了躬，與其他人一同告辭。

約翰爵士力邀所有人翌日到莊園做客。達希伍德夫人不希望如此頻繁到莊園叨擾，想要待在家裡用餐，自然率先婉拒，但是讓女兒自己決定。女孩們對帕瑪夫婦不感興趣，認為和他們一同用餐沒什麼樂趣，因此同樣找藉口推辭，表示天氣還很不穩定，感覺明天又會下雨。但是約翰爵士不肯接受——他表明會派馬車過來接送，堅持她們務必出席。米德頓女士雖然沒有要求達希伍德夫人同行，卻也力勸三名女兒一同出席；詹寧斯夫人和帕瑪夫人加入遊說的行列，似乎都不希望明晚只是一場家庭聚餐。最後三名年輕女孩不得不點頭答應。

「他們為什麼要邀請我們去呢？」客人一離開，瑪莉安隨即問道：「據說小屋的房租確實很便宜。可是一旦我們兩家有訪客上門，我們就得隨時到莊園一同用餐，這租約條件也未免太嚴苛了。」

「他們最近這麼頻繁地邀請我們，」艾蓮娜說，「就和幾週前的邀約沒什麼兩樣，都是出於禮貌的友好表現。要是他們的聚會變得越來越沉悶乏味，改變的原因倒也不是他們，我們得從其他地方找找。」

---

49 米德頓女士似乎認為，公開談論懷孕生子一事甚為不妥。

20

隔天，達希伍德家三位小姐走進巴頓莊園的客廳，帕瑪夫人也從另一扇門跑了進來，看起來一如往常興高采烈。她相當熱情地牽著每個女孩的手，表示十分高興再次見到她們。

「好開心見到妳們！」她在艾蓮娜和瑪莉安中間坐下，一面說：「天氣這麼糟，我還真擔心妳們不肯來，這樣多令人失望啊！畢竟我們明天就要離開了。我們非走不可，下星期魏斯頓夫婦要來家裡做客。我們這趟來訪太過突然，馬車停在門口時，我都還搞不清楚狀況呢！帕瑪先生就這麼問我，要不要一起來巴頓一趟。他可真好笑，之前對我一個字也沒提！不能多待幾天真令人難過，不過，但願我們很快就能在城裡碰面。」

她們只得表示，並無進城打算。

「不打算進城[50]！」帕瑪夫人笑了起來，大聲說，「妳們要是不來，我真的會很失望呢！我會在漢諾威廣場[51]為妳們安排最舒適的房子，就在我家隔壁。妳們非來一趟不可。假如達希伍德夫人不喜歡湊熱鬧，在我還沒生孩子前，我也很樂意代為陪伴妳們[52]。」

女孩們連聲稱謝，卻依然得婉拒她的一番心意。

「噢，親愛的。」帕瑪夫人對著走進屋裡的丈夫大聲說，「你得來幫我勸勸達希伍德家的小姐們，邀請她們今年冬天到城裡作客。」

她的丈夫一聲不吭，稍微向女孩們欠了欠身，便開始抱怨起天氣。

「真糟糕的天氣！」他說，「這種爛天氣，讓一切人事物看起來糟透了。一下起雨來，無論待在家裡或出門在外，都同樣令人厭煩，周遭的每個人看起來格外不順眼。約翰爵士為什麼不建一座撞球室[53]？大家都不懂得如何找樂子！約翰爵士簡直和這鬼天氣一樣無趣。」

過沒多久，其他人陸續走進屋裡。

「瑪莉安小姐，」約翰爵士說，「妳今天大概不能像平常一樣到亞倫罕散步了。」

瑪莉安看起來臉色相當凝重，一語不發。

「在我們面前就別再遮遮掩掩了。」帕瑪夫人說，「我們都清楚得很。妳的眼光可真好，他確實一表人才。我們在薩塞克斯郡和他住得不算遠，我想大約十英里左右。」

「應該是將近三十英里。」她的丈夫說。

「噢，好吧！我想這差不了多少。我不曾去過他家，但是大家都說那地方漂亮極了。」

---

50 每年二月至七月是議會的開會期，許多上流階級的人士齊聚倫敦，也是年輕女孩物色結婚對象的大好時機。

51 Hanover Square，當時是時髦的倫敦住宅區。

52 未婚少女出席社交場合時，必須有成年女性監護人陪同。

53 撞球是十九世紀初新興的娛樂活動。

「我這輩子從沒見過那麼糟糕的地方。」帕瑪先生說。

瑪莉安依舊沉默不語，不過她的表情卻露了餡，顯得興致盎然。

「很糟糕？」帕瑪夫人繼續說，「那我想，或許他們是指其他地方很漂亮。」

一行人在餐廳就座後，約翰爵士懊惱地表示，這頓晚餐只有八個人到場。

「親愛的，」他對妻子說：「就這麼幾個客人，實在太掃興了。妳今天為什麼不邀請吉爾伯夫婦過來？」

「約翰爵士，你之前提起這件事時，我不就告訴過你行不通了嗎？他們上回已經來吃過晚飯了。」

「約翰爵士，」詹寧斯夫人說：「我們不需要這麼客套啦！」

「那妳可就太缺乏教養了。」帕瑪先生大聲說。

「親愛的，你總是一竿子打翻一船人。」他的妻子一如往常地大笑說：「你實在太沒有禮貌了。」

「我可不認為說妳母親缺乏教養，就是一竿子打翻一船人。」

「噢，你儘管尋我開心吧！」好脾氣的老夫人說，「你既然從我手中帶走了夏綠蒂，就不能再把她退回來[54]。所以你現在可逃不出我的手掌心了。」

夏綠蒂想到丈夫確實無法擺脫她，不禁開懷大笑起來；她高高興興地說，無論丈夫脾氣多壞她都無所謂，反正他們始終都要住在同一個屋簷下。似乎再也找不到比帕瑪夫人脾氣更好的人，像她一樣打定主意每天開心過日子。丈夫冷漠傲慢、滿腹牢騷的個性並不令她引以為苦，即使對自己大聲斥責，她也從不放在心上。

「帕瑪先生還真可笑。」她悄聲對艾蓮娜說，「他總是悶悶不樂的。」

艾蓮娜經過短暫觀察，發現帕瑪先生並不如他所表現那般脾氣暴躁、缺乏教養。他或許就和大多數男人一樣，對美女莫名偏愛，卻發現自己娶了個愚昧的女人當夫人，個性也因此變得有些乖戾。但是，她很清楚這種錯誤司空見慣，理性的男人根本不會因此而痛苦一輩子。因此她相信，帕瑪先生純粹是為了表現自己與眾不同，才會對眼前的一切人事物都如此苛刻。他希望自己高人一等，如此動機不足為奇，不過，透過這種方式，大概只讓他缺乏教養的程度高人一等，也很難讓妻子以外的人對他抱持好感。

「親愛的達希伍德小姐，」帕瑪夫人隨後說，「今年聖誕節，願不願意賞光駕臨克利夫蘭[55]？但願妳們答應——魏斯頓夫婦屆時也會來家裡做客。我該有多高興啊！真令人興奮！親愛的，」她對丈夫說，「你也希望達希伍德小姐們到克利夫蘭玩吧？」

「當然囉！」他嗤之以鼻地回答，「我到德文郡不為別的，正是為此而來。」

「看吧！」帕瑪夫人說，「帕瑪先生也期待得很，所以妳們可別拒絕。」

---

54 當時離婚並非易事，極為罕見。

55 克利夫蘭（Cleveland）：帕瑪夫婦的莊園。

她們急忙態度堅決地謝絕了這番好意。

「但是，妳們非來不可呀！我相信妳們一定很喜歡那裡。魏斯頓夫婦也會與我們同樂。妳們無法想像克利夫蘭是個多麼迷人的地方，我們現在過得很快樂，帕瑪先生得四處奔走爭取選票[56]，每天都有許多不曾見過的人與我們共進晚餐，真的十分有趣！只是可憐的帕瑪先生累壞了，他得討所有人的歡心。」

艾蓮娜同意這確實吃力不討好，卻差點忍不住笑出來。

夏綠蒂說：「要是他真能進入議會該有多好啊！我一定笑得闔不攏嘴！每封寄給他的信都要冠上『M.P.』[57]的字樣，實在令人難以置信。不過，妳們知道嗎？他說絕對不會讓我寄免費信件[58]，說得可斬釘截鐵了。帕瑪先生，對吧？」

帕瑪先生並不理會她。

「他最受不了寫信了，」她接著說，「他說是件苦差事。」

「胡說。」他說，「我才沒講過這麼不合理的話。別把妳那些胡言亂語往我身上攬。」

「看吧，他就是這麼可笑的傢伙。總是這副德性！有時候他會大半天不和我說話，接著又扯一堆荒誕不經的話——任何事他都能大肆評論！」

她和艾蓮娜一同回到客廳，開口詢問艾蓮娜喜不喜歡帕瑪先生，令艾蓮娜大吃一驚。

「我當然喜歡他。」艾蓮娜說，「他看起來很和善。」

「是啊——真高興妳喜歡他。我就知道妳會的，他可真是個討人喜歡的傢伙。我敢說帕瑪先生也特別喜歡妳們三姊妹，妳不難想像，要是妳們不肯來克利夫蘭，他會感到多麼失望。我實在找不出妳們要拒絕的理由。」

艾蓮娜只得再次婉拒她的邀請，並試著轉移話題，不讓她繼續往下說。她心想，既然帕瑪夫婦和韋勒比住在同一郡，說不定遠比偏愛韋勒比的米德頓夫婦更了解他的為人，因此亟欲從帕瑪夫人口中打聽出一些消息，或許可以消除瑪莉安心裡的擔憂。她開口詢問帕瑪夫婦，平日在克利夫蘭是否經常碰見韋勒比，和他交情如何。

「當然啦，親愛的，我對他可了解得很呢！」帕瑪夫人回答，「我其實不曾和他說過半句話，不過總能在城裡遇見他。他待在亞倫罕時，我很巧都不在巴頓莊園。母親之前倒是見過他一次——只是我當時和叔叔住在韋茅斯[59]。我敢說，要不是我們總是這麼不湊巧擦身而過，在索美塞特郡想必經常碰得到面。我想他很少待在庫姆莊園，不過即使他在家，帕瑪先生還是不可能去拜訪他；妳也知道，他的政治立場與我們相反[60]，兩地距離又如此遙遠。我很清楚妳為什麼問起他來，妳的妹妹要嫁給他了吧！我真是開心得不得了，這樣一來，她就會和我們比鄰

---

56 帕瑪先生正在競選國會議員。

57 M.P.：國會議員（Member of Parliament）的縮寫。

58 國會議員寄發信件時，憑簽名即可免付郵資。

59 Weymouth，位於英國多塞特郡（Dorset），十八世紀末時為觀光勝地。

60 帕瑪先生支持執政黨，韋勒比則支持在野黨。

而居了。」

「說實話，」艾蓮娜答道，「要是妳對這樁婚事這麼有把握，那麼妳知道的內情可比我還多呢！」

「別企圖掩飾啦！妳很清楚全天下的人都知道這件事了。我是在路過城裡時聽到這件消息的。」

「親愛的帕瑪夫人！」

「我是說真的。星期一早上，我在龐德街[61]上遇到布蘭登上校，我們當時正要離開城裡，他當面就告訴我這件事。」

「您真是嚇壞我了。竟然是從布蘭登上校那裡聽來的！您想必是誤會了吧！即使這是真的，我怎樣也無法相信布蘭登上校會將這件事告訴毫不相干的人。」

「可是我向妳保證，此事千真萬確，我可以告訴妳來龍去脈。我們和他在路上巧遇，他便轉頭與我們並肩同行，開始一一聊起我的姊姊和姊夫。接著我說：『布蘭登上校，聽說巴頓小屋新搬進一家母女，媽媽寫信告訴我，她們長得非常漂亮，其中一個女孩要嫁給庫姆莊園的韋勒比先生。這是真的嗎？既然你前一陣子都待在德文郡，想必清楚不過。』」

「上校說了什麼？」

「噢，他沒透露多少，不過他的表情告訴我確有此事，所以當下我就信了這個消息。這真是令人高興！他們什麼時候要結婚？」

「布蘭登先生應該一切安好吧？」

「喔，當然啦，他好得很，還對妳讚譽有加，滿口都是妳的好話。」

「真是令人受寵若驚。他似乎非常優秀，我覺得他相當討人喜歡。」

「我也這麼認為。他真是魅力十足，只可惜個性古板乏味了些。媽媽說，他也愛上令妹。若真如此，那是莫大的榮幸呀！他很少墜入情網的。」

「韋勒比先生在索美塞特郡的名聲如何？」艾蓮娜問道。

「噢，當然，好極了。我是說，沒有幾個人認識他，畢竟庫姆莊園實在太偏遠了。不過，我保證所有認識他的人都非常喜歡他。沒有人像韋勒比先生那樣受歡迎，所以妳可以告訴妹妹，她能夠獲得韋勒比先生的青睞，真是太幸運了。話說回來，他能夠擄獲令妹的芳心也相當好運，她真是個討人喜歡的漂亮姑娘。可是，說真的，我並不覺得她長得比妳漂亮，妳們姊妹倆的外貌都很出色，我相信帕瑪先生也是這麼想，雖然昨晚他說什麼也不願意承認。」

帕瑪夫人並未提供多少關於韋勒比的具體消息，不過任何對他有利的證據，哪怕只是隻字片語，都令艾蓮娜深感欣慰。

「我好高興終於認識妳們。」夏綠蒂接著說：「希望我們友誼長存。妳不曉得我有多期待見到妳們！妳們一家住在小屋真是太好了，沒有什麼比這更令人開心的了。我也好高興令妹覓得

---

61 龐德街（Bond Street）當時在倫敦是條繁華的街道，商店林立，至今仍不減熱鬧。

如意郎君！希望妳常來庫姆莊園走走，所有人都說那是個好地方。」

「您們和布蘭登上校是舊識嗎？」

「是的，打從我姊姊結婚以來，已經認識好幾年了。他是約翰爵士的好朋友。」她接著低聲說：「假如有機會的話，他原本打算娶我進門，約翰爵士和米德頓女士都很樂見這樁婚事。可惜母親認為他配不上我，否則約翰爵士就會和上校提親，我們也就能立刻結婚了。」

「約翰爵士向您母親提起這樁婚事時，難道布蘭登上校毫不知情？他沒有對您表白過心意嗎？」

「噢，他並不知情。不過，要是母親不反對這樁婚事，我相信他會欣然接受。他之前大概只見過我兩次，當時我還在讀書。不過我現在過得非常快樂。我就是喜歡帕瑪先生這一類型的男人。」

21

帕瑪夫婦隔天就回克利夫蘭去了，巴頓又只剩兩家人相互往來。艾蓮娜心裡依然惦記著這對夫妻，不停納悶著：夏綠蒂怎麼能毫無來由地過得這麼快樂？帕瑪先生明明能力優秀，為何總是表現得愚昧無知？夫婦倆如此大相逕庭，究竟如何相處得來？不過，這樣的狀況並未持續太久。交友廣闊的約翰爵士和詹寧斯夫人很快又介紹新朋友讓她認識。

一天早上，一行人前往埃克塞特踏青，路上巧遇兩位年輕女孩。詹寧斯夫人高興地發現兩人是自己的親戚，約翰爵士因而邀請她們，在埃克塞特處理完事情後前往莊園作客；接到這番邀請，兩人連忙放下手邊的工作。約翰爵士回到莊園，米德頓女士這才得知，隨後要接待兩位素昧平生的年輕女孩，不禁擔心兩人是否家教良好；即使丈夫與母親信誓旦旦地保證她們舉止優雅、極富教養，她卻無法相信兩人的評斷，聽聞她倆是親戚更覺困擾。詹寧斯夫人試圖安撫女兒放寬心，不要在意那兩位女孩是否打扮入時，畢竟表親之間總得互相包容。既然兩名不速之客上門已成定局，米德頓女士還是得表現出良好的教養接受現實，之後再每天將此事翻出來說個五、六回，給丈夫一次小小的懲戒，也就罷了。

兩名年輕女孩抵達莊園，外形果然亮麗出色；她們的衣著時髦，態度優雅大方，對房子和擺設都十分讚賞，驚嘆連連，甚至也和孩子們相處融洽，因此她們在巴頓莊園還待不到一個鐘頭，米德頓女士已對她們留下良好的印象。她開口讚賞這兩名姑娘十分討人喜歡，就她的身分而言，如此評價已是莫大肯定。約翰爵士對自己識人的能力信心大增，立刻前往小屋通知達希伍德家的女孩，莊園來了史提爾姊妹這兩名貴客，再三保證她們是世上最可人的女孩。不過如此空泛的評價並不具體，艾蓮娜很清楚，世上最可人的女孩在英格蘭比比皆是，符合如此定義的臉蛋、個性和儀態也因人而異。約翰爵士希望達希伍德一家立刻前往巴頓莊園，親眼見見這兩名嬌客。多麼慷慨大方的紳士啊！即使只是遠房親戚，他也迫不及待要介紹給所有人認識。

「現在就出發吧！」他說，「請妳們務必前來，非來一趟不可。妳們一定會很喜歡她們。璐西簡直美得驚人，親切大方，真是太討人喜歡了！孩子們將她黏得緊緊的，好像已經認識她很久了。姊妹倆也非常期待見到妳們，因為埃克塞特一帶早已傳得沸沸揚揚，說妳們一家都是美人胚子。我和她們打包票所言不假，甚至遠甚於傳聞。我相信妳們一定會相處得十分融洽。她們給孩子帶了一大堆玩具。妳們豈有不來的道理？說起來，她們也是妳們的遠房親戚呢！妳們是我的遠親，她倆則是我夫人的親戚，妳們自然也有所關聯了。」

但是約翰爵士終究無法說服她們，達希伍德姊妹僅表示再過一、兩天會前往莊園拜訪。他只好獨自走回家，十分驚訝她們竟如此無動於衷。一如他不斷對達希伍德一家吹噓史提爾姊妹的美貌，他回到莊園後，又對姊妹倆大肆吹捧達希伍德一家的迷人之處。

艾蓮娜與瑪莉安依約造訪巴頓莊園，終於見到了史提爾姊妹。她們發現，年近三十歲的姊姊相貌十分平庸，看起來毫不精明，並無值得讚揚之處。但是妹妹芳齡不過二十二、三歲，確實長得十分漂亮，擁有精緻的五官，慧黠的眼神流露出聰慧的氣質；雖然稱不上真正的優雅大方，卻也顯得與眾不同。姊妹倆相當彬彬有禮，艾蓮娜注意到她們十分謹慎周到，處處討米德頓女士的歡心，很快就意識到她們精明得很。

姊妹倆對米德頓家的孩子細心周到，連聲稱讚他們長得可愛，吸引他們的注意力，頻頻逗他們開心。她們出於禮貌陪孩子玩耍之餘，其他時間則是花在一再奉承米德頓女士，要是她碰巧做了什麼事，立刻能引來許多溢美之詞；她前晚穿了一襲優雅的新衣裳，博得姊妹倆許多好評，兩人連忙將服裝上的花樣描摹下來[62]。若能抓住人性弱點，自然可以輕易投其所好。出於人性的貪婪，溺愛子女的母親總是一味博取他人對孩子的稱讚，並輕易照單全收。米德頓女士極度渴望他人讚美自己的孩子，對一切深信不疑；因此，即使史提爾姊妹過度縱容孩子，看在米德頓女士的眼裡也絲毫不感意外。調皮搗蛋的孩子對兩姊妹無禮捉弄，做母親的反倒沾沾自喜；眼看姊妹倆腰帶鬆了，變得披頭散髮，針線袋被搜得亂七八糟，刀剪也不翼而飛，米德頓女士卻還認為她們同樣樂在其中。面對如此混亂的場面，艾蓮娜和瑪莉安竟能若無其事地安坐在一旁，絲毫不為所動。

「約翰今天可真有精神！」看著小男孩拿起史提爾小姐的手帕往窗外一扔，米德頓女士開

62 當時並無成衣，許多服裝皆是依照既有的款式製作。

口說，「一整天都有變不完的把戲。」

過沒多久，另一個小男孩用力扳起史提爾小姐的手指，她又寵溺地說：「威廉可真調皮！」

「還有我可愛的小安娜瑪麗亞。」她溫柔地摸著才剛安分了兩分鐘的三歲小女兒：「總是這麼安靜乖巧——上哪兒找比她更聽話的孩子呢？」

沒想到，米德頓女士溫柔地擁抱女兒時，頭飾上一枚別針輕輕劃過她的脖子，原本安安靜靜的小女孩立刻發出驚天動地的哭聲，再吵鬧的孩子也相形失色。做母親的頓時驚慌失措，史提爾姊妹更有如驚弓之鳥；在這緊要關頭，三人立刻想方設法減輕小女孩承受的痛楚。米德頓女士將小女兒抱在膝上，不斷親吻她；史提爾姊妹倆一人跪在小女孩身旁，以薰衣草水[63]清潔傷口，另一人則忙著餵她吃糖。小女孩深諳哭了才有糖吃的道理，即使如此得寵，仍不願止住淚水，繼續聲嘶力竭地哭鬧，對著想摸摸她的兩名哥哥拳打腳踢，所有人用盡各種方式都無法成功安撫她。米德頓女士靈光一閃，回想起上星期也曾發生過類似狀況，某種杏桃果醬對瘀傷具有相當好的療效，立刻急著如法炮製；小女孩一聽，便稍微暫停哭鬧，一行人猜想或許這辦法行得通，米德頓女士連忙抱著女兒去找果醬，兩個兒子不顧母親吩咐他們待在原地，緊緊跟在她身後。四名年輕姑娘留在房裡，幾個小時下來，房間總算第一次恢復寧靜。

「可憐的小東西！」他們走出房間後，史提爾小姐開口說，「這場意外真令人難過。」

「真不懂有什麼好難過的。」瑪莉安高聲說，「除非是截然不同的狀況，她真的受了重傷。不過，就算實際狀況沒什麼大不了，人們向來還是喜歡如此大驚小怪。」

「米德頓女士真是溫柔呀！」璐西．史提爾說。

瑪莉安並未接腔。再怎麼無關緊要的場合，她也不可能昧著良心說話；因此出於禮貌而不得不客套一番的工作，往往落到艾蓮娜頭上。雖然有些言不由衷，她仍盡可能稱讚米德頓女士，只是遠比不上璐西來得熱烈。

「約翰爵士也一樣。」她的姊姊大聲嚷道，「真是魅力十足！」

對此評論，達希伍德小姐的回應同樣簡潔中肯，並未誇大其詞。她僅僅表示，約翰爵士確實為人親切，待人也相當友善。

「這一家人多討人喜歡呀！我這輩子從沒見過這麼可愛的小孩。我得承認自己深深迷上他們啦！說真的，我向來非常喜歡小孩。」

艾蓮娜笑著說：「從早上的情景看來，我想確實如此。」

「我知道，」璐西說，「妳們認為米德頓家的孩子被寵壞了，他們或許是有些不受控制，但是身為母親，米德頓女士疼愛孩子是自然不過的事。我自己也很喜歡看孩子如此活潑好動，要是他們規規矩矩地不吵不鬧，才令人難以忍受呢！」

「我承認，」艾蓮娜回答，「待在巴頓莊園時，我可不討厭安靜聽話的孩子。」

語畢，眾人安靜了一陣子。史提爾小姐似乎十分希望繼續聊下去，冷不防開口問道：「達

---

63 從薰衣草萃取的香精，具舒緩效果。

希伍德小姐，妳喜歡德文郡嗎？當初離開薩塞克斯郡時，妳想必非常依依不捨吧？」

這問題來得突然，史提爾小姐的態度也有些唐突，艾蓮娜不免感到訝異，但仍給了肯定的答案。

「諾蘭莊園真的令人驚豔吧，是不是？」史提爾小姐又問道。

「聽說約翰爵士對諾蘭莊園稱讚連連。」璐西說，似乎認為必須替口無遮攔的姊姊表示歉意。

「我相信，所有見過諾蘭莊園的人，一定都會愛上它。」艾蓮娜回答，「只是沒有人比我們更懂得欣賞諾蘭莊園的美好。」

「那裡有許多風流倜儻的小伙子嗎？我想這一帶恐怕沒多少男人。在我看來，多些男人總是一大好處。」

璐西似乎替姊姊感到十分丟臉，說：「但是妳為什麼認定德文郡不像薩塞克斯郡一樣，也有許多體面的年輕人？」

「親愛的，我不會裝模作樣地說那裡什麼都沒有，我相信埃克塞特也有許多年輕小伙子。但是我對諾蘭莊園的狀況一無所知，我只擔心達希伍德家的小姐要是不像以往看得到這麼多體面的年輕人，說不定會認為巴頓的生活沉悶乏味。不過，或許像妳們這樣的年輕女孩，壓根不稀罕外形亮眼的小伙子，有沒有他們作伴都無所謂。在我看來，他們可真是討人喜歡，不僅穿著體面，舉止也彬彬有禮。我實在無法忍受骯髒邋遢的臭男人。現在埃克塞特來了位年紀輕輕的羅斯先生，相當時髦，就是個俊俏的小伙子，在辛普森先生底下當書記員。但是妳看看他每天一早是什麼德性，簡直不忍卒睹。達希伍德小姐，妳的哥哥婚前想必也是風流倜儻，畢竟他有錢得很。」

「老實說，」艾蓮娜回答，「我無法回答妳，我實在不甚理解那個字眼的意思。不過我可以告訴妳，假如他婚前是個好情人，那麼他至今依然如此，因為他的個性始終如一，未曾改變。」

「噢，親愛的，沒有人將已婚男士視為情人——他們還有其他事情得忙呢！」

「老天，安妮！」她的妹妹大喊：「妳就淨扯些情人長情人短的鬼話！達希伍德小姐會以為妳滿腦子只想著男人呢！」她話鋒一轉，開始稱讚起屋裡的裝潢擺設。

艾蓮娜已經受夠了史提爾姊妹。姊姊安妮粗俗無禮、愚昧無知，毫無可取之處；即使妹妹璐西容貌出色、聰明機靈，艾蓮娜仍看得出她缺乏真正的優雅，心思亦不單純。她離開莊園之後，絲毫不想再進一步認識姊妹倆。

史提爾姊妹可不這麼想。她們從埃克塞特遠道而來，對約翰・米德頓爵士一家和其親戚早已滿心仰慕，如今更是對他漂亮的表姪女推崇備至，聲稱她們豔冠群芳，是她倆見過最優雅大方、才華洋溢又討人喜歡的女孩，迫不及待想與達希伍德家的女孩打成一片。艾蓮娜很快就發現，自己躲不過與她們進一步結識的命運；由於約翰爵士完全偏愛史提爾姊妹，每場聚會都不忘邀請她們，自然無可避免得頻繁見面，幾乎每天都會花上一、兩小時同處一室。約翰爵士自認盡心盡力，不曉得還能多做些什麼；在他看來，相處時間一久就會變得親近，既然他經常安排眾人見面，也就由衷相信兩家姊妹早已建立起深厚友情。

約翰爵士確實竭盡所能幫助兩家姊妹彼此熟識，他對表姪女的生活如數家珍，將其所知的一切鉅細靡遺地告訴史提爾姊妹。因此，艾蓮娜也不過與史提爾姊妹有兩面之緣，安妮卻向她道賀，恭喜她的妹妹搬來巴頓後，便幸運覓得如意郎君。

「她年紀輕輕就能覓得這麼好的歸宿，真是太令人高興了。」她說，「聽說那年輕人才華洋溢，還長得一表人才。但願妳也能很快找到好歸宿——不過，或許妳早已心有所屬。」

艾蓮娜猜想，約翰爵士四處宣揚她可能傾心於愛德華，不見得會比他張揚瑪莉安的感情狀況時來得收斂。事實上，比起瑪莉安，他更喜歡尋艾蓮娜開心，因為這段戀情剛曝光沒多久，也更加撲朔迷離。自從愛德華來訪之後，約翰爵士在餐桌上總要刻意舉杯祝福艾蓮娜的感情順利，親暱地頻頻點頭、擠眉弄眼，引起眾人注意。字母F無可避免成了所有人一再提及的話題，引來不計其數的調侃；因此在艾蓮娜心裡，F早已成為最饒富趣味的字母。

一如預期，這些玩笑話全數進了史提爾姊妹耳裡，勾起安妮的好奇心，毫不客氣地打探起神祕情人的名字，一如她平時總是樂此不疲地打聽達希伍德家的大小事。約翰爵士樂見自己引發對方的好奇心，卻不打算花太多時間吊人胃口；史提爾小姐迫不及待地洗耳恭聽，他自然也樂於供出姓氏。

「他姓費勒斯。」他以不低的音量耳語，「不過千萬別洩漏出去，這可是個天大的祕密。」

「費勒斯！」史提爾小姐重複說，「那位幸運的男士就是費勒斯先生嗎？怎麼可能！達希伍德小姐，他不正是妳嫂嫂的弟弟？相當討人喜歡的年輕人，我和他可熟得很。」

「安妮，妳說這什麼話！」璐西高聲說，一如往常糾正姊姊斬釘截鐵的言論。「我們確實在舅舅家見過一、兩次面，可是根本談不上與他熟識吧！」

艾蓮娜全神貫注地聽著，感到十分驚訝。「是哪位舅舅？住在哪裡？他們怎麼認識的？」儘管她只是被迫參與對話，卻十分希望這個話題持續下去。但是，史提爾姊妹未再多談，艾蓮娜生平第一次惋惜，詹寧斯夫人竟沒有因為這少得可憐的資訊而勾起好奇心，一如往常想大肆張揚。史提爾小姐提及愛德華的態度，顯得有些不懷好意，引起艾蓮娜強烈的好奇心，猜想她似乎清楚（或是自以為清楚）愛德華某些不可告人的祕密。然而，她的好奇心並未獲得滿足，因為無論約翰爵士如何明示暗示，史提爾小姐再也沒提起費勒斯先生的名字。

22

瑪莉安向來無法忍受他人粗魯無禮、平庸無知，甚至與她志趣不合的人也會招其不耐。以她當時的心情狀態而言，看待史提爾姊妹自然更加不順眼；儘管姊妹倆主動親近，她依然冷淡以對。艾蓮娜猜想，或許正因為瑪莉安始終如一的淡漠態度，讓史提爾姊妹對自己的好感轉趨明顯；尤其璐西更是如此，一抓緊機會便要找艾蓮娜攀談，總是一派輕鬆坦率地聊起自己的感受，希望藉此促進兩人之間的感情。

璐西生性機伶，說起話來既一針見血又不失幽默；艾蓮娜與她聊了半個鐘頭，對她留下不錯的印象。但是這並非歸功於良好的教育：璐西才疏學淺，儘管她試圖故作聰慧，在艾蓮娜面前依然掩飾不了她愚昧無知、缺乏基本常識的一面。艾蓮娜明白，要是璐西受過良好教育，便能充分發揮許多才華，不禁替她感到惋惜。然而，從她在巴頓莊園大獻殷勤、逢迎諂媚的表現看來，又顯露出她並非性格正直、心思單純的良善之人，令艾蓮娜無法認同。璐西既無知又虛情假意，兩人的交情很難長久維繫下去。由於她孤陋寡聞，因此無法和艾蓮娜平起平坐地交談；璐西對待別人的所作所為，也不值得讓人付出關心與尊重。

這天，兩人一起從莊園走回小屋，璐西開口說：「妳一定覺得我的問題很突兀，不過，我還是請教一下，妳認識妳嫂嫂的母親費勒斯夫人嗎？」

艾蓮娜的表情清楚說明，她確實覺得這問題十分唐突，一面回答她未曾見過費勒斯夫人。

「真的嗎？」璐西回答，「這倒令我意外，我以為妳在諾蘭莊園可能與她有數面之緣。所以，妳同樣不清楚她的為人如何？」

「沒錯。」艾蓮娜小心翼翼地回答，避免透露她對愛德華的母親的真正想法，也不願意滿足璐西如此無禮的好奇心。「我對她一無所知。」

「我就這麼打聽起她的情況，一定讓妳心生疑竇吧！」璐西專注打量著艾蓮娜，一面說：「不過，我這麼做是有原因的——希望我能說得出口。無論如何，但願妳相信我無意冒犯。」

艾蓮娜客氣地表示並無此事，兩人又默不作聲地走了幾分鐘。接著璐西打破沉默，有些遲疑地提起相同話題。

「希望妳不要覺得我無禮，專愛打聽別人。我非常重視妳的想法，絕對不希望自己在妳眼裡成了冒失的傢伙。我很清楚可以放心地信任妳；說真的，我身陷進退維谷的窘境，若能聽聽妳的寶貴意見就太好了。不過，看來也用不著麻煩**妳**了。妳竟然不認識費勒斯夫人，真是令人遺憾。」

「如果對妳而言，我對費勒斯夫人的想法如此重要，」艾蓮娜十分驚訝地說，「很遺憾我確實不認識她。但是，我從不曉得妳們和費勒斯一家有任何交情。妳如此鄭重地打聽她的為人，我得承認自己有些意外。」

「我知道這肯定出乎妳意料之外，對此我一點都不感到驚訝。但是，如果我向妳解釋來龍去脈，妳就不會如此訝異了。現在我和費勒斯夫人確實毫無關聯；不過，未來可就不一定了，這時機取決於她。到時我們會成為非常親密的家人。」

她一面說著，一面嬌羞地低下頭，只用餘光瞥了艾蓮娜一眼，觀察她對這番話有何反應。

「天啊！」艾蓮娜高聲說，「妳這是什麼意思？妳認識羅伯特・費勒斯先生嗎？怎麼可能！」一想到璐西成為弟媳，似乎不怎麼令她高興。

「不是。」璐西回答：「我不認識羅伯特・費勒斯先生，我們未曾謀面。可是——」她雙眼凝視著艾蓮娜。「我認識他的哥哥。」

艾蓮娜當下的感受是什麼呢？她如果沒有立即否定它，心裡湧現的強烈錯愕就會令她痛苦不堪。她震驚得說不出話來，轉頭盯著璐西，想不透她為何要這麼說，也不明白璐西為何要告訴她這件事。儘管她的臉色大變，卻堅決不願相信，因此並未變得歇斯底里，或是因打擊過大而昏了過去。

「妳是該感到驚訝。」璐西接著說，「妳之前想必對此一無所知，我敢說，他對妳和妳的家人隻字未提。我們必須守口如瓶，到目前為止，我同樣不曾向任何人透露。除了安妮，家裡沒有半個人知道。要不是我打從心底相信妳會保守祕密，也不可能告訴妳這件事。我知道自己追問起費勒斯夫人的舉動想必十分突兀，因此得向妳好好解釋。我如此信任妳，相信費勒斯先生也不會為此感到生氣，因為他非常重視妳們一家人，把妳們視為自己的親妹妹。」她停了下來。

艾蓮娜好一陣子不發一語。方才這番話令她震驚得說不出話來，但是她最後仍強迫自己開口。她努力掩飾心中的驚訝與激動，故作鎮定、小心翼翼地問道：「能否請教，你們很早就訂婚了嗎？」

「我們四年前就訂婚了。」

「四年！」

「沒錯。」

艾蓮娜雖然感到晴天霹靂，卻依然覺得難以置信。她說：「直到那一天，我才知道你們倆認識。」

「不過，我們認識好幾年了。他就住在我舅舅家，待了很長一段時間。」

「妳的舅舅！」

「是的，普萊特先生。他沒向妳提過普萊特先生嗎？」

「我想他應該提過吧！」艾蓮娜回答，情緒一激動起來，又更加聚精會神。

「我舅舅家位於普利茅斯[64]附近的朗斯坦普[65]，他在那兒住了四年。我和姊姊常待在舅舅

64 普利茅斯（Plymouth）：位於德文郡東北岸，是該郡最大的城鎮，十九世紀初逐漸成為重要的港口。

65 朗斯坦普（Longstaple）：為一虛構的村落。

家，就是那時認識他的，不過直到他畢業後一年，我們才訂了婚，之後我們幾乎都在一起。我還沒見過他的母親，也尚未經過允許，實在不情願訂下婚約；但是我當時年紀太輕，又深愛著他，就還是做了如此魯莽的決定。達希伍德小姐，雖然妳不像我這麼了解他，不過想必也很清楚，他確實是能讓女人真心愛上的好男人吧！」

「確實如此。」艾蓮娜不知所措地回答。然而她思忖片刻，再次對愛德華堅定的感情浮現信心，認定璐西所言並非事實，便接著說：「妳與愛德華．費勒斯先生訂婚一事，確實令我無比震驚，這真是——恕我直言，不過我相信，妳一定搞錯名字了。我們口中的費勒斯先生絕非同一個人。」

「不可能是別人。」璐西笑了起來，高聲說，「我所指的愛德華．費勒斯先生，是莊園街上費勒斯夫人的長子，也是妳的嫂嫂約翰．達希伍德夫人之弟。我的幸福全繫在這個男人身上，妳一定知道我不可能搞錯他的名字。」

「這真是太奇怪了。」艾蓮娜深感椎心之痛，茫然地回答，「他根本不曾提過妳的名字。」

「以我們的狀況而言，這也不足為奇。我們最初的共識，就是對這樁婚事三緘其口。妳原本不認識我，也不認識我的家人，因此他不可能有任何機會向妳提起我的名字，更何況他始終擔心姊姊起疑。這就足以解釋他為什麼不曾提起我的名字。」

她就此打住。艾蓮娜的信心跌落谷底，不過自制力並沒有隨之瓦解。

「你們早在四年前就訂婚了。」她以堅定的語氣說。

「沒錯。天曉得我們還得等上多久。可憐的愛德華！他真是傷透了心。」她從口袋取出一幅小巧的畫像[66]，接著說：「為了避免誤會，還是看看他的長相吧！雖然畫得不夠像，不過妳想必還是能認得出畫中人。我這三年來都帶著它。」

她一面說著，一面將畫像交到艾蓮娜手中。即使艾蓮娜不願倉皇下結論，或是因為由衷期許哪個環節出了差錯，因而心裡依然滿腹懷疑，卻無法否認那幅畫像確實是愛德華。她立刻將畫像還給對方，承認看起來像是愛德華。

璐西接著說：「我始終沒能回送他一幅自己的畫像，心裡十分煩惱。他總向我討個不停！我決定一有機會就送一幅給他。」

「妳大可這麼做。」艾蓮娜平靜地答道。她們又沉默地往前走了幾步，璐西再次開口。

「我確信妳一定能為我保密。妳絕對很清楚，不讓這件事傳到他母親的耳裡，對我們而言多麼重要。我敢說她絕對不答應這樁婚事。我將來沒有任何財產，又猜想她是個盛氣凌人的女人。」

「我並未要求妳對我吐露實情。」艾蓮娜說，「既然妳願意信任我，我自然不會辜負妳的期待，一定替妳保守祕密。不過恕我直言，妳其實毋須告知我此事；讓我得知這個消息，並不

---

66 微型畫像（portrait miniature）：源自十六世紀，十八世紀時於英國相當流行，通常以水彩繪製於象牙上，做為個人紀念物。

能使妳更加高枕無憂。」

她一面說，一面認真看著璐西，希望從她的表情證實，方才那番話幾乎都是謊言。然而璐西面不改色。

「妳或許認為，我告訴妳這件事過於魯莽。我們確實初識不久，至少沒見過幾次面。不過，我很久以前就已經從別人口中聽過妳們一家，因此我一見到妳，就彷彿看見認識多年的老朋友。不僅如此，我既然一再追問妳關於愛德華母親的想法，就有義務向妳解釋為何有此舉動。說來辛酸，我的身邊實在沒有可靠的人得以尋求意見。安妮是唯一知曉這件祕密的人，卻沒有任何判斷力可言。老實說，她反而常給我幫倒忙，我總是害怕她會不小心說溜嘴。想必妳也很清楚，她根本管不住自己那張嘴。那天約翰爵士提起愛德華的名字，簡直令我嚇壞了，生怕她一五一十地說了出來。妳無法想像我有多麼提心吊膽，我竟然挺得過這四年來為愛德華吃盡的苦頭，連自己也感到不可思議。一切都懸而未決，充滿變數，我也很難見上他一面——我們一年恐怕見不到兩次吧！我居然沒有因此而心碎，簡直令人意外。」

說到這裡，她掏出了手帕，艾蓮娜卻不怎麼同情她。

「有時候，」璐西擦了擦眼角，又繼續說，「我不禁想著，說不定我們徹底分手，反而對彼此比較好。」她說這話時，雙眼緊盯著艾蓮娜。「可是大多時候，我根本狠不下心來。我知道提起這件事會令他痛苦不堪，就實在不忍心傷害他。我自己也絕對無法承受——他對我而言實在太重要了，我禁不起與他分離。達希伍德小姐，妳會建議我怎麼做呢？要是換成妳，妳該怎麼辦？」

「很抱歉，」這番問題令艾蓮娜措手不及，回道：「我無法針對這件事給妳任何建議，妳得靠自己做決定。」

兩人沉默了幾分鐘後，璐西又說：「可以肯定的是，他的母親遲早會向他伸出援手，但是可憐的愛德華對此沮喪不已！妳不覺得他在巴頓時情緒相當低落嗎？他從朗斯坦普啟程去拜訪妳們時，看起來真是糟透了，我不禁擔心妳們會以為他生了重病。」

「這麼說來，他是從妳舅舅家直接過來拜訪我們？」

「喔，是的。他和我們一起待了兩個星期。妳以為他是直接從城裡過去的嗎？」

「不是。」許多新線索一一拼湊起來，逐漸讓艾蓮娜意識到，璐西的的確確都據實以告。

「我記得他說，他和朋友在普利茅斯附近待了兩個星期。」她也記得當時自己深感詫異，因為愛德華之後對那群朋友隻字未提，甚至不曾提及他們的名字。

「妳有注意到他情緒非常低落嗎？」璐西再次問道。

「有的，尤其他剛抵達時特別明顯。」

「我懇求他克制自己的情緒，免得讓妳們以為出了什麼大事。但是，他無法和我們一起多待些日子，又看我這麼捨不得他，讓他不禁鬱鬱寡歡了起來。可憐的傢伙！我真擔心他現在的情況尚未好轉，他的信讀起來還是這麼無精打采。我離開埃克塞特前，正巧收到他的來信。」她從口袋取出一封信，漫不經心地讓艾蓮娜看收件地址。「我想妳一定認得他的筆跡，他的字寫得很好看，不過這封信就沒有發揮他平常的水準。他想必累得很，只是盡力寫滿了一頁。」

艾蓮娜看得出來，那確實是愛德華的筆跡，再也無法抱持任何疑心。她原本認定，璐西或許只是無意間取得那幅畫像，並不是愛德華親手贈送的禮物；但是，既然兩人之間確實保持魚雁往返，那麼除了訂婚一事千真萬確之外，實在找不出其他理由解釋兩人的關係。那一瞬間，她感覺自己幾乎招架不住——她的心猛地往下沉，險些站不住腳。可是她絕對不能顯露自己的情緒，因此竭力壓抑住激動的心情，很快就恢復鎮定，表現得泰然自若。

「長時間分隔兩地，」璐西將那封信放回口袋，一面說，「書信往來是我們之間唯一的安慰。我還能藉由愛德華的畫像睹物思人，可憐的愛德華卻連這點心願都滿足不了！他說，如果手上有一幅我的畫像，就能聊以慰藉。上次他待在朗斯坦普時，我給了他一綹頭髮鑲在戒指上，他說心裡覺得好過一些，不過依然比不上畫像的安慰。妳見到他時，說不定也有注意到那枚戒指？」

「我注意到了。」艾蓮娜的語氣相當平靜，心裡卻排山倒海，湧上前所未有的激動情緒和強烈悲傷。她頓時感到晴天霹靂，羞辱難耐。

幸好她們總算抵達小屋，再也毋須繼續談下去。史提爾姊妹在屋裡坐了幾分鐘，便起身回到莊園去。艾蓮娜這才沉浸於思緒，獨自承受強烈的苦楚。

23

無論艾蓮娜再怎麼不願相信璐西，眼前的狀況卻令她無從質疑，因為她實在找不出合理原因，作為璐西捏造這番謊言的動機。璐西斬釘截鐵訴說的一切，艾蓮娜都不得不當真，也不敢再有所存疑。所有證據顯示璐西所言不假，唯一牴觸的只有艾蓮娜內心的希望：他們於普萊特先生的家裡相遇，這就是一切的起點，既不容置疑，也令人心慌意亂；愛德華確實曾造訪普利茅斯附近，當時他鬱鬱寡歡，對自己的未來感到一片茫然，對待艾蓮娜的態度也顯得搖擺不定；史提爾姊妹對諾蘭莊園和愛德華家族的狀況瞭若指掌，經常令她大感詫異，然而那幅畫像、那封信件、那枚戒指，在在成了無可動搖的鐵證。即使她曾擔心自己誤會了愛德華，這些憂慮早已煙消雲散；如今一切明擺在眼前，愛德華的確虧待了自己，再怎麼偏愛他，也無法抹滅這項事實。

她為如此行徑感到忿恨不平，因自己受騙而滿心怨懟，一時只忙著顧影自憐。但是，她的腦海中很快就浮現其他想法。愛德華真的是刻意欺瞞她嗎？他對自己難道只是虛情假意？他是真心與璐西訂婚嗎？不對，無論過去的情況如何，此時此刻她都不願相信。他一心只愛著自己，這點她十分肯定。在諾蘭莊園那段日子，母親、兩名妹妹和芬妮都能清楚察覺愛德華對她的心意，絕對不是她自作多情的錯覺。他確實深愛著她。她一確信此事，頓時完全心軟下來，豈有不原諒他的道理！愛德華發現自己對艾蓮娜有所傾心，明知不該越界，卻依然留在諾蘭莊園，此舉受到譴責也情有可原，無從辯解。可是，倘若他真傷了她的心，那他又給自己帶來多大的傷害？若說她的遭遇值得同情，那麼愛德華更是陷入絕望無助的深淵。他的輕率之舉或許令她心碎一時，卻是徹底剝奪讓自己幸福的機會。她遲早會重拾平靜的心情，然而，他這輩子還能期待什麼？他真能和璐西．史提爾幸福廝守一生嗎？如此正直良善、溫文儒雅又博學多聞的紳士，如果連艾蓮娜都不受他青睞，他又該如何忍受愚昧無知、狡詐自私的夫人？

他當時年僅十九，正是盲目無知的年紀，自然會對璐西的美貌和溫柔感到一時意亂情迷。然而經過漫長的四年——若他這幾年都未曾虛度光陰，努力增長見聞，想必足以認清璐西缺乏教育涵養的一面：她身處基層社會，為了無足輕重的日常瑣事庸庸碌碌；即使昔日的天真曾為其美貌增色不少，如此純真性格恐怕也早已消磨殆盡。

倘若愛德華想娶艾蓮娜為妻，尚且會受到母親的種種刁難；璐西不僅出身更為低下，甚至可能連家境都不如艾蓮娜，他倆受到的阻礙，恐怕更是有過之而無不及。愛德華對璐西的感情淡薄，這些阻礙或許還不至於消磨掉他的耐心；但是，愛德華明明可以為家族的反對聲浪與刻薄態度感到如釋重負，如今卻顯得鬱鬱寡歡！

艾蓮娜悲痛地沉浸於這一連串想法，比起自己，她對愛德華更覺心疼，不禁為他潸然淚下。她深信眼前的不幸並非肇因於自己有所失誤；愛德華也未曾做錯任何事，足以讓艾蓮娜失去對他的尊重，這樣的想法令她甚感寬慰。即使初聞一切時所承受的打擊如此沉重，艾蓮娜認為現在已能重新振作起來，不會引起母親與妹妹的任何疑心。她果然沒有辜負自己的期待；在她所有殷切的期待悉數化為泡影後，僅僅經過兩個小時，艾蓮娜已能泰然自若地與家人共進晚餐。從妹妹的表情就看得出來，沒有人發現種種阻礙讓艾蓮娜與心上人渺無希望，她正為此暗自垂淚。瑪莉安則一如往常，一心思念著她眼中的完美情人，認定自己已完全擄獲對方的心；每輛駛近小屋的馬車，都令她熱切期盼著出現他的身影。

艾蓮娜費了不少力氣，才能逼自己繼續保守祕密，但是在母親和瑪莉安面前隻字不提，對她而言並非一件苦差事，反而令她如釋重負；如此一來，她就不必讓家人承受壞消息帶來的折磨，也不會聽到眾人因愛護她而不約而同指責起愛德華。對艾蓮娜而言，她同樣禁不起愛德華受到責難。

艾蓮娜很清楚，家人的忠告或談話無法給予她任何幫助；陪她一同悲傷的溫柔舉動，只會令她更加痛苦，家人也不會鼓勵她繼續克制心裡的悲傷。她認定憑藉一己之力更能堅強起來，於是充分發揮理智支撐著自己。即使初逢如此沉重打擊，她的心智依然沒有輕易動搖，一如往常展現出愉快開朗的模樣。

儘管與璐西初次談起愛德華就令艾蓮娜悲傷欲絕，不過基於許多理由，她依然亟欲繼續談論這個話題。她希望再次了解訂婚的細節；她想要更清楚璐西對愛德華的看法，確認璐西是否一如她所宣稱那般，對愛德華真心誠意。艾蓮娜更想讓璐西相信，既然她能平心靜氣、再次主動提及這個話題，就表示她與愛德華之間只是單純的友誼。她在早上那場談話時，不由自主地顯露出焦慮，也擔憂璐西生疑。璐西很可能對艾蓮娜感到嫉妒，愛德華顯然經常在她面前稱讚艾蓮娜；這不僅經過璐西親口證實，從她與艾蓮娜相識不久，就願意放心吐露如此重大祕密的舉動看來，同樣不言自明。即使是約翰爵士的玩笑話，似乎也發揮了不小影響力。

不過，既然艾蓮娜一心相信愛德華確實深愛著自己，那麼毋須考量其他可能性，自然就能認定璐西嫉妒她。事實也正是如此，從璐西吐露祕密的舉動便足以證明。璐西若不是為了宣示占有愛德華的主權，又何須刻意向艾蓮娜提及訂婚一事，暗示他們將來該彼此迴避呢？艾蓮娜輕而易舉就看穿對方的心思，她也打定主意秉持誠信原則以禮相待，從此壓抑住自己對愛德華的感情，盡可能不與他見面。若能盡力讓璐西相信自己並未因此事而受傷，對艾蓮娜而言不啻莫大安慰。既然她已經挺過最壞的消息，她確信自己可以心平氣和地繼續談論詳情。

儘管璐西也很想把握機會繼續談論這個話題，卻無法很快如願。外出散步是兩人獨處的最佳時機，無奈這陣子天氣不佳，她倆找不到機會出門。雖然她們至少每隔一天就在莊園或小屋聚會，大多是在莊園碰面，依然少有時間聊天。約翰爵士和米德頓女士舉辦聚會向來不是只為了閒聊，更不可能出現單獨聊天的空檔。所有人總是一塊兒吃喝玩樂，一齊打打牌、玩玩編故事[67]或其他遊戲，氣氛相當喧譁熱鬧。

艾蓮娜參與了一、兩次聚會，卻完全找不到任何時間與璐西單獨談話。一天早上，約翰爵士來到小屋，請達希伍德一家好心幫個忙，當晚務必陪米德頓女士共進晚餐；他得前往埃克塞特參加俱樂部活動，莊園裡只剩詹寧斯夫人和史提爾姊妹與妻子作伴，顯得過於冷清。艾蓮娜深知，約翰爵士主辦的聚會總是一片喧譁，但是米德頓女士個性沉靜端莊，由她做主的晚宴想必更加自在，立刻二話不說答應了邀約；瑪格麗特徵得母親同意，也欣然接受這番邀請；瑪莉安向來不願意參加任何聚會，不過達希伍德夫人再也不忍心看她將所有娛樂活動拒於門外，她只得遵從母命一同前往。

米德頓女士原本擔心這一晚會寂寞難耐，如今多了達希伍德家的年輕女孩作伴，不禁十分高興。一如艾蓮娜預期，這場飯局平淡乏味，了無新意，從餐桌到客廳的談話更是無趣至極。她們待在客廳時，孩子們也走了進來；艾蓮娜很清楚，一旦孩子在場，她就更不可能轉移璐西的注意力。直到喝完了茶，孩子們才離開客廳，不過緊接著又擺上牌桌，艾蓮娜開始擔心，這晚她根本別想找出時間和璐西說上一句話。大家紛紛站起身來，準備一起打牌。

米德頓女士對璐西說：「看來妳不打算在今晚替小安娜瑪麗亞編好籃子了，真令我慶幸。在燭光下埋首編織，想必十分傷眼呢！明天再好好補償這可憐的小傢伙吧！希望她不會太過失望。」

這番暗示清楚不過，璐西立刻會意過來，回道：「米德頓女士，您誤會了，我只是想先確認您的牌局人數是否足夠，否則早就想繼續編籃子了。我絕對不會讓可愛的小天使失望。如果

67 編故事（Consequence）：每人輪流在紙上寫下一個字，回答特定問題，最後將所有單字串聯成一篇故事。

您現在需要我湊人數，我會在晚飯後編好那只籃子。」

「妳可真好心，希望不會傷了妳的眼睛——妳能不能拉個鈴，讓僕人給妳多拿些蠟燭來？要是明天籃子還沒編好，我那可憐的小女兒一定失望透頂。雖然我已經說過絕對趕不及，她還是巴望著明天就拿到那只籃子。」

璐西立刻將針線檯往眼前一拉，帶著愉快的神情坐了下來，彷彿替嬌生慣養的小孩編織籃子，是令她高興不過的事。

米德頓女士提議玩一局卡西諾[68]，所有人都欣然同意，只有一向不拘禮節的瑪莉安大聲嚷了起來：「請您行行好，就饒了我吧！您知道我向來討厭打牌。我想去彈彈琴，那架鋼琴自從校過音以來，我還沒碰過它呢！」她毫不客氣地轉身走向鋼琴。

從米德頓女士的表情看來，她彷彿十分慶幸，自己講話從未如此無禮。

「夫人，您知道瑪莉安向來對那架鋼琴愛不釋手。」艾蓮娜試圖為妹妹的冒失行徑緩頰，「這也情有可原，那架鋼琴的音色簡直無與倫比。」

剩下的五個人準備抽起牌來。

艾蓮娜繼續說：「您能否讓我離開牌桌，幫璐西．史提爾小姐捲捲紙？那只籃子還得編上好些時間，只憑她一人，恐怕無法在今晚完成。如果她願意的話，我很樂意為她分擔工作。」

「妳若能幫我一把，我真是感激不盡！」璐西高聲說，「工作量遠比我想像中還多，要是讓小安娜瑪麗亞失望的話，可就太糟糕了。」

「噢，那真是太可怕了。」史提爾小姐說，「可愛的小公主，我真是喜歡得不得了！」

「妳真是太好心了。」米德頓女士對艾蓮娜說，「如果妳真的這麼喜歡編籃子，或許能等到下一局再加入，或是妳現在就想試試手氣？」

艾蓮娜欣然接受第一項提議。她憑著瑪莉安向來不屑說出口的幾句美言，巧妙地達成自己的目的，也同時讓米德頓女士鳳心大悅。璐西為艾蓮娜騰出位子，兩個漂漂亮亮的情敵就在同一張桌前並肩而坐，和樂融融地一起編織起籃子。瑪莉安坐在鋼琴前，完全沉浸於琴聲與自己的思緒中，渾然忘了其他人的存在。幸運的是，瑪莉安就坐在艾蓮娜附近；艾蓮娜確信，在琴音的掩飾下，不必擔心談話聲會傳到牌桌那兒，便十分放心地談起一心惦記的話題。

---

68 卡西諾（Casino）：玩法類似二十一點的紙牌遊戲。

24

艾蓮娜以堅定而謹慎的語氣開口。

「既然我有幸獲得妳的信賴，要是我不打算繼續深究這件事，恐怕就辜負妳對我的信任了。因此，容我再次提及這個話題。」

「謝謝妳願意打破僵局。」璐西高興地大聲說，「聽妳這麼說，我的心裡好過多了。我一直很擔心，星期一的那番話對妳太冒犯。」

「冒犯！妳怎麼會這麼想呢？相信我，」艾蓮娜真誠地說，「我絕對無意讓妳產生這種念頭。妳對我如此信賴，難不成還別有動機？」

「但是，」璐西銳利的眼神裡，彷彿藏著千言萬語，「我似乎察覺到妳的態度變得冷淡，一臉不悅，令我感到很不自在。我知道妳一定在生我的氣，不停責備自己，不該如此魯莽地告訴妳這些私事，給妳造成困擾。但真高興這一切只是我多慮了，妳確實沒有責怪我的意思。倘若妳能了解，向妳傾訴自己無時無刻掛念的煩惱，對我而言是多大的慰藉，想必就會對我滿心同情，不再追究了。」

「不難想像，妳能向我坦承自己的處境，並確信自己不會為此感到懊悔，想必令妳大大鬆了一口氣。你們倆的遭遇相當不幸，眼前似乎困難重重，必須靠著對彼此的感情才能堅持下去。我相信，費勒斯先生完全仰賴母親的經濟支援。」

「他只有兩千英鎊的收入，沒有人會為了這點錢嫁給他，我卻心甘情願放棄一切期望跟隨他。我對拮据的生活早已習以為常，可以為了他捱過窮困的苦日子。可是我太愛他了，如果他依照母親的意思，娶個令她滿意的媳婦，說不定能獲得大筆財產，我不願如此自私地剝奪他享受榮華富貴的機會。我們只能等著，或許得等上好多年。對其他男人而言，這樣的未來顯得黯淡無光；但是我相信，愛德華對我堅定不移的情意，永遠不會改變。」

「這份信念，想必是妳最為重要的支柱。毫無疑問，他也絕對抱持著與妳相同的信念。如果你們的感情和大多數人一樣，在這四年期間由濃轉淡——這向來是很有可能發生的事——那麼妳的遭遇就確實令人同情了。」

聽到這番話，璐西抬起頭來看她。艾蓮娜非常謹慎，面不改色，不讓璐西起任何疑心。

「愛德華確實深愛著我。」璐西說，「我們自從訂婚後，就歷經如此漫長的分離，但是他已證實這份忠貞不渝的愛禁得起考驗，要是我再對他抱持半點質疑，那就不可原諒了。我可以自信地說，他打從一開始就讓我十分放心，不曾為此感到恐懼不安。」

聽到這番信誓旦旦的言論，艾蓮娜頓時不知該微笑以對，或是為此嘆息。

璐西繼續說：「我原本就容易嫉妒，更何況我們的成長背景大相逕庭，他的歷練遠比我豐富，兩人又經常分隔兩地，我經常浮現懷疑不安的心情，自然情有可原。每當我們碰面時，哪怕他的行為舉止出現一點異常，像是莫名感到情緒低落、經常提起某個女人，或是待在朗斯坦普的時間不若往常快樂，我總能立刻察覺出來。我不是自誇觀察力敏銳，但要是他真的不愛我了，我確信任何事情都逃不過我的眼睛。」

艾蓮娜心想：「說得可真好聽，不過我們兩人都不相信這番話吧！」

她沉默片刻，問道：「但是，妳接下來又有什麼打算？還是妳已經束手無策，只能癡癡等著費勒斯夫人撒手人寰？若是走投無路到這種程度，未免太令人感傷了。她的兒子難道已打定主意屈服於母親的威嚴，不惜耽誤妳的下半輩子，也願意忍受婚事長達數年、懸而未決？他就不能甘冒觸怒母親一時的危險，大膽坦承一切嗎？」

「要是我們能保證她只會不高興一陣子，當然願意放手一搏！但是費勒斯夫人非常頑固強勢，她一聽到這個消息想必勃然大怒，很可能將所有財產都過繼給羅伯特。光想到這個後果，為了愛德華著想，我實在害怕得不敢貿然行事。」

「這也是為妳自己著想，否則妳的犧牲就說不過去了。」

璐西再次看著艾蓮娜，一語不發。

「妳認識羅伯特．費勒斯先生嗎？」艾蓮娜問道。

「完全不認識，我們沒見過面。但我猜和他哥哥天差地遠——不過是個愚蠢的花花公子。」

「花花公子！」史提爾小姐重複說。由於瑪莉安的琴聲中斷了一會兒，這幾個字眼傳進了她的耳裡。「噢，我敢說她們正在聊自己的心上人呢！」

「姊姊，才不是呢！」璐西大聲說：「妳誤會了，我們的情人可不是什麼花花公子。」

「達希伍德小姐的心上人確實不是花花公子。」詹寧斯夫人開懷大笑起來。「他是我見過最謙恭有禮、循規蹈矩的年輕人。不過璐西是個精明的小姑娘，我可就不清楚她喜歡什麼樣的人了。」

「噢！」史提爾小姐一臉意味深長地看著她們，大聲說：「我敢說璐西的情人和達希伍德小姐的心上人一樣，既謙恭有禮，又循規蹈矩。」

艾蓮娜不禁羞得滿臉通紅，璐西緊咬雙唇，怒氣沖沖地瞪著姊姊。兩人沉默了半晌。雖然瑪莉安彈起優雅動人的協奏曲，成了最好的掩護，不過璐西率先開口時仍刻意壓低音量。

「我想老實告訴妳，我最近想了一個或許能讓事情出現轉機的好辦法。我非得告訴妳這個祕密不可，因為我得借助妳的幫忙。妳對愛德華知之甚詳，想必也知道他一心想當牧師。我打算讓他盡速謀得聖職。相信妳身為他的朋友，一定願意幫他的忙，或許也能看在我的份上，勸勸令兄讓他擔任諾蘭教區的牧師。這份職務對他而言理想不過，現任牧師的年紀似乎也一大把了。如此一來我們就能安心結婚，剩下的一切則聽天由命。」

艾蓮娜回答：「我自然樂意為敬重的費勒斯先生伸出援手，不過妳難道還沒發現，這種場合根本不需要我出面嗎？他可是約翰·達希伍德夫人的弟弟——這對她丈夫而言就夠了。」

「但是，約翰·達希伍德夫人絕對不贊成愛德華當牧師。」

「那麼，我的面子恐怕也發揮不了多大影響。」

兩人再次默不作聲了好一陣子。最後璐西嘆了長長一口氣，高聲說：

「看來要徹底解決現狀，最明智的方法就是解除婚約了。我們的未來滿是阻礙，雖然我們會因此痛苦一段時間，不過最後或許能過得幸福一些。話說回來，達希伍德小姐，妳能不能給我一些建議？」

「不能。」艾蓮娜露出微笑，藉此掩飾焦慮不安的心情。「我無法為這種狀況提出任何建議。妳很清楚我的想法對妳無足輕重，除非我真的如妳所願伸出援手。」

「那妳可就大大誤會我了。」璐西十分嚴肅地回答，「在所有人當中，我最為看重妳的意見。我也相信，假如妳告訴我：『我建議妳，無論如何都要取消與愛德華．費勒斯的婚約，如此一來，你們雙方才會獲得幸福。』我會毅然採取行動。」

這番虛情假意的言論，令艾蓮娜不禁替愛德華的未婚妻感到難為情。她答道：「即使我真的對此事有任何看法，妳這番溢美之詞，也會讓我嚇得說不出口。妳實在太抬舉我了，置身事外的人不可能拆散得了一對真心相愛的戀人。」

「正因為妳置身事外，」璐西有些動了氣，刻意在這些字眼上加重語氣：「我才會如此重視妳的意見。要是妳出於私人感情，立場有所偏頗，妳的意見自然一點都不值得參考。」

艾蓮娜認為還是不予回應為妙，免得因更加的隨便及袒露引起彼此的不快。她甚至暗自決定再也不提起這個話題。兩人又默不作聲了半晌，最後仍是璐西率先打破沉默。

「達希伍德小姐，今年冬天妳會進城去嗎？」她又回復平日趾高氣揚的模樣。

「當然不會。」

「真令人遺憾。」璐西嘴上這麼回答，聽到這話時卻不自覺眼睛一亮。「若能在城裡與妳碰面，我會多麼高興呀！不過，我敢說，妳還是非得進城去的。無論如何，妳的兄嫂一定會邀請妳前去做客。」

「即使他們真的提出邀請，赴約與否也由不得我做主。」

「那還真是不巧！我一直很期待在城裡與妳碰面。我和安妮一月底要去探望一些親戚，他們這麼多年來始終等著我們上門拜訪！不過，我只是為了見愛德華才去的，他二月時會上一趟倫敦。畢竟我對倫敦毫無興趣，根本提不起勁進城去。」

過沒多久，第一場牌局結束，艾蓮娜隨即被叫回牌桌去，這場祕密談話也因此畫下句點。不過兩人都很慶幸不必再聊下去，她倆話不投機，對彼此的厭惡並未沖淡多少。艾蓮娜在牌桌前坐下，憂傷地說服自己愛德華不僅對未來的妻子毫無感情，甚至不可能從這場婚姻獲得幸福，唯有真心愛慕的她才能帶給他真正的快樂；為了自身利益著想的女人即使清楚新郎心力交瘁，還是會努力維持婚約。

艾蓮娜從此對婚約一事絕口不提，璐西卻依然不放過任何討論此事的機會；收到愛德華的來信時更是變本加厲，總要對他的紅粉知己宣揚興奮之情。艾蓮娜始終泰然地謹慎以對，並盡可能在不失禮的情況下迅速結束話題。她認為不該縱容璐西一再以此為樂，對自己也不利。

史提爾姊妹受邀至巴頓莊園做客以來，在此停留的時間已遠遠超出預期。米德頓一家越來越喜歡姊妹倆，不願與她們分開，約翰爵士說什麼也不想放她們走。儘管她們在埃塞克特早已安排好許多行程，每個週末都有許多要事急著處理，姊妹倆依然拗不過米德頓一家，在莊園待了足足將近兩個月，協助他們一同為慶祝聖誕節做準備；聖誕節是最為重要的節慶，巴頓莊園也必須比平日舉辦更多場私人舞會與大型晚宴。

25

雖然詹寧斯夫人習慣大半年都待在子女或親友的家裡，不過依然擁有自己的定居之所。她的丈夫在城裡較不體面的地區經商，經營得有聲有色，自從他過世後，詹寧斯夫人每年都會回家過冬，房子就坐落於波特曼廣場[69]附近的一條街上。隨著一月即將到來，詹寧斯夫人也起心動念，打算回家一趟。這天，她出其不意開口，邀請艾蓮娜與瑪莉安與她回家作伴，令她們大感驚訝。艾蓮娜並未注意到妹妹表情一變，眼神閃閃發亮，透露出她絲毫不排斥這個提議，反而認定姊妹倆的想法有志一同；她向詹寧斯夫人表達感激之意後，隨即為兩人婉拒了這場邀約，表明不能在此時獨留母親在家。詹寧斯夫人沒料到會遭拒，頗為驚訝，隨即試著再次說服她們。

「老天！我相信妳們的母親絕對會欣然同意，我也誠心請求妳們與我作伴，我可是滿心期待著。別擔心妳們會造成我的不便，我可不會為了妳們而給自己添麻煩。我只需要叫輛馬車送貝蒂[70]回去，這點錢我還付得起。如此一來，我們三人就能舒舒服服地搭馬車出發了。待在城

69 Portman Square，倫敦的高級地段，擁有許多建得美輪美奐的房屋。

裡時，要是妳們沒興趣跟著我出門，也隨時可以找我哪個女兒作陪。我相信妳們的母親不會反對。既然我可以順順利利將女兒嫁出去，她一定也會放心將妳們交給我照顧。假如我沒有讓妳們至少其中一人嫁到好人家，那可稱不上是我的過錯。我絕對會向所有年輕人說盡妳們的好話，儘管交給我就是了。」

「我想，」約翰爵士說，「要是艾蓮娜點頭答應，瑪莉安小姐也不會反對這項提議。若是因為達希伍德小姐反對而剝奪她尋歡作樂的機會，那就太令人難過了。所以我建議妳們，要是對巴頓的生活感到厭倦，就兩人一同進城去吧！對達希伍德小姐一個字也別說。」

「沒錯，」詹寧斯夫人高聲嚷道，「無論達希伍德小姐同行與否，要是瑪莉安小姐願意前來作伴，我一定樂壞了！當然多了達希伍德小姐，我自然更高興，姊妹倆有彼此相伴，想必也更自在；她們要是對我感到厭煩，還能一起說說話，在背後嘲笑我的老古板。不過，就算姊妹倆不能同行，我也堅持至少一人與我作伴。老天，我早已習慣每年冬天都有夏綠蒂陪著我，今年怎麼受得了一個人悶在家裡！瑪莉安小姐，咱們就握手成交吧！要是達希伍德小姐願意回心轉意，那就再好不過了。」

「謝謝您，夫人，我真的由衷感激。」瑪莉安熱絡地說，「我一輩子都會將您的邀約銘記於心，若能欣然接受，想必能為我帶來莫大快樂，再也沒什麼比這更令我高興。但是，想到我最親切和藹的母親——我知道艾蓮娜說得沒錯，倘若我們不在身邊，一定會給家裡帶來許多不便。噢！不管什麼原因，我都不該離開她。我根本不該如此猶豫不決。」

詹寧斯夫人再三保證，達希伍德夫人即使與她們暫別一陣子，也能將自己照顧得很好。艾蓮娜如今已了解妹妹的想法，這才意識到瑪莉安不顧一切只想與韋勒比重逢，便不再提出任何反對意見，而是將決定權交由母親。艾蓮娜明白，哪怕她並不贊成瑪莉安進城去，自己也有理由拒絕受邀，但是，即使她盡力推辭這趟遠行，母親的看法想必與自己相左。無論瑪莉安心中的想望為何，母親都樂於促成；艾蓮娜無法期許母親對此事深思熟慮，對於瑪莉安的感情，她向來沒能成功喚起母親的疑慮，更不敢透露自己萬般推辭前往倫敦的原因。瑪莉安向來挑剔有加，對詹寧斯夫人的言行舉止知之甚詳，自然十分反感；如今竟願意忍受諸多不便，不顧脆弱的心靈必須承受多大痛苦，也非得見到一心惦記的人，足以證明對方在她心中的地位何等重要。儘管艾蓮娜親眼見證過去發生的一切，卻仍未預料到，瑪莉安看重韋勒比到如此程度。

達希伍德夫人聽聞邀約一事，深信這趟旅程能讓兩名女兒放鬆心情。儘管瑪莉安牽掛著她，她仍明白女兒的真正心意，不願她們為了自己出言婉拒，堅持要兩名女兒立刻答應這項邀請。她展現一如往常的樂觀態度，開始欣慰地想像這次分離能帶來的種種好處。

「這項計畫真是令人開心。」她高聲說，「完全符合我的心意。不只妳們，瑪格麗特和我也能從中受益。妳們和米德頓一家都遠行去，我們就能不受打擾、盡情地讀書和彈琴了！妳們回家時，一定會發現瑪格麗特的琴藝進步神速！我正好打算稍微改造一下妳們的房間，如此一

70 女傭的名字。

來也能趁妳們不在時進行，不會帶來任何不便。妳們確實應該進城一趟，像妳們這樣的年輕女孩，都應該好好見識氣派又多采多姿的倫敦。詹寧斯夫人是稱職的母親，會把妳們照顧得無微不至，我大可放心。妳們也很可能有機會和哥哥見上一面；姑且不論他們夫婦倆各自有什麼過錯，一想起他畢竟還是妳們父親的兒子，我就不忍心看著你們兄妹變得如此疏離。」

「您總是一心為我們的幸福著想，」艾蓮娜說：「因此，無論這項計畫會為您添上什麼麻煩，您都能一一克服。然而，在我看來，還有一項困難無法輕易解決。」

瑪莉安的臉色沉了下來。

「那麼，」達希伍德夫人說，「我深思熟慮的艾蓮娜又有什麼建議呢？她顧慮到什麼難以應付的困難？可別和我談起錢的事[71]。」

「我反對的理由在於：雖然我非常了解詹寧斯夫人的心意，與她相處卻無法樂在其中，受她照料也對我們的名聲毫無益處。」

「這倒是。」她的母親答道，「但是，妳們總會和許多人來往，不須成天和她單獨待在一起，外出時也能隨時找米德頓女士為伴。」

「即使艾蓮娜對詹寧斯夫人沒什麼好感，想打退堂鼓，」瑪莉安說，「至少別要求我一起拒絕她的邀約。我心裡毫無顧忌，相信自己能輕易忍受種種不愉快。」

艾蓮娜向來很難說服瑪莉安對詹寧斯夫人保持基本的禮貌，如今她卻信誓旦旦地表示，自己能坦然接受這麼不喜歡的人，不禁令艾蓮娜莞爾。她暗自下定決心，要是瑪莉安堅持接受邀請，她勢必一同前往；放任瑪莉安我行我素顯然甚為不妥，詹寧斯夫人恐怕得為了瑪莉安，將自己的生活搞得一塌糊塗呢。她想起璐西提過愛德華要到二月才會前往倫敦，即使她們沒有無故縮短旅程，想必也能早他一步離開倫敦，頓時放心不少。

「我要妳們結伴同行。」達希伍德夫人說，「這些顧忌都多慮了。妳們待在倫敦一定會玩得很快樂，有彼此作伴再好不過。要是艾蓮娜願意放寬心來，想必可以盡情享樂，說不定還能和嫂嫂的家人培養感情呢！」

艾蓮娜始終盼著找機會向母親解釋清楚，讓她不再認定愛德華與自己依然相愛，等到真相大白的時候也不至於驚慌失措。眼前正是需要把握的好時機，儘管成功機率渺茫，她還是盡力保持平靜的語氣，開口說：「我非常喜歡愛德華．費勒斯，當然很高興見到他。但是，我並不在乎他的家人是否了解我。」

達希伍德夫人露出微笑，並未接腔。瑪莉安一臉震驚地抬起頭來，艾蓮娜心想，此時還是保持沉默為上策。

母女沒再多說什麼，便決定欣然接受邀請。詹寧斯夫人一聽，頓時樂不可支，一再保證會將她們照顧得無微不至。不過高興的人可不只詹寧斯夫人，約翰爵士同樣雀躍不已，他向來對落單避之唯恐不及，多了兩名同伴一起回到倫敦，對他而言自然欣喜不過；儘管米德頓女士有

---

71 達希伍德夫人和瑪莉安一樣感性，對金錢不以為意。

些言不由衷，也一反常態，盡力表現出十分高興的樣子；至於史提爾姊妹，尤其對璐西而言，這輩子恐怕還不曾如此興高采烈。

艾蓮娜違背自己的心意接受邀請，卻發現自己並不如想像中那麼萬般不情願。對她而言，是否該進城一趟，如今已變得無關緊要；看到母親對此安排感到十分寬慰，瑪莉安更是高興得手舞足蹈，艾蓮娜不僅回復平日的活力，心情也比往常更加愉快。她不再對此感到任何不悅，亦不願對接下來的結果抱持任何猜忌。

瑪莉安快樂得飄飄然，簡直像要飛上天去，所有煩惱不耐悉數拋到九霄雲外；唯有想起得和母親分離時，心裡的不捨才會讓她稍微平靜。真正道別的那一刻，瑪莉安傷心極了，做母親的同樣依依不捨；母女三人裡，只有艾蓮娜最為清楚，這次分離並非與永別畫上等號。

一月的第一週，她們便啟程前往倫敦，米德頓一家則等到約莫一星期後才出發。史提爾姊妹暫時留在巴頓莊園，隨後才與米德頓一家一同回倫敦。

26

艾蓮娜簡直不敢相信，現在竟與詹寧斯夫人同坐一輛馬車，還要在她的照料下一同前往倫敦，成為她的客人。畢竟她們才相識不久，且無論年紀或想法都大相逕庭；不過幾天以前，她還對這趟遠行百般抗拒呢！但是瑪莉安和母親都保持快活熱情的赤子之心，對她提出的一切顧慮不為所動。儘管艾蓮娜仍不時對韋勒比的真心感到半信半疑，然而看著瑪莉安喜上眉梢、眼神散發出愉快的光芒，她不禁對自己的未來感到十分茫然，也很清楚和瑪莉安相較之下，自己的情緒顯得多麼低落。艾蓮娜多麼期盼自己也能像瑪莉安一樣，眼前有個值得期待的美好目標，心中還能懷抱著希望。

韋勒比究竟有何想法很快就能見真章，種種跡象顯示他很可能早已抵達城裡。瑪莉安如此急著出發，顯示了她期待在這裡找到韋勒比。艾蓮娜決定不僅要透過親眼觀察，或藉由其他人的想法，重新認識韋勒比，並密切注意他對待瑪莉安的態度，希望不出幾次碰面，就能摸清韋勒比的為人和企圖。要是最後觀察的結果不盡如意，她一定會想方設法讓妹妹清醒過來。倘若結論正好相反，她也必然會大為轉變自己的態度——她一定要學會摒棄所有較勁的自私念頭，不讓任何懊惱削弱她真心為瑪莉安感到高興的想法。

在三天的旅途中，詹寧斯夫人原本期待活潑的瑪莉安會是個既殷勤又友善的理想旅伴。但她全程幾乎都安安靜靜地坐著沉浸於自己的思緒，很少開口說話，只有窗外出現吸引目光的瑰麗景色時，才會對姊姊發出幾聲驚嘆。艾蓮娜為了彌補瑪莉安的如此行徑，一路上都盡可能展現應有的禮節，不僅對詹寧斯夫人噓寒問暖，陪她談天說笑，也扮演稱職的聽眾。詹寧斯夫人對兩名女孩照顧有加，無微不至，只是有些懊惱無法讓她們自行決定旅館的菜色；姊妹倆說什麼也不肯表明飲食喜好，無從得知她們是不是比較喜歡鮭魚和水煮雞肉，而非鱈魚和牛肉片[72]。第三天下午三點，一行人終於進了城，順利從一路顛簸的馬車中解脫，迫不及待想待在溫暖的壁爐前好好烤個火。

房子相當氣派，裝潢得美輪美奐，兩名女孩很快就住進一間相當舒適的套房。這間房原本屬於夏綠蒂，壁爐架上還掛著一幅她以彩色絲線親手繡出的風景畫，證明她曾在城裡一所好學校就讀七年，頗具成效[73]。

一行人抵達後，晚餐還得花上至少兩小時才能備妥，艾蓮娜打算趁此空檔寫封信給母親，便在桌前坐定。過沒多久，瑪莉安也坐了下來，準備寫信。「我正在給家裡寫信，瑪莉安。」艾蓮娜說，「妳要不要晚一、兩天再寫？」

「我不是要寫信給母親。」瑪莉安回答得很倉促，似乎不希望艾蓮娜追問下去。艾蓮娜不再多說，她立刻意識到瑪莉安正在寫信給韋勒比，也隨即明白，即使兩人刻意對此故作神祕，他們肯定已訂下婚約。雖然艾蓮娜並非打從心底贊同，卻仍感到高興，抱著更為喜悅的心情繼續寫信。瑪莉安花不到幾分鐘就寫完信，看來內容還不滿一張紙。她迅速折起信紙，放入信封，填上收件人的姓名地址，艾蓮娜似乎能辨認出大大的字母W[74]。瑪莉安一寫好收件人，立刻按鈴喚來僕人，給了他兩便士[75]差他寄信。一切頓時無庸置疑。

瑪莉安的情緒依舊高漲，但是其中也隱含了姊姊所不樂見的焦躁。隨著夜幕降臨，瑪莉安變得越來越心神不寧；她對晚餐幾乎沒什麼胃口，隨後待在客廳時更是坐立難安，豎耳傾聽每輛經過屋前的馬車。

由於詹寧斯夫人大多待在自己的房裡，艾蓮娜十分慶幸她無從察覺眼前的狀況。僕人隨後送茶進來，期間從隔壁傳來的敲門聲令瑪莉安失望了無數次，當忽然傳來一陣絕對不可能被誤認為是來自鄰家的響亮敲門聲，艾蓮娜認為這次錯不了，一定是韋勒比登門拜訪，瑪莉安連忙站起身走到門前。四周鴉雀無聲，安靜得令人不耐，她打開門往前走到樓梯旁，側耳傾聽了半分鐘，便激動地轉身衝回屋裡，想必是聽出了韋勒比的聲音。她頓時感到欣喜若狂，不禁開心地大喊：「噢，艾蓮娜，是韋勒比，真的是他！」她似乎已準備好飛奔進他的懷裡，但出現的

72 鮭魚和水煮雞肉比鱈魚與牛肉片來得昂貴，展現出詹寧斯夫人對姊妹倆的慷慨。
73 高級女校並不注重學業成績，主要培育學生繪畫、舞蹈、刺繡等技能。
74 W即韋勒比（Willoughby）。
75 倫敦市內的郵資於一八〇一年調整為兩便士。意味著韋勒比也同樣待在倫敦。

是布蘭登上校。

她震驚得無所適從，立刻轉身離開房間。艾蓮娜同感失望，不過她立即對布蘭登上校展現歡迎之意。艾蓮娜覺得特別難過，一位對妹妹如此傾心的男人，得到的回應卻是她見到他時的悲傷與失望。她立刻注意到他將瑪莉安的反應全數看在眼裡，驚愕地看著瑪莉安離開房間，臉上滿是關切之意，甚至忘了出於禮貌，應該向艾蓮娜問候一聲。

「令妹生病了嗎？」他問道。

艾蓮娜有些歉疚地給了肯定的答案，說瑪莉安有些頭痛、情緒低落，因為舟車勞頓而過於疲累，想盡各種合理的藉口解釋妹妹的舉動。

他十分專注地傾聽，接著似乎恢復了鎮定，便不再談論這個話題。他隨即表示非常高興在倫敦見到姊妹倆，寒暄起旅途的狀況，並問候未能同行的其他親友。

兩人就這麼平淡地交談著，對彼此漫不經心，思緒早已飄向別處。艾蓮娜亟欲打探韋勒比是否也在城裡，卻很擔心向上校打聽情敵的狀況會令他難過。最後她只好硬生生轉向其他話題，問起布蘭登上校，自從上次分別以來，他這段期間是否一直待在倫敦。「是的。」他有些尷尬地回答：「幾乎都待在倫敦。有一、兩回到戴拉弗待了幾天，但是都沒機會回巴頓去。」

這番話和布蘭登上校說話時的語氣，頓時讓艾蓮娜回想起他當初離開的情景，當時詹寧斯夫人相當不安，滿心疑慮；艾蓮娜不禁擔心自己這番提問，會讓布蘭登上校誤以為她對此深感好奇。

詹寧斯夫人不久便進屋裡來。「噢！上校。」她一如往常熱情地拉開嗓門：「真是太高興見到你了！抱歉，我沒能早些過來，還請你見諒。我得花些時間處理事情。太久沒回家一趟，總有一堆雞毛蒜皮的小事得解決。我已經吩咐好卡萊特[76]了——老天，我一吃過晚飯，就像陀螺似的忙得團團轉！不過，上校，你怎麼知道我今天回城裡來了呢？」

「我在帕瑪先生家裡吃晚餐時，從他那裡聽來的。」

「噢，這樣啊！他們過得如何？夏綠蒂還好嗎？我敢說她又胖了不少。」

「帕瑪夫人看起來氣色很好。她託我轉告一聲，明天會過來拜訪。」

「我想也是，我早就料到了。上校，你瞧瞧，我把兩個女孩都帶來了——你現在只見著其中一位，還有一位不知跑去哪兒了。你的朋友瑪莉安小姐也在這兒，你應該很高興吧！我不曉得你和韋勒比先生該拿瑪莉安怎麼辦。長得漂亮的年輕女孩就是這麼受歡迎。我也曾年輕過，外貌卻不怎麼出色——這可真是不幸！不過我還是嫁了個好丈夫，就算長得再美，也不見得能碰得上這麼好的先生。唉，可憐的老傢伙，他已經離開我八年了！話說回來，上校，自從上次分開後，你都上哪去啦？你的事情處理得如何？儘管說吧！朋友之間就該坦承以對。」

他一如往常對詹寧斯夫人的問題避重就輕，自然令她不甚滿意。艾蓮娜泡起茶，瑪莉安不得不再次進屋裡來。

76 詹寧斯夫人的管家。

瑪莉安一進門，布蘭登上校便顯得心事重重，更加沉默寡言，詹寧斯夫人也無法留他久坐。那晚沒有其他訪客，所有人都不約而同早早就寢。

瑪莉安隔天早上起床後，又恢復往常的活力，神情愉悅。她似乎認定這天韋勒比就會出現，前晚的失望也因此忘得一乾二淨。用過早餐沒多久，帕瑪夫人的四輪馬車已停在門前，幾分鐘後，就見她笑容滿面地走進屋裡：見到一行人令她欣喜不已，似乎說不上是見到母親還是達希伍德姊妹更讓她高興。儘管她始終盼著達希伍德姊妹前來，不過真的如願在倫敦重逢，又讓她大感驚訝。姊妹倆拒絕了自己的邀約，卻又答應了母親的邀請，令她頗有微詞；不過，倘若她們依然不肯應邀前來，那就更不可原諒了！

「帕瑪先生一定很高興見到妳們，」她說，「他一聽到妳們和媽媽一道過來，妳們知道他說了什麼嗎？我現在一時想不起來，不過真的非常可笑！」

套句詹寧斯夫人的話，她們花上一、兩個鐘頭「舒舒服服地聊天」，也就是詹寧斯夫人問遍所有人的近況，帕瑪夫人則不時開懷大笑。帕瑪夫人隨後提議，希望這天上午所有人都陪她出門逛街。詹寧斯夫人和艾蓮娜正好需要採買些東西，便欣然應允；瑪莉安雖然一開始並不願意，最後還是半推半就地一同上街去了。

一路上瑪莉安始終不停地東張西望。她們在龐德街停留的時間最久，她也更加專注地巡視四周；大夥無論走進哪家店裡，她對眼前的任何東西皆心不在焉，對同伴感興趣或忙著的事皆無動於衷。由於瑪莉安無論身在何方都顯得焦慮不安、漫不經心，她姊姊在採買兩人同樣需要的東西時詢問她的意見，往往一無所獲。她對採購意興闌珊，迫不及待想早點回家，更無法掩飾她對帕瑪夫人的不耐；帕瑪夫人買興正濃，一路上興高采烈，任何漂亮時髦的新玩意都能吸引她的注意力，恨不得全數買下，卻總是拿不定主意該選擇哪一樣，浪費不少時間猶豫。

她們回到家後已將近中午時分，瑪莉安一進到屋裡便飛奔上樓，艾蓮娜隨後走進房裡，見她一臉失望地從桌旁走開，顯然韋勒比尚未來信。

「我們出門後，有沒有人送信來給我？」一名男僕抱著信件走了進來，她開口問道。男僕給了否定的答案。「你確定嗎？」她說，「你確定沒有僕人或門童幫我送信或短箋過來？」

男僕依然表示沒有這回事。

「真是太奇怪了！」她失望地低聲說，轉身走向窗邊。

「確實令人納悶。」艾蓮娜喃喃自語，憂心忡忡地看著妹妹。「她要不是知道韋勒比在城裡，絕不會寫信給他，而是將信寄到庫姆莊園。如果他真的在城裡，既不上門拜訪，也未捎來隻字片語，那就太不尋常了！噢，親愛的母親，要是您允許這麼年輕的女兒嫁給一無所知、行蹤成謎的男人，那真是大錯特錯了！我真想打聽，但瑪莉安豈能忍受我插手這件事？」

她思考了一陣子之後決定，要是眼前這種令人不快的情況持續下去，她一定會寫封措辭強烈的信，要求母親對這門婚事打破砂鍋問到底。

這天晚餐不只多了帕瑪夫人作陪，由於早上詹寧斯夫人在街上巧遇兩名好友，這兩名上了年紀的夫人也成為座上賓。帕瑪夫人還有其他事情得處理，喝過茶後便先行離開；艾蓮娜則忙著為其他人準備牌桌，以便玩幾局惠斯特牌[77]。瑪莉安不肯學打牌，因此幫不上任何忙。然而，儘管她得以獨自消磨時間，卻沒比艾蓮娜快活多少，因為她整晚只能焦急地引領企盼，同時又一再承受失望之苦。她試著讀點書，卻很快就把書本拋到一旁，開始在房間裡來回踱步，不時在窗邊停下腳步，盼望耳邊傳來期待已久的敲門聲。

27

「要是接下來幾天，天氣都還如此晴朗，」隔天吃早餐時，詹寧斯夫人說，「約翰爵士大概到下星期都還不會離開巴頓莊園。喜歡打獵的人絕對不會放過任何一天到戶外打獵的機會！可憐的傢伙。我對他們總是同情得很，簡直陷得太深了。」

「說得沒錯。」瑪莉安愉快地高聲說，一面走到窗邊望著天空。「我怎麼沒想到呢？天氣這麼好，許多喜歡打獵的人都會待在鄉下。」

她總算恍然大悟，頓時感到釋懷。「對他們來說，這種天氣最迷人了。」她繼續說，在餐桌前坐下時表情顯得相當快活。「他們一定樂在其中！可是，（她又感到有些不安）好天氣不會持續太久。現在是冬天，之前老是下雨，接下來顯然不會繼續下雨了。很快就要結霜了，恐怕還會凍得非常厲害。或許再過一、兩天，天氣就不會如此宜人——說不定今晚就開始降霜了！」

「無論如何，」艾蓮娜連忙開口，以免詹寧斯夫人和她一樣清楚察覺瑪莉安的弦外之音。

---

77 Whist，類似橋牌的紙牌遊戲，難度較高，需要四名玩家。

「我相信在下週末以前，約翰爵士和米德頓女士就會進城。」

「親愛的，我相信會如妳所願。瑪麗向來順著自己的心意[78]。」

「看來，」艾蓮娜心想，「她會趕在今天寄封信到庫姆莊園去。」

不過假如她真寫了信，恐怕也是避開艾蓮娜的耳目偷偷寄出，那麼即使艾蓮娜再怎麼留心觀察，依然沒有機會查明實情。無論事實為何，即使絕非令艾蓮娜滿意的結果，可是當她看著瑪莉安興高采烈的樣子，自己也不能表現得無精打采。瑪莉安確實顯得神采飛揚，她很高興現在天氣溫暖宜人，卻更期待結霜的日子到來。

整個早上，她們都忙著到詹寧斯夫人的朋友家發送問候卡，告知大家她已回到倫敦的消息。瑪莉安則忙著觀察風向和天空的變化，試著想像天氣會如何轉變。

「艾蓮娜，妳不覺得現在比早上還冷嗎？我覺得氣溫差多了，即使戴著暖手筒，我的雙手還是冷冰冰的。我記得昨天可不是這樣。雲層看起來正逐漸散開，陽光很快就要露臉了，看樣子下午晴朗得很。」

艾蓮娜時而變得漫不經心，時而感到心裡隱隱作痛，瑪莉安的態度卻始終如一；她每晚觀察火堆的燃燒情況，早上觀察空氣的變化，努力捕捉霜雪欲來的蛛絲馬跡。

詹寧斯夫人無微不至的親切照料，令達希伍德姊妹感到心滿意足，對於她的生活習慣和交友圈同樣毫無怨言。對於家中大大小小的安排，詹寧斯夫人總是極盡慷慨之能事，除了城裡少數幾名米德頓女士不怎麼喜歡的多年老友[79]之外，她幾乎不再拜訪任何人，以免讓姊妹倆感到不自在。這趟旅程遠比預期順遂，令艾蓮娜十分高興；即使無論待在家裡或外出拜訪，每晚的聚會都如出一轍，清一色是她不怎麼感興趣的牌局，她也能坦然接受了。

布蘭登上校經常登門拜訪，幾乎每天都與她們作伴；他一方面想探望瑪莉安，另一方面也想與艾蓮娜談天。與布蘭登上校談話往往是艾蓮娜一天之中最大的慰藉，卻越來越擔憂他對瑪莉安的心意日漸深厚。布蘭登上校注視瑪莉安的眼神總是流露出真摯情感，似乎比在巴頓的時候更加無精打采，看在艾蓮娜的眼裡相當難過。

她們抵達倫敦後約莫過了一星期，總算確定韋勒比也待在城裡。一天早上，她們外出返家，發現桌上擱著他的名片。

「老天！」瑪莉安大叫，「我們出門時他來過這裡！」艾蓮娜得知他也待在倫敦，喜出望外，忍不住大膽地說：「看來他明天會再過來一趟。」瑪莉安似乎根本沒聽見她說話，詹寧斯夫人一進門，她便帶著那張寶貴的名片跑了出去。

這個小插曲讓艾蓮娜精神為之一振，也恢復了瑪莉安所有的元氣，不僅僅是恢復，甚至比之前更加激動。從那一刻起她的心再也無法平靜下來，無時無刻不在期待與他相見，根本無心做任何事。隔天早上當大家要外出時，她堅持待在家裡。

---

78 意即比起約翰爵士，米德頓女士才是當家作主的人。

79 居住於倫敦商業區的生意人，對米德頓女士而言，其社會地位較為低下，並不值得來往。

艾蓮娜一心惦記著她們外出時柏克萊街[80]會發生什麼事；但回家後她只看了妹妹一眼，便立刻明白韋勒比並未再次登門拜訪。此時僕人正好送來一封短箋，放在桌上。

「給我的！」瑪莉安大叫，連忙上前走去。

「不是的，小姐，這是給夫人的。」

但瑪莉安不肯相信，立刻拿起那封短箋。

「確實是給詹寧斯夫人的。真令人生氣！」

「這麼看來，妳在等一封信囉？」艾蓮娜再也無法保持沉默，開口問道。

「沒錯，是有一點——不完全是。」

艾蓮娜停頓了一下，說：「瑪莉安，妳根本不信任我。」

「不，艾蓮娜，這句責備應該還給妳——妳才不相信任何人呢！」

「我！」艾蓮娜有些困惑地回道：「瑪莉安，我確實沒有什麼好說的。」

「我也沒有。」瑪莉安理直氣壯地說：「我們的情況差不了多少。我們都對彼此無話可說，妳是因為什麼也不肯透露，我則是因為沒有隱瞞任何祕密。」

聽到瑪莉安指責自己不夠坦率，艾蓮娜即使感到沮喪，卻也無從辯駁；在這樣的情況下，她更不知如何要求瑪莉安坦承實情。

不久，詹寧斯夫人進屋來，接過那封短箋高聲唸出來。這是米德頓女士捎來的訊息，告知他們一家前晚已抵達康迪街[81]，希望母親和表妹們隔天前來共進晚餐。由於約翰爵士事務繁忙，米德頓女士又得了重感冒，因此無法先行到柏克萊街拜訪。邀請獲得接受，出於禮儀，姊妹倆都應該與詹寧斯夫人一同拜訪，但是在臨近約定時間的前夕，艾蓮娜竟費了好大一番勁才說服妹妹同行。瑪莉安還沒見到韋勒比，完全不想因為外出玩樂，再次錯過跟他碰面的機會。

當晚艾蓮娜深深明白，性格並不會隨著環境不同而有所改變：約翰爵士才剛抵達倫敦沒多久，就設法呼朋引伴邀來近二十名年輕人，舉辦一場盛大的舞會同樂。然而，米德頓女士對此堅決反對。在鄉間，臨時舉辦舞會倒也無傷大雅；但是身處倫敦，優雅名聲就更加重要、也更得來不易，僅僅為了討幾個女孩歡心辦舞會實在太冒險了。即使如此，米德頓女士最後還是舉行了一場八、九對舞伴，兩把小提琴伴奏，供應簡單點心的小型舞會。

帕瑪夫婦也一同應邀出席。她們自從抵達倫敦以來，還不曾見過帕瑪先生；他總是小心翼翼地對丈母娘避而不見，從未登門拜訪過，因此她們進門時，他連聲寒暄都沒有。他稍微看了所有人一眼，似乎認不出她倆是誰，只站在房間另一端，對詹寧斯夫人點頭致意。瑪莉安走進屋裡，一眼掃視了整個房間：這就夠了，他不在這裡。她無精打采地坐了下來，對一切意興闌珊，既不想搭理別人，也不願主動攀談。約莫過了一小時，帕瑪先生走向達希伍德姊妹，表示很驚訝在城裡見到她們；不過，布蘭登上校正是從他家裡才得知姊妹倆來到倫敦的消息，當時

80 指詹寧斯夫人的家。
81 康迪街（Conduit Street）：同樣位於倫敦的高級區域，鄰近繁華的龐德街。

帕瑪先生聽聞此事，還說了一些可笑的話。

「我以為妳們都待在德文郡。」他說。

「是嗎？」艾蓮娜回答。

「妳們打算什麼時候回家？」

「我不曉得。」兩人的對話就這麼結束了。

瑪莉安這輩子還不曾像這晚那樣如此抗拒跳舞，也不曾跳得如此筋疲力盡。一回到柏克萊街她立刻抱怨。

「好啦，好啦！」詹寧斯夫人說：「我們都很清楚原因是什麼。要是某個不能說出姓名的人也待在那裡，妳想必就不會這麼累了。老實說，明明受邀卻不出席，可真沒道理。」

「受邀！」瑪莉安大叫起來。

「我的女兒米德頓告訴我的，今早約翰爵士似乎在街上遇見他了。」瑪莉安一聲不吭，但是看起來非常傷心。艾蓮娜再也忍無可忍，希望設法讓妹妹好過一些，隨即打定主意，隔天早上要寫信給母親，期待母親為了瑪莉安的健康著想，願意開口提出已拖延好些時日的問題。翌日吃完早餐，她見到瑪莉安又寫起信來，她知道對象除了韋勒比之外別無他人，便更加急切地想寫信給母親。

約莫中午時分，詹寧斯夫人獨自外出辦事，艾蓮娜隨即動筆寫信。瑪莉安坐立難安、焦急萬分，既無心工作，也無意聊天，只是不停在窗邊踱步，或是悶悶不樂地坐在壁爐旁，心事重重。艾蓮娜對母親百般懇求，將過去種種據實以告，並表明自己懷疑韋勒比用情不專，因此請求母親出於本分和呵護女兒的心意，督促瑪莉安坦承與韋勒比之間的真正關係。

艾蓮娜剛寫好信，就聽見敲門聲傳來，布蘭登上校正巧登門拜訪。瑪莉安早就從窗戶看見他的身影，此時她痛恨任何人打擾，在他進屋前便轉身離開。他比平日更加沉默寡言，儘管他嘴上表示很高興見到艾蓮娜獨自待在房裡，彷彿想私下與她談話，卻悶不吭聲地坐了好一會兒。艾蓮娜確信他想談論有關瑪莉安的話題，急切地等著他開口。她對這樣的模式早就習以為常，過去許多開場白往往是布蘭登上校對瑪莉安的觀察：「令妹看起來今天身體不太舒服。」或是「她好像無精打采的樣子。」在這種情況下，他要不是想透露對瑪莉安的看法，就是亟欲打聽瑪莉安的狀況。過了好幾分鐘，布蘭登上校總算打破沉默，有些激動地開口問道，什麼時候該恭喜艾蓮娜多了個妹婿？這個問題完全出乎艾蓮娜預料之外，頓時不知如何回答，只好使出權宜之計，簡短回問這是什麼意思。他勉強擠出笑容，回答：「眾所周知，令妹已經與韋勒比先生訂婚了。」

「不可能，」艾蓮娜答道，「連家人都還對此一無所知呢！」

他看起來有些詫異，說：「請妳見諒，看來我這番提問有些無禮了。但是，我不曉得他們對婚約守口如瓶，畢竟他倆公然書信往來，所有人都在談論兩人的婚事。」

「這怎麼可能？你是從哪裡聽來的？」

「許多人都這麼說——有些人妳未曾謀面，有些人妳則最熟悉不過：詹寧斯夫人、帕瑪夫人和米德頓夫婦。我原本還不願意相信；要是心裡不願接受，自然想千方百計證明這不是真的。然而今早僕人為我開門時，我無意間看見他手裡拿著一封信，從字跡認出是令妹寫給韋勒比先生的信。我來這裡就是想問個明白，但是在問出口之前，心裡已然有了答案。一切都談妥了嗎？難道不可能——？可是我不夠資格，也不可能贏得她的心。很抱歉，達希伍德小姐。我不該說這麼多，但是我感到無所適從，只能倚賴處事嚴謹的妳。告訴我吧！是否大局已定，所有嘗試終將徒勞無功？唯一能做的，就只是繼續隱瞞這樁婚事一些時日？」

這些話聽在艾蓮娜耳裡，無疑是布蘭登上校對瑪莉安的真誠告白，深深打進她的心坎。她一時說不上話，即使她回過神來，內心依然陷入天人交戰，思索著該如何回答才好。她自己對韋勒比與瑪莉安之間的關係同樣霧裡看花，即使盡力解釋，恐怕也給不出真正的答案。但是她仍確信，無論婚事是真是假，既然瑪莉安對韋勒比一往情深，布蘭登上校顯然毫無希望；經過一番思索，她認為即使自己並非知情一切，為了保護妹妹不受指責，還是儘量多說一點，才是最為嚴謹的做法。於是她坦承，雖然並未聽到兩人親口告知彼此的關係，但是她很清楚他倆對彼此的心意，書信往返也不是令人意外的消息。

他十分專注地傾聽，一語不發。艾蓮娜一說完，他隨即站起身來，語氣激動地說：「我由衷祝福令妹幸福快樂，希望韋勒比努力成為配得上她的男人。」接著便轉身離開。

這番談話並未帶給艾蓮娜任何安慰，她原本就心煩意亂，如今心裡的憂愁不減反增。布蘭登上校鬱鬱寡歡的模樣在她心裡揮之不去，對此感到悶悶不樂；由於她一心希望得知消息印證這樁婚事，為布蘭登上校感到難過的心情也就更難抹滅了。

28

接下來的三、四天一切如常，艾蓮娜因此不必懊惱自己向母親求助；韋勒比依然不見蹤影，也未曾捎來隻字片語。詹寧斯夫人因小女兒身體微恙[82]而無法出席一場聚會，姊妹倆應邀陪同米德頓女士出席。瑪莉安完全提不起任何勁來，絲毫不介意自己的儀容，也不在乎是否出席聚會；她漫不經心地準備出門，對這場聚會不期不待。喝過茶，直到米德頓女士抵達之前，她就這麼一動也不動地坐在客廳的壁爐前，一心沉浸於自己的思緒，甚至沒有注意到姊姊走進了房裡。等到僕人通報米德頓女士已在門外等候，她才大夢初醒般站起身來，似乎忘了自己方才正在等人。

她們準時抵達目的地；前方的馬車一讓開路，她們隨即下車，走上階梯，聽見她們的名字不斷向上呈報。她們走進一間富麗堂皇的明亮房間，賓客雲集，熱得令人難耐。她們彬彬有禮地向女主人行過屈膝禮後，便加入了人群。多了她們一行人，屋裡更顯擁擠悶熱，她們也只能一同忍受摩肩擦踵的悶熱之苦。她們百般無聊地閒聊了幾句，米德頓女士便坐下玩起卡西諾牌。瑪莉安無心在室內四處遊走，正巧牌桌不遠處有空椅，就與艾蓮娜並肩而坐。

過沒多久，艾蓮娜就注意到韋勒比站在離她們不遠處，正與一名打扮相當時髦的年輕女子熱絡地聊著天。他很快看見艾蓮娜，立刻向她欠了欠身，卻不打算與她交談；即使他也看見了瑪莉安，卻同樣沒有接近她的意思，而是繼續和那位女士談話。艾蓮娜不禁轉頭看向瑪莉安，確認妹妹是否也注意到韋勒比。瑪莉安一見到韋勒比，頓時又驚又喜，高興得滿臉通紅，要不是艾蓮娜一把拉住她，她立刻就想飛奔過去。

「老天！」她驚聲叫道，「他在那裡——他在那裡！噢，為什麼他連看都不看我一眼？為什麼我不能過去和他說話？」

「拜託，先冷靜下來。」艾蓮娜大聲說，「別讓在場所有人都察覺到妳的心思。或許他根本還沒注意到妳。」

然而，這句話連艾蓮娜自己也不相信。此時此刻，瑪莉安根本無法冷靜下來，也不打算這麼做。她痛苦地坐下，一臉焦慮難耐。

最後，韋勒比總算回過頭來，注視著姊妹倆。瑪莉安站起身，深情地呼喚他的名字，並朝他伸出手。他走了過來，卻只對艾蓮娜寒暄，似乎刻意躲避瑪莉安的目光，打定主意對她視而不見。他匆匆問起達希伍德夫人的近況，也問及姊妹倆在倫敦待了多久。韋勒比的態度令艾蓮娜心慌意亂，一時答不出話來。但瑪莉安的情緒立即表露無遺。她的臉漲得通紅，激動地大叫：「老天！韋勒比，你這是什麼意思？你難道沒收到我的信嗎？你不打算和我握手嗎？」

---

82 帕瑪夫人的預產期即將到來。

他不得不應聲照辦，然而，觸碰到瑪莉安似乎令他痛苦萬分，很快就放開她的手。他顯然非常努力讓自己保持鎮定，艾蓮娜在旁觀察他的表情，注意到他的神色逐漸平靜下來。過了一會兒，他便心平氣和地開口。

「上週二，我有幸前往柏克萊街一趟，很遺憾當時妳們和詹寧斯夫人都不在家。希望妳們已經看過我留下的名片。」

「但是，你難道沒收到我的信嗎？」瑪莉安極度焦躁地大叫，「有些地方肯定出了錯——可怕的差錯！這代表什麼？韋勒比，告訴我吧！看在上帝的份上，到底發生了什麼事？」

他沉默以對，臉色一變，再次顯得侷促不安。但是，他一見到方才相談甚歡的年輕女士，驚覺應該立刻克制自己的情緒，便又恢復鎮定，開口說：「有的，妳很好心地捎來訊息，我才有幸得知妳們來到倫敦。」他匆忙地點了點頭，回到那名朋友身邊。

瑪莉安臉色發白，再也站不住，跌坐在椅子上。艾蓮娜擔心妹妹隨時會昏倒，一面掩護著她避開眾人的目光，一面以薰衣草水幫助她恢復精神。

「艾蓮娜，快去找他。」她一有力氣說話，立刻高聲嚷道，「逼他來找我。告訴他我必須見他一面——馬上和他談談——我沒辦法靜下心來——他沒解釋清楚前我根本無法平靜片刻——這其中一定有什麼可怕的誤會——拜託，現在就找他過來吧！」

「那怎麼行？不，親愛的瑪莉安，妳必須耐心等等。這裡不是適合解釋的場合。等明天再說吧。」

艾蓮娜費了好大一番勁，才阻止瑪莉安親自去找韋勒比；她也試著勸妹妹平復激動的心情，至少等到能私下說話的機會，可瑪莉安根本聽不進去。她依然不停低聲傾訴她的痛苦，不時痛苦地高聲叫喊。過沒多久，艾蓮娜看見韋勒比離開房間走向樓梯，便告訴瑪莉安他已離去，當晚不可能有機會找他說話，希望讓她冷靜下來。瑪莉安立刻哀求姊姊請米德頓女士送她倆回家，她實在傷心欲絕，不願意在這裡多待一分鐘。

米德頓女士的牌局正打到一半，聽聞瑪莉安身體不適，出於禮貌無法拒絕她想回家的要求，便將手中的牌交給一名朋友，盡快安排好馬車出發。回柏克萊街的路上，所有人相對無語，幾乎沒說半句話，瑪莉安則痛苦得連眼淚都流不出來。幸好詹寧斯夫人不在家，她們逕自回到房間。瑪莉安聞了聞氨水[83]，這才稍微鎮定下來。她迅速脫下衣服鑽進被窩，顯然想獨自靜一靜，艾蓮娜便留她一人待在房裡。在她等待詹寧斯夫人回家的空檔，思忖起過往的一切。

韋勒比和瑪莉安之間存有某種約定，顯然無庸置疑；但韋勒比已心生厭倦，似乎同樣是清楚的事實。即使瑪莉安心中仍抱有希望，艾蓮娜卻無法繼續將他的行為解讀成一時出錯或有所誤會。除了韋勒比已完全變心之外，再也找不出更合理的解釋。若不是艾蓮娜親眼目睹韋勒比流露的尷尬神色，顯然很清楚自己有失分寸，她恐怕會更加憤怒，也才能相信韋勒比並非如此無恥，打從一開始就心懷不軌，有意玩弄瑪莉安。分隔兩地或許沖淡了他的情感，而貪慕富貴

83 氨水（Hartshorn）：刮取鹿角萃取而成，藉由強烈的氣味刺激，以達提神效果。

則令他徹底放棄這段戀情。但是他以往確實愛過瑪莉安，這點艾蓮娜毫不懷疑。

這場會面已讓瑪莉安傷心欲絕，往後的發展甚至可能更令她痛苦不堪，不禁讓艾蓮娜感到憂心忡忡。相形之下，艾蓮娜的處境似乎還算好些；她依然一如往常敬重愛德華，即使他倆未來多有阻隔，她的心裡依然感到踏實。然而，如今眼前接二連三出現各種令人不安的狀況，似乎很快就要將瑪莉安的悲慘遭遇推向高峰——她終究會與韋勒比徹底決裂，從此形同陌路。

29

翌日仍是典型的一月早晨，陰鬱而寒冷，女僕尚未點燃爐火，陽光也還沒露臉驅逐寒意；瑪莉安連衣服都尚未穿好，便跪坐在窗邊，就著微弱的光線振筆疾書，臉上淌滿淚水。她悲痛的啜泣聲驚醒了艾蓮娜，注意到妹妹正坐在窗邊；艾蓮娜一開始只是靜靜地看著她，憂心地觀察了幾分鐘，才以最溫柔體貼的語氣開口：

「瑪莉安，我可以問問妳嗎？」

「不行，艾蓮娜。」她回答，「什麼都別問，妳很快就會知道一切了。」

即使滿心絕望，她說話的語氣倒能保持平靜，可是話語方落，她又再次跌入痛苦深淵，過了幾分鐘才繼續動筆。強烈的悲傷不時襲上心頭，她不停放下筆來失聲痛哭，似乎足以證明，這是她最後一次寫信給韋勒比。

艾蓮娜在一旁靜靜地看著，絲毫不敢驚動瑪莉安；要不是瑪莉安焦躁不耐，要求姊姊別和自己說話，她原想出言安慰，盡力安撫妹妹的心情。在這種情況下，姊妹倆最好不要長時間待在一起。瑪莉安心煩意亂，穿好衣服後便不想再待在房裡。她不僅只想獨處，也無法待在同一個地方，早餐備妥前[84]，她就在屋外四處踱步，躲避所有人的目光。

她在餐桌上食不下嚥，似乎也不打算吃任何東西。艾蓮娜並未設法規勸瑪莉安，或是表達對她的關心，而是竭盡所能將詹寧斯夫人的注意力轉移到自己身上。

由於這是詹寧斯夫人最看重的一餐，因此她們花了不少時間才吃完。用完餐後，她們一同圍坐在工作檯邊，此時僕人送來一封信給瑪莉安，她迫不及待地接過一看，臉色頓時刷地慘白，隨即走出房間。艾蓮娜將一切看在眼裡，即使沒見到地址，也深知那封信想必來自韋勒比，心裡頓時湧起強烈的反感。她難受得幾乎抬不起頭，渾身不由自主地顫抖起來，十分擔心逃不過詹寧斯夫人的眼睛。然而，這位好心的夫人只注意到瑪莉安收到了韋勒比的來信，認定又是拿來打趣的好機會，便開懷大笑起來，一面說著，希望那封信會令瑪莉安感到滿意。詹寧斯夫人忙著測量編織毯子所需要的毛線長度，對艾蓮娜的異狀渾然未覺。瑪莉安離開房間後，她只是泰然自若地繼續說：

「說真的，我這輩子還沒見過愛得如此轟轟烈烈的年輕女孩！我的女兒根本比不上她，雖說她們也曾經如此天真爛漫。不過瑪莉安小姐看起來簡直像變了個人似的。我打從心底希望韋勒比不會讓她枯等太久，看她一臉憔悴、魂不守舍的模樣真令人心疼。他們到底什麼時候要結婚？」

艾蓮娜不曾像此時那麼不情願開口說話，卻仍強迫自己回應這開門見山的問題，因此試著擠出笑容回答：「這麼說來，夫人，您確實認定我妹妹與韋勒比先生訂婚了？我以為這只是個玩笑話，不過您既然問得鄭重其事，我希望您不要再欺騙自己了。我向您保證，倘若他們真要結婚，那才是大大出乎我意料之外。」

「丟臉，真是太丟人了，達希伍德小姐！妳怎麼能說出那種話？我們不是都很清楚，他們打從認識以來就情投意合，簡直是天造地設的一對嗎？在德文郡時，我看著他倆整天膩在一起，我難道不曉得，妳妹妹願意和我一起回倫敦，就是為了買結婚禮服嗎？這樣一點都說不通。妳自己對此故作神祕，就以為其他人沒了感覺。我敢說絕非如此，這麼長時間以來，這事早就傳得沸沸揚揚啦！我已經告訴身邊每一個人，夏綠蒂也是如此。」

「夫人，」艾蓮娜非常嚴肅地說，「您真的誤會了。您大肆宣揚他倆的婚事，絕非明智之舉，即便您現在不願意相信我，總有一天，您會發現事實就是如此。」

詹寧斯夫人再次大笑起來，但是艾蓮娜已無心多談，只想盡快得知韋勒比的信裡寫了什麼，便匆匆回到房間。她一打開門，看見瑪莉安趴在床上泣不成聲，手裡緊抓著一封信，身邊還散落著兩、三封。艾蓮娜靜靜地走近她，在床沿坐了下來，握住瑪莉安的手溫柔地親吻了幾下，頓時淚如雨下，甚至哭得比瑪莉安還傷心。瑪莉安雖然說不出話來，卻能深深感受到姊姊的安慰之意，兩人一起哭了半晌，她便將所有信件塞進艾蓮娜手中，接著將臉龐埋進手帕裡，痛苦地放聲大哭。艾蓮娜看在眼裡十分震驚，深知妹妹如此心痛其來有自；她看著瑪莉安稍微平復下來之後，連忙讀起韋勒比的信：

84 儘管當時人們起床的時間很早，不過由於僕人必須花時間生火才能料理，因此通常遲至上午十點才吃早餐。

龐德街[85]，一月

親愛的瑪莉安小姐：

很榮幸接獲您的來信，並在此真心誠意地提筆回覆。昨夜之舉恐怕對您有所不周，令我滿心掛念；如有任何冒犯之舉，尚祈見諒，請您務必相信那絕對是無心之過。回想過往在德文郡與您一家相識，至今仍令我由衷感激；請容我一廂情願地認定，無論我的舉動可能有何失誤，甚或帶來任何誤解，都無損與您一家的友好情誼。我對待諸位絕對是真心誠意。倘若我不幸引起任何不必要的誤會，只能責怪自己表示心意時有失謹慎。您絕對能諒解我別無他想，因為我心早有所屬，且再過幾週就將迎娶心上人。在此謹遵您的要求，滿心遺憾地奉還您的來信，以及您熱情相贈的一綹青絲。

您最為忠實謙卑的僕人

約翰．韋勒比

不難想像，讀完此信的艾蓮娜會多麼憤慨。儘管她一開始就預期韋勒比會坦承自己的不忠、和瑪莉安分手，卻沒料到字字句句讀起來竟如此不堪，更難以置信韋勒比的表現何其厚顏無恥。他與紳士風範完全背道而馳，這封信寫得如此無禮殘酷；信中看不出任何悔意，他既不願承認自己忘恩負義，更將過往的感情一筆勾銷——字裡行間極盡羞辱之能事，在在證實執筆者罪不可赦。

她感到又驚又怒，好一陣子說不出話來，接著將那封信讀了一遍又一遍，卻只是讓她對韋勒比的恨意益發高漲，原有的好感蕩然無存。她不敢將當下的想法告訴瑪莉安，以免在她的傷口上灑鹽；因為艾蓮娜認定，取消婚約對瑪莉安而言絕非莫大損失，反而十分慶幸她逃離了最無可救藥的災難，不必將終身幸福賠給不可原諒的負心漢。這是真正的解脫，實屬萬幸。

她認真思考起這封信的內容，想著寫信的人竟如此狠心無情，接著不禁聯想起與此事毫無關聯的另一個人。艾蓮娜頓時忘了妹妹當下正傷心欲絕，忘了還有三封信尚未閱讀，更渾然未覺自己到底在房裡待了多久。直到她聽見門前傳來馬車的聲音，這才回過神來走到窗邊，納悶著是誰這麼一大早登門拜訪。令她訝異的是，眼前出現了詹寧斯夫人的馬車，詹寧斯夫人吩咐過下午一點鐘要備妥。

雖然此時此刻，艾蓮娜似乎給不了瑪莉安多少安慰，卻還是打定主意不願棄妹妹於不顧，便急著趕去向詹寧斯夫人解釋，由於瑪莉安身體微恙，自己無法同行。詹寧斯夫人對瑪莉安十分關切，毫不猶豫地同意艾蓮娜留下。艾蓮娜目送詹寧斯夫人離去後，連忙回到瑪莉安身邊，發現她正試圖從床上起身，正好及時扶她一把，才沒讓她搖搖晃晃地從床上跌下。由於長期缺

---

85 第二十六章中，姊妹倆初抵倫敦。瑪莉安隨艾蓮娜一行人到龐德街採買時，顯得心神不寧，正是因為她早已得知韋勒比住在龐德街，因此不停東張西望。

乏充分休息和均衡飲食，瑪莉安頭暈目眩，畢竟她已經好幾天胃口盡失，徹夜難眠；如今她的心裡頓失依靠，立即感到頭痛欲裂，胃裡空空蕩蕩，全身緊繃得幾乎暈厥過去。艾蓮娜連忙為她端來一杯葡萄酒，這才讓她覺得好過不少。最後她總算有力氣感謝姊姊的親切，說：

「可憐的艾蓮娜！看我讓妳受了多少罪！」

她的姊姊回說：「我只希望我能為妳做點什麼，讓妳覺得好過一些。」

此時此刻，眼前一切都令瑪莉安無法承受，聽聞此話更令她情緒潰堤，痛苦地大喊：「噢，艾蓮娜！我真是太不幸了！」隨即埋首啜泣起來。

看著妹妹如此痛不欲生，艾蓮娜再也無法坐視不管。

「親愛的瑪莉安，振作起來吧！」她大叫，「這樣才不會毀了自己和所有愛妳的人！想想母親見到妳受苦會有多麼心疼，為了她著想，妳必須好好克制自己。」

「不行，我辦不到！」瑪莉安高聲說，「要是我讓妳難受，就別管我了，讓我自己靜一靜。儘管把我拋下吧！妳大可討厭我，將我忘得一乾二淨！但是，別再用這種方式折磨我了。噢，心中無牽無掛的人，才能說得如此雲淡風輕！幸福快樂的艾蓮娜，妳絕對無法想像，我現在承受什麼樣的痛苦！」

「瑪莉安，妳竟然說我過得幸福快樂？噢，要是妳知道就好了！我現在眼睜睜看著妳如此難受，妳怎能覺得我還高興得起來？」

「對不起，原諒我吧！」瑪莉安環抱著艾蓮娜的脖子：「我知道妳心疼我，我知道妳的心腸多麼善良，但是——妳還是過得很快樂。愛德華深愛妳，還有什麼能破壞這份幸福？」

「有很多事、很多變數。」艾蓮娜臉色沉重地說。

「不，不，不會的！」瑪莉安激動地大叫，「他深愛著妳，心裡只有妳一人。妳不可能感到難過。」

「看到妳這副模樣，我不可能還高興得起來。」

「妳也不可能見到我的其他模樣了。我這輩子注定如此悲慘，什麼都幫不了我。」

「瑪莉安，不准說這種話。難道沒有什麼能帶給妳安慰？妳身邊沒有任何朋友嗎？真的沒有任何事物足以彌補妳受到的傷害？即使妳現在悲痛欲絕，妳也該仔細想想，萬一妳到最後才看清他的為人，他在妳們訂婚好幾個月後才悔婚，妳該承受多大的痛苦？不幸蒙在鼓裡的日子每多一天，這打擊就更令妳難以承受！」

「訂婚！」瑪莉安嚷道，「我們根本沒有訂婚。」

「沒有訂婚！」

「沒錯，他並不如妳所想那麼不堪。他沒有失信於我。」

「但是，他親口說過很愛妳。」

「沒錯——不對——倒也不盡然。在我們相處的每個日子似乎都有那樣的意思，卻從未明言。有時我也認為再明白不過了——可是其實從來就不是。」

「儘管如此，妳還是寫信給他？」

「沒錯，以我跟他之前的經歷寫信難道不行嗎？不過我現在也無話可說了。」

艾蓮娜不再接腔。如今她更想知道這三封信寫些什麼，隨即飛快地讀了起來。瑪莉安抵達倫敦第一天，就寫了第一封信給韋勒比：

柏克萊街，一月

韋勒比，你收到這封信時，會有多麼驚訝呢？倘若你知道此刻我已經抵達倫敦，想必會感到更加驚喜吧！雖然是和詹寧斯夫人一道過來，不過能進城一趟，對我們而言是難以抗拒的好機會。希望你能及時收到這封信，那麼我們今晚就能碰面了，不過我並不抱太大的期望。無論如何，我期待明天能見上一面。先寫到這裡，再見。

瑪莉安．達希伍德

參加米德頓夫婦舉辦的晚會後，翌日早晨，她寫了第二封信：

前天竟然與你擦肩而過，我簡直是說不出地失望；然而，更令我震驚的是，我早在約莫一週前寫信給你，至今依然石沉大海！我無時無刻期待著你的回信，更是迫不及待想見你一面。希望你盡快再次登門拜訪，清楚向我解釋，為何我的希望一再落空。你最好早點過來，因為我們通常下午一點前就會出門。昨晚我們參加了米德頓女士在家裡舉辦的舞會，聽說你也是受邀賓客之一，真的嗎？自我們分離以來，你想必真的變了不少，才因此缺席舞會。雖然我認為這不太可能，不過，還是希望盡快聽到你親口證實。

瑪莉安・達希伍德

她的最後一封信內容如下：

韋勒比，我該如何解讀你昨晚的所作所為呢？我再次要求你提出解釋。我們分離了這麼久，我自然滿心期待與你見面，畢竟我們在巴頓時形影不離，相處得如此融洽！沒想到你竟是如此冷淡以對！我昨晚可說受盡屈辱，因此我徹夜難眠，努力想找出合理的解釋。即使我還無法替你的舉動自圓其說，我依然非常期待聽到你親口解釋清楚。

你或許聽了空穴來風的謠言，或是有人刻意欺騙你，讓你對我有所誤解，對我的好感一落千丈。請告訴我原因，說明這番舉止背後的理由，讓我得以拋開疑慮，也才能向你解釋清楚。要是你真的做了不該做的事，想必會令我傷透了心。但是假如我不得不面對現實，明白過去不該一心相信你，你對我們並非真誠相待，對我只不過是一場騙局，也請你盡快讓我認清現實吧！此時此刻，我的腦袋一片紊亂，心神不寧。我希望你問心無愧，然而，無論實情為何，對我而言，得知真相就是解脫，不必再像此刻飽受折磨。假如你已經變了心，就請你退還我的信件，還有我送給你的那綹頭髮。

每封信的字裡行間飽含深情與全心信任，韋勒比卻以如此方式回應，簡直令艾蓮娜難以置信。然而儘管她對韋勒比滿心譴責，卻也明白瑪莉安提筆寫這些信有欠思慮。她不發一語，心裡替妹妹感到相當難過；瑪莉安在對方毫無承諾的情況下，就如此冒失地留下白紙黑字訴說情意，反而因為昨晚的事件遭受莫大打擊。瑪莉安一見到艾蓮娜讀完了信，便對姊姊說，這些信沒有什麼大不了，任何人身處相同的狀況，都會寫出一樣的內容。

她接著說：「我以為已和他訂下神聖婚約，彷彿有一道最嚴格的法律將我們緊密相連。」

「我明白。」艾蓮娜說，「很遺憾他並非抱持同樣的想法。」

「他確實有一樣的想法，艾蓮娜，有好一陣子他都這麼想，我很清楚。無論現在什麼原因讓他判若兩人——只有黑魔法的詛咒才會讓我變成那樣——我依然相信自己曾占據他心中最重要的位置。他現在如此毅然地把那綹頭髮還給我，當初卻是那麼真心誠意地懇求我。要是妳見到他當時的眼神和態度，聽到他的語氣就好了！妳難道忘了我們一同待在巴頓的最後一晚？還有我們道別的那天早上！他告訴我，或許我們得等上好幾個禮拜才能重逢——他當時顯得那麼垂頭喪氣，我怎能忘得了？」

她再也說不下去了。過了半晌，等情緒稍微平復後，她的語氣轉為堅定，接著說：

「艾蓮娜，有人殘忍地傷害了我，可是絕非韋勒比。」

「親愛的瑪莉安，除了他還會有誰呢？還有誰能煽動這一切？」

「任何人都有可能，這絕對不是他的本意。我寧可相信周遭所有人不約而同想毀掉我在他心目中的形象，而非他本性如此殘酷無情。他在信裡提到的女人，無論她是誰——總而言之，除了親愛的妳、母親和愛德華，任何人都可能殘忍地詆毀我。除了你們三人以外，這世上難道不會有個我所不熟悉、比韋勒比還要惡毒的人物存在嗎？他的心腸我再了解不過了。」

艾蓮娜並不認同，僅回應說：「無論妳認定的可恨敵人是誰，就讓他們誤以為陰謀得逞而沾沾自喜吧！親愛的妹妹，妳就用妳高尚的純真和善意，支持自己重新振作起來。運用理性、令人讚賞的自傲氣度與那惡意抗衡。」

「不，才不是這樣。」瑪莉安高聲說：「我悲慘得無以復加，一點都驕傲不起來。我不在乎其他人知道我的狀況一塌塗地，所有人見到我這副模樣，就儘管幸災樂禍吧！艾蓮娜，親愛的艾蓮娜，一帆風順的人或許能保持高傲、獨立自主，他們不容許自己受到任何屈辱，甚至可以理直氣壯地反擊。可是，我辦不到。我想必會變得垂頭喪氣，他們大可抱著看好戲的心情冷嘲熱諷。」

「不過，看在母親和我的份上——」

「我當然不會只為自己著想。可是要我在如此悲慘的時刻強顏歡笑——噢，誰能這樣要求呢？」

姊妹倆再次默不作聲。艾蓮娜陷入沉思，在壁爐與窗戶之間來回踱步，既未感受到爐火的溫暖，也不曾注意窗外的動靜。瑪莉安坐在床角，將頭倚靠在床柱上，又拿起韋勒比的信，渾身顫抖地細讀一遍，不禁驚呼起來：

「我受不了了！噢，韋勒比，韋勒比，你真的親筆寫了這封信嗎！真是太殘忍、太無情了！你絕對無法證明自己問心無愧。艾蓮娜，什麼都證明不了。無論他聽到什麼對我不利的傳言，難道他不該對我保持信任嗎？他怎麼能不告訴我謠言的內容，給我機會為自己辯白？『您熱情相贈的一綹青絲』（她讀起信來）——簡直不可原諒。韋勒比，你是多麼冷血才寫得出這些字眼？噢，如此蠻橫無禮！艾蓮娜，他真的能證明自己理直氣壯嗎？」

「當然不可能，瑪莉安。」

「這個女人，誰知道她耍了什麼心機？她已經暗自盤算了多久，又已經精心謀劃到什麼程度？她是何方神聖？她還能有什麼來歷？在他認識的女人當中，我什麼時候聽他提起過有這樣一位迷人的年輕女孩？噢，一個都沒有，他根本不曾對我說過，他永遠只聊著與我有關的話題！」

兩人又再次陷入沉默。瑪莉安激動不已，最後說：

「艾蓮娜，我要回家。我一定要回到母親身邊好好安慰她。我們能不能明天就出發？」

「明天！瑪莉安！」

「沒錯，我為什麼要待在這裡？我為了韋勒比才上倫敦來，可是事到如今，還有誰在意我？又有誰關心我？」

「我們不可能明天就出發。詹寧斯夫人這麼照顧我們，我們不能對她如此失禮。即使依常理而言，我們也不能如此倉促告辭。」

「那麼，或許再等一、兩天。總之我不能在這裡久留，我無法忍受所有人喋喋不休地打破砂鍋問到底。米德頓夫婦和帕瑪夫婦——我怎麼忍受得了他們的同情？我不需要米德頓女士這種人的憐憫！噢，她會怎麼說這件事呢？」

艾蓮娜建議瑪莉安躺下來好好休息，她也乖乖照做了，卻找不到舒適的睡姿；她輾轉反側，身心承受極大痛楚，終究變得越來越歇斯底里。艾蓮娜眼看無法讓妹妹聽話躺在床上歇息，焦慮得一度想找人來幫忙。但是，瑪莉安最後勉為其難地喝了幾口薰衣草水，情緒總算稍微穩定下來。在詹寧斯夫人到家之前，她始終靜靜地躺在床上，一動也不動。

30

詹寧斯夫人一回到家，立刻走向姊妹倆的房間敲門，等不及應門便走了進去，臉上滿是真誠的關切。

「親愛的，妳還好嗎？」她對瑪莉安問道，語氣飽含同情，瑪莉安卻一聲不吭地別過頭去。

「達希伍德小姐，她還好嗎？可憐的孩子，看起來真是糟透了。這也難怪，沒想到這是真的。他很快就要結婚了，真是一無是處的傢伙！他簡直磨光我的耐心了。泰勒夫人半小時前才告訴我這件事，她是從格雷小姐的朋友那裡聽來的，否則我一定不願意相信。我真是要氣昏了。唉，我只能說，要是此事當真，他竟如此狠心辜負我熟識的年輕姑娘，那麼我打從心底希望他的妻子讓他吃盡苦頭！我會一直掛在嘴上，親愛的，妳大可放心。我還不曾見過哪個男人這麼喪盡天良，要是再給我碰上，我一定狠狠教訓他一頓。但是，親愛的瑪莉安小姐，倒還有件事令人安慰：他可不是世上唯一值得託付的男人，憑妳那張漂亮的臉蛋，絕對不乏追求者。可憐的孩子，我不能再打擾她了，她最好痛痛快快地哭一場，就此徹底放下。今晚派瑞夫婦和山德森夫婦要來做客，會讓她高興起來的。」

她隨即轉身，躡手躡腳地走出房門，彷彿擔心發出任何噪音，都會讓可憐的小姑娘更加難過。

艾蓮娜十分詫異瑪莉安竟決定與眾人共進晚餐，她原想勸妹妹打消這個念頭，可是她不願聽從，表明應該下樓去；她認為自己沉得住氣，如此一來，大家就不會老是圍著她問東問西。瑪莉安願意抱持這樣的想法，令艾蓮娜深感欣慰，雖然認為妹妹不可能全程好好地坐在餐桌前，也不再多說什麼。瑪莉安仍坐在床上，艾蓮娜盡力為她打點儀容，當僕人宣布開飯時，她便陪著瑪莉安前往餐廳。

雖然瑪莉安看起來依然意志消沉，不過出乎艾蓮娜的意料，她確實吃得不少，態度也遠比想像中鎮定。一旦瑪莉安開口說話，或是對詹寧斯夫人出於好心、卻總是挑錯時機的關懷感到不勝其擾，她恐怕很難繼續保持冷靜；不過她全程一語不發，始終專心沉浸於自己的思緒，對眼前的一切也因此視而不見。

雖然詹寧斯夫人的一片好意往往帶給別人困擾，有時甚至讓人哭笑不得，艾蓮娜依然心存感激，不停回應她的關心，並代替妹妹表示感謝。詹寧斯夫人將瑪莉安悶悶不樂的模樣看在眼裡，認為自己有責任幫助她減輕心裡的痛苦，因此就像疼愛最後一天待在家裡度假的寶貝女兒一樣，對瑪莉安極其寵溺：她讓瑪莉安坐在壁爐前最舒適的座位，張羅各式佳餚擺在眼前，不停拿當天的趣事逗她開心。若非礙於瑪莉安神色憂傷，艾蓮娜不敢表現出愉快的模樣，否則看著詹寧斯夫人靠著各式橄欖蜜餞和溫暖爐火，就想成功撫慰因失戀而受傷的心靈，實在令她忍俊不住。瑪莉安再也無法忍受這番沒完沒了的折騰，她嘆了一口氣，示意姊姊不要跟過來，直接站起身匆匆離開房間。

「可憐的孩子！」瑪莉安一走出房間，詹寧斯夫人立刻嚷嚷了起來：「看她這副模樣真叫人難受！我還以為她會喝完酒再離開呢！櫻桃乾也沒吃完！老天，似乎任何東西都無法讓她打起精神來。我要是知道她喜歡什麼，就是翻遍倫敦也給她找來。我真是百思不得其解，怎麼有男人忍心傷害一個這麼漂亮的女孩！但要是這個女孩家財萬貫，另一個女孩卻家徒四壁，上帝啊！他們就什麼也不在乎啦！」

「這麼說來，那位小姐——記得您稱呼她是格雷小姐，非常有錢囉？」

「親愛的，足足五萬英鎊哪！妳見過她嗎？聽說非常時髦，就是長得不漂亮。她那位姑媽我記得可清楚了，碧蒂．漢修，嫁給一個非常有錢的男人，整個家族因此變得非常富有。五萬英鎊！需錢孔急的時候，就是需要一場及時雨。大家都說韋勒比破產了。這也難怪，他成天駕著馬車、騎著獵馬東奔西跑的[86]！現在沒什麼好說了。不過，年輕人既然愛上一名漂漂亮亮的女孩，還與她互許終身，那麼即使家道中落，又有一名富家千金看上了他，他也不該將自己的承諾拋到九霄雲外。在這種情況下，為什麼他不願意賣掉馬匹、將房子出租，也將僕人打發掉，大刀闊斧地展開新生活呢？我向妳保證，瑪莉安小姐原本一定等著這件事出現轉圜餘地。但是她等不到的，現在的年輕人絕不可能放棄盡情享樂的機會。」

「您知道格雷小姐是什麼樣的人嗎？聽說她待人挺和氣的？」

「我不曾聽過她的壞話，不過也很少聽別人提起她。今早泰勒夫人說，沃克小姐有一天暗指，艾利森夫婦一點都不難過格雷小姐要結婚了，因為她和艾利森夫人總是意見不合。」

「艾利森夫婦是誰？」

「她的監護人，親愛的。不過她現在已經成年，可以為自己做主了。看看她做了個多聰明的決定！」她停了一會兒，又說：「我想妳那可憐的妹妹又躲在房裡哭了。我們就不能想點辦法安慰她嗎？可憐的孩子，不該放任她孤伶伶的一個人，這樣實在太無情了。等會兒有幾位朋友來做客，或許能稍微逗她開心。我們該玩些什麼呢？我知道她討厭玩惠斯特，還有什麼牌戲能引起她的興趣？」

「親愛的夫人，您毋須如此大費周章。我敢說瑪莉安今晚不可能踏出房門一步，我只能勸她早點上床睡覺，她實在需要好好休息。」

「是啊，我相信那對她最好不過。讓她選好晚餐的菜色，吃過飯就上床歇息吧！老天，難怪這一、兩個星期以來，她看起來氣色那麼差，如此無精打采，想必這段時間都在煩惱此事吧！今天收到那封信，一切都宣告結束了！可憐的孩子！要是我早點有些頭緒，就不會拿那封信尋她開心了！但是妳也很清楚，我怎麼可能事先知道呢？我認定那不過是一封普通的情書，年輕人也總喜歡大伙調侃他們。老天，要是約翰爵士和我的兩個女兒得知此事，該有多擔心啊！我要是夠精明的話，方才回家路上就該順路去一趟康迪街，告訴他們這件消息。不過我明天就能見到他們。」

86 馬車與獵馬皆所費不貲。

「親愛的夫人，您毋須如此大費周章，我相信用不著您提醒，帕瑪夫人和約翰爵士也不會在我妹妹面前提到韋勒比先生的名字，或拐彎抹角談及任何往事。他們天性善良，想必很清楚，要是在妹妹面前表現出知曉一切的模樣，對她而言是多大的折磨。越少人在我面前提起此事，我的心裡就越能好過一些，相信親愛的夫人絕對能理解我的苦衷。」

「噢，老天，我當然可以理解。聽到別人提及此事，想必讓妳很不好受。至於妳妹妹，我保證絕對不會在她面前提起一個字。妳瞧，吃飯時我可什麼都沒說。約翰爵士和我的兩個女兒也不會在她面前大聲嚷嚷，他們同樣深思熟慮、善解人意；要是我使個眼色，他們絕對安安靜靜的，我也一定會好好暗示他們。在我看來，我們越少談起這件事越好，很快就會船過水無痕，大家都能忘得一乾二淨。老是掛在嘴上能有什麼用呢？」

「這件事情多說無益。和大多數類似的情況相比，或許會造成更大的傷害；其中牽涉了太多原因，為了當事人著想，絕對不宜當眾談論。我必須為韋勒比先生說句公道話——他並沒有和我妹妹訂下明確婚約，自然也沒有悔婚之事。」

「老天，親愛的，可別幫他找藉口！怎麼可能沒有訂婚！他帶她去看了亞倫罕的房子，連他們未來要住的房間都敲定了！」

艾蓮娜為了瑪莉安著想，不能再讓這個話題繼續下去，而且她也無意為韋勒比辯解。一旦說出真相，不僅瑪莉安深受其害，對韋勒比也沒有多少好處。雙方沉默了一會兒，爽直的詹寧斯夫人又再次扯開嗓門。

「親愛的，俗話說：『惡風也不見得吹垮每個人』[87]，這對布蘭登上校倒是個好機會。他最終還是能贏得瑪莉安的芳心，一定會的。儘管看著好了，他倆在仲夏前就會結婚。老天，他聽到這個消息該有多開心！希望他今晚會上門來。他對妳妹妹而言是更合適的伴侶。一年兩千英鎊，沒有任何負債，也不必繳稅——只是有個可愛的小孩。哎呀，我竟然忘了他的小女兒。不過，讓她去當學徒[88]想必也花不了什麼錢，有什麼好在意的呢？我可以告訴妳，戴拉弗是個好地方，就像我說的，風景優美，古意盎然，環境非常舒適，生活起來相當愜意。四周用圍牆隔起漂亮的花園，種滿全英國最漂亮的果樹，角落甚至還有一棵桑樹！老天，我和夏綠蒂去過一趟，簡直快把肚皮撐破了！那兒也蓋了一座鴿舍、幾個漂亮的魚塘，還有一條氣派的河渠呢！簡而言之，妳想要的一切應有盡有。更重要的是，教堂就在附近，距離公路僅有四分之一英里，妳不必擔心生活乏味，只消坐在屋後的老紫杉樹下，就能看到馬車熙來攘往。噢，多麼美好的地方！村裡不僅有肉鋪，距離牧師公館也不過幾步之遙。在我看來，它可比巴頓莊園美上一千倍！那裡買個肉得走上三英里，住得最近的鄰居就只有妳母親了。好啦，我應該盡快讓上校開心一下。舊的不去，新的不來。只要我們能讓她忘掉韋勒比就好啦！」

---

87 惡風（ill-wind）：英國的古老諺語，完整文句為「It's an ill wind (that blows nobody any good)」，意指再糟糕的情況，也會有好的一面。

88 由於私生子女無法擁有正常的社會地位，通常會成為學徒培養一技之長。此處反映出對其輕忽蔑視的態度。

「是啊，假如我們能做到這點，夫人，」艾蓮娜說，「無論有沒有布蘭登上校，我們都能辦得很好。」接著她站起身來去找瑪莉安。一如預期，瑪莉安獨自待在房間裡，靜靜地坐在快要熄滅的爐火邊，神情哀戚；艾蓮娜走進房裡時，那微弱的火苗就是唯一光源。

「妳最好讓我自己靜一靜。」瑪莉安只對她說了這句話。

「如果妳肯上床睡覺，」艾蓮娜說，「我就讓妳自己靜一靜。」但是，瑪莉安一時仍陷在焦躁不耐的情緒裡，不願就範。艾蓮娜耐著性子溫柔相勸，最後總算說動瑪莉安，在頭還隱隱作痛之際，乖乖躺進被窩，艾蓮娜如願看著妹妹靜靜地進入夢鄉，這才離開了房間。

艾蓮娜回到客廳稍作休息，不久詹寧斯夫人也走了進來，手裡拿著斟滿的酒杯。

「親愛的，」她邊走進房裡邊說，「我忽然想起來，屋裡還有這輩子喝過最上等的陳年康斯坦提亞酒[89]，所以為妳妹妹斟了一杯。我那可憐的老伴最喜歡這種酒了！每當痛風的老毛病發作，他總說這種酒擁有最棒的療效。端給妳妹妹喝吧！」

「親愛的夫人，」聽到這酒可以治療如此截然不同的症狀，艾蓮娜不禁露出微笑，「您真是好心。不過我已經讓瑪莉安上床歇著了，希望她現在正熟睡著呢！我想此時她最需要的莫過於好好休息。如果您不介意，就讓我喝掉那杯酒吧！」

詹寧斯夫人雖然懊惱著沒早個五分鐘送過來，還是欣然接受艾蓮娜的建議。艾蓮娜喝了大半杯酒，一面心想，當前這杯酒對痛風的療效對她無關緊要，但是倘若能撫慰因失戀而受傷的心靈，那麼這種療癒作用對她的重要性似乎不亞於瑪莉安呢！

眾人喝著茶時，布蘭登上校正好走進來。他巡視室內一圈，彷彿在尋找瑪莉安的身影。艾蓮娜立刻察覺，布蘭登上校認定瑪莉安不會待在客廳，似乎也不想見到她，意味著他早已得知瑪莉安不在場的原因。詹寧斯夫人對此渾然未覺，一見到布蘭登上校，她隨即穿過房間走到茶桌旁，向艾蓮娜悄聲說：「上校就和平常一樣沉默寡言。他對此一無所知。親愛的，快告訴他吧！」

布蘭登上校隨即拉了一張椅子坐在艾蓮娜身旁，開口問起瑪莉安的近況。透過他的眼神，艾蓮娜更加確信他早已知曉一切。

「瑪莉安的狀況不太好。」她說，「整天都無精打采，我們勸她上床睡覺去了。」

「那麼，」他吞吞吐吐地答道，「或許我今早聽到的消息——雖然我一開始難以置信，但是看來真有其事。」

「你聽到了什麼？」

「聽聞有位紳士——簡而言之，我早就知道那位男士[90]即將訂婚——但是，我為什麼要告

---

89 Constantia，產自南非的知名葡萄酒，當時廣受歐洲皇室、上流社會喜愛；據說拿破崙被流放至聖赫倫那島時不忘指名這款酒。

90 布蘭登上校對韋勒比的稱呼從「紳士」（gentleman）改口為「男士」（man），透露出他認定韋勒比的所作所為有違仕紳風範。

訴妳呢？假如妳早已知曉此事，我相信妳也確實清楚不過，我就毋須多言了。」

「如果你是指，」艾蓮娜故作鎮定地答道，「韋勒比先生即將與格雷小姐結婚一事，我們確實已耳聞了。今天似乎是他忙著到處解釋的日子，我們也不過今早才聽聞此事。韋勒比先生簡直令人摸不著頭緒！你是從哪裡聽來的？」

「我到帕摩爾街辦事，在一家文具店裡聽到的。兩名女士正在等候馬車，其中一位談論起一樁計畫好的婚事，音量大到似乎不打算保密，我自然也全數聽進耳裡。她不斷提到韋勒比的名字，約翰．韋勒比，因此勾起我的注意；她接著十分肯定地表示，他和格雷小姐的婚事總算塵埃落定，再也不必守口如瓶，再過幾個星期兩人就會結婚，還具體提到各種準備事宜。我特別記得其中一件事，讓我確定就是我所認識的韋勒比——婚禮一結束，兩人就會搬去他位於索美塞特郡的宅邸庫姆莊園。真是晴天霹靂的消息！我簡直無法形容自己的心情。我一直在店裡待到兩位女士離開，一問才得知，那名滔滔不絕的女士是艾利森夫人，也就是格雷小姐的監護人。」

「沒錯。不過，你也知道格雷小姐擁有五萬英鎊的財產嗎？若真要找個理由解釋，這就合理不過了。」

「或許如此。但是，韋勒比總能——至少我認為——」他停了下來，接著再次開口，語氣顯得有些猶疑：「令妹——她覺得——」

「她承受莫大的折磨，我只希望她能盡快從痛苦中解脫，這不啻最殘酷的磨難。我相信直到昨天，她還不曾質疑過韋勒比的心意；即使現在，或許——可是，我幾乎能肯定，他根本不曾真正愛過她。真是個大騙子！就某方面而言，他簡直冷酷無情。」

「噢！」布蘭登上校說，「確實如此！可是，令妹不曾——記得妳好像提過，她的想法和妳截然不同？」

「你很清楚她的個性，要是她打定主意相信韋勒比，絕對會為他的作為找出藉口。」

他並未作聲。過沒多久，僕人收走了茶具，備妥牌桌，兩人也不得不停止談論此事。詹寧斯夫人方才欣慰地看著他倆談話，十分期待布蘭登上校與達希伍德小姐談完後，會立即展露笑顏，有如滿懷希望、興高采烈的年輕人；因此當她發現，布蘭登上校一整晚都比往常更加神色凝重、心事重重，不禁大感詫異。

31

儘管瑪莉安熟睡的時間遠比自己預期還長，隔天早上起床時，她依然與前晚闔眼前沒什麼兩樣，繼續陷入同樣的悲慘心情。

艾蓮娜鼓勵她將自己的感受說出口，因此等待早餐備妥之前，姊妹倆不停談論起此事。艾蓮娜始終抱持堅定的信念，溫柔地給予建議；瑪莉安的情緒和想法則一如往常變化莫測，搖擺不定。有時她認為韋勒比的遭遇和自己一樣不幸，不忍心怪罪他；有時又感到徹底絕望，認定他罪不可赦。上一秒她絲毫不在乎周遭人的目光，下一秒則希望自己從所有人面前永遠消失，再過一會兒又決定全力抗爭到底。唯一不變的是，她倒是一再避免談到詹寧斯夫人，逃不過的時候，便說什麼也不願開口。她吃了秤砣鐵了心，不相信詹寧斯夫人是真心憐憫自己。

「不對，絕不可能。」她大叫：「她根本不懂。她對我如此和藹可親並不是出於同情，也不是出於親切。她想的只有挖掘八卦。她現在之所以喜歡我是因為我能提供話題。」

即使沒有這番評論，艾蓮娜也很清楚，由於妹妹的心思細膩敏感，太過重視情感豐沛、儀態優雅的重要，因此對他人的評斷常常有失公允；倘若世界有大半的人被能力卓越、秉性良善的瑪莉安歸屬於天資聰穎、擁有好心腸的一群，那麼有另一半的人就被歸納為既不通情達理、也不坦誠直率。她總是預設別人的想法和感受與自己相同，並以對方的行為在自己造成的影響來判斷他人的動機。當姊妹倆吃過早飯回到房間後，又發生了一件令詹寧斯夫人的評價盪到谷底的事。由於瑪莉安此時特別脆弱，這件事令她的心情雪上加霜；儘管詹寧斯夫人是出於一番好意。

詹寧斯夫人手中拿著一封信，認定瑪莉安會為此大感欣慰，因此笑容滿面地走進房裡說：

「親愛的，瞧瞧我給妳帶來了什麼。我敢說妳看了一定非常高興。」

瑪莉安一聽，思緒立刻開始奔馳。有那麼一瞬間她認定那是韋勒比的來信，字裡行間滿是溫柔與懺悔的心情，將過往一五一十地解釋清楚，理由令人既滿意，又願意打從心底信服。韋勒比隨即走進房裡，迫不及待地跪在她的腳邊，眼神柔情似水，證實信中皆無虛言。然而下一秒她的美夢便化為泡影，因為她認出那是母親的筆跡。瑪莉安有生以來第一次這麼不情願收到母親的來信；超乎希望的狂喜頓時轉為強烈的失望，她這輩子還不曾如此沮喪過。

詹寧斯夫人所帶來的痛苦，即使在瑪莉安最能說善道的時候，也難以用言語形容，如今只能激動得淚如雨下，藉此表達內心的譴責。然而詹寧斯夫人完全摸不著頭緒，她表達深切的同情之意，走出房間前，依然認定那封信能帶給瑪莉安些許慰藉，勸她好好讀一讀。但瑪莉安平復心情後讀完信，卻感受不到一絲安慰。信裡滿是韋勒比的名字。她的母親一心認定婚約不變如昔，由衷相信韋勒比仍然忠貞不渝，只是因為艾蓮娜的請求，才規勸瑪莉安向她倆更加坦承與韋勒比的關係。達希伍德夫人於字裡行間流露出疼愛女兒的溫柔，傳達了對韋勒比的深厚情感，並對小兩口未來的幸福深信不疑，在在令瑪莉安痛苦得淚流滿面。她因此又按捺不住亟欲回家的念頭。她比任何時候都更想念母親，這份母女之情更遠遠超出她對韋勒比的錯誤情感，令她歸心似箭。究竟該續留倫敦抑或返回巴頓，艾蓮娜同樣無從判斷，不知何者對瑪莉安而言是較好的決定，因此並未提出任何想法，只是建議瑪莉安耐心等候母親的意見，最後瑪莉安總算點頭答應。

這天，詹寧斯夫人比往常更早出門，因為她等不及要將這令人傷心的消息告知米德頓夫婦和帕瑪夫婦；她婉拒艾蓮娜陪她同行，整個上午都獨自在外。艾蓮娜感到心情沉重，深知一旦告訴母親這件消息，將會帶給她極大痛苦；從瑪莉安收到的那封信看來，艾蓮娜很清楚，自己並未成功讓母親做好心理準備。她坐下來提筆寫信給母親，告知來龍去脈，請求母親針對下一步給予建議。瑪莉安一見詹寧斯夫人出門，便走進客廳，挨著桌子在艾蓮娜身旁坐下，看著她振筆疾書。艾蓮娜必須告知母親如此沉重的消息，令瑪莉安感到十分難過，一想到母親可能因此感受到的衝擊，更令她心碎不已。

這光景約莫持續了十五分鐘。脆弱的瑪莉安對突如其來的聲響十分敏感，此時忽然傳來一陣敲門聲，不禁讓她嚇了一大跳。

「這麼早會是誰呢？」艾蓮娜驚呼，「我以為不會再有人打擾我們。」

瑪莉安走向窗邊——

「是布蘭登上校！」她煩躁地說，「我們總是擺脫不了他。」

「詹寧斯夫人不在家，他不會進門來的。」

「我才不信呢！」她走向自己的房間說，「遊手好閒的人，從來不會意識到自己打擾了別人的生活。」

雖然瑪莉安這番錯誤偏見有失公允，但接下來的事卻證實了她的猜測：布蘭登上校確實進了門。艾蓮娜認定布蘭登上校是為了關心瑪莉安而來，見他神色憂鬱，急切地簡單詢問起瑪莉安的狀況，就更能清楚感受到那份關切，不禁責怪起妹妹對他如此漫不經心。

「我在龐德街遇見詹寧斯夫人。」他簡單寒暄後說，「她建議我過來一趟，我自然求之不得。我認為很可能只有妳一人在家，正如我所願。我之所以來此，正是希望——這是我打從心底唯一的希望，期許自己能帶來些許慰藉。不，我不該說是慰藉——這並非一時安慰，而是信念，對令妹長久以來的執念。請給我機會說明一些情況，證明自己對她、對妳和對令堂的關切之意。我確實相當真心誠意，由衷希望自己能略盡棉薄之力。對此，我認為自己合情合理。我花了好長一段時間才說服自己這麼做是對的。然而我是否需要擔心還有其他理由，足以證明自己可能出了錯？」他停了下來。

「我明白你的意思。」艾蓮娜說，「你想告訴我有關韋勒比先生的消息，讓我更深入了解他的性格。如果你願意據實以告，對瑪莉安而言，就是最為友善之舉。只要能幫助我們更了解韋勒比，任何消息都令我不勝感激，她總有一天也會明白你的苦心。請你快說吧！我洗耳恭聽。」

「我很樂意，那就長話短說吧！去年十月，我離開巴頓後——這或許會讓妳摸不著頭緒，我必須提到更早以前的事情。達希伍德小姐，我表達能力欠佳，還請妳多多包涵。我實在不知該從何說起。我必須先簡短交代自己的事，這確實很快就能說完。關於此事，」他重重嘆了一口氣，「我實在不願說出口。」

他花了些時間整頓思緒，接著又嘆一口氣，繼續往下說。

「妳或許早已不記得，我們某天晚上在巴頓莊園的談話——若妳不復記憶，完全情有可原——那晚舉辦了一場舞會，我向妳提到，瑪莉安讓我聯想起一名認識的女孩。」

「沒錯，」艾蓮娜回答，「我並未忘記那場對話。」一聽艾蓮娜記憶猶新，他看起來十分欣慰，繼續說：

「倘若我並未受到私心動搖，或讓不確定的因素模糊了記憶，那麼在我的印象中，瑪莉安與那個女孩相似得驚人，無論個性或外貌皆然。她們同樣熱情，擁有天馬行空的想像力，個性活潑開朗。那個女孩是我的近親，從小就是個孤兒，我的父親便成了她的監護人。我們年齡相仿，從小就是青梅竹馬，感情融洽。我非常喜歡伊莉莎白，隨著我們年紀漸增，我對她的情感也日益深厚；我目前仍孤家寡人、個性孤僻，妳想必認為我未曾戀愛吧！但是我相信她對我情深意重，必不亞於令妹對韋勒比的真誠心意。即使產生感情的原因不同，命運卻同樣多舛。

「我在十七歲那年永遠失去了她。她結婚了——心不甘情不願地嫁給我哥哥。她有一筆豐厚的財產，我們家族卻負債累累；我很擔心父親身為她的叔父和監護人，正是為了這個原因才做此決定。家兄配不上她，根本未曾愛過她。我曾期望她對我的心意足以支持她撐過種種苦難，她確實也熬過了一段時間；然而無情的待遇令她備受折磨，她的決心終究不堪如此悲慘的境遇，即使她答應過我，沒有任何事──瞧我說得丟三落四的，還沒告訴妳這是怎麼一回事。我們原本計畫私奔到蘇格蘭[91]去，可是表妹有個愚蠢的女僕竟背叛了我們。我被趕到十分遙遠的親戚家去，她卻從此軟禁在家，不准和外界聯絡、禁止一切生活娛樂，直到家父達成他的目的。我對她的堅毅深信不疑，這無疑是莫大的打擊──倘若她擁有幸福的婚姻，當時我又還年輕，過幾個月也就能釋懷了，至少不會至今仍悲痛不已。偏偏接下來的發展卻非如此。

「家兄對她漠不關心，風流成性，打從一開始就待她十分苛刻。布蘭登夫人當時如此年輕純真、懵懂無知，事情發展至此也是自然不過。起初，她對一切不幸遭遇逆來順受，倘若她仍對我難以忘懷，或許反而樂得輕鬆。但是，如此丈夫令她難以忠於這段婚姻，身旁又沒有任何朋友給予建議或拉她一把──他們婚後幾個月，家父便過世了，當時我又派駐到東印度──她選擇自甘墮落，不也情有可原？當時我要是留在英國，或許──但是，我以為離開她身邊幾年，彼此都能過得比較幸福，也正是為此刻意調離英國。她結婚時帶給我的打擊──」他繼續說，語氣飽含痛苦。「與兩年後聽聞她離婚[92]時的衝擊相比，只不過是小巫見大巫。這正是

---

91 英格蘭規定，未滿二十一歲的年輕男女必須經過父母同意才可結婚。蘇格蘭對於婚姻的法規較為寬鬆，因而成了私奔情侶的首選。

92 當時離婚的情形相當罕見，只有女方出軌才能構成離婚條件，因此布蘭登上校足以判定伊莉莎白行為不檢。

在我心裡籠罩上陰影的主因，直到現在依然覺得不堪回首——」

他再也說不下去，匆匆站起身來，在屋裡來回踱步了半晌。艾蓮娜仔細聆聽這番真情告白，對他內心的沮喪感同身受，一時也說不出話來。他看出艾蓮娜的關心，便走近握起她的手，滿懷感激和敬意地輕輕一吻。他又沉默了幾分鐘，總算能再次開口。

「經過這段不快樂的遭遇，我再次回到英國，已是將近三年後的事。我一抵達英國，第一件事自然是尋找她的下落，卻一再換來令人失望的結果。我只追查到她的第一任情夫，我十分害怕，即使她離開那個男人後，依然繼續鋌而走險。她可依法領取的收入十分有限，不足以維持舒適的生活品質。我從家兄那裡聽聞，幾個月前，她早已把領取年金的權利讓渡給其他人。「他猜想——他竟還能冷靜地猜想——她是因為揮霍無度造成生活拮据，不得不藉此應急。在我回到英國六個月後總算找到她。我以前聘雇的一名僕人，不幸因負債而關進拘留所，我出於關心前去探望，沒想到竟在那裡見到我可憐的表妹。我幾乎認不出她來——她面容枯槁，種種折磨讓她憔悴得不成人形！我簡直不敢相信，眼前這個意志消沉、奄奄一息的瘦弱身影，曾是如此討人喜歡、含苞待放的健康女孩，更是我曾經深愛的人。看著她這副模樣，令我心如刀割——我不敢描述眼前所見，免得傷了妳的心。我已經帶給妳不少痛苦了。她顯然已是結核病末期——沒錯，在如此情況之下，反而令我深感寬慰。生命對她而言已無任何意義，如今唯一能做的，就是讓她舒舒服服地走完最後一程。她確實如願以償，我看著她安頓到舒服的住所，獲得妥善照料；在她短暫人生的最後一段日子，我每天都去探望她，陪著她嚥下最後一口氣。」

他再次停下來平復心情。艾蓮娜不禁為他那位不幸的朋友，表達滿滿的心疼之意。

「我認為令妹和我那不值得一提的可憐表妹如此相似，」他說，「希望不會因此惹她生氣。她倆的命運自然宛若天壤之別；我的表妹天性純真，倘若她擁有堅強的意志力或幸福婚姻，或許就能像令妹的未來一樣，獲得美好的際遇。但事到如今，說這些又有什麼用呢？我似乎又變得語無倫次，讓妳感到心煩意亂了。噢，達希伍德小姐，這件往事塵封了整整十四年，再次提及這樣的話題，是多麼危險的舉動！我得冷靜下來，長話短說。她將唯一的孩子託付給我，是個小女孩，與她第一任情夫所生，當時年僅三歲。她深愛自己的女兒，總是與她形影不離。這份信任對我彌足珍貴，假如情況允許的話，我會竭盡全力不負所託，親自肩負教養她的責任。但是我尚未結婚成家，只好將我的小伊莉莎白送去學校。

「我一得空便去探望她，自從家兄過世後——他大約五年前過世，我因此繼承了所有家產[93]——她就常來戴拉弗看我。我逢人總是將她介紹為遠房親戚，但是我很清楚，許多人都懷疑她是我的女兒。三年前，她當時剛滿十四歲，我讓她搬離學校，將她託付給一名可靠的婦人照料，那名婦人住在多塞特郡[94]，同時照顧四、五名年齡相仿的女孩。這兩年來她過得很好，讓

93 繼承家業的長子若膝下無子，過世後則由親弟弟繼承財產。

94 多塞特郡（Dorsetshire）：位於英格蘭西南部，鄰近德文郡。

我相當滿意。

「可是，去年二月，也就是將近一年前，她突然失蹤了。當時在她苦苦哀求下，我同意——如今看來，這顯然是欠缺熟慮的決定——讓她和一位朋友去巴斯[95]一趟，那名朋友要到當地照料生病的父親。我知道那位父親心地非常良善，我對他的女兒同樣印象不錯——但我高估了對她的信任。她相當冥頑不靈，堅持保守祕密；她明明對小伊莉莎白的去向心知肚明，卻三緘其口，不願透露隻字片語。

「她的父親待人和氣，眼光卻毫不敏銳，我想他確實對此一無所知；他向來待在家裡、足不出戶，兩個女孩卻能在城裡四處遊玩，隨心所欲地結交朋友。他試著說服我他女兒與此事毫無關聯，因為他自己就是這麼想的。簡而言之，我只知道她行蹤成謎，其餘毫無頭緒。整整八個月，我都在努力推敲她的下落。妳或許不難想像我的感受和憂慮，心裡飽受的折磨自然也不在話下。」

「老天！」艾蓮娜驚呼，「難不成——難道是韋勒比！」

「我初次接獲她的消息，」他繼續說，「來自她去年十月親筆寫給我的一封信。那封信從戴拉弗轉寄給我，正是我們準備到惠特韋爾踏青的那天早上。這就是我如此倉皇離開巴頓的原因，當時想必讓所有人都摸不著頭緒，甚至可能觸怒了某些人。韋勒比先生當時對我投以責備的目光，認定我無禮地掃了大家的玩興，我想他怎麼也沒料到，我之所以離開，正是為了幫助被他害得如此悽慘的孩子！可是即使他覺察到了，又能帶來什麼幫助？面對令妹的盈盈笑臉，他就再也快樂不起來了嗎？不，他還是做了這種好事；任何懂得為對方著想的人，都不可能有此行徑。他勾引了天真無邪的年輕女孩，又棄她而去，將她推入萬劫不復的痛苦深淵，流離失所、孤苦無援，甚至連他的地址都不知道！他離開時承諾會回去找她，卻從未回到她身邊、未曾捎去隻字片語，更不曾讓她從痛苦中解脫。」

「這簡直令人難以置信！」艾蓮娜失聲驚呼。

「如今妳已清楚他的底細：揮霍無度、縱情玩樂，甚至遠糟於此。這麼長一段時間以來，我對一切知之甚詳，畢竟好幾個星期前就早已耳聞。因此，當我看著令妹對他如此傾心，甚至打定主意要嫁給他時，不難想像我有什麼樣的心情。我上星期來訪時，發現妳獨自在家，當時我打定主意要問清楚真相；但是真相大白後又能做些什麼，我一時仍毫無頭緒。我的舉止在妳眼中想必十分唐突，不過如今妳都能明白了。看著妳們被蒙在鼓裡令我備受折磨；尤其令妹——可是我又能怎麼辦呢？我並沒有把握能成功說服妳們，有時我甚至認為，或許令妹的影響力會讓他回心轉意。

「然而，如今在他做出如此卑鄙無恥的事情後，誰知道他對令妹有何居心？儘管如此，無論他的企圖為何，令妹不妨將自己的情況與我那可憐的伊莉莎白相比，想想這可憐的女孩身陷如此絕望無助的險境：伊莉莎白同樣愛著韋勒比，用情之深不亞於令妹，卻一輩子都得承擔後

95 巴斯（Bath）：位於索美塞特郡，自羅馬時期就以溫泉聞名。奧斯汀一家曾在此居住五年。

果。如此一來，不管現在或往後，令妹都會對自己的遭遇心懷感激。

「如此兩相對照，想必能帶給令妹莫大助益。她將明白，自己承受的折磨根本無足輕重。這段感情一開始未曾踰矩，自然也不會因此蒙羞。相反地，這些痛苦讓她結交了更多朋友；所有人都關切她的不幸遭遇，尊重她因此展現的勇氣，想必讓所有情誼變得更加緊密。無論如何，請妳謹慎考慮，是否該向她轉達我所說的這一切；這番話能帶來什麼效果，妳想必最清楚不過。要不是我打從心底相信這對她有所幫助，能減輕她的苦惱，我也不會自討苦吃，讓妳忍受我娓娓道盡家醜，還可能讓人誤以為，我這番長篇大論是為了自抬身價。」

艾蓮娜滿懷感激，致上最真誠的謝意，並向他保證，若將過去開誠布公，絕對能為瑪莉安帶來莫大助益。

艾蓮娜說：「最令我痛苦的，莫過於瑪莉安仍執意為他開脫罪名；比起打從心底確信韋勒比是如此卑劣之人，她這麼做反而令自己更為煎熬。雖然一開始想必令她難受，但是我相信她很快就能放下一切。」艾蓮娜沉默了一會兒，繼續問道：「上回在巴頓與韋勒比分道揚鑣後，你還曾見過他嗎？」

「有的。」他板著臉回答，「見過一次。有個不得不碰面的場合。」

他的語氣令艾蓮娜有些詫異，焦慮地看著他，說：

「什麼？你之所以見他，是為了——」

「我不得不以這種方式見他一面。伊莉莎白雖然百般不情願，還是向我坦承了情人的姓名。在我抵達倫敦兩個星期後，他也回到倫敦，我便約他見面。他是為了幫自己辯護，我則是為了讓他替所作所為付出代價。我們毫髮無傷地離開，這場決鬥也未曾向外人提及[96]。」

艾蓮娜認為，這場會面根本毫無必要，不禁暗自嘆息；但是面對如此充滿氣概的軍人，她認為最好還是不要貿然譴責。

過了一會兒，布蘭登上校說：「母女倆的命運，竟有如此令人不樂見的相似之處！我實在沒有善盡自己的職責！」

「她還待在倫敦嗎？」

「沒有。我見到她時她已經快要臨盆了。她恢復體力後，我便讓她帶著孩子搬去鄉下，現在她就住在那裡。」

布蘭登上校想起自己或許打擾太久，耽擱艾蓮娜與妹妹相處的時間，隨即起身告辭。艾蓮娜再次表達誠摯的感謝，也對他湧上滿滿的同情與敬意。

96 英格蘭明文禁止決鬥，不過為了榮譽而戰的情況依然相當常見。

32

達希伍德小姐很快就向妹妹轉述了這段談話，效果卻未盡如預期。瑪莉安並非不願相信艾蓮娜，她自始至終都十分專注順從地傾聽，既未出言駁斥，也不曾發表評論，甚至不打算為韋勒比澄清，只是靜靜地掉淚，說明她十分清楚自己無從袒護。藉此，艾蓮娜深知，瑪莉安確實已將韋勒比令人髮指的作為聽進耳裡，十分欣慰這番話發揮了效果：布蘭登上校登門拜訪時，瑪莉安不再避之唯恐不及，也不再拒絕與他談話，有時甚至願意主動攀談，心裡也多了幾分憐憫與敬意。然而，儘管艾蓮娜看得出瑪莉安不若先前激動焦躁，卻還是顯得鬱鬱寡歡；瑪莉安的心情確實稍有平復，然而情緒依然低落。失去韋勒比的心固然沮喪，再也無法相信韋勒比的品格卻更為痛苦。他勾引威廉絲小姐，又無情地棄之於不顧；不僅這名女孩遭遇不幸，連自己也一度差點落入他處心積慮安排的圈套，如此沉重的打擊壓得瑪莉安幾乎喘不過氣來，甚至一反常態，不知如何向艾蓮娜傾吐內心的感受，只能靜靜地將悲傷往肚裡吞。艾蓮娜寧可妹妹把話說出來、盡情宣洩，因此看在眼裡更覺難受。

若要描述達希伍德夫人收到艾蓮娜的信之後有何感受，又是抱著什麼樣的心境提筆回覆，只須將兩名女兒先前的一切反應重新描繪一次：她心中的絕望與痛苦不亞於瑪莉安，甚至比艾蓮娜更加怒不可遏。她接連回覆一封又一封長信，表達她內心的苦楚和想法；她急切傳達對瑪莉安的牽掛，懇求她面對如此不幸際遇依然能展現勇氣。連母親都希望自己堅忍不拔，可見瑪莉安承受的磨難多麼強烈！若連母親都不希望她繼續悔恨交加，又表示這些事端何其不堪？

即使達希伍德夫人心裡期望女兒早日回家，她仍認為，瑪莉安當下最好待在巴頓以外的任何地方；回家難免令瑪莉安觸景生情，歷歷往事只會勾起她強烈的痛苦心情，畢竟她在巴頓的日子始終與韋勒比形影不離。因此達希伍德夫人建議女兒，千萬不要提早結束待在詹寧斯夫人家的旅程，她們並未事先確定歸期，不過眾人都認定至少會待上五、六個星期。待在倫敦勢必得接觸形形色色的人事物，都是在巴頓遇不上的新鮮事，達希伍德夫人期盼，如此一來，至少能轉移瑪莉安些許注意力，甚至令她從中獲得樂趣，即使瑪莉安對此或許只是嗤之以鼻。

達希伍德夫人認為，即使待在城裡，也與回到鄉下同樣令人安心，完全不必擔心再次遇見韋勒比，因為所有自認同情瑪莉安的朋友，如今想必早與韋勒比斷絕往來。再怎麼處心積慮安排，他倆都不可能再次碰面；即使一時疏忽，兩人也不可能出其不意巧遇。相較於熙來攘往的倫敦，待在人煙稀少的巴頓恐怕還比較危險呢！要是韋勒比婚後回亞倫罕一趟，瑪莉安就很可能躲不過與他相遇的機會。打從一開始，達希伍德夫人就猜想韋勒比婚後會回亞倫罕，如今更對此深信不疑[97]。

---

97 達希伍德夫人與瑪莉安的作風如出一轍，總會將自己的想像與現實混為一談。

但是，她之所以希望女兒繼續待在倫敦還有另一個原因：約翰．達希伍德來信告知，二月中旬前會和妻子前往倫敦一趟。她自然認為女兒應該與哥哥見上一面。

瑪莉安曾經答應遵照母親的建議，因此毫無異議地接受；儘管待在倫敦與她的期望背道而馳，母親這個基於誤會的提議在她看來簡直大錯特錯，繼續待在倫敦就無法見到最能安慰自己的母親，無疑剝奪了她平復鬱悶心情的唯一機會，瑪莉安不得不繼續應付社交場合，接下來想必仍片刻不得安寧。

唯一令瑪莉安感到欣慰的是，雖然待在倫敦對她而言是個壞消息，對艾蓮娜來說卻未嘗不是件好事。另一方面，艾蓮娜明知無法徹底與愛德華避不相見，卻仍自我安慰地想著，雖然待在倫敦對自己不利，不過毋須立即返回德文郡，對瑪莉安來說想必更為恰當。

艾蓮娜小心翼翼地不讓所有人在瑪莉安面前提起韋勒比的名字，一番苦心頗有成效。瑪莉安渾然不知姊姊的用心，耳根子樂得清淨；無論詹寧斯夫人、約翰爵士，甚至帕瑪夫人，都不曾在她面前提起韋勒比。艾蓮娜多希望自己也能享有同等的待遇，卻只能日復一日，傾聽所有人憤慨地數落韋勒比。

約翰爵士簡直無法相信這殘酷的事實。「我曾經認定他是個優秀的人！多麼討人喜歡的傢伙，全英國再也找不到馬術比他更精湛的人了！簡直匪夷所思。我打從心底詛咒他下地獄去，再也不和他說話，這輩子徹底避不相見！就算一起在巴頓的樹林邊待上兩小時，我也絕不會對他開口說一個字！如此無賴、滿嘴謊言的惡棍！上次碰面時我還說要送他一條小獵犬呢！現在什麼都完啦！」

帕瑪夫人同樣怒氣難消。她下定決心立刻和韋勒比斷絕來往，真是慶幸原本就不曾與他熟識。她由衷希望庫姆莊園與克利夫蘭的距離越遠越好。不過她根本毋須提及此事，那裡原本就地處偏遠。她對韋勒比簡直恨之入骨，不僅打定主意再也不會提起他的名字，還要告訴身邊所有人這傢伙多麼一無是處！

帕瑪夫人憤怒之餘，接下來的同情心都花在關注那場近在眼前的婚禮，隨時向艾蓮娜更新進度。艾蓮娜很快就知道新馬車出自哪家製造商，哪位畫家為韋勒比繪製肖像，也清楚格雷小姐的禮服在哪家店裡訂做。

米德頓女士依然一派冷靜，對一切漠不關心；相較於其他人熱心過頭，讓人耳根子不得清淨，艾蓮娜倒是很感謝米德頓女士令她如釋重負。身邊至少還有個人對此毫無興趣，慶幸對方不會纏著她打聽消息，或是一臉著急地關心瑪莉安的身體狀況。

有時依當下場合的不同，即使想表現出一片好心，也可能顯得虛情假意。艾蓮娜受夠了過於殷勤的勸慰，不禁認為，表達慰問之意時，良好的教養遠比一副好心腸更重要。

每天總有人對這件事說長道短，米德頓女士只會簡短開口一、兩次：「確實非常令人震驚。」她持續以如此溫和的方式表達想法，打從一開始就能不帶情緒地看待達希伍德姊妹的遭遇，過沒多久便對此事隻字不提。她維繫了身為女性的尊嚴，並為異性的錯誤行徑明確表達譴責之意，自認已有所交代，接下來就能隨興地舉辦聚會[98]。因此她打定主意（雖然約翰爵士深表反對），既然韋勒比夫人確實是秀外慧中的富家千金，婚禮結束後，她就會向對方送上自己的名片。

心思細膩的布蘭登上校總是謹慎表達自己的關切，達希伍德小姐也始終欣然歡迎。唯有對布蘭登上校，艾蓮娜才會放心吐露妹妹的失望之情；他的態度一如往常真誠友善，希望盡力沖淡瑪莉安的悲傷。兩人談起此事時，總會避開所有人的耳目。布蘭登上校願意強忍悲痛，娓娓道來塵封已久的悲慘過往，並坦言眼前受到的屈辱，瑪莉安也透過有別以往的態度回報他：瑪莉安有時會以憐憫的目光注視著布蘭登上校，即使談話機會並不多，可是不得不和他說話時，語氣也總是相當溫和，甚至願意主動攀談。種種跡象讓布蘭登上校確信，這番真情告白對自己有益，也讓艾蓮娜對往後發展抱持更多希望。然而詹寧斯夫人對此一無所知，只知道布蘭登上校依然一如往常沉默寡言；她既無法說服布蘭登上校主動求婚，也知道他不會請自己出面撮合。因此過了兩天，詹寧斯夫人不禁認定，仲夏之前，兩人的婚事是無望了，得拖到米迦勒節[99]；又過了一週，她更是完全放棄將兩人湊對的想法。布蘭登上校和艾蓮娜看起來情投意合，似乎擺明桑樹、河渠和紫杉都要拱手讓給她了；有好一段時間，詹寧斯夫人簡直把愛德華忘得一乾二淨。

二月初，距離接到韋勒比來信的日子不到兩個星期，艾蓮娜不得不沉痛地告訴妹妹，韋勒比已經結了婚。她事先叮囑過別人，一旦婚禮落幕，就立刻告知她；她知道瑪莉安每天早上都會焦慮地翻閱報紙，不希望她直接從上頭得知。

瑪莉安初聽聞時，看起來十分鎮定。起初她一語不發，也沒有落淚；然而過沒多久，她便淚如雨下，接下來一整天也魂不守舍，幾乎和她當時知曉韋勒比即將結婚的模樣如出一轍。

韋勒比夫婦完婚後，隨即離開了倫敦。瑪莉安自從大受打擊後就足不出戶，既然如今不可能在城裡遇上這對夫婦，艾蓮娜不禁希望她能一如往常地出門走走。

這段期間，史提爾姊妹剛抵達位於霍本[100]的親戚家，就住在巴洛特大廈裡，隨即到康迪街和柏克萊街[101]拜訪兩家地位更加顯赫的親戚，並受到熱情歡迎。

艾蓮娜見到她們一點也高興不起來。姊妹倆總令她痛苦萬分。璐西一見到她還待在倫敦，頓時興奮得無以復加，艾蓮娜更不知如何給予禮貌的回應。

「要是我沒看到妳**還**待在倫敦，一定會失望透頂！」她不停重複說，特別強調「會」這個字眼。「我就知道自己不會失望！我幾乎能篤定妳會在倫敦待上一陣子；雖然妳在巴頓時曾說頂多待一個月，不過我當時就認為到時妳會改變主意。離開前沒能見上哥哥和嫂子一面不是非常可惜嗎？現在妳肯定不會急著離開了。妳沒實踐自己的諾言真是讓我樂壞了。」

---

98 倫敦在這時期向來會大肆舉行熱鬧聚會。

99 Michaelmas，九月二十九日，為紀念天使長米迦勒（Michael）的基督教節日。由於時近秋分，也常標誌著秋天的開始。

100 Holburn，基層階級居住的區域。

101 康迪街和柏克萊街都是倫敦的高級地帶。珍·奧斯汀向來以居住地段明確區分角色的社會階層。

艾蓮娜完全明白她的言下之意，卻不得不努力表現出一副摸不著頭緒的模樣。

「親愛的，」詹寧斯夫人說：「妳們搭什麼車來的？」

「向您保證絕不是搭公共馬車[102]。」史提爾小姐興高采烈地說：「我們搭驛車過來的，還有個好心的旅伴。達維斯醫生正巧要來城裡一趟，我們就同他一道搭車過來。他真是彬彬有禮的紳士，比我們多付了十先令或十二先令呢！」

「噢！」詹寧斯夫人大聲嚷道，「確實相當大方！我敢說那位醫生一定是單身漢。」

史提爾小姐裝模作樣地吃吃傻笑起來：「大家都拿醫生取笑我，我實在摸不著頭緒。我的表姊妹說，我一定是擄獲了他的心，但我發誓我從頭到尾都沒這個意思。『老天！妳的心上人出現了，南西。』那天我的表姊一見到他穿過街朝屋子走來，就這麼大聲嚷嚷。我的心上人？我說我不知道妳在說誰。那位醫師不是我的心上人！」

「是啊，是啊，說得真好——但是根本說不通。我知道他就是妳的情人。」

「絕對不是！」她的表姪女裝出一副誠懇的樣子說，「要是您又聽到這種閒言閒語，拜託您為我出言駁斥吧！」

詹寧斯夫人直截了當地拒絕，逗得史提爾小姐開心不已。

「達希伍德小姐，妳哥哥進城時，妳們想必會過去拜訪吧？」方才璐西充滿敵意地暗示一番，沉默了片刻，又再次將矛頭指向艾蓮娜。

「我想不會。」

「噢，會的，我敢保證。」

艾蓮娜決定不再否認，免得讓她更覺有趣。

「達希伍德夫人竟願意讓妳們姊妹倆在這裡待上這麼長一段時間，多令人高興啊！」

「時間哪裡長了！」詹寧斯夫人打岔，「她們的旅程才剛剛開始呢！」

璐西頓時默不作聲。

「真遺憾沒見到妳妹妹。」史提爾小姐說，「聽說她不舒服，真令人難過。」她們方才一抵達，瑪莉安便離開了房間。

「妳真好心。沒能見到兩位，我妹妹也感到十分遺憾。但是，她這陣子飽受頭痛之苦，因此不方便見客，需要靜養。」

「噢，親愛的，真是太令人難過了。不過，璐西和我這兩個老友遠道而來，我想她總會想見我們一面。我保證會安安靜靜的。」

艾蓮娜十分有禮貌地婉拒這番要求。瑪莉安說不定早已就寢，或是換上了睡衣，因此不方便出來見客。

「噢，若只是這樣，」史提爾小姐大聲說，「我們還是能過去見見她。」

艾蓮娜只覺不勝其煩，幾乎無法繼續忍受這般無禮；但是不等她反應，璐西便已出言譴責

---

102 公共馬車（Stagecoach）：窮人家通常才會選擇擁擠的公共馬車。驛車（post）不僅速度較快，也較高級。

姊姊。這番場景十分常見，儘管璐西訓斥之舉不甚討喜，卻總能讓她的姊姊收斂許多。

33

這天早上，儘管瑪莉安起初並不情願，最終仍拗不過姊姊好言相勸，同意跟著她和詹寧斯夫人一同出門半小時。不過她訂了個條件：她不要拜訪任何人，頂多陪她們走到薩克維爾街[103]的格雷珠寶店，因為艾蓮娜要替母親變賣幾件舊式首飾。

她們抵達店門口時，詹寧斯夫人這才想起應該去拜訪一位住在街尾的女士。由於她並未打算在珠寶店添購首飾，因此約好留姊妹倆在店裡忙，她拜訪完朋友再回來碰頭。

達希伍德姊妹一走上階梯，便發現店裡已擠滿客人，店員忙得無暇招呼她們，兩人只好耐心等著。眼前唯一的方法就是坐在櫃檯盡頭前等候，似乎最有機會盡快輪到她們；只有一名紳士站在那裡，艾蓮娜希望他能出於禮貌加快速度。然而，他的精準眼光和嚴謹品味顯然將禮貌拋諸腦後。他打算為自己添購一只牙籤盒，竟花上整整十五分鐘看遍店裡每一樣款式，詳加考慮，非得尺寸、外型和花樣都符合自己的新穎眼光，才終於下了決定，自然無暇顧及等候在後方的兩位女士，只是不經意地瞥了姊妹倆三、四眼。這幾瞥令艾蓮娜記住他的身形和長相——

103 薩克維爾街（Sackville Street）：當時的倫敦鬧區。至今仍是繁華的購物商圈。

儘管打扮時髦，仍十足是個無足輕重之輩。

這名男士如此無禮地打量她們，對擺在眼前的各款牙籤盒挑三揀四，一副自命不凡的愚蠢模樣，瑪莉安卻渾然未覺，並未因此流露出不耐與憤懣的情緒。她依然一心沉浸於自己的思緒，即使身處格雷珠寶店，她仍一如待在自己的臥室般，對周遭的一切視而不見。

這名紳士最後終於選定一款牙籤盒，象牙、黃金和珍珠擺放的位置都規定得一清二楚，並指定送達日期，彷彿那天是他能忍受身上沒有牙籤盒的最後期限。接著他小心翼翼戴上手套，又朝達希伍德姐妹瞥了一眼；這一瞥似乎並非出於傾慕，反而是渴望受人欽羨的模樣。他渾身散發著自傲的氣勢，故作對旁人漠不關心的姿態，就這麼走出了店門口。

艾蓮娜連忙抓緊時間採買物品，正要結帳時，又有一名紳士走到她身旁。艾蓮娜轉頭一看，十分訝異地發現竟是她哥哥。

兄妹三人就這麼在格雷珠寶店裡巧遇，表現得十分熱絡，非常高興見到彼此。與兩名妹妹重逢的約翰．達希伍德絲毫不感芥蒂，反而打從心底感到欣喜，也彬彬有禮地關心起達希伍德夫人的近況。

艾蓮娜得知，他和芬妮已經進城兩天了。

「我昨天非常希望能前去拜訪妳們。」他說，「但是我們得帶哈利到埃克塞特交易中心[104]觀賞野獸，接下來的時間則和費勒斯夫人在一起。哈利可真樂壞了。要是今天早上能抽出半小時，我打算過去一趟，不過剛回到倫敦總有太多事情要忙，我來這裡給芬妮訂購一只飾章[105]。

不過，我想明天一定會去柏克萊街見妳們的朋友詹寧斯夫人，聽說她非常有錢。還有米德頓一家，妳們一定要將我引薦給他們認識。既然是母親的親戚，我自然樂於表達對他們的景仰。我知道他們在鄉下和妳們比鄰而居，對妳們可好啦！」

「確實非常親切。將我們照顧得無微不至，態度極其友善，真不知該如何形容他們對我們的好。」

「聽到這番話真令人高興，我確實非常欣慰。不過這也是理所當然，畢竟他們非常富有，又是遠房親戚，自然要以禮相待，將妳們伺候得舒舒服服。看來妳們在小屋裡住得相當愜意，別無所求了吧！愛德華對那地方讚不絕口，他說那幢小屋完美至極，妳們似乎也相當滿意。聽到他這麼說我們真是備感欣慰。」

艾蓮娜對哥哥感到有些羞恥，此時詹寧斯夫人的僕人正好抵達，告知她們女主人正在門口等候，她因此慶幸不必做出回應。

達希伍德先生陪她們一同走下階梯，站在馬車門口被引薦給詹寧斯夫人認識。他再次表示翌日會登門拜訪，隨即轉身離開。

---

104 埃克塞特交易中心（Exeter Exchange）：一棟位於倫敦河岸街（Strand）北側的建築，以在樓層中展示各種珍奇猛獸而聞名。

105 Seal，打造成精美首飾的印信，在珠寶店的價格十分高昂。

隔天他確實準時上門，並虛情假意地為沒能同行的妻子致歉：「她忙著陪伴母親，實在沒有時間踏出家門一步。」詹寧斯夫人直截了當地表示，既然都是親戚，自然不必拘泥禮節，她很快就會前去拜訪約翰．達希伍德夫人，帶著兩名小姑一起探望她。他對待姊妹倆的態度雖然平淡，卻仍相當周到，對詹寧斯夫人更是畢恭畢敬。布蘭登上校隨後也登門拜訪，他投以好奇的目光，彷彿打量著對方是否也相當富有，那麼他同樣會以禮相待。

過了半小時後，他請艾蓮娜陪同自己到康迪街一趟，以便認識約翰爵士與米德頓女士。由於天氣相當晴朗，艾蓮娜欣然同意。兩人一走出屋外，他立刻開口發問。

「布蘭登上校是什麼來歷？他是有錢人嗎？」

「是的，他在多塞特郡擁有一大筆資產。」

「真令人高興。他看起來就是文質彬彬的紳士。艾蓮娜，我想我可以先恭喜妳，下半輩子就要過得衣食無虞了。」

「我？哥哥，你這是什麼意思？」

「他喜歡妳啊！我仔細觀察過他，絕對錯不了。他的年收入多少？」

「我想一年大約兩千英鎊。」

「一年兩千英鎊。」他有些激動起來，以自認熱情慷慨的語氣接著說：「艾蓮娜，為了妳著想，我希望他的收入是這數字的兩倍。」

「我相信你。」艾蓮娜答道：「但是我更加確信，布蘭登上校根本沒有打算娶我。」

「錯了，艾蓮娜，妳這誤會可大了。妳不費吹灰之力就能贏得他的心。或許他現在還有些猶疑，妳的家境不寬裕可能讓他裹足不前，親朋好友或許又大為反對；但是妳只要多關心他一點，不經意的幾句鼓勵，就能讓他死心塌地愛著妳。妳沒有理由不好好把握他。妳不該對過去的戀情念念不忘，那段感情不可能開花結果，眼前的阻礙絕對無法橫越；妳是明理人，想必早已瞭然於心。布蘭登上校是結婚的不二人選，我一定對他禮貌有加，讓他對妳和家人都相當滿意。眾人一定認為你們倆是天造地設的一對。簡而言之，這樁婚事絕對皆大歡喜。」

他接著壓低音量，煞有其事地悄聲說：「所有人都會非常滿意。」他想了一下，又接著說：「我的意思是，你身邊的親友都真心希望妳能盡快覓得好歸宿。我敢保證，芬妮尤其關心妳的婚事。還有她的母親費勒斯夫人，心地相當善良，想必也會為妳十分高興。她前幾天才剛提起這件事呢！」

艾蓮娜決定不予置評。

他接著說：「要是芬妮的弟弟和我妹妹能同時完成終身大事，那該多令人欣喜啊！只是看起來不盡如我所願。」

艾蓮娜一臉堅定地問道：「愛德華．費勒斯先生要結婚了嗎？。」

「還沒真正談定，不過正急著籌備中。他的母親可真優秀！費勒斯夫人相當慷慨，要是這樁婚事談妥，就願意給他每年一千英鎊。女方是尊貴的莫頓小姐，也就是已故莫頓勛爵的獨生女，擁有三萬英鎊財產。這樁婚事對雙方來說都合適不過，我相信過不久就會塵埃落定了。做母親的要每年付一千英鎊，還得付上一輩子，真是相當可觀；不過，費勒斯夫人的品格就是如此高尚。我可以再舉個例子給妳聽：我們剛抵達倫敦時，發現身邊的錢不太夠用，她竟給了芬妮足足兩百英鎊。我們確實非常需要這麼大一筆錢，住在城裡的開銷想必十分驚人。」

他停了下來，等著艾蓮娜表示認同以及憐憫，她只好逼自己開口：

「無論待在鄉下或城裡，你們的開銷想必都十分龐大。不過，你們的收入也相當可觀。」

「我敢說絕對沒有如大多數人想像中可觀。我並不是要抱怨，我們當然還是過著寬裕的生活，只是希望未來能過得更好。諾蘭公地正在進行圈地[106]，所費不貲。這半年我還置了點地產，妳想必還記得東金漢農場，就是老吉普森以前住的地方。就各方面而言，那塊地都非常令人滿意，緊鄰我自己的莊園，我自認有義務買下它，無法忍受落入其他人手裡。既然為了自己的利益著想，那就勢必得付出代價，這確實花了我一大筆錢。」

「遠超出你所認為的價值？」

「我希望並非如此。我原本隔天就能以更高的價格轉手賣掉。不過買下那塊地付出的代價確實非常驚人。當時股價跌到谷底[107]，要不是銀行帳戶裡剛好有足夠的金額，我恐怕得賣掉所有股票，那可就虧大了。」

艾蓮娜只能報以微笑。

「我們剛搬到諾蘭莊園時也免不了許多龐大的日常開銷。妳也知道，我們敬愛的父親將留在諾蘭莊園的史坦希爾家當（它們可是價值連城！）全數留給妳母親。我對此沒有半句怨言，他自然有權利處置自己的財產；但是，我們也因此得花上一大筆錢添購亞麻織品和瓷器之類的，填補妳們取走的那些。妳可想而知，我們付出如此龐大的費用後，手頭自然不比昔日寬裕，對我們而言，費勒斯夫人的援助簡直彌足珍貴。」

「確實。」艾蓮娜說，「但願她的慷慨資助，能讓你們過上愜意的日子。」

「再過一、兩年就沒什麼問題了。」他沉重地說，「但是現在還差了一大截呢！芬妮想蓋的溫室連塊石頭都還沒砌，花園目前仍是紙上談兵。」

「溫室要建在哪裡？」

「屋後的小山坡上。老胡桃樹都砍掉了，以便騰出空間來。不管從莊園哪個角度欣賞，那座溫室都非常漂亮，花園就蓋在溫室前的斜坡上，一定會建得美輪美奐。山坡上的那些山楂樹[108]我們已清得一乾二淨。」

艾蓮娜將憂慮和譴責藏在心裡，十分慶幸瑪莉安並不在場，不必和她一同受氣。

他既然已經盡情抱怨了自己手頭拮据，下回到格雷珠寶店就省得為兩位妹妹買副耳環，心

---

106 將公有地劃分為私人土地。

107 拿破崙戰爭（一七九九—一八一五）期間，英國深受經濟蕭條與通貨膨脹之苦。

108 一般帶刺的荊棘類植物都可稱為「thorn」（荊棘），但哈佛大學註解本指出，thorn 這個字更經常是專指「hawthorn」（山楂樹），因此艾蓮娜也才會在聽聞被砍伐後感到生氣惋惜。

情顯然輕鬆許多；話鋒一轉，他又恭喜艾蓮娜結交了詹寧斯夫人這樣的朋友。

「她看起來確實非常有錢——房子氣派、生活闊綽，在在流露出她的不凡身價；能與她結識不僅對現在大有好處，未來更可能讓妳們過上不愁吃穿的好日子。她邀請妳們一起進城可說對妳們厚愛有加，這確實表示了她非常看重妳們，將來過世時八成不會忘記妳們。她肯定會留下一筆可觀的遺產。」

「我對此毫無奢望。她只不過擁有寡婦繼承的遺產，將來是要傳承給她子女的。」

「但是她的生活開銷不可能高過收入，稍微懂得節儉的人都不可能這麼做。無論她存下多少錢，最終都得做出處置。」

「你難道不認為她比較可能將財產過繼給自己的女兒，而不是留給我們嗎？」

「她的兩個女兒都嫁進好人家，我不認為她還需要為此牽掛。在我看來，既然她無微不至地關心妳們，也將妳們照顧得如此周到，顯然也會為妳們的未來著想，像她這麼貼心謹慎的女人不會疏忽這一點。如此親切的她將妳們照顧到如此程度，當然不會辜負妳們的期待。」

「受她照顧的我們從未如此奢望過。說真的，哥哥，你對我們的幸福顯然太過操心了。」

「是嗎？說真的，」他若有所思地說，「人的能力如此微不足道，總是心有餘而力不足。話說回來，親愛的艾蓮娜，瑪莉安發生了什麼事？她看起來氣色可真差，臉上毫無血色，整個人憔悴許多。她病了嗎？」

「她確實不舒服，這幾個星期以來她老在抱怨頭痛。」

「真令人難過。在她這種年紀，任何小毛病都可能讓美貌一去不復返！她的姿色可真是曇花一現！去年九月她還是那麼俊俏的小姑娘，足以吸引所有男人的目光；她的魅力獨一無二能讓他們為之神魂顛倒。我還記得芬妮說過她會比妳更早結婚，也會嫁給更好的人家——她其實非常喜歡妳，就只是一時浮現了這樣的念頭。看來她的想法可錯了。我認為瑪莉安現在頂多只能嫁給年收入五、六百英鎊的男人，我敢說妳一定會嫁得比她更好！多塞特郡！我對多塞特郡所知甚少，但是親愛的艾蓮娜，我很期待多認識這個地方。我保證我和芬妮一定是最早登門拜訪的客人，也絕對打從心底為妳高興！」

艾蓮娜極力解釋，希望哥哥明白，自己絕對不可能嫁給布蘭登上校。但是這對他而言是如此值得高興的大喜事，說什麼都不願放棄期待，打定主意要好好認識這位紳士，並設法促成這樁婚事。他自己未曾為妹妹付出一絲心力，深感歉疚，因此格外期待其他人為他照顧妹妹的下半輩子；若能促成艾蓮娜與布蘭登上校的婚事，或讓她繼承詹寧斯夫人的遺產，自然是最能輕易彌補虧欠的方式。

幸運的是，米德頓女士正好在家，約翰爵士也在他們告辭之前返家。雙方禮尚往來，相當客氣。約翰爵士總是熱情歡迎所有人，即使達希伍德先生不善於識人，仍認定對方的性格良善；米德頓女士則對他打點合宜的儀表讚譽有加，因而認定對方值得往來。達希伍德先生離開時，對米德頓夫婦倆都留下相當不錯的印象。

「我可有許多好話能和芬妮分享了。」他和妹妹邊走邊說，「米德頓女士真是優雅大方！

芬妮一定會非常高興認識她。詹寧斯夫人雖然不像女兒擁有那麼典雅的氣質，卻也是舉止得宜的老婦人。妳的嫂嫂可以放心拜訪，不必對她諸多顧慮了。老實說她原本確實有些顧忌，不過這也情有可原，畢竟我們只知道她很早就成了寡婦，先生遺留下來的大筆財富都是靠不正當手段掙來。芬妮和費勒斯夫人因而抱持先入為主的偏見，認定詹寧斯夫人母女倆都不是芬妮應該結識的朋友。不過我現在大可為她們美言一番啦！」

34

約翰．達希伍德夫人全心信任丈夫的判斷，隔天立刻迫不及待前往拜訪詹寧斯夫人母女倆，也十分慶幸自己的期待並未落空：與兩名小姑同住的詹寧斯夫人確實值得來往，而米德頓女士的魅力，更是無人能出其右！

米德頓女士同樣對達希伍德夫人深有好感。兩人都關心自身利益、性格冷漠，舉止得宜卻無趣，頭腦也不靈光，自然氣味相投。

然而，雖然達希伍德夫人投米德頓女士所好，卻不得詹寧斯夫人的歡心。在她眼裡，對方只不過是個自視甚高的女人，態度不甚友善，對丈夫的妹妹漠不關心，與她們幾乎無話可說。達希伍德夫人在柏克萊街待了十五分鐘[109]，至少一半時間只是靜靜坐著，沉默無語。

儘管艾蓮娜並未問出口，卻亟欲了解愛德華是否也待在城裡。但是，除非愛德華與莫頓小姐的婚事大局底定，或是布蘭登上校如她丈夫所願登門提親，否則芬妮並不打算在艾蓮娜面前主動提起愛德華。她認定艾蓮娜與愛德華依然彼此相愛，因此在任何場合都竭力拆散兩人。然

109 正式會面至少要待滿十五分鐘，這也意謂芬妮只想維持最基本的禮貌。

而即使她刻意對此隻字不提，愛德華的行蹤卻很快就透過其他管道曝了光。過沒多久，璐西便來找艾蓮娜尋求慰藉，抱怨愛德華雖然已隨達希伍德夫婦一同抵達倫敦，卻始終沒有機會見面。他深怕消息走漏，不敢前往巴洛特大廈；即使兩人迫不及待想見到彼此，當下卻束手無策，只能透過魚雁往返，一解相思之苦。

隨後不久，愛德華便走訪了柏克萊街兩回，親自證實抵達倫敦的消息。她們早上外出返家後，兩度在桌上發現他留下的名片。艾蓮娜很高興他來拜訪，卻更慶幸自己與他擦身而過。

達希伍德夫婦非常喜歡米德頓夫婦，雖然他們向來沒有招待客人的習慣，卻因而決定舉辦一場晚宴。達希伍德夫婦在哈里街[110]租了一棟相當氣派的房子暫居三個月，雙方認識不久，夫婦倆便邀請對方前來共進晚餐，兩位妹妹和詹寧斯夫人也同時受邀。約翰．達希伍德不忘邀請布蘭登上校，布蘭登上校向來樂於見到達希伍德姊妹，如此盛情令他有些詫異，不過還是相當高興地接受了。屆時費勒斯夫人也會出席。艾蓮娜不確定她的兩個兒子是否同樣在場，但是能夠見到費勒斯夫人一面，就足以讓艾蓮娜對這頓晚飯引領企盼。與愛德華的母親見面，已不若從前令她備感壓力；她可以很從容，也不在乎費勒斯夫人對自己的看法。儘管如此，艾蓮娜還是一如往常，渴望見上費勒斯夫人一面，一探其究竟。

當她聽聞史提爾姊妹同樣會出席晚宴時，雖然有些不高興，心中的好奇卻也更加強烈，不禁更加期待起這場聚會來。

史提爾姊妹大大博得米德頓女士的好感，姊妹倆百般殷勤，甚得她的歡心。因此，即使璐西稱不上優雅大方，姊姊的表現更是有失體面，米德頓女士依然像約翰爵士一樣，熱情地邀請姊妹倆到康迪街住上一、兩個星期。達希伍德夫婦的邀約來得正是時候，史提爾姊妹在晚宴前幾天便提早搬去康迪街暫住。

儘管約翰爵士多年來對約翰．達希伍德夫人的弟弟照顧有加，但是光憑身為約翰爵士的外甥女這一點，恐怕還不足以讓史提爾姊妹在她的餐桌上占有一席之位；然而，姊妹倆既然也是米德頓女士的嬌客，約翰．達希伍德夫人自然對她們歡迎不過。璐西長久以來就渴望認識這一家人，亟欲了解他們的個性和自己眼前的難關，更希望有機會努力討他們的歡心；因此當她收到約翰．達希伍德夫人的邀請函時，這輩子還不曾如此雀躍過。

對艾蓮娜而言，這封邀請函的意義則截然不同。她立刻意識到，既然愛德華與母親同住，想必也會與母親一起受邀出席姊姊的晚宴，在歷經了這一切後，如今竟然要在璐西面前與他首次重逢！艾蓮娜很難想像自己要如何忍受那場面！

艾蓮娜的憂慮或許並非全然合理，更絕非奠基於事實。但是讓艾蓮娜一掃陰霾的原因，倒不是靠她自己冷靜下來，而是多虧璐西的一番「好意」——她以為聲稱愛德華星期二晚上不會前往哈里街，可以令艾蓮娜大失所望。為了讓艾蓮娜更痛苦，璐西甚至聲稱愛德華依然心繫於她，擔心一旦相見就再也掩飾不住滿腔情意，才不敢赴約。

---

110 哈里街（Harley Street）：位於倫敦市中心，十八世紀末時，許多偌大的房子林立於此。

至關重要的星期二總算到來，兩位年輕女孩即將見到那位令人望而生畏的準婆婆了。

詹寧斯夫人一到，米德頓夫婦隨即抵達，兩家人同時跟著僕人上樓。璐西對艾蓮娜說：「親愛的達希伍德小姐，幫幫我吧！這裡只有妳能了解我的感受。我簡直快站不住了！老天！再不久就要見到她，我的終身幸福正掌握在她手裡——我未來的婆婆！」

倘若艾蓮娜提醒她，她們即將見到的是莫頓小姐未來的婆婆，而不是璐西自己的，想必她的擔憂就會立即煙消雲散。但是艾蓮娜並未說出口，而是真誠地安慰她，自己也能感同身受。璐西頓時驚訝不已；儘管她確實緊張得不得了，卻希望至少能讓艾蓮娜大吃飛醋。

費勒斯夫人身材嬌小瘦削，腰背卻打得相當直挺，看起來拘謹，神情嚴肅得近乎冷酷。她的膚色蠟黃，五官小巧卻不出色，幾乎面無表情。不過她的樣貌卻不至於顯得平淡乏味，眉頭一皺便強烈流露出她那自視甚高的乖戾性格。不同於大多數人喋喋不休，費勒斯夫人沉默寡言，只在心有所想時才願意開口說話。她在餐桌上僅發出寥寥數語，卻沒有一句是針對艾蓮娜而來，那副眼神更表明，她說什麼也不會喜歡艾蓮娜。

如今，艾蓮娜再也不會為此待遇而感到低落了。若在幾個月前，她想必還會因此痛心，可現在費勒斯夫人再也傷害不了她。費勒斯夫人對史提爾姊妹的態度則有如天壤之別，似乎是刻意凸顯對艾蓮娜的冷淡態度，看在艾蓮娜眼裡倒覺有趣。她看著費勒斯夫人和米德頓女士特別關注璐西，不禁莞爾一笑；要是母女倆都和她一樣知情，想必會感到屈辱難當吧。相形之下，艾蓮娜不會對她們造成任何傷害，母女倆卻毫不掩飾地將她冷落在旁。儘管看著母女倆挑錯對象大獻殷勤，令艾蓮娜備覺有趣；但是，一想起她們此舉背後抱持著不懷好意的愚蠢動機，史提爾姊妹又如此虛情假意地百般討好，她不禁對四人鄙視至極。

璐西成了餐桌上的焦點，頓時顯得沾沾自喜；只要任何人提起達維斯醫生、揶揄一番，也總能逗得史提爾小姐樂不可支。

晚宴準備得相當豐盛，僕役多不勝數，在在流露出女主人有心炫耀的企圖，並彰顯男主人的財力。儘管諾蘭莊園正在大肆整修擴建，儘管他們一度為了幾千英鎊，被迫將股票認賠殺出，在此卻看不出任何跡象顯示約翰先前所聲稱的困窘。這裡唯一稱得上貧乏的，只有賓主之間的談話。約翰．達希伍德的談話並無太多可聽之處，妻子的發言更是乏善可陳。但是這情形倒也稱不上丟人，因為他們的客人清一色是不討喜的人物；他們要不是缺乏理智（無論是否天性使然），就是缺乏優雅儀態、毫無生氣，甚至連個性也平板乏味。

晚餐結束後，女士們都移駕到客廳[111]，沉悶乏味的氣氛更是變本加厲；方才飯桌上的對話大多由男士主導，他們天南地北地聊著政治、圈地、馴馬等等，如今這些話題都戛然而止。直到僕人送咖啡進來為止，她們都只圍著同一個話題打轉：年齡相仿的哈利．達希伍德與米德頓女士的次子威廉，不知哪個孩子長得比較高。

111 用過甜點後，女士通常會先行離桌，讓男士繼續飲酒聊天。女士在客廳聊上一個鐘頭左右，就到了供應茶和咖啡的時間，此時男士才會走進客廳，加入她們的行列。

要是兩名男孩都在場，兩人的身高當下立判，很快就能找出答案。但是由於只有哈利在場，眾人全憑猜測，便各執一詞，紛紛堅信自己的判斷正確，討論個沒完。

因此成了以下這副光景：

兩名母親雖然都認定自己的兒子長得比較高，卻也出於禮貌，斷定對方的孩子身高肯定高人一等。

兩名外祖母同樣偏袒自己的外孫，也絲毫不隱瞞這分私心，因此各自堅稱自己的孫兒長得比較高。

璐西一心想討好兩名母親，認為以兩名男孩的年紀而言，他們都長得相當高大，實在很難區分兩人之間的差異。史提爾小姐的腦筋動得更快，一個勁兒地稱讚兩個男孩。

艾蓮娜曾經發表過意見，認為威廉長得比較高，惹得費勒斯夫人不高興，芬妮更是惱怒，因此覺得沒必要繼續堅持己見。瑪莉安一說出自己的想法，更是得罪了所有人，因為她表示自己從未思考過這個問題，因此不予置評。

艾蓮娜搬出諾蘭莊園之前，曾為芬妮繪製一對相當漂亮的小型屏風[112]，才剛裱框送回新家，放在客廳裡做為裝飾。約翰·達希伍德跟著其他紳士一同走進客廳，注意到這對屏風，立刻殷勤地拿給布蘭登上校欣賞。

「這是大妹的畫作。」他說，「您擁有高尚的品味，相信一定懂得欣賞這兩幅作品。我不曉得您之前是否見過她作畫，不過她精湛的技巧有目共睹。」

儘管上校無意佯裝自己具有鑑賞畫作的能力，依然十分熱誠地連聲稱讚；凡是達希伍德小姐的作品，他一定不吝給予讚美。此舉自然勾起眾人的好奇心，畫屏也在所有人手裡輪流欣賞。費勒斯夫人並未察覺那是艾蓮娜的作品，特別開口要求拿來看看。等到米德頓女士仔細觀看並深表讚賞後，芬妮便將畫屏交到母親手裡，同時說明那是達希伍德小姐的作品。

「嗯，」費勒斯夫人說，「非常漂亮。」她正眼也沒瞧一下，隨即將畫屏交還給女兒。

或許芬妮頓時感到母親有些無禮，臉色微微一紅，立刻說：

「畫得真漂亮，母親，您說是吧？」但是，她似乎又擔心起自己禮貌過頭，太過讚揚，連忙再說：

「母親，您覺得這和莫頓小姐的畫風是否有些相似？她畫得真是好極了！上回的風景畫可真讓人驚豔。」

「確實相當漂亮！不過，她任何事都能做得相當完美。」

瑪莉安再也忍無可忍。她早就對費勒斯夫人大感不滿，儘管她不知道她們背後打的是什麼主意，不過當著艾蓮娜的面刻意吹捧另一個人，徹底惹惱了她，她激動地脫口而出：

「這番讚美也太不合時機了！莫頓小姐與我們何干？她是何方神聖，又有誰在乎她呢？我們現在談論的人只有艾蓮娜。」

---

112 Screens，用於保護人們不受爐火的高溫影響。

她一邊說，一邊從嫂嫂手中拿過畫屏，大大地讚賞了一番。

費勒斯夫人看起來怒不可遏，她立刻挺直背脊，憤怒地反脣相譏：「莫頓小姐是莫頓勛爵的千金！」

芬妮看起來同樣怒氣沖沖，她的丈夫則被妹妹的大膽舉動嚇得說不出話來。比起自己所遭受的待遇，瑪莉安如此氣憤，反而令艾蓮娜更加難過。布蘭登上校的視線離不開瑪莉安，眼神透露出對她的贊賞；瑪莉安感情充沛，不可能忍受自己的姊姊遭到一絲羞辱。

瑪莉安並未就此打住。對她而言，費勒斯夫人刻意冷落姊姊，似乎意味著艾蓮娜的未來充滿困難與挫折；由於自己的心早已傷痕累累，讓她對此更加擔憂，心中不禁湧上強烈的情感。過了一會兒，她走到姊姊身旁，一手環抱艾蓮娜的脖子，將臉緊貼，急切地低聲說：

「親愛的艾蓮娜，別理她們。別讓她們惹得妳不高興。」

她再也說不下去。她按捺不住內心的激動，將臉埋進艾蓮娜的肩膀，哭了。所有人的目光頓時聚集過來，幾乎每個人都真誠地表示關切。布蘭登上校站起身來，不由自主地朝著姊妹倆走過去。詹寧斯夫人驚呼一聲：「噢，可憐的孩子！」隨即遞上自己的嗅鹽。約翰爵士對眼前失控場景的始作俑者大為憤怒，立刻改坐到璐西．史提爾身旁，將這起令人震驚的事由經過，悄聲地向她簡潔說明一番。

過沒幾分鐘，瑪莉安便平復了混亂的心情，回到眾人之間坐下。然而整個晚上，她仍為此感到情緒低落。

「可憐的瑪莉安！」她的哥哥一回過神來，立刻對布蘭登上校低聲說：「她可沒像她姊姊那麼健康，總是緊張兮兮的，不像艾蓮娜那麼沉穩謹慎。這樣一個年輕女孩，曾經那麼甜美可人，如今美貌不再，確實非常讓人難受。或許你不相信，不過瑪莉安在幾個月前，可是非常俏的美人兒，就和艾蓮娜一樣漂亮。您瞧，現在什麼都沒了！」

35

艾蓮娜對費勒斯夫人的好奇心已完全獲得滿足。從她身上的一切特質看來，艾蓮娜壓根不想再和這家人有更進一步的關聯。艾蓮娜看清費勒斯夫人為人傲慢苛薄，對她抱持著根深柢固的偏見，因此不難理解即使愛德華依照自己的心願與她訂婚，兩人也將遇到重重困難，讓婚事百般受阻。在認清現實之後，艾蓮娜反而為自己感到慶幸，這個更大的絆腳石倒讓她得以逃離費勒斯夫人帶來的磨難，不必忍受她的反覆無常，或是設法討她的歡心。雖然她無法對愛德華和璐西的婚事樂觀其成，不過如果璐西能變得更友善一些，她就謝天謝地了。

令她訝異的是，璐西竟然因為費勒斯夫人的客氣對待感到飄飄然。她的勢利眼與虛榮心使她看不清之所以被另眼相待，只不過因為她不是**艾蓮娜**，而非出於費勒斯夫人對她的賞識；倘若費勒斯夫人得知她的底細，絕不可能對她如此禮遇，並讓她大受鼓舞。但是璐西渾然未覺，不僅眼神難掩興奮，隔天更是毫不隱晦地說出來——翌日早上，米德頓女士應璐西的要求讓她在柏克萊街下車，以便和艾蓮娜單獨見上一面，分享自己雀躍的心情。

她的運氣確實不錯，她抵達沒多久，帕瑪夫人便捎來一封信，詹寧斯夫人隨即出門去了。

「親愛的朋友，」屋裡只剩下她倆的時候，璐西立刻嚷了起來：「我專程來跟妳分享我的喜悅！費勒斯夫人昨天對待我的態度真令我受寵若驚。她對我簡直親切不過！妳也知道，與她見面之前我多麼提心吊膽；沒想到一見面她就如此親切熱絡，可說是很快就喜歡上我了。一切不是明擺在眼前嗎？妳都看到了，難道不覺得大受感動嗎？」

「她對妳確實相當有禮貌。」

「有禮貌！妳什麼都沒感受到，只覺得她很客氣？我看得可多了。她對其他人的態度都不怎麼樣，就只對我特別親切！她一點架子都沒有。妳的嫂嫂也一樣，多麼和藹可親呀！」

艾蓮娜想轉移話題，璐西卻堅持要她承認確有此事，艾蓮娜不得不繼續說：

「毫無疑問，」她說，「假如她們知道你倆訂了婚還如此和藹可親，自然值得高興。不過既然她們根本毫不知情——」

「我就知道妳會這麼說。」璐西立刻回道：「可是倘若費勒斯夫人不喜歡我，我實在找不出任何理由，解釋她為什麼要裝出喜歡我的樣子。她確實喜歡我，這對我而言比什麼都重要，任憑妳怎麼說也無法剝奪我內心的滿足。我相信結果一定十分圓滿；我原本還憂心忡忡，如今不再有任何阻礙。費勒斯夫人充滿魅力，妳的嫂嫂也是，她們都如此討人喜歡！妳怎麼從來沒告訴過我，達希伍德夫人這麼善解人意！」

艾蓮娜無言以對，也不打算多說什麼。

「達希伍德小姐，妳身體不舒服嗎？妳的臉色看起來有點差，又悶不吭聲。看來妳是病了。」

「我身體好得很。」

「很高興聽妳這麼說。不過，妳看起來完全不是這麼一回事。要是妳生病了，我一定會非常難過。妳總能帶給我最大的安慰！天曉得要是沒有妳的陪伴，我該如何是好——」

艾蓮娜試著客客氣氣地回答，卻不確定自己是否辦得到。不過看來璐西相當滿意她的答覆，立刻回道：

「我確實非常清楚妳對我的關心，除了愛德華對我的情意，妳的安慰向來是我最大的慰藉。可憐的愛德華！不過既然現在進展順利，我們終於可以碰面了，而且可以常常見面。米德頓女士很喜歡達希伍德夫人，我們想必能常常拜訪哈里街，愛德華有一半時間都待在姊姊家裡。除此之外，米德頓女士和費勒斯夫人也會互相拜訪。費勒斯夫人和妳的嫂嫂非常好心，她們對我說了好幾次，隨時歡迎我前去拜訪。她們真是討人喜歡！妳要是向嫂嫂轉達我對她的看法，再怎麼讚美也不為過。」

但是艾蓮娜不打算讓璐西抱有希望，認為她會將這番話轉達給嫂嫂。

璐西接著說：「要是費勒斯夫人對我有一絲不滿，我敢說當下就看得出來。例如，在我對她行禮時一聲不吭，不理不睬，也從不和顏悅色地瞧我——妳知道我的意思。她若端出這種拒於門外的態度，我一定徹底放棄所有希望。我壓根無法承受這種事。如果她真的討厭某個人，想必會表現得非常明顯。」

艾蓮娜還來不及回應她這番客氣卻又得意的炫耀，門就猛然打開，僕人通報費勒斯先生來訪，愛德華隨即走了進來。

氣氛頓時變得十分尷尬，三人面面相覷，一臉困窘。愛德華感到進退兩難，一時不知該走進屋裡還是退回門外。他們向來極力避免的局面終究還是發生了：三人不僅共處一室，而且中間連個緩頰的人都沒有。兩位年輕姑娘首先恢復鎮定。璐西不敢上前歡迎愛德華，她還是得裝作對婚事三緘其口的模樣，因此她只是溫柔地看著他，簡單打個招呼便不再作聲。

但是艾蓮娜該做的可不僅於此。她為了愛德華和自己著想，亟欲表現得宜，因此她稍事鎮定後，便強迫自己盡量表現得自在、大方，開口歡迎他；再經過一番努力，她就更能處之泰然。儘管璐西在場，儘管心裡感到委屈，艾蓮娜依然表示非常高興見到愛德華，也很遺憾上次他拜訪柏克萊街時，自己正巧不在家。艾蓮娜無懼於璐西的眼光；愛德華既是朋友、甚至也稱得上是親戚，對他以禮相待自然情有可原。只是她很快就察覺，璐西的目光似乎只停留在自己身上。

她的態度令愛德華安心不少，便鼓起勇氣坐了下來，不過比起兩位小姐，他依然感到相當尷尬不安，身為男性這樣的舉止雖然罕見，當下倒也合情合理；他既無法像璐西一樣毫不在意，也無法像艾蓮娜一樣平心靜氣。

璐西故作羞怯、一臉淡然，似乎無意緩和氣氛，不發一語。艾蓮娜只好不停開口，主動聊起母親的身體健康，或是姊妹倆進城的狀況；這原本都是愛德華應該開口關切的問題，他卻同樣沉默不語。

艾蓮娜的一番苦心不止於此。她隨即認為應該成全兩人，作勢要去找瑪莉安，留他倆獨處。她確實付諸行動，還用心良苦，刻意在樓梯口躊躇了半晌，最後才找瑪莉安下樓來。不過一見到瑪莉安，愛德華欣喜若狂的情緒也就得畫下句點了。瑪莉安立刻興高采烈地衝進客廳，一如她平日感情充沛的模樣，見到愛德華的興奮之情溢於言表，激動得說起話來滔滔不絕。她向愛德華伸出手來，語氣滿是兄妹的深情。

「親愛的愛德華！」她大聲喊道，「真是太令人高興了！見到你就足以彌補一切了！」

愛德華試著回應她的熱情，然而在眾目睽睽之下，他實在不敢坦然說出真心話。他們再次坐定，卻好一陣子默不作聲。瑪莉安眼裡滿是柔情，一會兒看著愛德華，一會兒又望向艾蓮娜，心想兩人重逢原本是件高興的事，遺憾的是偏偏有璐西夾在中間攪局。最後愛德華率先打破沉默，他注意到瑪莉安神色與往常不同，擔心她不適應在倫敦的生活。

「噢，別擔心我。」她真誠地回答，淚水卻同時湧上眼眶。「別擔心我的身體。你瞧，艾蓮娜過得很好，這對我們兩個而言就夠了。」

這番回答並未讓愛德華和艾蓮娜因此放下心來，聽在璐西耳裡也顯得刺耳；她抬頭看著瑪莉安，臉上的表情不甚和善。

「妳喜歡倫敦嗎？」愛德華問道，想方設法轉移話題。

「一點都不喜歡。原本滿心期待，所有希望卻全數落空。愛德華，這次見到你是我來到這裡的唯一安慰，感謝老天，你一點都沒變！」

她停了下來，眾人也默不吭聲。

「艾蓮娜，我想，」她接著說，「我們應該請愛德華陪我們一塊回巴頓。再過一、兩個星期就能出發了，我相信愛德華也願意答應我們吧！」

可憐的愛德華含糊地說了些話，卻沒有人聽得懂，就連他也不知道自己說了什麼。瑪莉安看出他一臉焦慮不安，不過也很輕易找出最令自己滿意的理由為其解釋，因此很快就釋懷，聊起其他話題。

「愛德華，我們昨天在哈里街待了一整天！好無聊，簡直乏味至極！但是，我有很多話想告訴你，只是現在不方便說。」

她這番話說得謹慎，其實言下之意在於，她發現雙方的幾位親戚遠比以往更惹人討厭，尤其他的母親更是令人作嘔。不過，她得等私下獨處時才能明說。

「可是愛德華，你昨天為什麼不在場？你為什麼沒有來？」

「我有其他事情要忙。」

「有事要忙！是什麼樣的大事，讓你抽不出時間跟我們這樣的朋友見面？」

「瑪莉安小姐，」璐西急著報復她，高聲說，「難道妳認為年輕男人無論約會重要與否，只要不想去就能隨意爽約？」

艾蓮娜相當氣憤，不過瑪莉安似乎對璐西的諷刺渾然未覺，冷靜地回道：

「我不是這麼想。嚴格說來，我確信愛德華是憑著良心判斷，才決定不去哈里街一趟。我深信他是世界上心思最為縝密的人。任何約定無論再怎麼微不足道，即使與自身的想法或利益背道而馳，他都會相當謹慎地遵守承諾。他總是害怕為別人添麻煩、辜負他人的期待，我從未見過還有誰像他一樣，凡事永遠只為別人著想。愛德華，事實就是如此，我非說不可。什麼？你不想聽別人這樣讚美你？那我們恐怕當不成朋友了，凡是接受我的喜愛與尊敬的人，也得接受我的公開稱讚。」

然而在當前的狀況下，她的公開推崇對於場三分之二的聽眾而言，卻顯得不是滋味，愛德華更是完全高興不起來，隨即起身準備離開。

「這麼快就要走了！」瑪莉安說，「親愛的愛德華，別這麼快離開。」

她將愛德華拉到一旁，悄聲告訴他璐西很快就會離開，卻依然無法動搖他的決心。假如愛德華打算待上兩小時，璐西絕對會奉陪到底；如今見他一走，過沒多久也起身告辭。

「她到底為什麼老往這裡跑？」兩人都離開後，瑪莉安說，「她難道看不出來我們都不歡迎她嗎？愛德華想必非常困擾！」

「有何不可？我們都是他的朋友，璐西甚至與他相識最久。他想見見我們，自然也會想看到璐西。」

瑪莉安直盯著她看，說：「妳知道嗎？艾蓮娜，我最受不了妳說這種話。我想妳一定口是心非，存心要別人反駁妳，別忘了我是最不可能做這種事的人。我才不會上當，降格說些無足輕重的話。」

瑪莉安隨即離開房間，艾蓮娜不敢追出去多加解釋，因為她答應過會幫璐西守密，無法據實以告瑪莉安。即使繼續將錯就錯是如此苦不堪言，她也得信守承諾。艾蓮娜只希望，她與愛德華不必經常為了瑪莉安的無心之論沮喪，也不會再遭受如同這次碰面所帶來的痛苦——她確實對此由衷期待著。

36

過了幾天，報紙便刊出消息，宣布湯瑪士．帕瑪夫人平安生下兒子，這孩子將成為家產的繼承人。這則引人矚目的消息令所有人滿心歡喜——至少對知情的親朋好友而言。

這件大事令詹寧斯夫人欣喜至極，日常作息暫時有所調整，也大大影響了兩位年輕朋友的行程。詹寧斯夫人希望盡可能陪在夏綠蒂身邊，每天早上換好衣服便迫不及待出門，直到傍晚才回家。在米德頓夫婦的熱情邀約之下，達希伍德姊妹每天都得待在康迪街一整天。她們寧可待在詹寧斯夫人家還比較無拘無束，至少白天[113]大半時間都很自在，卻又無從婉拒所有人的好意。姊妹倆每天不得不與米德頓女士和史提爾姊妹共度大半時光。儘管她們嘴上說希望有姊妹倆作伴，實際上心裡卻不這麼想。

對米德頓女士而言，達希伍德姊妹過於精明，因此不喜歡她倆作伴；史提爾姊妹則對她倆充滿妒意，認為達希伍德姊妹搶了自己的地盤，搶走她們渴望獨占的親切待遇。儘管米德頓女士總是對艾蓮娜和瑪莉安以禮相待，心裡對兩人卻不甚青睞：姊妹倆既不會奉承她本人，也不會誇讚她的子女，她因此認為她們不好相處；而且姊妹倆熱愛閱讀，她便認為她們喜歡諷刺——雖然米德頓女士或許根本不明白何謂「諷刺」，可是無所謂，大家常常用這句話批評別人，這並不難。

達希伍德姊妹的存在，凸顯出米德頓女士的閒散，以及璐西的汲汲營營，兩人都因此備感拘束。米德頓女士羞愧於在姊妹倆面前無所事事；極盡阿諛奉承之能事的璐西，則擔心姊妹倆對她嗤之以鼻。這三人之中只有史提爾小姐毫不苦惱，最能處之泰然。要是姊妹倆其中一人，願意向她詳細交代瑪莉安與韋勒比先生之間的來龍去脈，就不枉她這段期間以來，總在晚餐後禮讓出壁爐前最舒適的座位。但她的這番苦心終究一無所獲，即使她經常在艾蓮娜面前表示對瑪莉安的同情，也經常在瑪莉安面前提起負心的情人，卻沒有任何成效；艾蓮娜總是投以冷淡的目光，瑪莉安則是一臉嫌惡。要是姊妹倆願意的話，不費吹灰之力就能拉近與史提爾小姐的距離，只要拿醫生的事尋她開心就好！但是姊妹倆根本不想投其所好。倘若約翰爵士不在家吃晚飯，一整天下來都聽不到別人拿這件事揶揄她，她就只能自我嘲弄了。

然而，詹寧斯夫人對她們之間嫉妒不滿的情緒渾然未覺，一心認為她們彼此作伴最適合不過，每晚都恭喜姊妹倆好不容易擺脫她這愚蠢的老夫人。有時她會到約翰爵士家一趟，有時則待在家裡與大家作伴。無論身在何處，她總是活力充沛、興高采烈，洋洋得意地認定，夏綠蒂是在她的悉心照料下才康復得如此良好。她十分樂於鉅細靡遺地交代女兒的近況，可惜唯一感

113 十八世紀末至十九世紀初所稱的morning，意指用過早餐（通常約為上午十一點）至下午三點之間，也是社交拜訪的時段。

興趣的只有史提爾小姐。不過有件事令她傷透腦筋，每天都為此大發牢騷。帕瑪先生的反應和多數男人一樣，認為嬰兒都長得一個樣，實在沒有當父親的樣子。儘管詹寧斯夫人總能輕易看出這孩子與父母和其他親戚相像的地方，做父親的卻完全看不出來，覺得兒子跟其他同齡的嬰兒沒什麼不同，甚至也不認為他是世界上最可愛的孩子。

此時，一場不幸遭遇降臨在約翰．達希伍德夫人身上。兩位小姑與詹寧斯夫人初次到哈里街拜訪時，一名友人也正巧來訪。這情況本身對她而言並非壞事。但是，人們常會被想像力牽著鼻子走，而錯誤評判他人的行為，憑著一知半解就妄下論斷，因此就某種程度而言，人們的幸福總不免受到命運擺布。以眼前的例子來說，這位隨後來訪的女士，便是犯了因臆測而偏離事實的毛病；她只不過聽到姊妹倆的名字，得知她們是達希伍德先生的妹妹，就立刻認定她們住在哈里街。因為這個小誤會，一、兩天後，她便去函邀請姊妹倆和達希伍德夫婦參加她們家的小型音樂派對。結果約翰．達希伍德夫人不得不忍受極大的不便，派遣自己的馬車前去接送達希伍德姊妹；更糟的是，她還得表現得一副將姊妹倆照顧得無微不至的樣子，最令她不快的是，如此一來，誰敢保證姊妹倆不會期待再次和她一起出門？她當然有權利拒絕她們，但是這樣還不夠；人們一旦認定了某種行為模式，即使明知不對，也無法指望他們改正。

由於每天都必須外出，已讓瑪莉安對出門一事變得麻木，無論出席與否都覺得無所謂。每晚赴約前她總是機械式地靜靜整裝，心中沒有絲毫期待，甚至往往到了最後一刻，才知道自己要前往何處。

她越來越不在意自己的服裝儀容，在她梳妝打扮時，史提爾小姐正巧進門來；瑪莉安對整個過程敷衍了事，所花費的精力，甚至還比不上史提爾小姐足足打量她五分鐘所花的心力。史提爾小姐將任何枝微末節的小事都看在眼裡，滿心好奇，無處不看，無所不問，對瑪莉安打破砂鍋問到底，非得弄清她身上每件行頭的價錢；她能精準猜出瑪莉安擁有的禮服數量，甚至比本人還清楚；即使離開前，她也盼著問出瑪莉安每個星期花了多少洗衣費，每年又有多少治裝預算。她唐突無禮地打探一切，最後不忘天花亂墜地讚美一番；儘管滿口甜言蜜語，對瑪莉安而言卻更感無禮至極。她仔細檢視禮服的價格和做工、鞋子配色與髮型後，信誓旦旦地說：「妳看起來真是漂亮極了，我敢說一定會吸引不少男士追求妳！」

聽完這番讚美，瑪莉安與史提爾小姐道別，前去搭乘哥哥派來的馬車；馬車才停留門口五分鐘她們已準備就緒。他們的嫂嫂對於兩人如此準時感到驚訝，她比她們早一步抵達友人家，並預期兩人會遲到並增添她或是車夫的不便。

這場晚會平凡無奇。就和大多數的音樂會一樣，雖然聚集不少懂得欣賞表演的人，卻有更多人毫無音樂造詣。表演者則一如往常，在親友的恭維下，自認是英格蘭首屈一指的業餘音樂家。

艾蓮娜對音樂並無涉獵，也不打算裝腔作勢，因此並未強迫自己全程緊盯著那架鋼琴；即使豎琴與大提琴登場，她也同樣無動於衷，隨心所欲地將注意力轉移到屋裡其他地方。她東張西望時注意到一群年輕紳士，發現其中一人正是在格雷珠寶店對牙籤盒高談闊論的男人。那名男士隨後也看著她，狀似親暱地與她的哥哥交談。艾蓮娜正決定要向哥哥打聽那名男子的姓名，就看到兩人朝自己走來，達希伍德先生向她介紹起羅伯特．費勒斯先生。

他以禮貌而隨興的態度自我介紹，將頭歪向一邊，隨意鞠了個躬，不消多說就讓艾蓮娜深深明白，這人正是璐西口中那不折不扣的花花公子。幸好她對愛德華的好感是來自他本人的品格，而非他最親近的親友，她大感慶幸！愛德華的母親和姊姊性格乖戾，已經令艾蓮娜深感厭惡；如今他弟弟鞠躬致意的方式又讓她更為反感。她雖然十分納悶兄弟倆怎能如此不同，卻發現弟弟的膚淺狂妄，並未讓哥哥敦厚謙遜的溫暖性格在她心目中大打折扣。羅伯特和她聊了十五分鐘，親自說明兄弟倆為何差異如此之大。他一提及哥哥，便惋惜他極度不擅言詞，因此無法融入合適的交友圈；但他並未將此歸因於天性上的缺陷，而是坦率地歸咎於愛德華接受私人教育之故。至於羅伯特自己，或許天賦上並無優越之處，只是受惠於就讀公學的經驗，因此得以與其他人打成一片。

「說真的，」他接著說：「我打從心底認定原因不過就是如此。所以當母親為此感到沮喪時，我經常告訴她：『親愛的夫人，您得放寬心來。錯誤如今已無法挽回，也是您一手造成的。您當初為何違背己意，聽從舅舅羅伯特爵士的建議，讓愛德華在人生最關鍵的階段接受私人教育呢？您要是讓他像我一樣到西敏公學[114]去，而不是送到普萊特先生的家裡，相信就足以避免這一切。』我對這件事始終抱持這樣的想法，我的母親也誠心坦承自己犯了錯。」

艾蓮娜對他的意見毫無異議，無論她是否真能瞭解到公學就讀的好處，讓愛德華住進普萊特先生的家，她確實有理由不滿。

「我想，妳是住在德文郡。」他接著說：「妳住的小屋位於道利什[115]附近。」

艾蓮娜說明了小屋的正確地理位置，他似乎很訝異，竟然有德文郡的居民並非住在道利什附近，不過還是熱絡地稱讚起她們居住的房屋類型。

「就個人而言，」他說：「我特別喜歡小屋，住起來總是格外舒適，外形也如此典雅。我要是手邊有足夠的錢，絕對會在倫敦附近買一小塊地自己蓋間小屋，隨時可以乘車出城，找幾個朋友同樂。若有人打算蓋房子，我總是建議他們蓋小屋。我的朋友寇特蘭勛爵某天專程過來詢問我的意見，在我面前攤開三種不同類型的宅邸設計圖，都是出自伯諾米[116]之手，要我選出最好的一張。我立刻將設計圖全數丟進壁爐裡，說：『親愛的寇特蘭，一張都不許採用，只要蓋間小屋就好。』我想他最後確實採納了我的意見。

「有人可能認為小屋空間不大，住不了多少人。這種想法真是大錯特錯。我上個月拜訪住在達特福德附近的朋友艾略特，艾略特夫人想要辦場舞會。她說：『可是該怎麼辦呢？親愛的費勒斯，教教我該怎麼做才好。這間屋子裡沒有一個房間容得下十對舞伴；晚餐又該在哪裡張

---

114 西敏公學（Westminster School）：位於倫敦市中心，創立於十一世紀，至今仍是英國最優秀的名校之一。

115 道利什（Dawlish），位於德文郡南海岸，當時是相當受歡迎的休閒勝地。

116 伯諾米（Joseph Bonomi, 1739-1808）：著名的義大利建築師，居住於倫敦。

羅？』我立刻明白這件事輕而易舉，說：『親愛的艾略特夫人，您別操心了。餐廳要容下十八對舞伴絕對綽綽有餘，牌桌放在客廳裡，圖書室可以供應茶和點心；至於晚餐，就在大廳裡吃吧！』艾略特夫人聽完這個想法高興得不得了。我們測量了餐廳空間，不多不少正好容納十八對舞伴，一切都按照我的計畫安排妥當。所以妳瞧，事實上，要是人們懂得如何運用空間，即使住在小屋，也能如同住在最寬敞的房子一樣，過得舒舒服服。」

艾蓮娜連番稱是，認為毋須在羅伯特身上浪費唇舌，據理反駁。

由於約翰．達希伍德和艾蓮娜一樣對音樂沒有多大興趣，因此注意力也轉移到其他地方。他在晚會期間想到一個主意，回到家後便告訴夫人，希望獲得她的同意。既然丹尼森夫人出於誤會，認為兩個妹妹在他們家裡做客，不妨將錯就錯，趁著詹寧斯夫人外出之際，確實邀請姊妹倆前來做客；開銷微不足道，也不會增添多少不便。他這番出自良心的考量正是為了遵守承諾，完成父親的遺願。芬妮聽聞這項提議，不禁大為驚訝。

「我不認為這件事可行。」她說，「這麼做想必會冒犯米德頓女士，畢竟她們每天都在一起，否則我一定欣然同意。你也知道，我非常樂意盡力照顧她們，今晚還帶她們來欣賞這場表演。但是她們可是米德頓女士的貴客。我怎能要求她們離開呢？」

她的丈夫認為這理由沒什麼說服力，卻還是相當謙遜地說：「她們已經在康迪街待了整整一週，若在親哥哥家裡也住上一星期，米德頓女士想必不會感到不悅。」

芬妮沉默了一會兒，接著打起精神說：

「親愛的，要是我辦得到，一定會誠心誠意地開口詢問她們。不過，我才剛打定主意，要邀請史提爾姊妹到家裡住上幾天。她們都是安分守己的好女孩，非常乖巧聽話；我們應該對她們多加照顧，畢竟她倆的舅舅對愛德華向來關愛有加。我們明年還有機會邀請你的妹妹過來，但是，史提爾姊妹之後可能就不會待在倫敦了。我相信你一定會喜歡她們的，事實上，你已經對她們深有好感，我的母親也很喜歡她們。就連哈利也和她們黏得緊緊的呢！」

達希伍德先生就這麼被說服了。他明白邀請史提爾姊妹到家裡勢在必行，想到隔年就能再邀請妹妹過來，也令他安心不少；不過他同時暗自盤算，要是艾蓮娜與布蘭登上校結婚，嫁到倫敦來，瑪莉安也成了夫妻倆的座上客，明年就根本不必開口邀請她們了。

芬妮十分高興自己逃過一劫，對自己的小聰明感到沾沾自喜，翌日早晨便寫信給璐西，要求姊妹倆一獲得米德頓女士的應允，就立刻到哈里街住上幾天。璐西自然為此欣喜若狂。達希伍德夫人似乎真的很喜歡她，對她的心願照單全收，並決定助她一臂之力！有機會與愛德華和其家人共處，對自己的未來有莫大助益，簡直求之不得，沒有什麼比這項邀約更令她心滿意足！她的感激難以言喻，更迫不及待要善盡其用，與米德頓女士作伴的行程雖然沒有明確期限，卻也很快決定畫下句點，彷彿打從一開始就計畫好似的。

這封信不過送抵十分鐘，璐西立刻轉交給艾蓮娜。艾蓮娜讀完信，第一次和璐西同樣抱有期待；芬妮與璐西相識不久，就待她如此親切莫名，背後的動機似乎不僅僅是為了反對艾蓮娜；在如此時機捎來這樣的訊息，看來往後發展或許真會如璐西所願。璐西極盡諂媚之能事，讓高傲的米德頓女士卸下心防，也因此有機會與約翰・達希伍德夫人更為親近，在在提高了一切可能性。

史提爾姊妹搬去哈里街後，艾蓮娜聽聞兩人備受疼愛，不禁對接下來的發展更加期待。約翰爵士前去拜訪了好幾次，回家詳述姊妹倆獲得的一切禮遇，令所有人驚訝萬分。達希伍德夫人這輩子從未見過如此討人喜歡的年輕女孩；她送給姊妹倆各一只外國人打造的書形針盒，親暱地以教名稱呼璐西，甚至不知道自己之後是否捨得與她們道別。

37

產後兩週以來，帕瑪夫人的身體復原良好，詹寧斯夫人認為再也不需要整天寸步不離地守著她，每天前往探望一、兩次即可，回到家便恢復平日的生活作息，這才發現達希伍德姊妹相當迫不及待重返昔日軌道。

她們回到柏克萊街後大約過了三、四天，這天上午詹寧斯夫人一如往常，探望過帕瑪夫人後返家，走進客廳。艾蓮娜正獨自待在客廳，立刻察覺詹寧斯夫人一臉鄭重其事的神情，似乎迫不及待想與她分享一件不可思議的消息；但是她還來不及猜想是什麼，詹寧斯夫人隨即開門見山地說：

「老天！我親愛的達希伍德小姐，妳聽說了嗎？」

「還沒有，夫人。什麼消息？」

「讓人摸不著頭緒的怪事！讓我好好告訴妳。我抵達帕瑪先生家時，夏綠蒂正為孩子忙得焦頭爛額，認為那孩子病得不輕。他哭個不停，煩躁不安，全身起滿了疹子。我立刻看了一眼。『老天，親愛的，』我說，『這沒什麼大不了的，只不過是紅疹。』護士也說了一模一樣的話，但夏綠蒂還是放心不下，派人去找多納文先生。幸運的是，他正巧從哈里街回來，直接趕了過來。他看了那孩子一眼，就說出和我們相同的話，表示沒什麼大不了的，只不過是紅疹，夏綠蒂才安了心。我也不曉得自己為什麼突然心血來潮，不過醫生準備離開時，我靈光一閃，開口問他最近有沒有什麼新消息。他嘴角上揚，一臉傻笑，看起來一本正經，似乎知道什麼內幕。最後他終於悄聲說：『為避免您家裡兩位年輕小姐得知嫂嫂微恙的消息時，慌得措手不及，我想還是告訴您，她的狀況毋須過於擔憂。希望達希伍德夫人很快就會好起來。』」

「什麼！芬妮病了嗎？」

「親愛的，我就是這麼問的。『老天！』我說，『達希伍德夫人病了嗎？』接著他就一五一十地告訴我。我拼湊出的來龍去脈大致如此：愛德華．費勒斯先生，我以前老愛拿這年輕人尋妳開心──但是我現在反而非常慶幸你們兩人毫無瓜葛──他似乎已經和我的表姪女璐西訂婚一年以上了！妳聽聽，親愛的，竟然有這種事！其他人都被蒙在鼓裡，只有南西知道這件事！妳能相信嗎？這怎麼可能呢！

「他們情投意合倒不讓人驚訝，卻沒想到進展到這種程度還沒引起任何疑心！真是太匪夷所思了！我從來沒見過兩人在一起，否則我相信自己早就發現了。好吧，他們擔心費勒斯夫人會反對，簡直保密得滴水不漏。費勒斯夫人和妳的哥哥嫂嫂都對此一無所知。直到今天早上，可憐的南西，妳也知道她總是一片好心，就是腦筋差了些，不小心全說溜了嘴。『老天！』她自言自語地說，『既然他們都這麼喜歡璐西，這消息也不會令他們難以接受了。』她接著去找妳嫂嫂，她正獨自忙著織地毯，對接下來要聽到的消息毫無心理準備。僅僅五分鐘前她才對妳哥說，想為愛德華和某位勛爵的千金作媒——我忘了是哪位小姐。

「她如此愛慕虛榮、自視甚高，妳可以想像這對她而言是多大的打擊。她頓時變得歇斯底里，淒厲的尖叫聲傳進妳哥哥耳裡；他當時正獨自待在樓下的更衣室，打算寫封信給鄉下的管家。他飛奔上樓，眼前的畫面不忍卒睹，因為璐西正巧在此時走了過來，對方才的狀況一無所知。可憐的孩子，我真是深深同情起她。我敢說她一定受到非常無情的待遇，因為妳嫂嫂憤怒得破口大罵，璐西當場就昏了過去。南西跪在地上哭得淅瀝嘩啦的，妳哥哥在房裡來回踱步，直說他不知如何是好。

「達希伍德夫人要求她們立刻離開房子，妳哥哥不得不一起跪下來求情，勸妳嫂嫂至少給她們一些時間打包行李。她的情緒再次潰堤，簡直讓他嚇壞了，連忙派人去找多納文先生，他也因此看到這麼混亂的場面。

「馬車已備妥，在門口等著送走我可憐的表姪女，多納文先生抵達時，姊妹倆正準備上車。他說可憐的璐西傷心欲絕，幾乎站不住，南西的狀況也好不到哪裡去。我得說，我對妳嫂子可沒什麼好感，即使她強烈反對，我也由衷希望這樁婚事能有好結果。

「老天！要是可憐的愛德華先生得知此事，他會有什麼反應呢？他的情人遭受如此殘忍的待遇！聽說他瘋狂愛著璐西，要是他因此大發雷霆，可一點都不叫人意外。多納文先生也是這麼想的。

「我們談了好一陣子。有趣的是，他之後又去了一趟哈里街，為費勒斯夫人隨時待命；在我的表姪女離開後，妳的嫂嫂立刻找來費勒斯夫人，並相信她聽到這個消息會同樣崩潰。她或許會吧，不過我可不在意。我一點也不同情她們母女倆，我可從來沒見過有人如此汲汲營營追著金錢和名聲跑！

「沒有任何理由足以拆散愛德華先生和璐西。我確信費勒斯夫人會給兒子一大筆錢，儘管璐西幾乎一無所有，但是她比誰都還懂得勤儉持家；我敢說，就算費勒斯夫人一年只給愛德華五百英鎊，璐西也絕對有辦法打點得舒舒服服，和一年八百英鎊的好日子沒什麼兩樣！老天，如果他們和妳們一樣也住在小屋裡，該有多麼愜意啊！或許比妳家再稍微大一點，雇兩名女佣、兩名男僕，我可以為他們找來打掃的女佣，貝蒂還有個尚未工作的妹妹，給他們幫忙最合適不過了。」

詹寧斯夫人總算說完，艾蓮娜得空釐清自己的思緒，還能開口回應，針對此事發表恰如其分的看法。她很高興地發現，詹寧斯夫人並未懷疑自己對此事特別感興趣，一如她近來的期望，詹寧斯夫人早已不再認定她傾心於愛德華。最讓人開心的是，瑪莉安不在身旁，她可以非常自在地談論此事，毫不彆扭，也相信自己能相當客觀地判斷所有當事人的反應。

艾蓮娜對這件事究竟有何預期，一時也說不上來。雖然她心裡認定，比起有情人終成眷屬的美好結局，愛德華與璐西更可能結不了婚，不過她還是努力嘗試拋開這樣的想法。即使費勒斯夫人無疑會秉持自己的性格行事，艾蓮娜仍亟欲了解她的答案與做法，甚至更想知道愛德華會作何處置。艾蓮娜對他滿是憐惜，對璐西卻是好不容易才擠出那麼一絲同情；至於其他人，她則是完全漠不關心。

由於詹寧斯夫人仍圍繞著同一個話題打轉，艾蓮娜很快就意識到，必須盡快讓瑪莉安對此做好心理準備。她得立刻向瑪莉安坦承一切，讓妹妹明白事情的真相，還得在別人提起此事時，盡力阻止瑪莉安表現出對姊姊的心疼，或是對愛德華勃然大怒。

這對艾蓮娜而言是件苦差事。如此一來，她不啻剝奪妹妹心裡最大的慰藉，不禁擔心瑪莉安一旦得知此事，對愛德華的好感可能從此蕩然無存。姊妹倆遭遇如此雷同的處境，想必也會再次勾起瑪莉安灰飛煙滅的心情。但是儘管眼前的任務如此艱鉅，艾蓮娜依然得堅持下去，因此急著向瑪莉安和盤托出。

艾蓮娜不願只顧談論自己的感受，或是表現出受盡折磨的可憐樣；她自從初聞愛德華訂婚一事就相當自制，或許這種做法也值得瑪莉安一試。她的敘述簡潔有力，雖然仍無可避免流露出情感，卻並未表現出強烈的苦楚，或傷心得失去理智。反倒是瑪莉安相當激動，她聽完一臉驚駭，頓時痛哭失聲。當別人傷心時，艾蓮娜總是扮演安慰的角色；沒想到即使為了自己的傷心事，她照樣成了出言安慰的一方。她一再向瑪莉安保證，自己的心情相當平靜，並竭力為愛德華辯護，只是承認他確實有些輕率。

然而，瑪莉安一時卻什麼也不願相信。愛德華儼然是另一個韋勒比，她明白艾蓮娜深深愛著他，怎麼可能比自己還平靜呢？至於璐西・史提爾，在瑪莉安眼裡一點也不討人喜歡，理智的男人根本不可能愛上她，因此起初怎麼也無法相信愛德華竟會愛上她，之後更覺得這份感情不可原諒。瑪莉安同樣不願承認兩人產生情愫是自然不過的事。艾蓮娜說服她接受事實，一旦深入了解人性，瑪莉安就能明白一切都情有可原。

艾蓮娜這番談話只來得及提到訂婚一事，以及這段婚約已維持了多長一段時間。瑪莉安不時激動地打斷她，艾蓮娜無法繼續詳述細節；有一段時間，艾蓮娜只能不停安撫瑪莉安沮喪的心情，減輕她的憂慮，或是努力平息她的滿腔忿恨。瑪莉安的第一個問題，讓艾蓮娜解釋了不少細節：

「艾蓮娜，妳知道這件事多久了？他有寫信給妳嗎？」

「四個月前就知道了。去年十一月，璐西初次到巴頓莊園拜訪時，就私下告訴了我訂婚一事。」

瑪莉安聽了，頓時流露出驚恐的眼神，半晌說不出話來。她震驚了一會兒，不禁喊道：

「四個月！妳已經知道這件事情整整四個月？」

艾蓮娜點了點頭。

「什麼！妳陪伴我度過低潮的時候，心裡就已經牽掛著這件事了嗎？我還為妳過得幸福而怪罪妳！」

「當時根本不適合讓妳知道我很痛苦！」

「四個月！」瑪莉安又嚷嚷起來，「虧妳還能表現得那麼鎮定，那麼開心！妳是怎麼熬過來的？」

「這是我該盡的本分。我答應過璐西，非為她保密不可。因此我得對她負責，不能透露任何真相。我對家人朋友守口如瓶，不希望大家擔心我，這樣只會讓我更難過。」

瑪莉安看起來深受感動。

「我經常想著要對妳和母親坦承一切，」艾蓮娜繼續說，「有一、兩次我試著說出口；但是倘若要讓妳們相信實情，我就不得不辜負別人對我的信任。」

「四個月！可是妳還愛著他呀！」

「沒錯。但是我深愛的人不只是他。儘管大家的關心對我而言至關重要，我卻寧可不讓他們知道自己的心情。我現在即使想到這件事也能心平氣和，並且輕易說出口。我不希望妳為了我難過，我向妳保證，我現在一點都不覺得痛苦。還有許多事情讓我深感安慰。我向來相當小心，這個令人失望的結果，絕對不是因為我行事草率而引起。我儘量將這件事藏在心底，未曾大肆張揚。

「我不怪罪愛德華的所作所為，反而誠心祝福他。我知道他總是善盡本分，儘管他現在可能有些懊悔，相信最後仍會船到橋頭自然直。璐西並不缺乏理智，兩人之間的幸福也能構築於此。

「畢竟，瑪莉安，儘管擁有一段全心付出、堅定不渝的愛情非常吸引人，大家總是說終身幸福就完全繫在某一個人身上；但這並不表示事實必然如此，既不見得恰當，也不可能辦得到。愛德華還是會與璐西結婚，她無論外貌或理解力都優於半數女性；隨著時間推移，他終將習以為常，淡忘自己曾經喜歡另一個條件好過於妻子的女人。」

「如果妳真這麼想，」瑪莉安說，「倘若連失去最珍愛的東西，也能以其他事物輕易彌補，那麼，或許妳的決心和自制力就不足為奇了。我現在似乎比較能理解了。」

「我明白妳的意思。妳認為我無動於衷。瑪莉安，整整四個月來，我心裡始終牽掛著這件事，卻不能向任何一個人透露。我知道一旦向妳和母親解釋，不但無法讓妳們做好半點心理準備，還會給妳們帶來莫大的痛苦。

「我在不得已的情況下得知此事——正是這個人早一步與愛德華訂下婚約，毀了我所有希望，還以勝利者之姿親口告訴我這件事。我必須避免讓她起疑，即使是我最為關切的部分，我也努力裝作事不關己、毫無興趣。她不只提了一次，我必須一而再、再而三地傾聽她如何滿懷希望，對此欣喜若狂。

「我知道自己和愛德華永遠不能在一起了，卻找不到理由澆熄渴望與他結婚的心情。沒有任何事情能貶低他在我眼中的價值，他也從未對我漠不關心。我得疲於應付他那毫不友善的姊姊和目中無人的母親；還沒享受到這段愛情帶給我的快樂，就已經飽受它加諸的懲罰。

「想必妳也清楚，這一切發生的時候，令我難受的事情不僅於此。倘若妳知道我還有感情的話，妳現在自然可以想像得到，我始終飽受折磨。我並不諱言，如今提及此事我已能平心靜氣；然而這是長久以來，我不斷痛苦地克制自己所換取的結果。我並非自然而然就辦得到，起初也不能為自己帶來任何寬慰。完全不能，瑪莉安。當時我要不是非得保持沉默，或許沒有任何事——即使我有義務為最親近的朋友著想——大概也無法阻止我毫不保留地表明，自己真的非常不快樂。」

瑪莉安完全折服於姊姊的這番話。

「噢，艾蓮娜！」她高聲嚷道，「我一輩子都會痛恨自己。我對妳多麼殘忍啊！妳是我唯一的安慰，在我如此低潮之際全心陪伴著我，彷彿一心只為了我受盡折磨！瞧我怎麼感激妳的？這難道是我唯一能給妳的回報嗎？妳的美德在我眼前顯露無遺，我卻完全拋諸腦後。」

瑪莉安說完這番真情告白，隨即溫柔地擁抱姊姊。在如此心境下，她對艾蓮娜幾乎言聽計從：應艾蓮娜的要求，她保證往後在他人面前提及此事時，絕不會流露半點痛苦神色；對待璐西的態度不能更顯厭惡；甚至有機會見到愛德華時，也不能一改往常友善熱絡的態度。這一切對瑪莉安而言，都是極大的妥協；然而一想到自己曾經傷害姊姊，如今再怎麼彌補也不為過。

瑪莉安相當謹慎地一一實踐自己的諾言。每當詹寧斯夫人提及此事，她都面不改色，未曾出言反駁，甚至三度開口回應「是的，夫人」；詹寧斯夫人對璐西讚美有加，她只是默默改坐到另一張椅子上；詹寧斯夫人談起愛德華的心意時，她也不過清了清喉嚨。看到瑪莉安變得如此勇敢，令艾蓮娜大受鼓舞，認為自己也能同樣堅強。

翌日早晨，出現了更為重大的考驗。姊妹倆的哥哥登門拜訪，相當嚴肅地談起這件可怕的消息，同時交代妻子的近況。

「我想妳們已經聽說了，」他的臉色相當凝重，一坐下便開口說，「昨天我家發生了驚天動地的大事。」

她們透過眼神表示知情。當下氣氛相當肅穆，似乎並不適合開口。

「妳們的嫂嫂，」他繼續說，「可真吃了不少苦頭。費勒斯夫人也不遑多讓——簡而言之，簡直是完全失控的混亂場面。但是我希望這場風暴能順利平息，不會擊垮任何人。可憐的芬妮！她昨天歇斯底里了一整天。不過我可不想嚇壞妳們。多納文說用不著太過擔心，她的身體健康得很，心智也比任何人堅定。她靠著那強大的毅力，一切都撐過來了！」

「她說再也不把別人當好人看了。上了這麼大的當之後，這麼想也是情有可原。我們真誠相待，對方竟如此不知感激！她出於一片好心邀請姊妹倆到家裡做客，認為她們值得多加關照，又是乖巧聽話、中規中矩的好女孩，一起作伴適合不過。否則，妳那位親切朋友忙著照顧女兒的期間，我們原本非常希望邀請妳和瑪莉安到家裡來呢！看看我們現在獲得什麼樣的回報！『我打從心底希望，』可憐的芬妮真誠地說：『當初是邀請妳的妹妹，而不是她們。』」

他停下來讓姊妹倆表示感謝之意，接著繼續說：

「芬妮將這個消息告訴可憐的費勒斯夫人時，她受到的打擊簡直難以形容。她原本盡心盡力地為兒子打點好最門當戶對的婚事，卻怎麼也沒想到，兒子早已瞞著她悄悄與別人訂了婚！她從來不曾起過半點疑心！即使她過去曾有任何揣測，也萬萬沒有想到會發展成這種局面。她說：『我原本以為對此大可放心。』她真是痛苦極了。不過，我們一同商量對策，最後她決定找來愛德華。他確實來了。

「我實在不忍心告訴妳們接下來的場面。費勒斯夫人想方設法說服他取消婚約，如妳們所想，我和芬妮自然也在一旁幫腔，卻徒勞無功。勸之以理、動之以情，全數不管用。我以前從來不曉得愛德華竟如此冥頑不靈，冷酷無情。

「他的母親向他解釋，倘若與莫頓小姐結婚，就會讓他享有極為慷慨的資助——他能在諾福克郡[117]安頓下來，那塊土地不須繳納土地稅，每年可帶來足足一千英鎊收入；眼看事態嚴重，費勒斯夫人甚至提高到一千兩百英鎊。相反地，若他執意選擇這樁門不當戶不對的婚事，就得承受貧賤夫妻百事哀的生活。她信誓旦旦地說，愛德華身上的兩千英鎊將成為他手上僅有的財產，母親從此不再與他見面，不再給他任何資助；要是他想找份工作增加收入，她會竭盡所能讓兒子無法如願。」

瑪莉安聽聞此言，不禁氣憤難耐，重重地拍了一下手，高聲嚷道：「天哪！這怎麼可能！」

「瑪莉安，」他的哥哥回道，「他的母親言盡於此，他還能頑固到這種程度，確實非常令人驚訝。妳的反應真是自然不過。」

瑪莉安正想出言反駁，卻想起自己的承諾，話到嘴邊又吞了回去。

「我們費盡心思，」他繼續說，「終究無法令他回心轉意。愛德華沒說幾句話，不過一開口態度就相當堅定。任何事都無法迫使他放棄這樁婚事，他會不計一切代價堅持到底。」

---

117 諾福克郡（Norfolk）：位於英格蘭東部。

「那麼，」詹寧斯夫人再也無法保持緘默，以真誠的語氣大剌剌地嚷了起來：「他確實像個信守承諾的大丈夫！請你見諒，達希伍德先生，但是，倘若他真的放棄婚約，他在我眼裡就成了個混帳。我和你一樣也對這件事情頗為關切，畢竟璐西．史提爾是我的表姪女，我相信世界上沒有哪個女孩比她更為乖巧，更值得嫁個好人家。」

約翰．達希伍德相當震驚。但是他生性鎮定，向來不動聲色，也從不喜歡與人交惡，特別不願意得罪有錢人。因此他心平氣和地回答：

「我絕對無意批評您的親戚，夫人。我相信璐西．史提爾小姐是值得讚賞的好女孩。不過您也知道，眼前的情況實在不利於這樁婚事。與舅舅照顧的年輕男子私訂終身，對象還是家財萬貫的費勒斯夫人的兒子，或許總是有點不合常理。簡而言之，您如此關照那位親戚，我絕對無意責難她的言行舉止，詹寧斯夫人。我們都希望她過得非常幸福。費勒斯夫人自始至終都處理得宜，任何用心良苦的稱職母親，在相同的狀況下，都會採取同樣的做法，如此高尚而開明。愛德華已經選擇了他的命運，我很擔心不是什麼好結果。」

瑪莉安嘆了一口氣，表明她對此同樣憂心。艾蓮娜相當心疼愛德華，他如此勇敢面對母親的威脅，卻只是為了一個配不上他的女人。

「那麼，先生，」詹寧斯夫人問道，「最後結果如何？」

「很遺憾，夫人，是不幸至極的母子決裂：愛德華被逐出家門，從此與母親再無瓜葛。他昨天離開了母親的房子，接下來何去何從、是否仍待在城裡，我都一無所知。我們自然是不敢多問什麼。」

「可憐的年輕人！他接下來該如何是好？」

「沒錯，夫人！想起來真令人傷心。明明含著金湯匙出生，我實在想不出比這更令人扼腕的。區區兩千英鎊的利息——男人怎麼靠這點錢過活？倘若他不要這麼傻，再過三個月，他每年就能領到足足兩千五百英鎊——莫頓小姐擁有三萬英鎊的財產[118]——我實在想不到比這更悲慘的境況了。我們只能為他擔心，因為實在無從助他一臂之力。」

「可憐的年輕人！」詹寧斯夫人大叫，「我非常歡迎他住進我家。要是有機會見到他，我會告訴他的。他現在實在不適合自掏腰包在外租屋，或是到處找旅館落腳。」

艾蓮娜滿心感謝她對愛德華的慷慨之舉，卻不禁對她的表達方式露出微笑。

「要是他能多為自己打算，」約翰．達希伍德說，「一如身邊的親友都樂於向他伸出援手，或許他現在早已過著高枕無憂的生活。但是情況發展至此，想必任何人都幫不了他。他眼前即將碰上的阻礙顯然最為糟糕——他的母親已下定決心，立刻將那片土地過繼給羅伯特；如果一切順利的話，那原本是屬於愛德華的財產。我今早出門前，她正和律師商談此事。」

「好吧！」詹寧斯夫人說：「那是她的報復。每個人都有自己的一套方法。但是我不認為自

118 愛德華從母親那裡獲得每年一千英鎊；莫頓小姐的三萬英鎊每年約有一千五百英鎊利息，兩人的收入合計兩千五百英鎊（約今值七百二十萬新台幣）。

己會這麼做，只因為一個兒子讓我傷透腦筋，就讓另一個兒子自立門戶。」

瑪莉安站起身，在房裡四處踱步。

「眼睜睜看著弟弟奪走原本屬於自己的地產，」約翰繼續說，「還有什麼比這更令男人惱怒？可憐的愛德華！我由衷為他感到難過。」

他又花了幾分鐘抒發情緒，接著起身告辭。他再三向妹妹保證，芬妮的健康良好，毋須擔心，便告辭離去。留下的三個女人對眼前狀況倒是看法一致，至少對費勒斯夫人、達希伍德夫婦與愛德華的行徑抱持相同想法。

他一離開房間，瑪莉安立刻宣洩起滿腔憤慨；艾蓮娜再也無法克制自己，詹寧斯夫人則認為毋須保持沉默，索性三個人一同激動地大肆批評。

38

詹寧斯夫人由衷讚賞愛德華的行為，只有艾蓮娜和瑪莉安對其真正的價值心知肚明。她們很清楚，愛德華過往幾乎言聽計從、鮮少違逆母親的意思，若非他意識到自己的所做所為確實是對的，也不會不惜失去家人和財富、力爭到底。他的正直性格令艾蓮娜十分尊崇；瑪莉安對他所遭受的懲罰深感同情，因而原諒了他的一切行徑。雖然姊妹倆又恢復過往的親密感情，不過兩人獨處時，都不願再次提起這個話題。艾蓮娜秉持自己的原則刻意避談此事，將想法藏在心裡反覆思索；瑪莉安總是以過於熱情樂觀的態度，認定愛德華依然鍾情於姊姊，艾蓮娜卻寧可捨棄如此信念。然而，過沒多久，瑪莉安的勇氣終究也逐漸動搖；談論這話題時，她總不免要將姊妹倆的行為相互比較，令她對自己更感不滿。

兩相比較的結果，令瑪莉安大感衝擊，不過她並未如姊姊所願，從此力求振作。她不斷承受自責之苦，深深懊悔自己過往不曾付出努力；她一心懺悔，為此備受煎熬，對現況卻於事無補。她的內心變得脆弱不堪，認定自己現在依然不可能竭盡所能振作起來，因此顯得更加消沉。

接下來一、兩天，哈里街或巴洛特大廈都沒有傳來任何新消息。不過由於眾人已經掌握不少狀況，詹寧斯夫人不等進一步進展，也足以將此事大肆宣揚了。打從一開始，她就打定主意要盡快探望史提爾姊妹，好好慰問她們一番；不料這幾天的訪客遠比平日更絡繹不絕，即使她想前去探問，卻心有餘而力不足。

她們得知此事後的第三天，是天氣相當宜人的晴朗週日，即使只是三月的第二週，肯辛頓花園[119]卻已吸引眾多人潮，相當熱鬧。詹寧斯夫人與艾蓮娜也一同前往。但是瑪莉安知道韋勒比夫婦又回到城裡，始終擔心會遇見他們，因此寧可待在家裡，不願貿然前往公共場合。

走進花園後，詹寧斯夫人的一位好友隨即過來湊熱鬧。艾蓮娜很慶幸有這名友人同行，一路上與詹寧斯夫人聊個不停，她也得以安安靜靜地沉澱自己的思緒。她既沒有遇上韋勒比夫婦，也沒有碰見愛德華，甚至不曾撞見任何令她感興趣的人，心情因此沒有任何起伏。不過史提爾小姐忽然出現在她眼前，不禁令她感到有些驚訝；史提爾小姐看起來頗為羞怯，巧遇她們顯得十分開心。在詹寧斯夫人的熱情邀約下，史提爾小姐便暫時離開自己的同伴，與她們並肩而行。詹寧斯夫人隨即對艾蓮娜悄聲說：

「親愛的，快從她那裡打聽出一切。妳一問她就會一股腦全說出來。妳瞧，我現在可不能丟下克拉克夫人。」

幸運的是，詹寧斯夫人和艾蓮娜不用提問就能滿足好奇心。史提爾小姐自己打開了話匣子，否則她們對許多細節依然一無所知。

「好高興見到妳。」史提爾小姐親暱地拉住艾蓮娜的手臂，「我最希望見妳一面。」她接著壓低聲音：「我猜詹寧斯夫人一定聽說這件事了。她很生氣嗎？」

「我想她一點都不生妳的氣。」

「太好了。那米德頓女士呢？她很生氣嗎？」

「她不可能生氣的。」

「我真是太開心了。感謝上帝！多令人難熬的時刻！我這輩子還不曾見過璐西發這麼大的脾氣。她一開始信誓旦旦地說絕不幫我裝飾新帽子，這輩子再也不會為我做任何事情；但是，她現在冷靜下來，我們的感情還是非常融洽。妳瞧，她為我的帽子做了個蝴蝶結，昨晚還繫上羽毛。或許妳也要嘲笑我了，不過我為什麼不能繫上粉紅色蝴蝶結呢？我才不在乎這是不是醫生最喜歡的顏色。要不是他無意間提起，我絕對不可能得知他真的最喜歡這個顏色。我的表姊妹總是這麼煩人！我有時還真不曉得在她們面前該打扮成什麼模樣。」

她天南地北扯遠了話題，讓艾蓮娜無言以對，隨即決定讓她盡快言歸正傳。

「不過，親愛的達希伍德小姐，」她得意洋洋地說，「妳可能聽說費勒斯先生娶不成璐西，絕對沒有這回事；這種壞心的閒言閒語四處流傳，真是太可惡了！無論璐西自己有何看法，其他人都沒有資格下定論。」

「說真的，我不曾聽過那樣的說法。」艾蓮娜說。

119 肯辛頓花園（Kensington Gardens），原為肯辛頓宮的皇家花園，緊鄰海德公園（Hyde Park），是倫敦的休閒勝地。

「噢，妳沒聽過嗎？不過我很清楚有人這麼說，而且不止一人。蓋比小姐就告訴史帕克斯小姐，以常理來說，費勒斯先生根本不可能放棄像莫頓小姐條件這麼好的女人，她坐擁足足三萬英鎊的財產，璐西．史提爾卻一無所有。這是史帕克斯小姐親口告訴我的。不僅如此，連我的表哥理查也說，他相信時機一到，費勒斯先生就會打退堂鼓。愛德華整整三天都不曾出現在我們面前，我自己也不曉得該抱持什麼樣的想法。我打從心底相信，璐西已經放棄一切希望，認定自己失去一切了。星期三那天我們從妳哥哥家離開。但是從星期四到星期六一連三天，他始終音訊全無，我們對他的情況一無所知。」

「璐西一度打算寫信給他，最後又打消了念頭。不過今早我們從教堂回家，他真的出現了。他一五一十地將一切告訴我們：星期三那天他被叫回哈里街，與母親和所有人把事情說開；他堅決表明只愛璐西一人，非娶她不可。他對接下來的情況憂心忡忡，一離開母親的家便騎馬回到鄉間，漫無目的地遊蕩。星期四和星期五這兩天他都住在旅館裡，以便幫助自己釐清思緒。

「他說，經反覆思考許久後決定，既然現在身無分文、一無所有，他似乎沒有資格繼續維持這場婚約，否則只是連累璐西一同受苦。他的身上僅存兩千英鎊，無法奢求更多收入。倘若他依照自己的意願進了教會，也頂多只能當個薪水微薄的助理牧師，他倆該如何以此餬口呢？

「想到璐西無法過上好日子就令他難受，因此他懇求璐西，只要她願意，可以馬上解除婚約，讓他自行謀生。我在一旁聽得清清楚楚；他之所以要求離開，全是為了她著想、為了她考量，而非出於己利。我敢發誓他不曾透露出一絲厭倦她的心意，或是打算與莫頓小姐結婚之類的想法。

「可是璐西當然聽不進這種話。她直截了當地表明——妳知道的，深情款款，充滿濃情蜜意——老天，這種情話我實在說不出口！——她直接告訴他，絕不同意解除婚約，因為她願意與他同甘共苦，即使他一貧如洗，她也欣然接受；總之就是這一類的話。他欣喜若狂，開始談起往後該何去何從。兩人最後談定，他應該立刻進教會去，等到他當上牧師[120]再結婚。

「接下來的談話我就不得而知了，我的表妹在樓下喊著，理查森夫人搭著馬車前來，要帶我們姊妹倆其中一人來肯辛頓花園。我不得不走進房裡打斷兩人，詢問璐西想不想前往花園一趟，她自然不願丟下愛德華。於是我趕緊上樓穿上絲襪，跟著理查森夫婦一起出門了。」

「我不懂，妳為什麼說自己打斷他們？」艾蓮娜問道，「你們不是待在同一個房間裡嗎？」

「不，當然不是，我們沒有在一起。老天，達希伍德小姐，妳難道不知道，人們談情說愛時，無法容忍其他人在身旁嗎？噢，真丟臉！妳當然很清楚這個道理。（裝模作樣地笑了起來）不，他倆獨自關在客廳裡，我是從門外聽見的。」

「什麼！」艾蓮娜大叫，「妳剛才告訴我的那番話，都是從門外偷聽來的？我要是知道的話，絕對不會讓妳告訴我這一切，妳根本不應該知道這段對話！妳怎能如此對待自己的妹妹？」

120 助理牧師（curate）薪資十分微薄，除非能晉升至主任牧師（parish priest），否則很難養家活口。

「噢！這沒什麼大不了的。我只不過站在門口聽到一些罷了。我相信換成璐西，她也會做出一樣的事情。一、兩年前，我和瑪莎．夏普私下說些悄悄話時，她總是躲在衣櫃或壁爐板後面偷聽我們談話。」

艾蓮娜試圖轉移話題，但是史提爾小姐滿腦子想著這件事，仍三句不離這個話題。

「愛德華說，他很快就要去一趟牛津。」她說，「不過他現在暫住在帕摩爾街上。他的母親脾氣真是壞透了不是嗎？妳的兄嫂也不怎麼友善！但是我不該當著妳的面數落他們。他們確實還派自己的馬車將我們送回家，這倒出乎我的意料之外。我一直很擔心妳的嫂嫂會收回她一、兩天前送給我們的書型針盒，不過她對此隻字未提，我就小心翼翼地藏起來了。

「愛德華說有事要到牛津一趟，得在那裡待上一段時間。事情一處理完，要是能碰上主教[121]，就可以立刻擔任聖職。我真好奇他會當上哪一區的助理牧師！（她邊說邊咯咯傻笑）我敢說，我完全猜得到我的表姊妹得知此事會有何反應。她們會叫我寫信給醫生，要他在新居的教區給愛德華找個助理牧師的職位。她們一定會這麼說，不過我絕對不做這種事。『哎呀！』我會立刻回道：『妳們怎麼會想到這種事！竟然要我寫信給醫生！』」

「這個嘛，」艾蓮娜說，「預先為最糟糕的狀況做好準備，總能讓人安心不少。妳已經想好答案了。」

史提爾小姐正打算繼續這個話題，不過她的同伴卻走了過來。

「哎呀，理查森夫婦過來了。我還有好多話想告訴妳，但是我不能離開他們這麼久的時間。他們都非常有教養，理查森先生有錢得嚇人，還擁有自己的雙輪馬車。我沒有時間親自告訴詹寧斯夫人，麻煩妳幫我轉達，很高興知道她和米德頓女士並沒有生我們的氣。要是妳們姊妹倆臨時有事得離家一趟，詹寧斯夫人需要有人作伴，我們絕對很樂意過去陪伴她，要待上多久都行。我想米德頓女士是不可能再邀請我們了。再見。真可惜瑪莉安小姐不在，請代我向她問好。哎呀！妳真不該穿這件圓點花樣的棉洋裝，難道不擔心勾破它嗎？」

她臨別前關心了這麼幾句，向詹寧斯夫人客氣地道別後，就跟著理查森夫人離開了。艾蓮娜方才得知的消息，儘管與她心中所想相去不遠，卻還是足以讓她思考好一段時間。一如她的推測，愛德華已下定決心與璐西結婚，只是完婚的日子仍遙遙無期；一切取決於愛德華能否順利當上牧師，只是當下看來似乎希望渺茫。

一回到馬車上，詹寧斯夫人便迫不及待向艾蓮娜打聽起來。但是由於這些消息並非透過正常管道取得，艾蓮娜希望盡可能少說為妙，因此只簡短提了幾件事；她認為璐西為了彰顯自己的重要性，想必也願意透露這些細節。她提到兩人依然維持婚約，也說明了他倆為往後日子所做的打算，詹寧斯夫人不由得驚呼：「等到他有能力謀生！噢，我們都知道那就表示一切都結束了——他們等上整整一年，發現結果不如預期，他依然是個一年只有五十英鎊的助理牧師，再加上本金兩千英鎊的利息收入，以及史提爾先生和普萊特先生給她的微薄接濟。可是他們每

121 主教（bishop）負責審查所有神職人員的任命。

年都會添個孩子！上帝幫幫他們吧！他們接下來簡直是一貧如洗！我得看看自己能為他們的新家出點什麼力。兩名女佣、兩名男僕，我上回已經說過了。不對，他們需要一個能幹的女孩打點一切。現在貝蒂的妹妹可完全幫不上忙。」

隔天早上，璐西寄了一封信給艾蓮娜：

巴洛特大廈，三月

誠摯希望親愛的達希伍德小姐原諒我冒昧來信。相信您身為真誠的朋友，必定很高興收到我的消息，知悉我與親愛的愛德華的近況，畢竟我們最近才歷經如此多舛的波折。因此我不再為寫信一事致歉，而是在此告知，感謝上帝！儘管我們承受如此磨難，現在卻過得很好，更慶幸我們一輩子都是彼此的摯愛。我們備受考驗與阻礙，於此同時，卻也幸運獲得許多朋友的幫助；尤其您的善解人意更令我銘記於心，不勝感激。我已經向愛德華轉告您的一片好意，他同樣對此由衷感謝。

相信您與詹寧斯夫人聽聞此事，都會感到欣慰不已。昨天下午我與愛德華共度非常快樂的兩個小時。我認為自己有義務提醒他謹慎行事，懇切地告訴他，倘若他同意解除婚約，我願意就此分手。然而愛德華聽不進這番話，他說不可能與我分離；只要我愛著他，他就不在乎母親的憤怒。可想而知，我們往後的日子將不會一帆風順，但是我們必須耐心等待，對一切懷抱著希望。倘若您身邊有人願意提供機會，就請您代為推薦，讓他不久後就能擔任牧師。我相信您絕對不會遺忘我們，親愛的詹寧斯夫人在約翰爵士、帕瑪夫人，或任何能為我們伸出援手的朋友面前，也不會吝於為我們美言幾句。

可憐的安妮確實該為其行徑受到教訓，不過她也是出於一片好心，因此我不再多說什麼。希望詹寧斯夫人若不嫌麻煩，能找個上午光臨寒舍；如此親切之舉將令我感激不已，我的表親都十分樂於見她一面。紙短情長，我不得不在此停筆。懇請代我向詹寧斯夫人、約翰爵士、米德頓女士致上最真誠的謝意；若有機會見到可愛的孩子，也請代為問候他們；並請轉達我對瑪莉安小姐的心意。

璐西

艾蓮娜一讀完信，就直接交給詹寧斯夫人，她相信這正是璐西的本意。詹寧斯夫人大聲朗讀起來，備感欣慰地發表許多評論和讚美。

「真是太棒了！這封信寫得多好啊！沒錯，要是他願意，確實該讓他解除婚約。這才像璐西呀！可憐的孩子，我打從心底希望能幫助他當上牧師。妳瞧，她稱呼我是親愛的詹寧斯夫人呢！真是個好心腸的女孩。我說的可是實話。這句子寫得多漂亮！沒錯，我當然會去探望她，這點毫無疑問。她每個人都想到了，多麼周到啊！親愛的，謝謝妳交給我這封信。這真是我見過最為真摯感人的一封信，璐西確實是個聰慧又善良的好女孩！」

39

達希伍德姊妹已經在城裡待了兩個月，瑪莉安急著回家的心情也與日俱增。她渴望鄉間的清新空氣、自在寧靜的氛圍，若有任何地方能帶給她莫大安慰，自然非巴頓莫屬。艾蓮娜歸心似箭的感受同樣不亞於她，只不過考量到長程旅途的舟車勞頓而沒立即成行，瑪莉安卻沒考慮過這些困難。不過艾蓮娜仍開始認真地將想法付諸實行，數次向親切的詹寧斯夫人開口提起，這位好心的女主人一再挽留她們，並熱情地提出一項建議——雖然她們又得拖上幾個星期才回得了家，對艾蓮娜而言，卻似乎是最為理想可行的主意——帕瑪夫婦將在三月底前往克利夫蘭慶祝復活節，夏洛特非常熱情地邀請詹寧斯夫人與兩位年輕朋友同行。這原本不足以說動艾蓮娜，但是自從瑪莉安發生如此不幸遭遇後，帕瑪先生對待姊妹倆的態度就一百八十度大轉變，如今他又親自展現出相當真摯的誠意，促使艾蓮娜欣然接受了這項提議。

然而當艾蓮娜告訴妹妹這項決定時，瑪莉安一開始的反應卻不盡理想。

「克利夫蘭！」她相當惱怒地大叫：「不要，我不能去克利夫蘭！」

「妳忘了，」艾蓮娜溫和地說：「克利夫蘭不在……不是在那附近……」

「但是它就位於索美塞特郡。我不能到索美塞特郡去。我曾經如此期待到那裡……不，艾蓮娜，妳不能指望我去克利夫蘭。」

艾蓮娜不想爭辯，克服這些心理障礙才是合宜之舉，而是努力以其他方式安撫瑪莉安。因此她表示，既然瑪莉安如此渴望見到朝思暮想的母親，這項安排反而能讓她們以更理想輕鬆的方式順利回家，而且不會耽誤多少時間。

克利夫蘭距離布里斯托[122]僅有數英里之遙，雖然仍要花上整整一天路程，但是不必過夜即可抵達巴頓，母親的僕役很輕易就能到當地接她們回家。她們待在克利夫蘭的時間估計不會超過一週，因此從現在算起，她們只要再過三個多星期就能回到家了。由於瑪莉安深愛著母親，過沒多久，她就輕易克服了自己憑空想像的心理障礙。

詹寧斯夫人對兩位客人毫無厭倦之意，因此仍誠摯力邀姊妹倆離開克利夫蘭後，再次回到倫敦同住。艾蓮娜對如此盛情相當感激，卻無法動搖她的決定。達希伍德夫人對艾蓮娜的決定深表贊同，返家的一切事宜皆已盡力打點妥當。返回巴頓的日子開始倒數計時，不禁令瑪莉安感到些許寬慰。

「噢，上校，真不曉得我倆少了兩位達希伍德小姐該怎麼辦！」姊妹返家一事塵埃落定後，布蘭登上校首次登門拜訪，詹寧斯夫人立刻對他說：「她們決定從帕瑪夫婦那兒直接回家；當我回到這裡時將多麼孤單啊！老天！我們恐怕只能坐在這裡大眼瞪小眼，像兩隻貓一樣

122 布里斯托（Bristol）：位於英格蘭西南部的港口城市。

無趣！」

詹寧斯夫人如此繪聲繪影地勾勒出往後的乏味生活，或許是期待布蘭登上校因而開口求婚，以免他自己也要過起無聊的日子。倘若詹寧斯夫人真抱持這種想法，那麼接下來的場景，似乎令她有充分的理由認定，自己即將如願以償了。艾蓮娜打算為詹寧斯夫人描摹一幅畫像，正走向窗邊，以便迅速量好尺寸；布蘭登上校帶著意味深長的表情跟在艾蓮娜身後，並站定與她聊了幾分鐘。艾蓮娜聽完上校這番話的反應，同樣逃不過詹寧斯夫人的眼睛。瑪莉安正在彈琴，雖然詹寧斯夫人出於禮貌，不願偷聽別人談話，刻意將座位換到鋼琴旁邊，讓自己聽不到說話聲，但她還是注意到艾蓮娜的神色一變，顯得十分激動，甚至因為太過專注聽著上校說話，手邊的工作也暫時停了下來。

在瑪莉安變換曲目的空檔，布蘭登上校的幾句話不免飄進了詹寧斯夫人的耳裡，他似乎正為房子簡陋一事表示歉意，更加證實詹寧斯夫人心中的希望。看來一切已無庸置疑。她確實很納悶布蘭登上校為什麼得為此道歉，不過仍猜想這是出於禮貌。她聽不清楚艾蓮娜的回話，但是從嘴型看起來，艾蓮娜似乎表示不在意。詹寧斯夫人不禁在心裡讚賞艾蓮娜如此誠實。他倆又繼續聊了幾分鐘，詹寧斯夫人一個字都沒聽見，直到瑪莉安的琴聲暫時停下，她又幸運地聽到上校以沉穩的聲音說：

「恐怕不會這麼快成真。」

聽到這種不像出自戀人之口的話，詹寧斯夫人不禁大感震驚，差點失聲大叫：「老天！還有什麼能阻止得了他們？」但是，她話到嘴邊又吞了回去，只是悄聲嘀咕著：

「真是令人納悶！難道他要等到自己年紀一大把嗎！」

然而，上校有意延誤這件事，似乎並未引起佳人任何不悅，或令她感到羞辱難耐。他們隨後就結束談話，兩人各自轉身離開前，詹寧斯夫人清楚聽見，艾蓮娜以十分誠摯的語氣說：

「我永遠對您感激不盡。」

詹寧斯夫人十分欣慰聽到她的感謝之意，卻也百思不得其解，布蘭登上校聽完這麼一句話後，怎能如此泰然自若地向她們告辭，臨走前甚至沒有一句答覆！她實在沒有想到，這位老朋友求起婚來，竟是如此不解風情！

他們的實際對話如下：

「聽說，」布蘭登上校深感同情地開口：「妳的朋友費勒斯先生，從家人那裡受到十分不公平的待遇。假如我聽到的消息不假，他堅持與一位優秀的年輕女子訂婚，因而被逐出家門。這是真的嗎？情況確實如此？」

艾蓮娜給了他肯定的答案。

「太殘忍了，如此蠻橫無禮。」他感同身受地說：「即便只是有此企圖，硬生生拆散一對長久以來情投意合的年輕人，實在令人氣憤[123]。費勒斯夫人或許不知道自己在做什麼，還不明

123 布蘭登上校顯然也回想起自己過去的戀情。

白此舉會迫使兒子走上絕路。我在哈里街見過費勒斯先生兩、三次，他不是短時間內就能和人打成一片的年輕人，不過有這數面之緣，我自然希望他將來過得很好。身為妳的朋友，我更是打從心底如此期盼。我知道他一直想擔任神職，妳能否好心轉告他，我今早從信裡得知，戴拉弗正好有職缺，不知他是否願意接受。由於他現在處境艱難，擔心他不願接受或許只是多慮了。我只是希望俸祿若能再高一些就好了——職務是堂區主牧，不過轄區較小[124]，我估計前一任的年俸頂多兩百英鎊，雖然一定有機會增加，恐怕也不足以讓他過上非常舒適的生活。無論如何，我還是很榮幸能向他推薦這個職位。請他儘管放心吧！」

即使上校真的開口向艾蓮娜求婚，她的驚訝程度，恐怕還遠不及於聽到這項請託呢！只不過兩天前，她還認定愛德華根本無望當上牧師，如今大好機會卻真的從天而降，他也能如願結婚了。只是世界上這麼多人，偏偏是由她傳達這個好消息！詹寧斯夫人正是將艾蓮娜此時的情緒反應，推論為截然不同的理由。但是儘管艾蓮娜心裡五味雜陳，或許摻雜了一絲不悅與不情願，她仍深深感受到布蘭登上校此舉展現的氣度，不僅對他的仁慈性格更備感推崇，也對這份真摯情誼不勝感激，因此相當熱情地給予回應。

她發自內心百般道謝，對愛德華的原則與性格給予恰如其分的讚美，並表示，若布蘭登上校確實希望由他人轉達這份好差事，她自當欣然轉告。但是於此同時，她也不由得認為，布蘭登上校才是最適合轉達的人選。艾蓮娜不希望愛德華誤以為是她施捨的恩惠，感到有欠於她，因此寧可推掉這項請求。然而布蘭登上校也是基於同樣的理由，不願親自開口，似乎仍希望透過艾蓮娜轉達，她自然無從推辭下去。

她相信愛德華依然待在城裡，也很幸運從史提爾小姐口中得知他的地址。因此她答應當天就向愛德華轉達這個消息。一切談妥後，布蘭登上校轉而表示，很高興能擁有如此值得敬重又討人喜歡的鄰居，接著有些懊惱地提到，可惜那棟房子既狹小又簡陋。一如詹寧斯夫人的猜測，艾蓮娜毫不介意這項缺點，至少房子的大小不值得一提。

「房子雖然小，」她說，「我相信不會給他們帶來任何不便。無論對他倆家裡的人口或收入而言，都十分剛好。」

艾蓮娜這番話令上校十分詫異，她似乎認為費勒斯先生當上牧師後就一定會結婚。但是就布蘭登上校看來，戴拉弗的薪俸有限，以愛德華的生活方式，不可能憑這點收入就能成家安頓下來，因此他說：

「這份收入確實可以讓單身的費勒斯先生過得相當舒適[125]，但是卻不夠讓他結婚。我很抱歉只能提供這樣的資助，對他的關心也僅能到此為止。倘若我將來能提供更好的機會，對他的看法也一如現在，未曾改變，我自然會竭盡所能地幫助他。我現在所做的一切，看起來確實微不足道；假如結婚是他最為重要的目標，也是唯一的幸福，那麼這份職位似乎對他無所助益。

---

124 一名堂區主牧的薪俸多寡，取決於所屬轄區的大小及人口。

125 當時一名單身的仕紳階級，一年的最低基本開銷約一百五十英鎊（今值四十三萬新台幣）。

他的婚姻依然遙遙無期——至少，恐怕不會這麼快成真。」

心思細膩的詹寧斯夫人正是誤解了這一句話，也因此惹惱了她。布蘭登上校與艾蓮娜站在窗邊的對話已如實詳述，艾蓮娜在分別前，如此欣喜誠摯地表達感激之情，即使真的是回應求婚一事，似乎也顯得合情合理、恰如其分呢！

40

「達希伍德小姐，」布蘭登上校一離開，詹寧斯夫人隨即露出瞭然於心的微笑，「我不會過問剛才上校說了些什麼。雖然我出於禮貌，試著不要聽到你們的談話，不過不小心聽到的片段，還是足以讓我猜到是怎麼回事。說真的，我這輩子還不曾這麼開心過，打從心底祝妳幸福。」

「謝謝您，夫人。」艾蓮娜說：「這對我而言，確實是相當開心的事，深深感受到布蘭登上校的一片好意。很少有人能像他一樣如此慷慨。真難得見到那麼富有同情心的好人！我這輩子還不曾這麼驚訝過。」

「老天！親愛的，妳實在太客氣了。我倒是一點都不驚訝，近來老是在想，沒有什麼比這件事更合情合理了。」

「您知道布蘭登上校總是古道熱腸，才如此斷定。但是至少您無法預期，機會竟然這麼快就降臨了。」

「機會！」詹寧斯夫人驚呼，「噢！就這件事而言，一旦男人下定決心，他總有辦法很快找到機會。喔，親愛的，我會將對妳的祝福掛在嘴上。世界上若真有幸福美滿的夫妻，我相信很快就知道要上哪兒找啦！」

「我想，您是指到戴拉弗去吧！」艾蓮娜說，臉上掛著黯淡的微笑。

「是啊，親愛的，我就是這個意思。至於房子不太令人滿意這點，我不太明白上校的意思，畢竟我可沒見過比那更氣派的房子。」

「他說那棟房子年久失修。」

「喔，這要怪誰？他為什麼不整修呢？如果不找他，還能由誰負責啊？」

此時僕人走了進來，打斷她們的談話。馬車已在門口備妥，詹寧斯夫人立刻準備動身，說：

「親愛的，雖然才講到一半，但是我不得不走了。或許晚上我們可以繼續談談這個話題，到時只有我們兩個人。我就不要求妳同行了，我想妳現在一定滿腦子都在想這件事，根本顧不了身邊的人。更何況，妳一定也迫不及待要告訴妳妹妹吧！」

她們談起此事之前，瑪莉安就已經離開了房間。

「沒錯，夫人，我會告訴瑪莉安。可是，目前我還不打算告訴其他人。」

「噢！好吧。」詹寧斯夫人頗為失望地說，「那麼想必妳也不希望我告訴璐西了，我原本打算今天到霍本一趟。」

「是的，夫人，如果您願意的話，請不要告訴璐西。推遲一天不會造成什麼影響。在我寫信給費勒斯先生之前，我想最好不要向任何人提起。我應該立刻動筆寫信給他。這件事至關重要，不能耽誤他的時間。在當上牧師之前，他自然有許多事情得做。」

這段話起初令詹寧斯夫人完全摸不著頭緒。她一時無法理解，為什麼艾蓮娜急著寫信告知的對象是費勒斯先生？但是她想了一會兒，得出令她相當高興的結論，不禁驚呼：

「噢，噢！我懂了。費勒斯先生要擔任證婚牧師。這對他確實合適不過。沒錯，他自然得好好準備擔任聖職。我真高興你們之間進展得如此順利。可是親愛的，這麼做是否有些不妥？不是應該由上校親自寫信嗎？沒錯，應該由他來寫才對。」

艾蓮娜不甚理解詹寧斯夫人開頭那幾句話，但是她認為不需要追根究柢，因此只回答了最後一個問題：

「布蘭登上校作風細膩，他希望由其他人代為轉達對費勒斯先生的一番好意，而不是由他本人親自表示。」

「所以妳不得不做這件事。好吧，那種細膩作風還真有些奇怪！不過我就不打擾妳了（看著艾蓮娜準備動筆）。妳最清楚自己的想法。再見了，親愛的，自從夏綠蒂生孩子以來，我就不曾聽過這麼令人開心的消息了。」

接著她轉身離開，過沒多久又走了回來。

「我突然想到貝蒂的妹妹，親愛的。我很高興能為她找到這麼好的女主人。可是我不確定她是否適合當貼身女僕。她處理家務事非常能幹，針線活也做得很好。無論如何，妳要是有空可以考慮一下。」

「好的，夫人。」艾蓮娜回答，幾乎沒有仔細聽她說的話，一心只想獨處，無暇顧及自己成了女主人的話題。

如今她滿心惦記的是該如何開口——如何在信裡向愛德華表達自己的想法。對其他人而言這件事輕而易舉；然而，他們兩人的狀況卻讓她談起這件事來顯得困難重重。她害怕自己透露太多，也擔心自己言不及義，因此對著信紙陷入沉思，遲遲無法下筆，直到愛德華本人就這麼走了進來。

他登門送來道別的問候卡時，正巧在門口遇到準備搭車離開的詹寧斯夫人，她因無法親自接待而致歉，堅持要他進屋裡一趟，表示達希伍德小姐就在樓上，正好有要事想與他相談。

艾蓮娜陷入苦惱之際，才正慶幸著，無論這封信再怎麼難以下筆，也比當面告知更為容易；這名不速之客的出現，迫使她得硬著頭皮面對這件最棘手的事。他的突然現身令她驚慌失措。自從她得知愛德華訂婚的消息，他也知悉艾蓮娜聽聞此事後，兩人就不曾再見過面。一想到自己這陣子縈繞在腦海中的想法，以及必須告知愛德華的消息，艾蓮娜困窘了許久。愛德華同樣深感苦惱，兩人相對而坐，頓時陷入一片尷尬。他想不起來是否已為了突然闖進一事而道歉，因此一有機會開口說話，立刻向艾蓮娜表示歉意。

他說：「詹寧斯夫人告訴我妳有話要對我說，至少我認為她是這個意思——否則我絕對不會就這麼闖進來打擾妳。不過要是沒能見到妳和令妹一面就離開倫敦，我會感到十分遺憾，更何況，我們接下來可能好一陣子見不到面。我明天就要出發前往牛津。」

艾蓮娜恢復鎮定，並打定主意盡快結束這項令她恐懼不已的差事。「即使無法見面，我們也不可能一聲祝福都沒有，就讓你這麼直接離開。詹寧斯夫人說得沒錯，我確實有一件重要的事要告訴你，剛才正打算寫信給你呢！我受託轉達一件大好消息。（她的呼吸突然變得急促起來）布蘭登上校十分鐘前才剛離開，要我轉告你，他知道你有意擔任神職，非常樂意提供戴拉弗最近空出的牧師職缺，只是俸祿或許不盡理想。容我向你道賀，擁有如此值得尊敬、通情達理的朋友。目前年俸大約兩百英鎊，但願將來能再提高，讓你不止應付一時的日常所需，也能……如願建立美滿的家庭。」

愛德華頓時說不出話來，也沒有任何人能為他表達心裡的想法。這件大出意料之外的消息，令他看起來震驚得無所適從。他只擠得出幾個字：

「布蘭登上校！」

「沒錯。」艾蓮娜似乎已撐過最煎熬的時刻，語氣更為堅定地說：「布蘭登上校想為最近發生的事情盡一份心力——家人的無理行徑讓你陷入了無比困境。瑪莉安和我，以及你身邊所有的朋友，自然與他同樣關切。這也證明他十分敬重你的品格，並贊同你在此處境下所做出的回應。」

「布蘭登上校要提供職務給我！這怎麼可能呢？」

「家人待你實在過於苛刻，因此朋友給予的幫助，反倒令你大感意外了。」

他忽然恍然大悟，回道：「不，妳的幫助就不會令我驚訝。我知道這一切都是妳的功勞，多虧了妳的好意。我打從心底感激妳。倘若辦得到，我真想如實表達心裡的謝意。不過妳也很清楚，我向來拙於言辭。」

「你完全誤會了。這完全歸功於你自己的美德，以及布蘭登上校對你的賞識，至少這是主因，與我毫無瓜葛。若不是他直接告訴我，我根本不曉得有這個牧師職位，更未曾想過他會將此贈與你。他身為我與家人的朋友，相信他一定更樂於饋贈予你，我也知道他確有此意。不過說真的，我並未向他懇求，你用不著感激我。」

由於事實擺在眼前，她不得不承認自己亦略盡棉薄之力、促成此事，卻不願意向愛德華邀功，因此坦承時顯得猶豫不決。或許正因如此，愛德華更加深信內心浮現的猜疑。艾蓮娜語畢，他好一陣子陷入沉思，最後似乎費了很大一番力氣，才開口說：

「布蘭登上校似乎是相當值得尊敬的好人。我常聽到別人這麼稱讚他，據我所知，令兄對他也十分敬重。毫無疑問，他不僅通情達理，行為舉止更具紳士風範。」

艾蓮娜回答：「確實如此，若你們的交情更深入，就會發現這些評價名符其實。既然你們即將比鄰而居——我知道牧師公館與他的宅邸相距不遠——他擁有這樣的特質，也就更顯重要了。」

愛德華一語不發，但是當艾蓮娜轉過頭去時，他望著她的眼神顯得如此凝重懇切、鬱鬱寡歡，似乎寧可希望牧師公館與宅邸離得遠一些。

「我想，布蘭登上校是住在聖詹姆士街吧？」他說，隨即從椅子站起身來。

艾蓮娜向他說了門牌號碼。

「既然妳不願接受我對妳的感激，看來我得盡快改為向他致謝，讓他明白我確實感到非常——感到無與倫比的快樂。」

艾蓮娜不願耽擱他的時間，兩人隨即相互道別。艾蓮娜十分真誠地表示，她始終打從心底希望，無論未來發生什麼事，愛德華都能過得幸福快樂。愛德華努力表現出同樣為對方著想的心意，卻難以表達出口。

「下次見面，」愛德華關上門離去後，艾蓮娜不禁喃喃自語，「他就會是璐西的丈夫了。」

她抱著欣慰的期待感，坐下來回想方才的情景，想起兩人之間的對話，努力嘗試理解愛德華的感受；當她想到自己的處境時，仍不由自主感到委屈。

詹寧斯夫人回到家時，雖然見了許多素昧平生的人，勢必要好好說上一番，但是由於那件重大祕密完全占據了她的心思，她無暇顧及其他，一見到艾蓮娜，立刻迫不及待地再次提起。她高聲說：「噢，親愛的，我讓那位年輕人上樓來找妳應該沒做錯吧？我想妳應該不會遇到什麼困難——他知道妳的提議時，應該沒有表現得心不甘情不願吧？」

「沒有，夫人，他不會那樣的。」

「很好，那他多快可以做好準備？一切似乎都看他了。」

艾蓮娜回答：「老實說，我對這一切程序知道不多，無法推測所需時間，也不曉得該準備什麼。不過，我猜應該要花上兩、三個月。」

「兩、三個月！」詹寧斯夫人大叫：「老天！親愛的，妳說得如此輕描淡寫，但是，上校怎能等上兩、三個月！老天，假如是我，耐心都要磨光啦！雖然有人樂意為可憐的費勒斯先生伸出援手，可是不表示值得為他等上兩、三個月。當然啦，或許其他人更適合這個位子，像是已經有牧師資格的人。」

艾蓮娜說：「親愛的夫人，您怎麼會這麼想呢？布蘭登上校一心的打算，就是幫助費勒斯先生。」

「上帝祝福妳，親愛的！妳應該不是想告訴我，上校之所以向妳求婚，只是為了給費勒斯先生十基尼餬口吧！」

這番話讓一切誤會真相大白，艾蓮娜立刻一五一十地解釋，彼此都感到相當有趣，沒有任何失望的情緒；畢竟詹寧斯夫人只是轉而為另一件事感到欣喜不已，也能繼續為求婚一事抱持期待。

「這就是啦，那間牧師公館小得很。」初聞此事的驚喜平靜不少後，詹寧斯夫人說：「也很可能年久失修。不過一開始聽他道歉時，我還以為他指的是自己的宅邸。據我所知，那棟房子光一樓就有五間起居室，管家甚至告訴我能鋪上十五張床！更何況他是向妳致歉，妳住的地方可是巴頓小屋哪！實在是太可笑了。不過親愛的，我們還是得敦促上校為牧師公館整修一番，趕在璐西入住前布置得舒適妥當。」

「可是，布蘭登上校似乎認為牧師的年俸太低，不足以讓兩人順利結婚。」

「上校實在太傻了，親愛的，只因為他一年收入兩千英鎊，就認定其他人無法靠更低的收入結婚。好好記住我的話吧！只要我還活著，我一定會在米迦勒節前拜訪一趟戴拉弗牧師公館；要是璐西不在那裡，我可就不會去了。」

艾蓮娜認同她的看法，小兩口的婚事很可能等不及了。

41

愛德華向布蘭登上校道謝後，立刻將這個好消息告訴璐西，抵達巴洛特大廈時顯得興高采烈。隔天詹寧斯夫人上門向璐西道賀，璐西告訴她，這輩子從未見愛德華如此開心過。

璐西的興奮之情同樣溢於言表，並和詹寧斯夫人一樣，由衷期待米迦勒節前就能順利入住戴拉弗的牧師公館。對於艾蓮娜，璐西毫不遲疑地表達與愛德華同樣的讚美，艾蓮娜對兩人展現的真摯情誼令她不勝感激，無以回報；她也坦然表示，無論現在或未來，艾蓮娜對他倆如何盡心盡力，都不會令她感到意外，因為她相信，艾蓮娜願意為自己珍視的人做任何事。至於布蘭登上校，在璐西心目中的地位不僅無比崇高，她更願意將他視為聖人般對待；並盼望他奉獻的十一稅[126]能提高到最大額度，並暗自下定決心，要是到了戴拉弗，一定要充分利用他的僕役、馬車、乳牛和家禽。

自從約翰·達希伍德上回拜訪柏克萊街以來，已經過了一個多星期，自此之後，她們除了口頭上詢問過一次，就未曾再關心他妻子的病情，艾蓮娜開始考慮該前往探視一趟[127]。但是這種義務不僅令她心中百般抗拒，同樣無法從其他同伴身上獲得任何支持。瑪莉安不但不願意同行，還力勸艾蓮娜打消這個念頭。儘管詹寧斯夫人隨時願意出借自己的馬車給艾蓮娜，不過由於她對約翰・達希伍德夫人毫無好感，即使她也好奇對方得知弟弟婚約後的模樣，甚至想代替愛德華與她當面對峙，卻依然無法違背自己的意願陪同艾蓮娜前往。最後艾蓮娜只好百般不情願地獨自前往探視，還得承受和芬妮單獨碰面的風險。比起瑪莉安和詹寧斯夫人，艾蓮娜絕對擁有更充分的理由討厭芬妮。

僕人表示達希伍德夫人不在家，但是，馬車從門口掉頭離開前，她的丈夫恰巧走了出來。見到艾蓮娜令約翰・達希伍德又驚又喜，表示自己正打算前往柏克萊街拜訪，並再三保證芬妮會很高興見到艾蓮娜，邀她進屋裡去。

他們上樓走進客廳，屋裡空無一人。

「我想，芬妮正待在自己的房間裡。」他說，「我現在就去找她，她絕對不可能不想見到妳。不會有這種事，尤其現在更不可能——她總是隨時歡迎妳和瑪莉安。瑪莉安怎麼沒來呢？」

艾蓮娜努力為她找了藉口。

他說：「妳獨自前來倒也不錯。我正好有許多事想找妳談談。布蘭登上校提供了牧師職位——這是真的嗎？他真的將牧師職位給了愛德華？我昨天無意間聽到這個消息，原本打算特

---

126 十一稅（Tithe）：堂區的居民將農作物等收益的十分之一捐獻給教會，此即為牧師薪俸的主要來源。

127 當時社會普遍認定，有義務前往探訪身體不適的親友。若對生病的家人視而不見，往往會受到強烈指責。

地過去一趟打聽清楚。」

「此事千真萬確。布蘭登上校將戴拉弗的牧師職位給了愛德華。」

「真的嗎！喔，這實在太讓人震驚了！他倆毫無交情，半點關係都沾不上邊，現在卻願意提供薪俸如此優渥的職位！收入是多少？」

「一年大約兩百英鎊。」

「非常好——以這個薪水推斷——要是在上一任牧師年老多病、即將空出職位的時候薦舉，我敢說他能賺個一千四百英鎊[128]。他為什麼不在上任牧師尚未過世前就安排好？現在要脫手確實是太遲了[129]。布蘭登上校明明精明得很，在這麼尋常不過的事情上卻如此缺乏遠見！好吧，我相信每個人的性情總是反覆無常。不過仔細回想起來，我想就是這麼一回事：愛德華只是暫時擔任牧師一職，等到真正向布蘭登上校買下聖職的人年紀夠大後，就會轉交給他。是的，沒錯，事實就是如此。」

不過艾蓮娜相當斬釘截鐵地反駁。她表示是布蘭登上校委託她轉告愛德華這項職位，因此對贈與條件清楚不過，約翰也不得不承認其言不假。

「這真是太令人驚訝了！」他聽完艾蓮娜這番話，大聲嚷道，「上校到底為什麼要這麼做？」

「動機很單純——助費勒斯先生一臂之力。」

「好吧，無論布蘭登上校的動機為何，愛德華真的非常幸運。不過妳可別向芬妮提起，我已經告訴過她，她倒是平靜得很——只是，她想必不希望聽到別人將這件事掛在嘴上。」

艾蓮娜差點脫口而出說，芬妮當然能保持冷靜，一旦她弟弟有了錢，怎麼樣也不會窮到她和兒子。

「目前，」他接著壓低音量，彷彿這件事情至關重要，「費勒斯夫人對此還一無所知，我想盡可能瞞著她越久越好。他倆一結婚，恐怕就紙包不住火了。」

「但是為什麼要瞞著她？雖然也不用奢望知道兒子有足夠的收入維生後，費勒斯夫人會感到一絲高興，這絕對無庸置疑。從她的所作所為看來，她還能有什麼想法呢？她狠心拋棄了自己的兒子、永遠斷絕關係，甚至迫使身邊願意聽話的人一同背棄他。她做到這種程度，自然不可能再為他感到悲傷或喜悅，對他的任何遭遇都漠不關心。既然她已經忍心將孩子的幸福棄之不顧，又怎麼可能感受到母親對孩子的牽掛！」

約翰說：「噢，艾蓮娜！妳的邏輯十分合理，卻表示妳對人性一無所知。一旦愛德華真的娶了眾人所不樂見的妻子，費勒斯夫人的痛苦絕對和尚未拋棄他前沒什麼兩樣，這正是為什麼，任何可能對這件不幸消息推波助瀾的情況，都要盡可能瞞住她。費勒斯夫人絕對不會忘記

---

128 若布蘭登上校在前任牧師依然在世的時候出售繼任權，有意擔任該職的人認定很快就能當上牧師，價格便可能抬得更高。

129 一旦前任牧師過世，就不得出售該職位的繼任權，否則視為違法。

有愛德華這個兒子。」

「你這番話還真令我驚訝。我認為她此時早已拋諸腦後了。」

「妳對她的誤會可深了。費勒斯夫人是世界上最疼愛孩子的慈母。」

艾蓮娜一語不發。

達希伍德先生停頓了一會兒，說：「我們現在正在考慮，要讓羅伯特迎娶莫頓小姐。」

他一本正經的語氣令艾蓮娜不覺莞爾，她平靜地回答：

「我想，那位小姐也別無選擇了。」

「選擇！妳這是什麼意思？」

「我的意思是，從你的語氣聽來，莫頓小姐無論嫁給愛德華或羅伯特，都沒有什麼兩樣。」

「這確實沒有什麼差別。現在羅伯特幾乎可以視為長子，就其他方面而言，兩人都是非常好相處的年輕人，我認為兄弟倆不分軒輊。」

艾蓮娜不再開口，約翰也沉默了一陣子。最後他提出這樣的看法。

「親愛的妹妹，」他親切地握住她的手，以驚嘆的語氣悄聲說，「我可以告訴妳一件事，我也確實該告訴妳，因為妳一定會十分高興。我相信——這自然是從可靠的管道得知的消息，否則我絕對無法說出口。總之這消息千真萬確，雖然不是我親耳聽費勒斯夫人說的，不過她的女兒聽到了，我因此得知——簡單地說，有另一件事，妳知道的——另一樁婚事，無論遭到多少反對，在費勒斯夫人眼裡還是更令人滿意，也遠遠不像這樁婚事帶給她這麼多苦惱。我非常高興費勒斯夫人總算想通，這對我們而言都是天大的好消息。她說：『這原本無從比較，不過，現在兩害相權，我寧可取其輕。』但是無論如何，這是不可能的，根本連想都不用想，提都不用提。談感情是行不通的，早就船過水無痕了。不過我認為還是告訴妳為上策，我相信這一定會讓妳高興起來。親愛的艾蓮娜，妳完全毋須為此懊惱。妳確實過得非常好，整體考量下來，說不定更為理想。妳最近常和布蘭登上校在一起嗎？」

艾蓮娜並非愛慕虛榮的人，也未曾自視甚高，這番話只讓她繃緊神經、心煩意亂，因此羅伯特．費勒斯先生走進房裡時，她十分慶幸不必開口回應，也不用再繼續忍受哥哥東拉西扯。他們閒聊了幾分鐘，約翰．達希伍德這才想起芬妮還不曉得艾蓮娜來訪，隨即離開房間前去通知她。艾蓮娜繼續和羅伯特聊天，也更進一步認識他。母親出於偏見放棄了哥哥，如今一心偏袒他，給了他一切關愛與大半財富；他過著放蕩不羈的生活，態度顯得輕浮快活、得意自滿，相較於愛德華的正直良善，艾蓮娜對羅伯特的想法和性格簡直沒有任何好感。

他們獨處不到兩分鐘，羅伯特便開始談起愛德華。他同樣聽聞了牧師職位一事，對此十分好奇。艾蓮娜將方才告訴哥哥的來龍去脈又說了一遍，儘管羅伯特聽聞消息的反應截然不同，惹人注目的程度卻不亞於約翰。他忍不住放聲大笑。一想到愛德華當上牧師，住進小小的牧師公館，簡直逗得他樂不可支。他想像愛德華身穿白袍朗誦祈禱文，宣告約翰．史密斯與瑪麗．布朗結為夫妻，似乎再也找不到比這更荒謬可笑的事。

艾蓮娜默不作聲，一臉嚴肅地等著他停止如此愚蠢的舉動，同時也不由自主地直盯著他看，眼神透露出蔑視的意味。她的視線拿捏得恰如其分，既能宣洩內心的不滿，又能讓對方渾然不覺。艾蓮娜並未出言責備他，最後羅伯特是憑著自己的感性，從嬉鬧中恢復了理智。

他其實並非真正高興到這種程度，卻故意多笑了一會兒，最後才終於開口說：「我們或許可以把它當作天大的笑話。不過說真的，這可是個嚴重不過的問題。可憐的愛德華！他這輩子就這麼毀了。我打從心底感到難過，我知道他心腸非常好，總是為旁人設想。達希伍德小姐，妳才認識他沒多久，可別輕易對他妄下定論。可憐的愛德華！他不是天生就討人喜歡的傢伙，妳也知道每個人的天賦和才能生來都不盡相同。可憐的傢伙，瞧他和一群陌生人在一起的模樣有多可憐！不過說真的，他是世界上心地最善良的人。我得說，這輩子從未聽過如此震驚的消息。我簡直無法相信。母親是第一個告訴我這件事的人，我自認應該有所行動，立刻對她說：『親愛的母親，我不曉得您對此事有何打算，不過就我而言，假如愛德華真要迎娶這個年輕女人，那我這輩子都不會再見到他了。』我當下就說了這樣的話。對我而言簡直是晴天霹靂！可憐的愛德華！他根本斷了自己所有後路，從此無緣再踏入上流社會！然而我也直截了當地告訴母親，我其實一點都不感到意外；從他接受教育的方式看來，遲早都會發生這種事。可憐的母親幾乎要氣瘋了。」

「你見過那位小姐嗎？」

「有的，我們見過一次面。她當時就待在這間屋子裡，我剛巧路過，進來坐個十分鐘，正好可以看個仔細。就是個笨手笨腳的鄉下姑娘，打扮樸素，沒什麼氣質，外表也毫無姿色可言。我記得可清楚了。我想就是這種類型的女孩，才會將可憐的愛德華迷得團團轉。母親一將他倆的婚事告訴我，我就立刻提議親自和他談談，勸他打消結婚的念頭。不過我發現，當時無論做什麼都為時已晚，因為我打從一開始就不在場，直到母子撕破臉才得知此事，已經沒有我插手的餘地。要是我早幾個鐘頭得知此事，或許事情還有轉圜的餘地。我一定竭盡所能讓愛德華回心轉意，我會告訴他：『親愛的哥哥，想想你現在正在做什麼。這樁婚事門不當戶不對，家人才會不約而同、大肆反對啊！』總歸一句，我認為當時一定找得出辦法，只是現在已經太遲了。他接下來得過苦哈哈的窮日子了，想必會老是餓肚子。」

他泰然自若地下定結論，約翰．達希伍德夫人正好進門，話題也隨之畫下句點。儘管她從不和外人談起，艾蓮娜依然看得出此事對她心理上的衝擊；她進門時的神色顯得有些茫然，卻仍試著表現出誠摯熱情的模樣。她聽聞艾蓮娜與瑪莉安很快就要離開倫敦，深表關切，彷彿一直希望能多見到她們。與她一同進屋來的丈夫專注聆聽，似乎聽得出這番話極富情感，說得優雅動人。

42

艾蓮娜又匆匆拜訪了一趟哈里街，約翰．達希伍德向她道賀，十分高興兩個妹妹不花一毛錢就能一路回到巴頓去，而且隨後一、兩天布蘭登上校也會前往克利夫蘭。兄妹倆於倫敦的會面就此畫下句點。芬妮含糊地說隨時歡迎她們順路前往諾蘭一趟，這自然是最不可能發生的事。約翰則以更熱絡的態度私下對艾蓮娜說，很快就會到戴拉弗探望她，預告著下次在鄉間碰面的機會。

身邊所有人似乎都一心想將自己送到戴拉弗去，令艾蓮娜感到十分有趣。但是戴拉弗現在卻成了她最不願造訪、也不願定居的地方，不單是因為哥哥和詹寧斯夫人不約而同認定她會嫁到此地，更因為璐西在離開前，相當熱情地邀請她前去做客。

四月初的一個早晨，一行人起了個大早，分別從漢諾威廣場和柏克萊街的家裡出發，相約在路上碰面。為了夏綠蒂和孩子著想，旅程會多花上兩天；帕瑪先生則與布蘭登上校另行前往，兩人的腳程比較快，在她們抵達克利夫蘭後不久即可會合。

瑪莉安在倫敦過得並不快樂，始終迫不及待想早點離開，但是到了離別的這一刻，心裡又不禁湧現莫大痛苦；她曾在這座房子裡最後一次對韋勒比抱著滿腔期待與信心，如今這些希望已永遠消逝。韋勒比將繼續待在倫敦展開忙碌的新生活，充實的行程裡卻絲毫沒有她參與的餘地，離開這樣的傷心地依然令她情不自禁淚流滿面。

即將離開倫敦，倒是令艾蓮娜相當高興。她在倫敦沒有戀戀不捨、滿心惦記的對象，沒有任何人讓她擔心往後再也見不到面，因此她相當高興能擺脫璐西的糾纏，很慶幸在碰到婚後的韋勒比之前，就能帶著妹妹離開；她更滿心期待回到巴頓後，過上幾個月風平浪靜的生活，就能撫平瑪莉安內心的傷痛，也讓自己的心情更加平靜。

這趟旅程相當順利。隔天她們就經過索美塞特郡，這裡究竟是令人鍾愛的好去處，或是避之唯恐不及的傷心地，端看瑪莉安的心情而定。到了第三天上午，一行人便抵達了克利夫蘭。

克利夫蘭是棟寬敞新穎的房子，坐落於芳草如茵的山坡上。雖然沒有偌大的庭園，卻坐擁十分遼闊的遊樂場。一如許多漂亮顯赫的宅邸，這裡四處可見開闊無際的灌木叢，林蔭間小徑交錯，一條平滑的石子路環繞著林地蜿蜒而行，一路通向前門；草坪上散布著幾株樹木，房子四周則環繞著冷杉、花楸樹和刺槐，幾棵高大的倫巴底白楊樹點綴其中，形成厚實的天然屏障，將宅邸遮蔽得十分密實。

瑪莉安進到屋裡，想到如今距離巴頓僅有八十英里之遙，離庫姆莊園更是不到三十英里，心中頓時五味雜陳。才進屋五分鐘，其他人正忙著協助夏綠蒂招呼管家安頓小孩，她便又走了出來，悄悄穿過蜿蜒的灌木叢。這些灌木叢已蓄勢待發，正逐漸展現爭奇鬥豔之姿。她爬上附近的小山，從一座古希臘式神殿向東南方放眼遠眺，鄉村景色盡收眼底。她的視線不自覺停留在最遠方的山陵，猜想站在山頂上或許能見到庫姆莊園。

此時此刻憶起自己的際遇，即使不堪回首，卻也是無可取代的寶貴教訓，瑪莉安悲喜交加，不禁潸然淚下，慶幸如今身在克利夫蘭。她挑了不同的路徑返回屋裡，十分高興回到鄉間就是如此自由自在，能隨心所欲，盡情地四處漫步。她暗自打定主意，和帕瑪夫婦待在克利夫蘭的日子裡，分分秒秒都要沉浸於獨自在鄉間漫遊的樂趣。

她回到家裡時，正好趕上一行人準備出門，到屋子四周散散心。她們在花園裡散步，一面欣賞牆上盛開的花叢，一面聽著園丁抱怨植物受到的病害。接著他們走進溫室，由於照顧不周，加上霜季結束得晚，夏綠蒂最喜歡的植物就這麼凍死了，不禁令她哈哈大笑。最後一行人走到養雞場，女工失望地說，母雞要不是離開了窩，就是被狐狸咬走，原本健康的小雞也紛紛夭折，又引來夏綠蒂笑聲連連。這一上午時間很快就消磨過去了。

整個上午天氣晴朗乾爽。瑪莉安盤算著到戶外活動時，並未預期待在克利夫蘭的期間天氣會有所變化；因此當她吃完晚飯[130]準備再次外出時，一場連綿大雨卻打亂她的計畫，不禁讓她感到十分詫異。她原本打算趁著黃昏到古希臘神殿和四周散散步，天氣若只是稍微濕冷些，還不至於讓她打退堂鼓；但是這場傾盆大雨毫不停歇，顯然不是適合散步的舒適天氣。

屋裡幾個人安安靜靜地消磨著時光。帕瑪夫人忙著照顧小孩，詹寧斯夫人則埋首於繡掛毯；母女倆談著待在倫敦的家人，猜想米德頓女士正計畫著什麼聚會，當晚帕瑪先生和布蘭登上校的旅程是否已過了雷丁[131]。儘管艾蓮娜對這些話題不感興趣，卻還是加入她們的談話。即使大多數家庭都容易忽視圖書室，但是瑪莉安無論身在何處，總有能耐找出屋裡的藏書，因此很快就為自己挑了一本，閱讀起來。

帕瑪夫人相當親切友善，這對姊妹倆而言就是賓至如歸的待客之道。她的儀態不甚拘謹優雅，有時似乎顯得不夠周到，坦率熱情的性格卻足以彌補一切；那張漂亮的臉蛋將她的親切友善襯托得更具魅力；她雖然傻裡傻氣，不過個性並不傲慢，因此不會招致反感。艾蓮娜對她處處寬容，唯獨無法接受她的笑聲。

隔天依然下了大半天的雨，女士們的談話興致大為低落，幸好兩位紳士趕上晚餐，屋裡頓時熱鬧許多，聊天話題更是變得五花八門，氣氛十分歡愉熱絡。

艾蓮娜很少見到帕瑪先生，短短幾次碰面下來，他對姊妹倆的態度都捉摸不定，艾蓮娜也無從猜想他在家裡的真實模樣。然而，艾蓮娜發現他對待客人的態度相當周到，偶爾才對自己的妻子和岳母有些無禮，因此有他相伴，倒也成了挺愉快的事。只是，有時他自視甚高，總認為自己高人一等，在詹寧斯夫人與夏綠蒂面前更常流露出這種優越感。

至於性格的其他方面與生活習慣，就他的性別與年齡而論，艾蓮娜並未看出任何不尋常之處。他對三餐十分講究，行蹤不定；明明很疼愛自己的小孩，卻總要裝作沒放在心上；他本該

130 當時通常在四點食用晚餐，因此用餐完約莫六點以後。

131 雷丁（Reading）與倫敦相隔約一天的路程。

做些正經事[132]，但是每天早上都待在撞球室消磨時間。整體而言，艾蓮娜確實比想像中還欣賞帕瑪先生，不過無法更進一步喜歡他，也不為此感到遺憾。她觀察到帕瑪先生是享樂主義至上、自私狂妄的人，總令她回想起愛德華慷慨無私、樸實謙遜的性格，不禁感到得意起來。

布蘭登上校最近剛去了一趟多塞特郡，艾蓮娜從他那裡得知愛德華的近況，至少聽到了一部分消息。布蘭登上校將艾蓮娜視為愛德華身邊最為無私的朋友，也是最了解自己的知心朋友，因此滔滔不絕地與她談起戴拉弗的牧師公館，細數那棟房子的缺點，並解釋自己打算如何整修。

不僅這件事，還有許多時候，布蘭登上校對待艾蓮娜的態度都相當熱絡。不過分別短短十天，布蘭登上校就顯得非常高興見到她；他平時總是熱切地與艾蓮娜談天，並對她的看法推崇備至。一切似乎都與詹寧斯夫人認定他喜歡艾蓮娜的想法不謀而合。要不是打從一開始，艾蓮娜就深信他真正喜歡的人是瑪莉安，恐怕連她自己也要起疑心了。

然而，若非詹寧斯夫人有此想法，艾蓮娜幾乎不曾認為布蘭登上校會愛上自己。與詹寧斯夫人相比，她相信自己的觀察力略勝一籌，因為她會注意布蘭登上校的眼神，詹寧斯夫人卻只觀察他的行為舉止。瑪莉安開始感到頭痛和喉嚨痛，彷彿出現重感冒的症狀時，他那焦慮眼神便已流露出對她的關心。由於他並未說出口，詹寧斯夫人自然對這份關切渾然未覺；她卻從這副神情中，觀察到情人的急切心情和過度憂慮。

第三、四天傍晚，瑪莉安兩度趁著黃昏時分外出散步，她不只漫步於灌木叢間的石子路，還走遍四周的庭園，甚至逛到最遠的盡頭，那裡顯得更加荒涼，樹木最為古老；青草不僅長得特別長，也格外潮溼，加上瑪莉安竟然穿著打溼的鞋襪席地而坐，因此得了一場相當嚴重的感冒。起初一、兩天只是微恙，瑪莉安甚至矢口否認自己不舒服。然而接下來幾天，症狀明顯加劇，不僅引來所有人的關切，瑪莉安自己也才有所意識。一群人七嘴八舌為她開藥單，瑪莉安卻一如往常全數婉拒。儘管她發著高燒，四肢疼痛，喉嚨既不舒服又咳個不停，她仍相信一夜好眠就能讓自己徹底痊癒。在她上床睡覺前，艾蓮娜費了好大一番工夫，才說服她嘗試一、兩帖最簡單的藥方。

132 正經事：例如管理資產，或是監督負責管理資產的代理人。

43

隔天早上，瑪莉安依然按照平日的時間起床，向所有關心她的人表示她已經好多了，並且立即埋首於平日的工作，試著證實已痊癒不少。但是一整天下來，她要不是坐在爐火邊瑟瑟抖個不停，完全無法閱讀拿在手裡的書，就是虛弱無力地躺在沙發上，絲毫沒有出現好轉的跡象。由於身體越來越不舒服，最後她只好早早上床休息。布蘭登上校見到艾蓮娜一派安然，感到十分詫異。艾蓮娜不顧瑪莉安反對，整天親自在旁照料她，並逼她在睡前吃點藥；然而艾蓮娜和妹妹一樣，相信睡一覺就會康復許多，心中毫無警覺。

不過結果令姊妹倆大失所望。瑪莉安整晚發高燒，輾轉難眠。她早上堅持起床，卻又不得不承認自己無法坐起身來，再次倒回床上。艾蓮娜隨即聽從詹寧斯夫人的建議，差人請來帕瑪夫婦的家庭醫生[133]。

醫生前來為瑪莉安診斷後，雖然安慰艾蓮娜，瑪莉安不消幾天就能痊癒，卻又告知所有人，她的病症很可能是白喉[134]，甚至說出「傳染」這個字眼，讓帕瑪夫人頓時大驚失色，擔憂起自己的孩子來。相較於艾蓮娜，詹寧斯夫人起初就認為瑪莉安的病情頗為嚴重，聽了哈里斯先生的說明後，如今一臉凝重，同樣擔心夏綠蒂的恐懼成真，認為謹慎為妙，隨即力勸她帶著孩子搬出家裡。帕瑪先生雖然認定兩人小題大作，卻無法招架驚慌失措的夫人，因此同意讓她離開。哈里斯先生登門不到一個鐘頭，帕瑪夫人隨即帶著小兒子和保母前往丈夫的親戚家，距離巴斯對面不過數英里之遙。帕瑪先生拗不過夫人的苦苦哀求，答應一、兩天後就會到親戚家與她作伴。帕瑪夫人同樣希望母親作陪，但是，古道熱腸的詹寧斯夫人堅持，在瑪莉安痊癒之前，她絕不會離開克利夫蘭半步，不禁讓艾蓮娜打從心底喜歡她。艾蓮娜既然將瑪莉安帶離母親身邊，自然代為肩負起母親的職責，給予瑪莉安無微不至的照料。艾蓮娜發現詹寧斯夫人是相當熱心的得力助手，總是盡力盡心替她分攤照顧的辛勞，豐富的看護經驗也大大派上用場。

這場病讓可憐的瑪莉安極度虛弱無力，她深知自己病得不輕，明天恐怕也不見好轉跡象；一想到明天的計畫泡湯，失望之情似乎讓這場來得不是時候的病情更趨嚴重。原本隔天她們就要啟程返家，由詹寧斯夫人的一名僕人隨行照料，後天下午便能出其不意地出現在母親面前。瑪莉安沒有力氣多說什麼，一開口就一個勁兒地埋怨，這下子不得不延後回家的行程了。艾蓮娜試著讓瑪莉安打起精神，要妹妹相信這場病不會耽擱太多時間，她自己當時也確實是這麼想的。

133 此處指的其實是藥劑師（apothecary），主要負責販售藥品，在當時大多扮演家庭醫師的角色。雖然專業不及真正的醫生，卻能隨傳隨到。

134 由細菌引起的急性呼吸道傳染病。

隔天，瑪莉安的病情幾乎毫無變化，沒有好轉，不過至少也沒有惡化。屋裡又顯得更加空蕩了。帕瑪先生一方面出於一片好心，另一方面也不想讓人認為他被妻子擾亂得驚慌，原本不願意離開；最終在布蘭登上校的說服下他才依約前去陪伴夫人。當帕瑪先生啟程出發時，布蘭登上校才更加勉強地表示，自己也該走了。

不過，好心的詹寧斯夫人抓準了時機開口。她認為布蘭登上校的情人正為了妹妹忙得焦頭爛額，若是讓他此時離開，雙方想必都十分難受，因此立刻表示她需要上校待在克利夫蘭幫忙；當達希伍德小姐待在樓上陪伴妹妹，她就需要上校陪著玩皮克牌[135]，打發晚上的時光。詹寧斯夫人如此堅決挽留，正合布蘭登上校的心意，自然恭敬不如從命；帕瑪先生更是積極替詹寧斯夫人幫腔，能留個得力助手陪伴達希伍德小姐應付突發狀況，或是給她出些主意，似乎讓他安心不少。

瑪莉安自然對一切安排一無所知。她不曉得屋主為了自己，抵達克利夫蘭才短短不過一週就得搬離。即使不見帕瑪夫人蹤影，她絲毫不感驚訝，也漠不關心，未曾開口提起。

帕瑪先生離開兩天後，瑪莉安的病情依舊不見起色。哈里斯先生每天都來為她看診，依然保證她很快就會好起來，艾蓮娜也始終抱持十分樂觀的態度。相較之下，其他人可就高興不起來了。早在瑪莉安發病之初，詹寧斯夫人就認定她不可能撐過來；布蘭登上校成天聽著詹寧斯夫人的不祥預感，毫無招架之力，心情同樣大受影響。他試著以理性的角度克服恐懼，畢竟醫生的診斷截然不同，這種擔憂顯得相當可笑；但是他每天大多時間只能獨處，自然無法擺脫不由自主浮現的負面想法，甚至幾乎認定自己再也見不到瑪莉安了。

不過到了第三天早上，兩人的悲觀想法幾乎煙消雲散，因為哈里斯先生抵達後，宣布瑪莉安的病情已有明顯起色。她的脈搏變得有力許多，所有症狀也比前一天和緩。艾蓮娜的希望並未落空，高興得眉開眼笑；因此寫信給母親時，她並未採納其他人的見解，仍堅持自己的判斷，對這場讓她們滯留在克利夫蘭的病情輕描淡寫，幾乎能決定好瑪莉安康復啟程的日子。

沒想到，這天早上的樂觀情景並未延續到最後。到了晚上，瑪莉安的病情再次加重，變得昏昏欲睡，遠比之前更加煩躁不適。艾蓮娜依然樂觀地認定，這只是因為瑪莉安坐在一旁等待鋪床時過於疲累，於是悉心照料她服下醫生開的強心藥帖[136]，並滿意地看著她沉沉睡去，相信一夜好眠能帶給她莫大助益。瑪莉安雖然沒有睡得如艾蓮娜預期般安穩，不過至少睡了好一陣子；艾蓮娜希望親眼見到妹妹睡醒後好轉許多，決定寸步不離地守在她身旁。詹寧斯夫人對於瑪莉安的病情變化毫不知情，反而比平日還早上床睡覺；她的女佣也是負責照料的護士之一，同樣回管家房裡歇息，只留下艾蓮娜獨自陪伴瑪莉安。

瑪莉安睡得越來越不安穩，艾蓮娜不停看著她輾轉難眠，嘴裡還不時發出含糊不清的囁嚅聲，正不忍心地想直接叫醒她時，屋裡某些聲響卻突然驚醒了瑪莉安，她猛然坐起身，發狂似

135 皮克牌（Piquet）：一種兩人對玩的紙牌遊戲。

136 強心藥帖（cordials prescribed）：cordial 為味道芳香的藥水，可強化心臟功能，增加血液循環。

地激動大喊：

「媽媽來了嗎？」

「還沒。」艾蓮娜高聲說，一面掩飾心裡的驚恐，一面扶著瑪莉安再次躺回床上。「不過我希望她很快就會抵達。妳也知道，巴頓到這裡還有一段距離。」

「可是她千萬不能從倫敦繞道而來。」瑪莉安同樣急促地大聲嚷道，「她要是去了倫敦，我就再也見不到她了。」

艾蓮娜立刻警覺到瑪莉安有些失常，一面試圖安撫她，一面急著測量她的脈搏。她的脈搏從未如此微弱、如此急促！瑪莉安依然激動地想見母親，讓艾蓮娜驚覺事態嚴重，決定立刻派人叫來哈里斯先生，也必須找人到巴頓將母親帶來。她一打定主意，立刻打算先和布蘭登上校商量如何將母親帶來；她拉鈴找來女佣代為照顧妹妹，隨即趕到客廳去，她知道布蘭登上校總會在客廳待到很晚的時間。

此時刻不容緩，艾蓮娜一股腦兒說出了自己的擔憂與為難。布蘭登上校既沒有勇氣，也沒有自信能化解她心中的恐懼，只能沮喪地傾聽著，不發一語。但是她面臨的難題卻立即得到解決——他彷彿早已準備就緒，就等著她開口似的，自告奮勇前往巴頓將達希伍德夫人接來。艾蓮娜沒有客套太多，隨即接受；她誠摯而簡短地致謝，趁著布蘭登上校吩咐僕人送信給哈里斯先生，並立刻備妥驛馬時，艾蓮娜也趕緊寫了封給母親的短箋。

此時此刻，能有布蘭登上校這樣的朋友在旁給予安慰，能有如此可靠的人陪伴母親，令艾蓮娜多麼慶幸呀！有布蘭登上校在母親身邊，他那可靠的判斷力將為母親指點迷津，他的陪伴能令母親感到安心，其真摯友情更會帶來莫大慰藉！他的陪伴，他的真誠態度，他的協助，勢必能減輕這趟突如其來的遠行帶給母親的衝擊。

與此同時，無論布蘭登上校如何心煩意亂，行動依然冷靜堅決，將一切安排妥當，並精確計算回程所需的時間。未耽擱一分一秒，馬匹甚至比預期還早抵達，布蘭登上校神色嚴肅地握了握艾蓮娜的手，低聲說了幾句話，她還來不及聽清楚，他就匆忙上了馬車。此刻約莫午夜十二時，艾蓮娜回到妹妹的房裡等待醫生前來，徹夜未眠地守著瑪莉安。這一夜對姊妹倆而言都備受煎熬，瑪莉安輾轉難眠，神智不清地胡言亂語；在哈里斯先生抵達之前，艾蓮娜始終心急如焚。她之前過於放心，如今一擔憂起來，頓時備感痛苦。艾蓮娜不願讓女佣喚醒詹寧斯夫人，將她留在身旁一同熬夜；但是女佣一再提起詹寧斯夫人的不祥預感，反而令艾蓮娜更加心慌意亂。

瑪莉安的意識斷斷續續，依然一心惦記著母親；每當她提及母親，可憐的艾蓮娜就感到心如刀割。她自責這麼多天來都輕忽了病情，急著想找出立見成效的治療方法；卻又擔心這場病拖得太久，或許做再多也只是徒勞無功。她甚至忍不住胡思亂想，可憐的母親抵達時，恐怕已來不及見上親愛的女兒一面，或是再也看不到她意識清楚的模樣。

艾蓮娜正打算派人再去請一次哈里斯先生，要是他不能前來，就另請高明；不過哈里斯醫生剛好抵達，此時已經超過凌晨五點了。幸好他的說法稍微彌補了自己姍姍來遲一事。雖然他承認瑪莉安的病情變化出人意料，亦不樂見如此狀況，但是他不會讓病人陷入險境，並向艾蓮娜提到，一種全新的治療方式可發揮良好功效。他說得胸有成竹，令艾蓮娜也添了幾分信心。哈里斯醫生答應，三、四個小時後會再回來一趟。醫生離去時，瑪莉安的病情已比他初見時穩定許多；儘管艾蓮娜仍滿心焦慮，卻也同樣平靜不少。

一早，詹寧斯夫人才聽聞事情經過，不禁憂心忡忡，責怪她們為什麼不找她幫忙。一整晚的折騰再次驗證她之前的不祥預感，讓她對最壞的情況更加深信不疑；儘管她開口安慰艾蓮娜，心中卻已認定瑪莉安病情危急，無法抱持任何希望。她感到傷心欲絕。瑪莉安還如此年輕、如此討人喜歡，卻在一夕之間遭病魔摧殘，年紀輕輕就要香消玉殞，即使是毫無關係的外人，見了也會感到晴天霹靂。她對瑪莉安滿心同情，原因還不僅於此。詹寧斯夫人陪著瑪莉安整整三個月，至今仍對她照顧有加，深知她備受失戀之苦，長久以來鬱鬱寡歡；詹寧斯夫人最疼愛瑪莉安的姊姊，同樣將艾蓮娜受到的折磨看在眼裡。至於姊妹倆的母親，詹寧斯夫人一想到，瑪莉安對達希伍德夫人而言，就好比夏綠蒂在自己心目中的地位，不禁打從心底對她的痛苦感同身受。

哈里斯先生的第二次來訪相當準時，卻大為失望地發現他先前開的藥方並未發揮預期中的療效。他的藥物毫無作用，瑪莉安高燒不退，只是變得更加安靜；她不僅沒有恢復意識，反而更加不省人事。艾蓮娜將一切看在眼裡，甚至注意到他的恐懼，心裡不禁更加害怕，因此提議找其他醫生過來，他卻認為無此必要，他還能嘗試其他方法，仍有未曾使用的藥方，他相信這次一定能奏效，一如剛才充滿信心的模樣。臨走之前，他依然對達希伍德小姐再三保證其療效，艾蓮娜卻只當作耳邊風，並未打從心底相信。除了想起母親會令她感到痛心，艾蓮娜依然能保持平靜，心裡卻幾乎感到絕望。直到中午，她始終深陷同樣的狀態，未曾離開瑪莉安的床側半步，腦中浮現的淨是令人悲傷的畫面，想像身邊所有人都感到悲痛欲絕。詹寧斯夫人的一席話更令艾蓮娜情緒潰堤，她信誓旦旦地表示，瑪莉安為情憔悴了好幾個星期，才會導致現在一病不起。艾蓮娜認為這番推論不無道理，心裡不禁感到更加悲痛。

但是近中午時分，艾蓮娜開始浮現一絲希望，似乎感覺到瑪莉安的脈搏稍有起色；她相當小心翼翼，害怕希望再次落空，因此暫時保持沉默，甚至對詹寧斯夫人隻字未提。她耐心等待、密切觀察，不停反覆診脈，最後她再也無法故作鎮靜地繼續按捺滿心焦慮，決定將這一線希望告訴詹寧斯夫人。詹寧斯夫人親自量了量瑪莉安的脈搏，雖然不得不承認確實稍有起色，卻還是不希望艾蓮娜認定這樣的狀況可以持續下去。艾蓮娜仔細考量所有可疑跡象，同樣告訴自己不能抱持希望。但是太遲了。希望的種子已在她心裡萌芽，令她焦慮難耐，不由自主彎下腰仔細看著妹妹，卻不曉得自己在觀察什麼。過了半小時，這個令人高興的徵兆並未消失，甚至出現其他跡象，在在顯示病情已有所好轉：無論呼吸、膚色和唇色，看在艾蓮娜眼裡都漸入佳境。瑪莉安看著艾蓮娜的眼神雖然滿是倦怠，卻已恢復神智。如今艾蓮娜憂喜參半，更加坐立難安，直到哈里斯先生在下午四點鐘來訪。他認為瑪莉安的復原狀況超乎預期，向艾蓮娜表示祝賀；艾蓮娜頓時信心大增，深感安慰，不禁喜極而泣。

瑪莉安各方面的狀況漸趨穩定，哈里斯醫生判定已完全脫離險境。瑪莉安的病情一度應驗了詹寧斯夫人的部分預感，似乎已令她心滿意足，因此她決定相信醫生的診斷，打從心底欣喜不已，很快就興高采烈地期待起瑪莉安完全康復。

艾蓮娜無法表現得欣喜若狂。她的喜悅帶有不同意涵，並非純粹感到快樂。瑪莉安從鬼門關走了一遭，再次重獲新生，回到朋友與疼愛她的母親身邊，讓艾蓮娜感到欣慰不已，發自內心充滿感激。但是從外表看不出一絲雀躍，而是沉默不語，臉上毫無笑容。她將一切滿足藏進心底，毋須大肆宣揚，卻是如此真摯而濃烈。

艾蓮娜依然守在妹妹身邊寸步不離，整個下午幾乎未曾歇息；她盡心盡力安撫瑪莉安恐懼的心情，為虛弱的她耐心回答每個問題，一切有求必應，甚至密切觀察她的眼神和呼吸頻率。即使病情好轉，也有可能再次復發，因此艾蓮娜有時仍不免焦慮，不敢掉以輕心。但是，艾蓮娜相當頻繁地細心觀察，一切跡象皆顯示瑪莉安正穩定康復。到了晚上六點，瑪莉安總算睡了個安穩平靜的好覺，艾蓮娜也終於一掃心中的疑慮，真正放下心來。

時間一分一秒過去，布蘭登上校似乎也該回來了。母親現在正憂心忡忡地趕來，艾蓮娜相信約莫晚上十點，或者頂多再晚一些，母親就能平安抵達，一路上驚恐不安的心也能得到安放。還有可憐的上校！他該多麼憂心牽掛啊！噢，時間怎麼不過得快一點，別再讓他們提心吊膽呢？

晚上七點，瑪莉安仍睡得香甜，艾蓮娜便與詹寧斯夫人一同在客廳裡喝茶。早餐時她心裡仍忐忑不安，胃口不佳；晚餐時又因為瑪莉安突然有起色，同樣吃得不多。如今總算放下心來，因此也能好好享用茶點。詹寧斯夫人勸她在母親抵達前稍作休息，自己可以代為照顧瑪莉安；然而艾蓮娜絲毫不感疲憊，當下沒有一絲睡意。若非不得已的原因，她說什麼也不願離開妹妹半步。詹寧斯夫人陪艾蓮娜上樓探視瑪莉安，確定她的狀況依然穩定，就留艾蓮娜獨自照料妹妹，沉澱思緒。詹寧斯夫人隨後回到自己的房裡寫信，接著便上床睡覺。

這天晚上風雨交加，非常寒冷。狂風在屋外呼嘯，大雨陣陣潑打在窗上。艾蓮娜滿心喜悅，對風雨不以為意，瑪莉安也未曾受風雨聲驚擾。至於仍在趕路的一行人，由於屋裡有個天大的好消息正等著他們，如今忍受的一切不便也都值得了。

時鐘敲了八下。假如現在已是晚上十點，屋外傳來的馬車聲響想必讓艾蓮娜不疑有他。由於她確信自己真的聽到了馬車的聲響，儘管他們不可能這麼早抵達，她依然立即走到一旁的更衣室，打開百葉窗一探究竟。眼前所見令她隨即明白，自己果然沒有聽錯：一輛馬車的車燈立刻映入眼簾，在搖曳不定的光線下，她依稀辨識出足足四匹馬拖著馬車前來，不僅傳達出母親的焦慮，也說明了為何他們能如此迅速抵達。

艾蓮娜這輩子還不曾像此刻那麼激動，難以保持冷靜。她想像馬車停在門口時，母親會抱持什麼樣的心情下車——想必驚惶失措、恐懼萬分，甚至感到滿心絕望吧！但是她要告訴母親的，又是多麼令人高興的好消息！光想至此，她便無法再故作鎮定。事不宜遲，她找來詹寧斯夫人的女佣看顧瑪莉安，隨即飛奔下樓。

她經過內廊時，聽到門廳傳來一陣騷動，知道他們已經進到屋裡。她立刻衝進客廳——見到的人卻是韋勒比。

44

艾蓮娜一見到他，頓時驚慌失措，立即轉身離開。她的手正準備伸向門把，他卻連忙上前阻止她，開口的語氣與其說是懇求，更像是命令：

「達希伍德小姐，請妳留下來半小時——十分鐘就好。」

她堅決地說：「不，先生。我不要待在這裡。我和你之間沒什麼好談的。我想僕人忘了告訴你一聲，帕瑪先生目前並不在家。」

他激動地提高音量：「即使他們告訴我，帕瑪先生一家人全都下地獄去了，我也還是會進屋裡來。我就是專程來找妳的，而且只和妳一人談。」

「找我！」艾蓮娜相當震驚：「那麼，先生，請長話短說——如果可以的話，也請你不要這麼激動。」

「先坐下，我會冷靜迅速地把話說完。」

她有些猶豫，感到不知所措。她突然想到，說不定布蘭登上校會正巧上門，就在這裡撞見他們。但是她已經答應要聽他說完了，這不僅攸關自尊，也勾起了她的好奇心。她想了一會兒，認為還是謹慎為妙，若希望盡快結束這場對話，從善如流似乎才為上策，便靜靜地走到桌前坐了下來。他坐在另一端的椅子上，約莫過了半分鐘，兩人依然默不作聲。

「麻煩你有話直說，先生。」艾蓮娜不耐煩地開口，「我沒有太多時間。」

他坐在那兒，深深陷入沉思，似乎並未聽見她所說的話。

過了一會兒，他突然開口：「我聽僕人說，妳妹妹已經脫離險境。真是感謝上帝！不過這是真的嗎？此話不假？」

艾蓮娜沉默以對。他又更急切地問了一次。

「看在上帝的份上，告訴我吧！她已經脫離險境，還是依然在鬼門關徘徊？」

「我們希望她已經沒事了。」

他站起身來，走到客廳另一邊。

「我要是早在半小時前就得知——不過，既然我已經在這裡，」他以故作開朗的語氣說，再次坐了下來。「這表示什麼呢？達希伍德小姐，一次就好，或許這是最後一次了，讓我們開開心心地見個面吧！我現在心情高興得不得了。老實告訴我——」他的臉龐顯得神采奕奕。「你覺得我是個無賴，還是個傻瓜？」

艾蓮娜驚恐地看著他，開始認定他喝醉了。以這副模樣不請自來，似乎找不出其他合理的解釋。因此她隨即站起身來，說：

「韋勒比先生，我建議你現在盡快回去庫姆莊園。我沒有閒情逸致和你待在這裡。無論你想對我說什麼，等你好好想清楚了，明天再來解釋吧！」

「我明白妳的意思。」他回答，露出意味深長的笑容，語氣十分鎮定。「沒錯，我確實醉得厲害。在馬爾伯勒[137]，一品脫波特黑啤酒配上冷牛肉就可以徹底擺平我。」

「在馬爾伯勒！」艾蓮娜高聲說，對他的話越來越摸不著頭緒。

「是的。我今早八點離開倫敦，期間我只花了十分鐘下車，在馬爾伯勒嚐了些點心。」

他的態度相當穩重，眼睛炯炯有神，讓艾蓮娜相信，無論他是為了什麼無可寬恕的愚蠢理由來到克利夫蘭，都不是因為喝醉酒的緣故。因此她想了一會兒，便開口說：

「韋勒比先生，你應該很清楚，我自然也明白不過——發生了這麼多事情之後，你以這種態度出現在這裡，甚至不得不找我談談，絕對有個非常明確的理由。你究竟為什麼來到這裡？」

「我的目的在於，」他嚴肅地說，「如果我辦得到的話，至少稍微降低一些妳現在對我的恨意。我想為過去解釋，好好道歉；我願意對妳和盤托出，並且讓妳明白，即使我過去蠢不可及，也不是無可救藥的無賴，我希望能獲得瑪——令妹[138]的原諒。」

「這就是你來此的真正原因？」

137 馬爾伯勒（Marlborough）：位於英格蘭西南部的威爾特郡（Wiltshire），當時坐落在倫敦與布里斯托之間的驛道上。

138 唯有訂婚的男女才能直呼彼此的教名。韋勒比過往習慣直呼瑪莉安的名字，如今意識到此舉甚為不妥。

他回答：「我發誓絕無半點虛假。」那熱情的語氣，讓艾蓮娜回想起過去的韋勒比，不禁相信他確實真心誠意。

「若真的是這樣，或許你已經獲得想要的答案了。因為瑪莉安確實——她很早就原諒你了。」

「真的嗎？」他高聲問道，語氣同樣急切。「那麼，她早在應該原諒我之前，就已經寬恕我了。但是她想必會再次諒解我，而且是出於更充分的理由。現在，妳願意聽我說嗎？」

艾蓮娜點點頭。

她抱著期待的心情，等著他沉思了一段時間後，韋勒比開口道：「我不曉得妳如何看待我對令妹的態度，也無從得知妳會為我冠上多麼邪惡的動機。或許妳對我的好感已蕩然無存，不過這還是值得妳一聽，我會將一切娓娓道來。最初與妳們一家人相識，我並未抱著任何意圖，只是希望不得不待在德文郡時，還有機會愉快地消磨時間，我也確實度過這輩子最快樂的一段時光。

「令妹長得非常漂亮，舉止迷人，深深吸引著我。幾乎打從一開始，她對我的態度就——每每回想起當時的狀況，還有她那副模樣，我總是十分訝異，自己的感覺竟然如此遲鈍！但是我必須坦承，起初她只勾起了我的虛榮心。我並未考慮她的幸福，只顧著自己玩樂；我放任自己深陷於過往經常沉溺的感情，因此想方設法討她歡心，卻沒有想過回應她的愛意。」

此時，達希伍德小姐抬起頭來看著他，眼神飽含憤怒與輕蔑，開口打斷他：

「說到這裡就夠了，韋勒比先生。你毋須多言，我實在聽不下去了。你一開口就是這種話，接下來的內容恐怕也好不到哪裡去。別再用這個話題繼續折磨我。」

「妳一定要聽我說完。」他回答：「我的財產不多，生活卻過得十分奢華，總是結交比我富有的朋友。在我成年後，我想甚至早在成年以前，債臺便已日漸高築。雖然表姑史密斯夫人過世後我就能一舉還清債務，但是這件事充滿變數，或許還要很久以後才會發生。因此有一段時間，我一心想娶個有錢的夫人，藉此重建自己的財力。所以我未曾想過要與令妹結婚。我如此卑鄙自私、冷酷無情，無論旁人，甚至是妳，用再怎麼憤慨、鄙視的眼神指責我，也一點都不為過。我的所作所為就是如此，我試著贏取她的芳心，卻未曾想過有所回報。

「然而，我必須為自己說句話：即使我自私自利、愛慕虛榮，我也未曾明白自己帶給旁人多大的傷害，因為我當時還不了解什麼是愛情。我可曾真正懂得如何愛人？這確實讓人有所質疑。假如我真懂得愛人，怎麼可能為了貪圖財富而犧牲自己的感情？更糟的是，我又怎能犧牲她的愛情？然而，我確實讓她失望了。我不想讓自己過窮苦的日子，即使她的心意和陪伴可以克服所有困難，我依然選擇衣食無缺的富裕生活，卻也失去讓我感到快樂的一切。」

「所以，」艾蓮娜說，態度有些軟化。「你承認自己深愛過她？」

「見到這麼漂亮迷人的女孩卻不動心，將如此柔情拒於千里之外，世界上有哪個男人辦得到呢？沒錯，我發現不知不覺中，自己已無可自拔地愛上她；和她在一起是我這輩子最快樂的時光，我對她真心誠意，愛得光明磊落。但是即使當時我下定決心表白，還是放任自己一天拖過一天；我的經濟狀況相當困窘，實在不願在當時開口求婚。在此我無從為自己辯解，也不願聽妳數落這件事何其荒謬。或許荒謬還不足以形容這糟糕的程度——我理當給予承諾，卻遲遲不願履行自己的義務。

「這件事證明我是個狡猾的傻瓜，小心翼翼地為自己挖了個陷阱，一不小心就會一輩子背負卑鄙無恥的汙名。但是我終究下定了決心。我打定主意，只要能與她獨處，就要明確向她表白，我自始至終都心繫於她，也一直竭盡所能展現對她的愛意。

「然而，在這期間——在我有機會單獨與她談話之前，也不過幾個鐘頭的時間，就發生了一件不幸的事，讓我的決心頓時瓦解，也讓我的幸福毀於一旦。這件事終究紙包不住火。」他在此有些猶豫不決，低下頭來。「史密斯夫人不曉得從哪裡得知消息，我想或許是某位遠親，一心想奪走史密斯夫人對我的疼愛，就向她告了密——我想不必多作解釋了。」他看著艾蓮娜，臉色有些漲紅，眼神流露出詢問的意味，「妳和他特別親近——或許妳很早就聽過來龍去脈了。」

「確實。」艾蓮娜回答，臉色同樣漲得通紅，再次鐵下心來，決定不再給他一絲憐憫。「我全都聽說了。我得承認，你犯下如此可怕的錯誤，我實在不曉得你還能如何為自己辯解。」

韋勒比高聲說：「別忘了妳是從誰那裡聽來的。對方真的毫無偏見嗎？我承認，我應該尊重她的身分和品格。我並非為自己找藉口，但是也不能讓妳認定我無從辯解：只因為她受了傷，她就毋須遭受責難；只因為我放蕩不羈，她就一定是個品格高尚的人。她熱情如火，卻缺乏理智，不顧後果[139]——我並非有意為自己辯護。她對我的一番心意，值得我以更好的態度回報她。我經常回想起過往，滿心自責；她的溫柔情意，曾讓我一時想予以回報。我希望——我由衷希望從未發生過這種事。我不僅傷害了她，也傷害另一個對我情深意重的女孩——我能這麼說嗎？——這個女孩對我的感情不亞於她，這個女孩的心地——噢！多麼高尚啊！」

「可是，你對那個不幸的女孩漠不關心。儘管談論這個話題令我感到無比難受，我還是得說，你毫不留情地棄她於不顧，之後依然表現得漠不關心，表示你根本毫無歉意。不要以為將她的脆弱或天生缺乏理智做為藉口，就能掩飾你不負責任的殘忍行徑。你一定心知肚明，當你在德文郡盡情享樂、興高采烈地追求新歡之際，她卻深陷一貧如洗的絕境。」

「但是我發誓，我真的對此一無所知。」他誠懇地答說，「我不記得自己拒絕給她地址。她如果還有些常識，就會知道如何找到我。」

「好吧，先生，史密斯夫人又怎麼說？」

「她立刻譴責我的過失，妳也猜得到我自然亂了陣腳。她的生活單純，想法一板一眼，與世隔絕——一切都對我大為不利。我無法否認這件事，再怎麼努力也不可能大事化小。我相信，她之前早已質疑我的所作所為有違道德規範，後來探望她時，她越來越不滿我對她漠不關心，很少陪在她身旁。簡而言之，她最後終究與我撕破臉。只有一個方式能讓我拉自己一把。

139 韋勒比暗指伊莉莎白才是勾引他的始作俑者。

她的道德標準十分崇高，她說只要我願意娶伊莉莎白，一切就既往不咎。這怎麼可能呢？因此我正式從她的繼承人名單上除名，也被趕出她的房子。我打算隔天早上離開，當晚徹夜絞盡腦汁，仔細思考未來該何去何從。我在心裡陷入激烈的天人交戰，卻很快就停止掙扎。我對瑪莉安一片真心，堅信她也深愛著我。然而，這依然不足以讓我克服對貧困的恐懼，也無法讓我摒棄追求榮華富貴的錯誤觀念；我天生就愛錢，老是和出手闊綽的有錢人打交道，更助長了我這樣的想法。我相信若開口求婚，一定能與現任妻子結婚。因此我說服自己相信，經過謹慎思考，這已經是唯一的出路，別無他法。

「在我離開德文郡之前，卻有件棘手的事等著我——我當天受邀與妳們共進晚餐，勢必得為了無法守約而致歉。我不曉得該寄封道歉信，或是當面表明才好，心裡花了很長一段時間猶豫不決。要與瑪莉安見面令我卻步，甚至不曉得自己該不該與她再次見面，以免動搖我的決心。事實證明，在這一點上，我顯然低估了自己的勇氣；我確實赴約見到了她，看她在我面前傷心欲絕，卻也就這麼離她而去，並且希望自己這輩子再也不會見到她。」

「韋勒比先生，你為什麼要去呢？」艾蓮娜用責備的語氣說：「你只要寫封短箋就夠了。為什麼要親自上門？」

「我為了維護自尊，不得不去一趟。我不能就這麼離開，讓妳們或這一帶的鄰居懷疑我和史密斯夫人之間發生了什麼事。因此我決定在前往霍尼頓[140]的路上，順道拜訪一趟小屋。見到令妹簡直讓我心慌意亂，更糟的是，當時只有她獨自在家。

「我不曉得妳們都上哪兒去了。前一晚離開她時，我還如此堅決地打定主意要好好對待她！只消再過幾個小時，她就能陪伴我一輩子了！我還記得當時從小屋走向亞倫罕的路上，我是多麼興高采烈，我對自己感到心滿意足，對每個人都露出愉快的笑容！但是，在我們最後一次還能以朋友身分相見時，我滿懷著罪惡感走向她，幾乎連掩飾感情的能力都沒有了。當我告訴她必須馬上離開德文郡時，她顯得如此傷心失望、懊惱不已——那一幕我永遠無法忘懷。她曾經那麼依賴我，對我如此深信不疑！噢，上帝！我是多麼鐵石心腸的混帳啊！」

兩人陷入一陣沉默。艾蓮娜率先開口。

「你可曾告訴她你很快就會回來？」

「我不記得對她說了什麼。」他不耐煩地答道：「可以肯定的是，我沒有對過去著墨太多，很可能談到了往後的事。我想不起來了，多想無益。接著，妳親愛的母親走了進來，態度如此和藹，同樣對我全心信任，更令我招架不住。老天！我簡直備受折磨，痛苦極了。達希伍德小姐，妳一定無法想像，現在回想過去遭受的悲慘際遇，對我而言其實是種安慰。我痛恨自己愚蠢惡劣的行徑，過去為此承受的折磨，如今對我都成了值得高興的原因。沒錯，我離開自己深愛的一切，選擇我漠不關心的一群人。我獨自騎馬前往城裡，旅途乏味，沒有任何說話的同伴。但是我回想過往，卻感到欣喜不已，未來一切更令我滿心期待！我回頭看著巴頓，眼前

140 Honiton，位於德文郡東部的小鎮。

畫面如此撫慰人心。噢，真是一趟美好的旅程！」

他停了下來。

「好吧，先生，」艾蓮娜說，心中雖然有些同情，卻也益發不耐煩，希望他盡快離開。「你說完了嗎？」

「噢，還沒。妳忘了在城裡發生的事嗎？那封可恥的信。她給妳看過嗎？」

「有的，我看了每一封信。」

「我收到她的第一封信時——我很快就收到了，因為我當時幾乎都待在城裡——我的感覺是——若用普通的說法，我的心情難以用言語形容；若是以更簡單的說法，或許是簡單到無法引起共鳴的字眼——我感到非常、非常痛苦。信中的每字每句——如果寫下那封信的可人女孩在這裡，想必不准我使用這老套的隱喻——都彷彿狠狠刺上心頭的利刃；若以同樣老套的說法，知道瑪莉安也在城裡，對我而言不啻晴天霹靂。晴天霹靂和利刃！她會如何數落我呀！我深諳她的品味和想法，甚至比自己的品味和想法更為了解。我確信自己也更為重視她的看法。」

在這段不尋常的談話過程中，艾蓮娜的想法已經翻轉了無數次，如今她再次感到心軟。然而，她認為自己有義務制止對方的想法。

「這樣是不對的，韋勒比先生。別忘了你已是有婦之夫。你只須透露我非聽不可的部分。」

「瑪莉安的信讓我明白，我在她心目中的地位仍一如過往重要，即使我們已分離了好幾個星期，她的心意依舊未曾改變，對我的信任也始終如一，立刻喚醒我滿心的愧疚。我之所以說『喚醒』，是因為我長時間待在倫敦，事務繁忙，感情日漸冷卻，我逐漸成了麻木不仁的無賴，認為自己對她已毫不在意，甚至自以為她同樣已逐漸將我淡忘。我告訴自己，我們過往的感情只不過是為了打發時間，微不足道。我聳了聳肩，證明事實就是如此。我對內心自責的聲音充耳不聞，掩飾每份疑心，不時暗自心想：『要是聽到她結婚的好消息，我一定發自內心為她高興。』

「但是這封信讓我更加認清自己。我明白她確實是世界上最珍惜我的女人，我卻只是不知廉恥地利用了她。然而，我和格雷小姐的婚事已經安排妥當，不可能在此時打退堂鼓。我所能做的，就是對妳們姊妹倆避而不見。我並未回信給瑪莉安，希望如此一來就不會繼續收到她的信，有一段時間甚至決定不要前往柏克萊街。不過最後我認為最明智的做法，還是扮演一個態度冷淡的點頭之交，因此某天早上，我親眼看著妳們都出門後，便留下了自己的名片。」

「你親眼看著我們出門！」

「不僅如此。妳要是知道我多常看著妳們，或是差點與妳們相遇，妳想必會大吃一驚。每當妳們搭著馬車經過，我總是躲進商店避開妳們的視線；我住在龐德街，幾乎每天都會看見妳們其中一人，要不是我自己持續提高警覺，又一心一意想避開妳們的視線，我們不可能這麼長時間碰不到面。

「我同樣儘量躲著米德頓夫婦，以及我們雙方可能都認識的所有人。但我不曉得約翰爵士一家也進城來，因此我在約翰爵士抵達倫敦的第一天時碰見他，隔天造訪詹寧斯夫人的家之後也撞上他。他邀請我參加當晚在他家舉辦的舞會。要是他沒告訴我妳們姊妹倆也會出席，想藉此做為誘因，我大概會不疑有他，放心地前往出席。隔天早上，我又收到一封瑪莉安寄來的短箋，依舊紙短情長、真情流露，在在讓我的行徑顯得更加可憎。我實在無法提筆回信。我試著動筆，卻連一個完整的句子也寫不出來。可是我那天無時無刻都想著她。

「達希伍德小姐，如果妳對我還能有一絲惻隱之心，就請憐憫我當時的處境吧！我全心全意思念著妳的妹妹，卻被迫扮演另一個女人的幸福情人！那三、四個星期以來，我的狀況簡直糟到無以復加。最後，我也毋須多做解釋，那晚我們還是碰面了。我傷害了多麼甜美的女孩！那晚簡直痛苦得不得了。瑪莉安宛如天使般美麗動人，以那麼溫柔的語氣喊我的名字！「噢，老天！她向我伸出手來，要我解釋清楚；她用那雙迷人的眼睛直盯著我，語氣滿是關切！蘇菲亞的嫉妒心簡直如惡魔般可怕，將一切看在眼裡。好吧，這沒什麼大不了，如今都已經結束了。多令人心痛的一晚！我以最快的速度從妳們身旁逃離，但依然看到瑪莉安美麗的臉龐變得一片慘白。那是我見到她的最後一眼，也是她最後出現在我面前的模樣。簡直令人不忍卒睹！我今早以為真要永遠失去她，一想到自己很清楚，見到她最後一面的人會看到她呈現什麼樣的容貌，心裡頓時感到十分寬慰。在我趕來的一路上，她就在我面前，始終在我眼前，無論容貌或氣色，都與那天一模一樣。」

兩人又半晌不發一語，各自陷入沉思。韋勒比率先站起身來，說：

「好吧，我該盡快告辭了。令妹確實好轉許多，已經脫離險境了？」

「我們相當肯定。」

「妳們可憐的母親一定也很高興！她如此疼愛瑪莉安。」

「不過，那封信，韋勒比先生，關於你親筆寫的那封信，你不打算說些什麼嗎？」

「是的，沒錯，我得特別解釋那封信。妳也知道，令妹隔天早上又寫了一封信給我，妳已經看過她寫了什麼。我當時正在艾利森夫婦家裡吃早餐，她的信連同其他信件從我的屋裡送了過來，就在我發現之前，蘇菲亞立刻注意到那封信。那封信的厚度、講究的紙質和筆跡，立刻讓她起了疑心。她聽說我在德文郡和某個年輕女孩曾有過一段情，前一晚目睹的情景讓她知道那名女孩是誰，頓時醋勁大發。她裝作半開玩笑的模樣——如果是自己深愛的女人，這種舉動確實討人喜歡——立刻拆開信讀了起來。她為這番莽撞付出代價，那封信的內容令她苦惱不已。我能忍受她的煩惱，但是她一激動起來，變得不懷好意，說什麼也得安撫她的怒氣。總之，妳覺得我夫人寫的信如何？文筆優雅、語氣溫和、充滿女性的柔情，是嗎？」

「你的夫人！那封信明明是你的筆跡。」

「沒錯。不過，我只是順從她的意思抄下那些句子，我根本沒有臉說出那些話。原文出自於我妻子之手，是她一廂情願的想法和溫和的措辭。但是我又能怎麼辦呢？我們已經訂婚，一切就緒，日子幾乎都定下來了。瞧我現在說話像個笨蛋似的。管他什麼準備，什麼大喜之日！老實說，我確實需要她的錢，以眼前的處境，我做任何事都只是為了不讓她與我決裂。畢竟無論我用什麼方式回覆，瑪莉安和身邊的親友也不會對我的人格改變想法。一切已成定局。「我早就是個十惡不赦的人，無論我是謙卑有禮，或是莽撞無禮，早已無關緊要。『我在她們心目中的形象已經徹底毀壞了。』我心想：『她們將永遠拒我於門外，認定我見異思遷，這封信只會讓她們認為我是個無賴。』我一面想著，不顧一切地豁出去，抄下我夫人寫的內容，連同瑪莉安最後幾件紀念物寄了出去。很不巧地，她的三封信就放在我的皮夾裡，否則我會當作它們不存在，小心翼翼地珍藏一輩子。但是我不得不將它們掏出來，甚至無法獻上一吻。還有那綹頭髮，我始終隨身放在同一個皮夾裡，可是我的夫人半哄半威脅地找了出來。那綹頭髮和所有信物，都從我手上奪走了。」

「你真是大錯特錯，韋勒比先生。真該好好罵你一頓。」儘管艾蓮娜心裡滿是同情，依然以責備的語氣說：「你不該用這種方式提起韋勒比夫人或我的妹妹。是你為自己做出選擇，沒有人逼迫你。你的夫人有權利要求你以禮相待，至少得尊重她。她想必深愛著你，否則不可能與你結婚。你待她如此嚴苛，提起她滿是輕蔑，對瑪莉安也沒有任何好處——我想這對你的良心來說，同樣是種折磨。」

「別在我面前提起我夫人。」他重重地嘆了一口氣，「她不值得妳的同情。我們結婚時她早就清楚我根本不愛她。好吧，我們確實結了婚，一同搬去庫姆莊園，過著幸福快樂的日子，接著也回到城裡開開心心地生活。達希伍德小姐，如今妳同情起我來了嗎？難道我這些話都白說了？在妳看來，我的罪過比起以往，是否已稍微減輕了一些，就算只有一點點也好？我並非總是如此不懷好意。我是否已經為自己洗清了一部分罪名？」

「是的，你確實洗刷了一部分罪名——只有一點點。整體來說，你並未如我先前所認定那般罪大惡極。你的心沒有這麼邪惡，遠遠不如想像中壞心。但是，我很難想像——你一手鑄下的悲慘錯誤，我很難想像還有比這更加惡劣的行徑。」

「令妹康復後，妳願意為我轉達方才這番話嗎？如同妳已對我有些改觀，也讓我稍微挽救自己在她心目中的形象吧！妳說過她已經原諒我了。讓我抱持希望，若她更加明白我的心意和當前的感受，她會更願意發自內心地諒解我，態度更為溫和，而非以那樣的高姿態寬恕我。請告訴她，我的悲慘處境和懺悔之意；請轉告她，我對她的心意始終如一。如果妳願意的話，也請讓她明白，我未曾比此時此刻更加深愛她。」

「我會轉告她必須得知的部分，還你一個公道。但是，你還是沒解釋今天不請自來的真正原因，也尚未說明為何你得知她生病的消息。」

「昨晚我在德魯里巷皇家劇院[141]的大廳遇見約翰．米德頓爵士，這是整整兩個月來我們首次碰面，他一認出我，便來找我說話。自從我結婚後，他就與我斷絕往來，我對此不感意外，也從未懷恨在心。他良善誠實，頭腦卻不甚精明；他對我憤恨難消，對令妹滿是關切，自然忍不住想說些惹惱我的話——說不定他其實不認為這消息會令我大為光火。他直截了當地說了出

---

141 德魯里巷皇家劇院（The Theatre Royal in Drury Lane）：倫敦最古老的劇院。

來，我因而得知，瑪莉安・達希伍德在克利夫蘭發著高燒，奄奄一息；他當天早上收到詹寧斯夫人的信，表示她的病情相當不樂觀，帕瑪夫婦也已經嚇得遷居他處。我頓時感到晴天霹靂，即使遲鈍如約翰爵士，恐怕也察覺到我當下的驚恐不已。

「他看到我如此痛苦，頓時心軟，怒氣消了一大半。當我們道別時，他還提起之前答應過要送我一條小獵犬，幾乎要與我握手言和。我聽到令妹病危的消息時，不禁想到在她人生最後的時刻裡，依舊認定我是十惡不赦的罪人，對我滿心怨懟、懷恨在心——我該怎麼讓她明白自己並非如此罪不可恕？想必有個人[142]會將我描述得無惡不作。我心裡充滿恐懼！我立刻下定決心，今早八點鐘隨即坐上馬車。現在妳什麼都知道了。」

艾蓮娜沉默不語。她安靜專注地想著，韋勒比原本是如此風度翩翩、才華洋溢的年輕人，坦率誠實、極富情感。然而他太早繼承財富，養成了遊手好閒、奢侈浪費的作風，不僅因而重創自己的心靈和性格，造成無可彌補的傷害，也從此賠上終身幸福。人情世故讓他變得貪圖享樂、愛慕虛榮，因此成了鐵石心腸、自私自利的負心漢。他出於虛榮心玩弄別人的感情，卻沒想到真正墜入了情網；為了這段感情，他不僅得放棄揮霍無度的生活，甚至可能連基本的生活條件也無法維持，因而讓他決定犧牲愛情。引導他誤入歧途的每項錯誤，同樣帶給他莫大的懲罰。他當初拋棄自尊、欺騙自己的心意，為了各種利益而切斷這段感情；如今再也無法破鏡重圓，這段感情卻占據了他的每分心思，讓他容不下其他念頭。他心安理得地結了婚，不顧瑪莉安承受如此悲慘的打擊；如今證明這段婚姻反而成了他不幸的根源，甚至毫無挽救的餘地。她就這麼無可自拔地沉浸於自己的思緒裡，直到韋勒比打斷她。他同樣痛苦不堪地憶起許多往事，最後站起身準備告辭，說：

「再待下去也不是辦法，我該走了。」

「你還會回到城裡嗎？」

「不會，我要回庫姆莊園。我有事情得處理，隨後一、兩天才會回到城裡。再會了。」

他伸出手來，她只好也伸出自己的手。他深情地握住艾蓮娜的手。

「妳現在真的對我改觀了嗎？」他說，一面鬆開了手，一面將身子靠在壁爐上，彷彿忘了自己正打算離開。

艾蓮娜給了肯定的答案，她已原諒了他，滿心同情，並由衷祝福他，甚至希望他過得快樂。她也出於善意給了些建議，讓他知道如何行動才能獲得幸福。但他的回答卻有些差強人意。

「關於這件事，」他說：「我一定盡力生活下去。我是不可能擁有美滿的家庭了。但要是我有幸知道妳仍關心我的將來和行動，這或許就是我追求幸福的方式——我會對自己的言行有所警惕，至少能成為生活動力。我確實永遠失去瑪莉安了。不過要是我有機會重獲自由——」

艾蓮娜以責備的語氣打斷他。

「好吧，」他回答：「那麼，再次向妳道別了。我這就離開，不過有件事仍令我感到戰戰

---

142 意指布蘭登上校。

兢兢。」

「你這是什麼意思？」

「擔心令妹要結婚了。」

「你真是大錯特錯。你這輩子都不可能和她在一起。」

「可是會有其他人和她在一起。要是對方是他，我簡直無法忍受。不過我不能繼續待在這裡了。萬一讓妳看見，我傷得最深的那個人，反而讓我感到最不可原諒[143]，妳對我的憐憫之心就會蕩然無存了。再見，願上帝祝福妳們！」

語畢，他幾乎是跑著離開了房間。

45

韋勒比離開以後，甚至連馬車的聲音也消失了好一段時間，艾蓮娜依然深陷於滿腦紊亂的思緒；雖然各種念頭大相逕庭，最終都令她感傷不已，一時間連瑪莉安也被拋諸腦後。

不過短短半小時前，她還對韋勒比唾棄不已，認定他是卑鄙無恥的小人，但是儘管他犯下許多過錯，卻也為此付出慘痛代價，不禁仍令她浮起一絲憐憫。想到韋勒比與她們母女自此形同陌路，艾蓮娜便感到不捨與懊惱。她很快就意識到，這種心情只不過順了韋勒比的心願，卻與他的品德毫不相稱。艾蓮娜發現，照理而言無足輕重的原因，卻能讓韋勒比深深打動她的心：即使他根本沒有高尚的品格，但是外表極富魅力，個性坦率熱情、爽朗活潑；他明明沒有資格愛著瑪莉安，卻仍對她情深意重。這一切在心頭久久揮之不去，不停動搖著她對韋勒比的看法。

艾蓮娜回到房裡探望熟睡的瑪莉安，發現她正好醒來，一如艾蓮娜所願睡了個又香又甜的好覺，恢復不少精神。艾蓮娜一時感到千頭萬緒，過去、現在與未來的場景隨之浮現腦海：她

143 韋勒比因為伊莉莎白而傷害了布蘭登上校，卻也無法接受布蘭登上校追求瑪莉安。

想起方才韋勒比來訪的情景，眼前的瑪莉安終於脫離險境，接下來也即將見到母親，排山倒海湧上的激動情緒，頓時讓她忘卻所有疲憊，擔心自己在妹妹面前再也把持不住，漏了口風。幸好她不須花太多時間提心吊膽，韋勒比離開不到半小時，她再次聽見另一輛馬車傳來的聲響，隨即下樓迎接。她急著讓母親放下懸在半空中的心，不再繼續擔憂，因此迅速跑到門廳，及時趕到門口迎接母親，攙扶她走進屋裡。

一路上，達希伍德夫人始終膽戰心驚，進屋前幾乎已確信見不到瑪莉安最後一面，因此完全沒有力氣開口問起她的狀況，對艾蓮娜甚至連聲招呼也說不出口。但是，艾蓮娜不等母親開口寒暄或詢問，立刻告訴她這件令人欣慰的好消息。達希伍德夫人聽了，一如往常激動不已，頓時感到樂不可支，強烈的喜悅不亞於方才一路上的恐懼。艾蓮娜和布蘭登上校一左一右攙扶她走進客廳，儘管她仍說不出話來，卻掛著喜悅的淚水，不停擁抱艾蓮娜，並不時轉身握住布蘭登上校的手，眼裡滿是感激，深信他此時此刻也和自己一樣欣喜至極。布蘭登上校確實同感欣慰，卻顯得比她更加沉默寡言。

達希伍德夫人總算平靜下來之後，立刻急著探視瑪莉安。不到兩分鐘，她便見到心愛的小女兒，她們許久未見，瑪莉安又歷經失戀之苦與病危的險境，更令她滿是心疼。母女倆重逢的喜悅讓艾蓮娜同樣欣喜不已，卻擔心瑪莉安無法充分休息，只得克制自己的興奮之情。但是，女兒處於大病初癒的緊要關頭，達希伍德夫人自然更加冷靜謹慎。知道母親就陪在身旁，令瑪莉安相當心滿意足，也知道自己仍虛弱得無法說話，便乖乖聽從護士的囑咐安靜休養。達希伍德夫人打算整夜都陪在瑪莉安身旁，艾蓮娜則在母親的堅持下回房休息。艾蓮娜前晚幾乎未曾闔眼，數個鐘頭下來折騰得心力交瘁，照理說應該好好睡上一覺。沒想到她心情激動不已，依然輾轉難眠。

她一心惦記著韋勒比，如今甚至稱他為「可憐的韋勒比」。她原本百般不情願，不過終究還是聽了韋勒比的辯解，時而自責過去不該對他如此嚴苛，有時又認定自己並未做錯。然而她答應韋勒比將這番話轉達給瑪莉安，始終令她感到十分痛苦。她擔心一旦說出口，勢必對瑪莉安帶來衝擊；瑪莉安聽完這番解釋，或許再也無法和另一個男人快樂地攜手一生。一時之間，艾蓮娜甚至希望韋勒比成為鰥夫。接著，她猛然想起了布蘭登上校，立刻重新釐清思緒。她認為布蘭登上校承受的磨難和忠貞不渝的情意，絕對遠遠超過韋勒比，也更值得瑪莉安回應他的心意，因此她不再一心希望韋勒比夫人撒手人寰。

達希伍德夫人心中早有預警，因此當布蘭登上校出現在巴頓時，並未令她太過驚訝。她早就替瑪莉安擔心不已，當天正好決定，不等進一步消息，就要出發前往克利夫蘭；在上校抵達之前，她早已將一切安排妥當。凱雷夫婦受託照顧瑪格麗特，達希伍德夫人不願讓她冒受到傳染的危險。

瑪莉安的病情一天比一天好轉，達希伍德夫人喜形於色，每天都不停表示自己是世界上最幸福的人。艾蓮娜聽著母親欣慰的言語，看著她神采奕奕的模樣，不禁納悶著母親是否仍記得愛德華。但是，由於艾蓮娜在信中描述自己的感情狀況時相當節制，達希伍德夫人相信她並未太過失望，因此一心只想沉浸於喜悅之中，對此事並未多想。瑪莉安從鬼門關走了一趟，總算回到她的懷抱；如今她開始認為，正是因為自己判斷錯誤，一味將瑪莉安和不合適的韋勒比撮合，才讓女兒身陷如此險境。既然瑪莉安終於大為康復，倒還有另一件事令達希伍德夫人欣慰不已；她認為艾蓮娜想必對此始料未及，因此母女倆一有機會獨處，她立刻對艾蓮娜和盤托出。

「我們總算有機會私下談談了。親愛的艾蓮娜，妳還不明白我究竟在高興什麼。布蘭登上校深愛瑪莉安。他已經親口告訴我了。」

她的女兒憂喜交加，既感到訝異，又認為是意料中之事，因此只是默不作聲。

「親愛的艾蓮娜，要不是清楚妳的個性和我截然不同，我恐怕無法理解妳為何能表現得如此鎮定。要說我對妳們的未來有任何期盼，莫過於希望布蘭登上校與妳們姊妹倆其中一人結婚。與妳相比，我相信瑪莉安是更適合的人選，嫁給他會過上最幸福的日子。」

艾蓮娜不禁有點想問問母親，為何抱持如此想法；若不是出自偏袒，考量姊妹倆的年齡、性格和想法，似乎沒有理由得出這樣的結論。但是母親總是有辦法為自己感興趣的事物自圓其說，因此她並未開口提問，而是微笑以對。

「昨晚我們趕來的路上，他將自己的心意明明白白地告訴我了。事前毫無跡象，就這麼不知不覺地說了出來。妳也知道我一心惦記著瑪莉安，無時無刻都在談著她。他掩飾不住滿心焦慮，我察覺到他的擔憂之情不亞於我。他或許認為，若僅僅出於朋友的立場，如此強烈的關切似乎說不過去；也可能他沒有多想什麼。總之他再也無法隱瞞這份愛意，我因此得知他對瑪莉安始終一往情深。艾蓮娜，打從他見到瑪莉安的第一眼，就已經深深愛上她了。」

聽到這裡，艾蓮娜忽然意識到，這番告白並不像布蘭登上校的作風，而是母親靠想像力渲染的結果；她碰上高興的事總是喜歡隨心所欲地加油添醋。

「他對瑪莉安的心意遠遠超越了韋勒比的虛情假意，他的感情更為熱情真摯、始終如一——我們怎麼說都行。即使瑪莉安不幸愛上那不值得的年輕人，他的心意也未曾改變！他總是為別人著想，不抱任何希望，甚至願意看著瑪莉安嫁給別人，過著幸福的生活。多麼高尚的情操啊！如此坦率真摯！他的心意想必沒有半點虛假。」

「眾所皆知，布蘭登上校確實品格高尚，出類拔萃。」艾蓮娜說。

「這我自然很清楚。」她的母親嚴肅地說：「否則經過前車之鑑，我不可能鼓勵他追求瑪莉安，甚至不會對此感到欣慰。可是，他卻義不容辭地來接我，積極展現出如此深厚的情誼，足以證實他是最值得敬重的人。」

艾蓮娜答道：「但是他的品格絕對不僅僅展現於一樁善舉上；因為這番舉動即使不是出自於仁慈之心，對瑪莉安的感情同樣會促使他這麼做。無論詹寧斯夫人或是米德頓夫婦都與他熟識既久，也相當敬愛他。即使我和他相識不久，卻已對他知之甚詳，同樣對他極為推崇，打從心底尊敬他。如果瑪莉安和他有好結果，我自然和您一樣樂見其成，相信他們會是世上最幸福的佳偶。您如何回答他的呢？您讓他抱持著希望嗎？」

「噢，親愛的，別說給他希望了，連我自己都無法抱持希望！瑪莉安當時很可能捱不過這一關。他並非從我身上尋求希望或要求我應允。他將我視為知心朋友，只是無意間透露了真心話，沒想到就這麼滔滔不絕地流露出滿腔熱情。他並非向一名母親尋求認同。我一開始驚訝得說不出話來，但過了一段時間，我確實說過，假如瑪莉安活得下來——我相信她一定能活下來，我絕對樂於促成他倆的婚事。我們抵達後，得知她平安戰勝病魔的大好消息，我也更明確地向他說明自己的想法，竭盡所能鼓勵他追求瑪莉安。我告訴他只要再等上一點時間，一切就能迎刃而解。瑪莉安不會將自己的心意永遠浪費在韋勒比那種人身上。他擁有如此高貴的美德，絕對值得瑪莉安寄情於他。」

「但是從上校的心情看來，他似乎不像妳同樣樂觀。」

「確實，他認定瑪莉安用情至深，短時間內不可能移情別戀。就算她終於走出情傷，他和瑪莉安的年紀與個性差距甚遠，想必很難獲得她的青睞。不過他這種想法真是大錯特錯。他和瑪莉安的年齡存在如此大的落差，反而是項優勢，因為他的人格和原則已臻成熟。我深信他的個性絕對能讓妳妹妹獲得幸福，他的外表和舉止同樣無可挑剔。我雖然偏心於他，卻也並非盲目無知。他確實不比韋勒比俊俏，可是他的神情更加討人喜歡。如果妳記得的話，韋勒比有時會流露出讓我反感的眼神。」

艾蓮娜對此毫無印象。但是母親不等她回答，又繼續說：

「相形之下，上校的態度不僅更討我喜歡，相信也會讓瑪莉安更為欣賞。他極具紳士風範，待人真誠，他那單純毫不做作的性格，和瑪莉安如出一轍；不像韋勒比，即使故作活潑，也不過是矯揉造作、不合時宜的姿態。我相當肯定，即使韋勒比一改現在的真面目，變得平易近人，瑪莉安和他結婚也不可能獲得幸福，因為她終究更適合布蘭登上校。」

她停了下來。艾蓮娜對母親的想法不盡認同，不過她沒有出言反駁，因此沒有惹得母親不高興。

達希伍德夫人繼續說：「即使我繼續住在巴頓，她住在戴拉弗，對我而言依然近在咫尺。我們或許可以找到適合的住處，聽說那是個不小的村落，附近想必有些小巧的房子或小屋，我們可以像現在一樣過得舒舒服服。」

可憐的艾蓮娜！又是個讓她到戴拉弗生活的新計畫！但是她的意志依然沒有動搖。

「還有他的財產！妳也知道，到了我這把年紀，每個人都得考慮這件事。雖然我對此一無所知，也不想打聽他的財富有多少，不過我相信他想必收入頗豐。」

此時有人走了進來，打斷母女倆的談話。艾蓮娜隨即離開，獨自思索著母親的這番話。她希望一切如布蘭登上校所願，卻又同時為韋勒比感到心痛。

46

瑪莉安的病情雖然讓她元氣大傷，不過由於發病時間不長，並未拖延康復的速度。她年紀尚輕，身體底子好，又有母親隨侍在側，因此達希伍德夫人抵達短短四天，她便已能搬進帕瑪夫人的更衣室。瑪莉安迫不及待想感謝布蘭登上校為她接來母親，因此特別邀請他前來一趟。

布蘭登上校一走進屋裡，就見到瑪莉安的氣色大不如前；他握住瑪莉安立刻朝他伸去的手，那手也顯得十分蒼白。艾蓮娜猜想，他當下湧現的複雜情緒，想必不僅出於對瑪莉安的感情，也不僅僅是因為意識到其他人已覺察到他的情意。艾蓮娜很快就注意到，布蘭登上校一見到瑪莉安，隨即流露出憂鬱的眼神，臉色也為之一變，想必勾起他過往的種種悲慘回憶。他早就看出瑪莉安與伊莉莎白十分相像，如今見到瑪莉安的眼神空洞，膚色因生病而變得慘白，虛弱不堪地斜倚著，卻還熱情地向他不住道謝，兩人頓時更顯相似。

達希伍德夫人的留心程度並不遜於艾蓮娜，同樣將這一切看在眼裡；但由於她的想法與艾蓮娜大相逕庭，對此的解讀也截然不同。布蘭登上校的舉動對她而言尋常不過，流露出的單純情感顯而易見；從瑪莉安的言行舉止看起來，她忍不住想相信，除了感激之外的情感已悄悄萌芽。

過了一、兩天，瑪莉安的復原情況明顯更見好轉，達希伍德夫人和女兒同樣歸心似箭，開口提出搬回巴頓的請求。兩位友人的行程端看達希伍德夫人的安排：達希伍德一家待在克利夫蘭的期間，詹寧斯夫人走不開；而在達希伍德夫人和詹寧斯夫人的勸說下，布蘭登上校很快意識到，即使陪伴她們回巴頓並非責無旁貸，不過與她們一同前往巴頓，倒也是自然不過的事。達希伍德夫人最終在布蘭登上校與詹寧斯夫人的堅持下，同意搭乘他的馬車回家，大病初癒的瑪莉安才能有一趟較為舒適的旅程。詹寧斯夫人熱情好客的態度總能感染身邊的人，達希伍德夫人又與她一同向布蘭登上校提出邀約，他也欣然接受這番盛情，答應幾週內前往小屋做客。

分離的日子終於到來。瑪莉安花了特別多時間與詹寧斯夫人道別，相當真誠地表達感激之情，態度充滿敬意，也十分親切地給予滿心祝福，彷彿隱約意識到自己過往對詹寧斯夫人不夠關心。她同樣以朋友的熱誠向布蘭登上校道別，上校小心翼翼地攙扶她坐進馬車，似乎認為她至少該占有一半空間才較為舒適。達希伍德夫人與艾蓮娜隨後上車。眾人目送她們啟程，談起剛離去的母女三人，不禁感到有些失落。詹寧斯夫人回到自己的馬車上與女佣閒聊，為失去姊妹倆的陪伴尋求慰藉。布蘭登上校隨即啟程，獨自回戴拉弗去了。

達希伍德母女花了兩天才抵達家門，瑪莉安在旅途中卻未感到絲毫疲憊。滿懷深情的母親和姊姊費盡心思，將她照顧得無微不至，欣慰地看著她日漸康復，心情也逐漸平靜下來。對艾蓮娜而言，能見到瑪莉安找回心靈上的平靜，最是令她欣喜。她日復一日看著瑪莉安備受折磨，心疼妹妹既無勇氣將心中的痛苦一吐為快，又沒辦法堅強地裝作若無其事。如今瑪莉安總算平靜下來，任何人都無法分享她的喜悅之情。艾蓮娜深信，瑪莉安認真思索良久之後，才終於回復內心的鎮定；這份平靜的心情，想必終能幫助她找到最心滿意足的快樂生活。

隨著她們接近巴頓，映入眼簾的一草一木都教人觸景傷情，開始勾起不堪回首的記憶。瑪莉安變得沉默，顯得心事重重，刻意轉頭避開其他人的目光，認真地凝視著窗外。艾蓮娜對此既不感意外，也不能開口多說什麼。當她扶著瑪莉安走下馬車時，發現她方才哭過，這自然流露的真情令她滿是心疼，卻也讚賞她竟能如此不露聲色地暗自垂淚。瑪莉安接下來的表現，在在透露出她正逐漸恢復理智，她們一進到熟悉的客廳，瑪莉安立刻以堅定的眼神環顧四周，似乎下定決心，即使眼前的每件物品都能令她回想起韋勒比，她也必須逐漸習慣。

她不常說話，不過一開口就想表現出高興的模樣；即使她偶爾仍會嘆氣，卻能隨即轉憂為喜，展露笑容。用過晚餐後，她打算彈彈琴，便走到鋼琴旁，不料首先映入眼簾的卻是韋勒比送給她的歌劇琴譜，裡頭有幾首他倆最喜歡的二重奏，他還在封面親筆寫下她的名字。她怎麼彈得下去呢？她搖了搖頭，將琴譜擱到一旁。她彈了一分鐘，便感受到自己的手指虛弱無力，只好再次闔上琴蓋。不過她暗自下定決心，往後要更加勤奮練琴。

翌日早晨，瑪莉安依然不減愉快心情。由於獲得充分休息，她的身心顯得更加穩定，說起話來神采飛揚。她衷心期待瑪格麗特回家，興奮聊著往後又能和親愛的家人齊聚一堂，一起開開心心地生活，這才是唯一值得期盼的幸福。

她說：「等天氣放晴，我的體力也恢復得差不多以後，每天就能花很多時間一起散步。我們可以走到丘陵邊上的農場，看看孩子們過得如何；我們可以走去約翰爵士在巴頓十字路口新建的植物園，以及鄰近的修道院屬地，還能經常去看小修道院的遺址；聽說它們過去占地遼闊，我們可以試著走遍整個範圍。相信我們整個夏天都會過得非常快樂。我的意思是，每天早上最晚六點就要起床，直到晚餐前的每分每秒，我都要盡情彈琴、盡興看書。我已經計畫好了，決定要認真讀書。家裡的書我已經倒背如流，只是偶爾心血來潮消磨時間。但是莊園裡還有好多值得一讀的書，我也能從布蘭登上校那裡借來許多近期出版的作品。我只要每天閱讀六小時，在接下來的整整一年裡，就能補足現在缺乏的一切知識，獲益良多。」

艾蓮娜稱讚她訂了個偉大的計畫；過去這種熱切的幻想曾令瑪莉安完全提不起勁來、自怨自艾，如今卻又讓她變得奮發圖強，努力展現理性和自制力，不禁令艾蓮娜莞爾。但是，當她想到尚未履行與韋勒比之間的約定時，原本的笑意頓時轉為嘆息，害怕提及此事又會讓瑪莉安心煩意亂，至少會暫時破壞這陣子充實寧靜的美好生活。因此她非常樂於將這件苦差事拖延一段時間，決定等到瑪莉安的身體狀況更加穩定再談。然而，她的計畫很快就落了空。

瑪莉安在家裡待了兩、三天，天氣依然不穩定，虛弱如她，自然也不能冒險出門。最後瑪莉安總算盼到了溫暖和煦的早晨，迫不及待想外出散步，這天氣也讓達希伍德夫人放下心來，叮囑她走累了就回家。於是瑪莉安倚著艾蓮娜，沿著屋前的小徑散起步來。

瑪莉安大病初癒，尚未好好活動過，身體依然很虛弱，因此兩人走得相當緩慢。姊妹倆走到屋後，如今已能看到山陵的全貌。瑪莉安見到後方那座對她別具意義的高山，平靜地開口。

她伸出手指：「那裡，就是那裡。我就是在那座突出的小丘上摔倒的，也是在那裡第一次見到韋勒比。」

提到這個名字，她的聲音低了下來，不過很快又打起精神，繼續說：

「我真慶幸，見到這個地方一點也不令我感到痛苦！艾蓮娜，我們還應該談論這個話題嗎？」她有些猶豫地說：「這麼做不對嗎？我希望現在可以談論這個話題，我知道自己應該這麼做。」

艾蓮娜溫柔地鼓勵她往下說。

瑪莉安說：「我確實對他懊惱過。我要說的不是以前對他的感覺，而是現在的感受。此時此刻，多希望還有什麼地方能帶給我一絲安慰，讓我相信他並非只是演戲，不是永遠都在欺騙我。更重要的是，自從我聽過那不幸女孩的消息之後，倘若我還能確定，他並非如我不時浮現的想像那般十惡不赦——」

她停了下來。艾蓮娜聽了她的話，感到相當高興，回道：

「假如妳能確定這件事，真的就可以放下一切嗎？」

「沒錯。我得同時思考我們兩人的角度，才能讓我平靜下來。他對我而言曾經如此重要，卻得懷疑他別有居心，叫人情何以堪！如此一來我又讓自己變成了什麼模樣？像我這樣的處境，要不是因為我如此丟臉，毫無戒心地付出自己的感情，才會遭遇——」

「那麼，」她的姊姊問道，「妳會如何解釋他的所作所為？」

「我只會認為他——噢，我很高興，我只會認為他是個善變的人——非常、非常地捉摸不定。」

艾蓮娜並未答腔。她在心裡天人交戰，猶豫是現在就跟瑪莉安說，或是等到她身體狀況更好的時候再開口。姊妹倆又沉默地走了幾分鐘。

「我不認為他會比我好過到哪裡去。」瑪莉安最後開口道，嘆了一口氣。「當他的腦海隱隱浮現起過去的回憶時，我相信他的難受程度不亞於我。回憶想必讓他飽受折磨。」

「妳在比較自己和他的行為嗎？」

「不是。我拿自己和更合乎情理的反應比較，也就是與妳的行為相比。」

「我們的處境並不相似。」

「我倆的遭遇，可比我們的舉止相像多了。親愛的艾蓮娜，用不著出於好心為其辯解，我知道妳的理智並不認同這件事。這場病讓我思考了許多，我有充分時間靜下心來，認真地思索過往。早在我有力氣開口說話之前，我已經能徹頭徹尾地想過一遍。回想起我的一切舉止，打從去年秋天第一次認識他以來，我對待自己總是如此輕率，對待他人則十分無禮。我很清楚地看出，我的感情為自己帶來痛苦，卻又無法堅強面對這些折磨，因此差點丟了性命。

「我很清楚，這場病完全是我咎由自取，即使當下我已經感到不對勁了，卻還是疏於照顧身體；要是我因此而喪命，等同於自取毀滅的下場[144]。直到我的病情好轉，我才意識到之前的處境多麼危險。但是，回想起過往讓我心裡五味雜陳，我很驚訝自己能康復——或許是因為我

144 以基督教觀點看來，這等同於自殺之罪。

非常希望能活下來，多爭取一些時間向上帝懺悔、向妳們彌補自己的過錯，因此我才從鬼門關活了下來。要是我真的死了，妳、護士、朋友和瑪格麗特會多麼心碎！在我人生最後那段日子裡，妳看盡我自私自利、苦惱不已的一面，對我心裡的想法一清二楚！妳最後記住的我，會是多麼不堪的形象！還有母親，妳們能怎麼安慰她呢？我不知道該如何形容我有多麼厭惡自己。每當我憶及過往，就看清自己並未盡好本分，還縱容自己的缺失。

「我似乎傷透了每個人的心。詹寧斯夫人自始至終都非常疼愛我，我卻總是不知感激、不屑一顧。對米德頓夫婦、帕瑪夫婦、史提爾姊妹，甚至我們身邊所有認識的人，我總是傲慢無禮、充滿偏見。我對他們的優點不為所動，眾人的關切之意反而令我深感煩躁。至於約翰與芬妮，沒錯，即使他們不值得尊重，我也沒有付出他們應得的關心。但是對妳，特別是妳，我對妳誤會最深，甚至超越母親。我明知妳心裡充滿悲傷，我還是唯一對此心知肚明的人，可是對我又有什麼影響？我並未設身處地為妳著想，也沒有放過我自己。在我之前，妳已經是個血淋淋的例子，對我卻於事無補。

「我是否對妳更加體貼、為妳處處著想？我是否像妳一樣別具耐心，試著減輕妳的壓力，在妳獨自對他人彬彬有禮、表達感謝之際，也陪妳一同禮尚往來？我從未如此。我之前始終認定妳過得幸福，但是即使後來知道妳並不快樂，我也不曾盡職地給予妳陪伴與安慰；我只沉浸在自己的悲傷裡，一心牽掛著那個棄我於不顧的負心漢，卻任由最深愛的妳為了我吃盡苦頭。」

她滔滔不絕地譴責自己，說到這裡總算停止了。雖然個性耿直的艾蓮娜不善於討好別人，卻也等不及開口安慰瑪莉安，立即為她如此坦率的懺悔給予稱讚與鼓勵。瑪莉安握住她的手，說道：

「妳真的非常好心。我之後一定會改變。我已經訂好計畫，若能按部就班、徹底落實，就能好好克制情緒，大幅改善自己的壞脾氣。我不再因此帶給別人困擾，也不會再折磨自己。從今以後，我一心只為家人而活，妳、母親和瑪格麗特，對我而言就是一切，我會將所有的愛毫無保留地獻給妳們。任何事都不可能讓我動搖、再次拋下妳們離家而去。假如我有機會認識新朋友，也只是為了表明，我可以抱持謙卑的心態修飾自己的言行，展現出彬彬有禮的一面，以溫和耐心的態度盡好自己的本分。至於韋勒比——若說我很快就能忘記他，或是遲早會淡忘他，只是毫無意義的謊言。即便事過境遷、想法有所改變，我也依然不可能忘記他。即使如此，透過信仰、理性思考和忙碌充實的生活，我就不會再無時無刻惦記著他。」

她停了下來，接著低聲說：「要是我能知道他真正的想法，一切就容易許多了。」

艾蓮娜正幾經掙扎，不斷思考是否該盡快告訴她韋勒比的事，始終拿不定主意，一聽到這番話，明白花再多時間思考也無濟於事，總算下定決心，很快就將一切據實以告。

一如所願，艾蓮娜盡力說明得十分巧妙，小心翼翼地讓焦慮的瑪莉安獲知真相。她簡潔扼要地描述韋勒比的致歉內容，清楚證實他的懺悔之意，只是對他現在的心意輕描淡寫。瑪莉安不發一語。她渾身顫抖，直盯著地上，唇色甚至變得比生病時更加慘白。她的心裡湧上無數個問題，可是她一個也問不出口。她屏氣凝神，急切地聽進了每一個字，無意識地握緊艾蓮娜的手，淚如雨下。

艾蓮娜擔心她過於勞累，便帶著她走回家。即使瑪莉安並未明說，艾蓮娜也能輕易猜出她滿腹疑問，因此一路上仍不停談著韋勒比和那段談話；韋勒比的每個眼神、每一句話，凡是她認為直說無妨的細節，便鉅細靡遺地交代清楚。她們一進到屋裡，瑪莉安滿心感激地親了艾蓮娜，眼裡滿是淚水，只說得出四個字：「告訴媽媽。」接著便轉過身去，緩步上樓。艾蓮娜知道瑪莉安需要獨自靜一靜，即使結果一如預期，心裡仍滿是牽掛，並暗自決定，倘若瑪莉安無法再次提起這個話題，就由她幫忙開口。她轉身走進了門廊，依照瑪莉安的吩咐，將真相告訴母親。

47

聽到過去青睞有加的準女婿重獲清白，讓達希伍德夫人大為感動。她非常高興韋勒比得以洗刷部分汙名，也替他難過，由衷希望他過得幸福。但是過去的感情早已無法挽回。瑪莉安不可能重拾對他的信任，不再認定他的人格完美無缺。瑪莉安為他傷透了心，這依然是不爭的事實，也無法抹滅他對伊莉莎白犯下的錯誤。因此，達希伍德夫人再也不像過往那般尊重韋勒比，布蘭登上校在她心目中的地位同樣無可動搖。

倘若達希伍德夫人和女兒一樣，親耳聽到韋勒比本人述說自己的過往，也親眼見到他滿面愁容，因為他的一言一行而大受影響，想必會更加同情韋勒比。但是艾蓮娜既無法鉅細靡遺地說明，也不希望母親受此影響，激發出和她最初聽聞時所產生的相同感受。再次回想一切，讓她的評斷更趨冷靜，得以理性看待韋勒比鑄下的錯誤。因此她只希望傳達純粹的真相，讓明擺在眼前的客觀事實重現他的人格，不讓私人情感的渲染產生過多聯想，進而偏離了真實。

當天晚上母女齊聚一堂，瑪莉安又主動談起了韋勒比。但是她費了好大一番勁才說得出口。她先是坐立難安地沉思了半晌，接著一開口便臉色漲得通紅，聲音也明顯顫抖起來。

她說：「我想告訴妳們，一如妳們所願，我已經想通了。」

達希伍德夫人出於關心，原本想立刻打斷她，但是艾蓮娜亟欲聽到妹妹不帶任何偏見的想法，著急地使了個眼色，不讓母親開口。瑪莉安接著緩緩說：

「艾蓮娜今早告訴我的話，讓我如釋重負，我總算聽到了自己最想要的答案。」她一度哽咽，不過很快就鎮靜下來，更為平靜地繼續說：「我現在已經心滿意足了，不奢求任何改變。我遲早會得知這一切，既然已經明白，我這輩子就不可能和他幸福地度過。我既不能相信他，也無法重拾對他的尊重。沒有任何事情能消弭這種感受。」

她的母親高聲說：「我知道，我都明白。和放蕩的男人在一起怎麼可能獲得幸福！他傷害了我們最重要、最高尚的朋友！不，我的瑪莉安不可能從這種人身上獲得幸福。她那細膩敏感的良心，絕對會為她的丈夫感到不安。」

瑪莉安嘆了一口氣，重複說：「我不奢求任何改變。」

「妳的思緒非常理智，」艾蓮娜說，「而且理解得十分透徹。妳現在想必和我一樣，不只從這件事，也從許多情況體悟到，這場婚姻絕對會為妳帶來許多麻煩，讓妳大失所望；他那反覆不定的感情，更無法給妳任何支持。假如妳和他結婚，就會過著一貧如洗的苦日子。他向來揮霍無度，連自己都心知肚明；從他的一切舉止看來，他根本不曉得何謂自我節制。

「他需索無度，妳又懵懂無知，憑藉著少得可憐的微薄收入，即使妳對他的過去一無所知，如此貧困交加的生活，想必也讓妳少不了罪受。我知道妳重視聲譽，性格正直，一定會想方設法節衣縮食。或許妳對自己還能咬緊牙關、省吃儉用，但就憑妳一人單薄的力量，如何填補婚前就已出現的漏洞？更何況，即使妳努力縮減他的娛樂開支，無論原因再怎麼合理，難道妳不擔心，這樣非但無法說服如此自私自利的人遏止玩心，反而會讓妳在他心目中的影響力日漸下滑、使他後悔與妳結婚，認定這場婚姻害自己身陷如此艱難的處境？」

瑪莉安嘴唇發顫，重複說了聲：「自私？」語氣彷彿詢問著：「妳真的認為他很自私嗎？」

艾蓮娜回道：「他之所以有這些行徑，自始至終都是因為他自私自利。由於他只想到自己，因此一開始玩弄妳的感情；之後他訂了婚，又遲遲不肯表明心意，最後讓他從此離開了巴頓。就各方面來說，他唯一在乎的準則，就是自己能否玩得盡興、過得愜意。」

「確實如此。他從未考量過我的幸福。」

艾蓮娜繼續說：「此時此刻，他為過去的行徑懊悔不已。他為什麼感到內疚呢？因為他發現一切不如己意，他過得並不快樂。他的處境並非進退兩難，他沒有吃什麼苦頭，只是認為自己娶的夫人不及妳溫柔體貼。然而，這是否表示，假如他與妳結婚，就能從此過著幸福快樂的日子？他只會碰上截然不同的難題，從此得為錢傷透腦筋。只是因為他現在未曾碰上這種麻煩，他自然沒有放在心上。他會擁有一個令自己毫無怨言的好妻子，卻從此都要過著捉襟見肘的苦日子。他甚至可能因此認為，若想獲得幸福的家庭，坐擁大筆房產和可觀收入，過著不虞匱乏的優渥生活，遠比擁有好脾氣的夫人重要得多。」

「我對此毫不懷疑。」瑪莉安回答，「我一點都不後悔，只恨自己過去愚昧無知。」

達希伍德夫人說：「不如說是妳的母親識人不清，我的孩子。她得為此負責。」

瑪莉安不讓她繼續往下說。艾蓮娜見到母女倆都明白自己犯了什麼錯誤，感到十分欣慰，便不想追究過去的責任，以免讓瑪莉安再次情緒低落。因此，她立刻接續原本的話題，說道：「我想，整個看下來，我們可以清楚觀察到一件事──韋勒比對伊莉莎白．威廉絲的所作所為有違道德，也因此埋下禍根。後續一切錯誤皆起因於此，也讓他至今仍無法順心如意。」

瑪莉安對此認同不過。她的母親隨即細說起布蘭登上校受到的傷害，也對他的優點如數家珍；她說得口沫橫飛，不僅出自於對布蘭登上校的友誼，顯然也別有用意。然而，瑪莉安看起來，似乎並未將這番話聽進耳裡。

一如預期，接下來的兩、三天，艾蓮娜看得出瑪莉安並未像之前一般日益康復。但是，瑪莉安不曾忘記自己的決心，依然努力表現出愉快自在的模樣，因此艾蓮娜放心地相信，瑪莉安的健康總會隨著時間日漸好轉。

瑪格麗特終於回到家，母女四人再度團圓，重新在小屋回復平靜的生活。她們雖然不像初來乍到時那麼積極學習，不過至少已在積極規劃未來的進度。

艾蓮娜十分盼望得知愛德華的近況。自從離開倫敦，她就未曾接獲關於愛德華的任何消息，甚至不確定他現在的落腳處。她曾為了瑪莉安的病情，與哥哥偶有書信往來，約翰的第一封信寫著：「我們對可憐的愛德華一無所知，大家對他絕口不提，我們也無從打聽，不過我們知道他仍待在牛津。」她所知道的消息僅止於此，因為往後的信件再也沒出現過他的名字。但是，過沒多久，她就如願得知愛德華的近況。

一天早上，她們派一名男僕到埃克塞特辦事。他回來後，在桌旁伺候用餐，女主人問起他這趟出門聽到了什麼消息，他順口答道：

「夫人，我想您已經得知這件事。費勒斯先生結婚了。」

瑪莉安震驚地立刻盯著艾蓮娜，看見姊姊臉色發白，隨即往後跌坐在椅子上，情緒相當激動。達希伍德夫人一面回答僕人的問題，一面將視線轉向艾蓮娜，從表情看得出她相當痛苦，心中不免一凜；瑪莉安的狀況同樣令她憂心忡忡，頓時不知道該先安慰哪個女兒。

僕人見到瑪莉安小姐一臉病容，立刻機警地找來女傭，在達希伍德夫人的協助下，一同攙扶瑪莉安回房休息。瑪莉安的狀況稍微穩定下來，達希伍德夫人留下瑪格麗特和女傭照顧她，隨即回到艾蓮娜身旁。艾蓮娜雖然仍思緒紊亂，但是理性如她，早已迅速平復心情，正準備開口詢問湯瑪斯從哪兒聽來這個消息。達希伍德夫人立刻先行發問，艾蓮娜不費吹灰之力便得到了答案。

「湯瑪斯，誰告訴你費勒斯先生已經結婚了？」

「夫人，我今早在埃克塞特遇見費勒斯先生，也見到他的夫人史提爾小姐。新倫敦旅店門口停著一輛馬車，他們就坐在車裡。我當時要幫巴頓莊園的莎莉送封信給她當郵差的哥哥，正好經過那兒。我經過馬車時碰巧看了一眼，立刻認出那是史提爾家的二小姐。我脫下帽子向她致意，她認出我來，便叫住了我，要我向夫人和小姐們轉達她和費勒斯先生的誠摯問候，表示他們十分抱歉無法抽空前來探望，因為他們急著繼續再趕些路。但是，他們保證回程一定會過來探望您們。」

「但是，湯瑪斯，她親口告訴你，她已經結婚了嗎？」

「是的，夫人。她笑著解釋，自從婚後便花了些工夫改名。她向來如此平易近人、開朗健談，態度也彬彬有禮。因此我便祝她過得幸福。」

「費勒斯先生也和她一起坐在馬車裡嗎？」

「是的，夫人，我看到他坐在車內，不過他並未抬頭看我。他向來不多話。」

艾蓮娜可以猜出他為何不露臉說話，達希伍德夫人很可能也找出了相同的解釋。

「馬車裡沒有其他人了嗎？」

「是的，夫人，就他們兩位。」

「你知道他們從哪裡來嗎？」

「他們直接從城裡過來，璐西小姐——費勒斯夫人告訴我的。」

「他們還打算往西走嗎？」

「是的，夫人，但是不會在那裡待上很長一段時間。他們很快就回來，並保證到時會順道來訪。」

達希伍德夫人隨即轉頭看著女兒，不過艾蓮娜對此早已瞭然於心。她完全聽出了璐西的意思，也非常確定愛德華不可能來訪。她壓低聲音對母親說，他們很可能要回普萊特先生家一趟，就位於普利茅斯附近。

湯瑪斯知道的消息似乎僅止於此。艾蓮娜看起來還想知道更多訊息。

「你離開前有目送他們出發嗎？」

「沒有，夫人，馬匹當時剛牽出來，不過我無法再逗留了。我擔心自己有所耽誤。」

「費勒斯夫人看起來過得好嗎？」

「是的，夫人，她說自己過得很好。在我看來，她一直都是這麼漂亮的年輕小姐，看起來非常心滿意足。」

達希伍德夫人再也沒什麼可問，她現在不需要湯瑪斯，也不需要桌巾了，隨即讓湯瑪斯帶著桌巾離開。瑪莉安派人過來傳話，表示她不打算吃晚餐；達希伍德夫人與艾蓮娜同樣沒什麼胃口。瑪格麗特倒是認為自己很幸運，兩位姊姊最近受了不少折騰，動輒不想吃飯，但是，她還沒有什麼理由逼自己放棄晚餐呢！

僕人送上甜點和葡萄酒，達希伍德夫人與艾蓮娜坐在桌前，兩人一同陷入心事重重的狀態，好一陣子一語不發。達希伍德夫人擔心發言不慎，不敢貿然開口安慰。她如今意識到，自己不應該對艾蓮娜過於放心；她合理地推斷出，由於當時她正為瑪莉安憂心忡忡，艾蓮娜不願再增加母親的煩惱，因此對自己的事情一律輕描淡寫。由於艾蓮娜小心翼翼、體貼地保護這段感情，達希伍德夫人原本對兩人了解不過，卻因而誤會他倆之間的情愫並不像以往她所認為那般深厚，如今才證實兩人之間的感情如此堅定。照這樣看來，她擔心自己對艾蓮娜的態度有失公允、疏於關照，甚至過於苛刻！由於瑪莉安失戀時鬧得沸沸揚揚，她立刻得知消息，自然亟欲全心全意安慰小女兒，卻忘了艾蓮娜承受的苦同樣不亞於妹妹，只是她不會如此怨天尤人，個性也堅強得多。

48

艾蓮娜如今意識到，面對自己所不樂見的事情，無論預先做好多少心理準備，一旦那件事成真，感受依然有所落差。她如今發現，愛德華尚未結婚時，她總是不由自主暗自希望出現某些狀況，讓他與璐西結不成婚：或許是他自己下定決心，或者身邊的家人從中干涉，也可能璐西覓得更為合適的良緣，最後結果皆大歡喜。但是現在愛德華終究結了婚，她不禁懊惱過去暗自抱著希望，反而讓自己得知消息後更感痛苦。

艾蓮娜原本以為愛德華會等當上牧師、足以養家餬口後才結婚，沒想到竟結得這麼快，令她一開始感到有些詫異。不過她很快就意會過來，璐西為了自己的將來打算，想必急著讓婚事成為定局，對一切顧慮視而不見，只求不再耽擱分秒。他們因此在倫敦結婚，如今則趕著回舅舅家一趟。愛德華距離巴頓僅僅四英里，還遇見母親的僕人，並聽到璐西說的那番話，不知他當下心裡做何感想？

她猜想兩人很快就會在戴拉弗安頓下來。戴拉弗勾起她強烈的興趣，令她一方面心生嚮往，一方面卻又避之唯恐不及。她想像兩人搬進牧師公館，璐西成了意氣風發的女主人，想方設法將每一分錢花在刀口上，塑造出看似體面的生活，生怕別人發現自己正努力縮衣節食；她一心只想追求自己的利益，盡力討好布蘭登上校、詹寧斯夫人和每一個有錢朋友。至於愛德華，她不曉得愛德華會變得如何，也不知道自己期待他變成什麼模樣、過得幸福與否——無論如何，一切都不會令她高興。因此她索性不再往下想，將愛德華拋諸腦後。

艾蓮娜認定，倫敦的某位親戚應該會來信通知他倆的婚事，並描述更明確的細節。但是日子一天天過去，始終杳無音訊。艾蓮娜說不上該歸咎於誰，乾脆埋怨起所有不在眼前的親友，他們要不是思慮不周，就是懶得連封信都不寫。

艾蓮娜實在等不及獲知進一步消息，忍不住脫口而出：「媽媽，您打算什麼時候寫信給布蘭登上校？」

「親愛的，我上週就寫信給他了，我期待能見他一面，而不是只收到他的回信。我力邀他來家裡做客，要是他這兩天突然上門，妳可用不著驚訝。」

這確實非常令人期待。布蘭登上校想必能帶來一些消息。

她才剛浮現這樣的念頭，窗外就出現一名男人騎馬而來，立刻吸引了她的目光。那人就停在門口，是一名紳士，正是布蘭登上校本人。她終於可以聽到進一步消息，滿心期待，不禁微微顫抖起來。但是——那人竟不是布蘭登上校，既不像他散發出來的氣質，也不符合他的身高。如果可能的話，她幾乎認定那人是愛德華。她再次定睛細看。那名紳士剛下馬來，她絕不可能認錯——確實就是愛德華。她離開窗邊坐了下來。「他特地從普萊特先生家趕來看我們。我一定要保持冷靜。我一定能好好克制自己。」

在那一瞬間，她注意到其他人也一度誤以為是布蘭登上校來訪。她看見母親和瑪莉安臉色一變，立刻將視線轉移到自己身上，兩人還交頭接耳了一番。艾蓮娜真希望自己開得了口，清楚告訴她們，她希望家人對待愛德華的態度不會顯露出一絲冷淡，也沒有半點怠慢。但是她依然默不作聲，只能任憑所有人決定自己的態度。

所有人一聲不吭，靜靜地等待著訪客上門。他的腳步聲從石子路上傳來，很快抵達走廊，隨即出現在她們面前。

他進門的當下，表情顯得抑鬱寡歡，甚至見到艾蓮娜也不怎麼高興。他一臉苦惱，臉色變得蒼白，彷彿擔心自己在這裡不受歡迎，卻也知道自己不配受到熱情接待。然而達希伍德夫人決定順著女兒的意思，她自認並未辜負艾蓮娜的期待，故作鎮靜地伸出手來向他問好。

他臉色一紅，結結巴巴地說了句含糊不清的回應。艾蓮娜說出與母親相同的話，母親和愛德華握完手後，她不禁希望自己之前也伸出手來。不過為時已晚，她只好一臉坦然地坐了下來，隨口談起天氣。

瑪莉安極盡所能避開眾人的視線範圍，不讓人察覺自己正在傷心；瑪格麗特雖然有些意會過來，可是並不了解全盤經過；她認為必須保持莊重，因此盡可能挑了個離愛德華最遠的位子坐下，接著便默不作聲。

艾蓮娜總算不再稱讚晴朗乾燥的天氣後，眾人立刻陷入一片非常尷尬的沉默。最後達希伍德夫人率先開口，誠摯希望愛德華離家時，費勒斯夫人一切安好。他有些慌忙地給了肯定的答覆。

又是一陣靜默。

艾蓮娜雖然害怕聽到自己的聲音，依然硬著頭皮說：

「費勒斯夫人還住在朗斯坦普嗎？」

「朗斯坦普！」他驚訝地答道，「不是，我母親在城裡。」

「我是指，」艾蓮娜從桌上拿起針線活，「愛德華．費勒斯夫人。」

她不敢抬起頭來，不過她的母親和瑪莉安都直盯著愛德華看。他滿臉通紅，似乎顯得有些不知所措，眼神滿是困惑，猶豫了一陣子才說：

「或許妳的意思是，我的弟弟——妳是指羅伯特．費勒斯夫人。」

「羅伯特．費勒斯夫人！」瑪莉安和母親十分震驚地說。雖然艾蓮娜說不出話來，卻也用同樣急切驚訝的眼神直盯著愛德華。他從座位上站起身來，走到窗戶邊，顯然感到不知所措。他拿起擱在窗戶邊的剪刀，胡亂剪了起來，不僅將刀鞘剪得粉碎，連剪刀也給剪壞了，一面急促地說：

「或許妳們還不知道——妳們可能還沒聽說，我弟弟最近和史提爾家的二小姐，也就是璐西．史提爾小姐結婚了。」

所有人都震驚得難以言喻，不禁重複說出愛德華方才這番話，只有艾蓮娜將頭倚靠在針線活上，心裡激動得一時不知自己置身何處。

他說：「是的，他們上週結婚了，現在待在道利什。」

艾蓮娜再也忍受不了了。她奪門而出，一關上門來，立刻喜極而泣，一度認為眼淚似乎再也停不下來。愛德華一開始並未看著艾蓮娜，如今見她倉促離開，甚至可能聽到她的哭聲，或許已察覺到她的心情，接下來似乎完全出了神，任憑達希伍德夫人再怎麼費盡唇舌、動之以情，都無法讓他回過神來。最後他不發一語地離開屋裡，朝村裡走去。眾人對於他的處境突然出現如此美好的轉變，都不禁大感震驚，完全摸不著頭緒；她們百思不得其解，卻也只能靠自己的臆測摸索答案。

49

儘管愛德華重獲自由一事，在達希伍德一家眼裡顯得不可思議，無論如何，愛德華確實已恢復自由之身；而他解除婚約後的下一步，所有人倒是了然於心。他未經母親同意，便私訂婚約長達四年以上，既然他已明白箇中滋味，如今失敗了一次，他自然會不假思索再嘗試一次。

他之所以親至巴頓拜訪原因很簡單，便是向艾蓮娜求婚。他並非毫無經驗的新手，如今卻緊張得不知所措，渴望此刻能有人推自己一把，甚至不得不出外透透氣，自然顯得很不尋常。

然而，他是如何敦促自己下定決心，如何敏銳地抓住求婚的時機，又是如何開口表示心意，並獲得了什麼樣的回應，一切都不言自明了。除了一件事非說明不可：下午四點，他抵達小屋約莫過了三個鐘頭，此時眾人一同坐在桌前用餐，愛德華已經徵得女方母親的同意，成功抱得美人歸；此刻他不僅是欣喜若狂的情人，即使以理性和現實的角度來看，他也成了全世界最快樂的人。他的喜悅確實難以用言語形容。此時，不僅有情人終成眷屬的結果令他滿心欣喜，還有其他原因讓他喜不自勝。長久以來，這段剪不斷理還亂的愛情糾葛讓他度過一段十分悲慘的日子，如今總算能一舉擺脫他很早以前就不再愛慕的女人，從此海闊天空，並感到心安理得。如今他能和自己真正深愛的女人廝守一生；他之前不敢奢求這段感情，當他發現自己內心真正的渴望時，甚至一度感到絕望。他並非結束滿心疑慮的日子，而是從悲慘的境遇解脫，獲得真正的快樂。身旁的人都不曾見過愛德華能如此滔滔不絕，真心誠意、滿懷感激地表達發自內心的喜悅。

如今他對艾蓮娜的心意毫無保留，他坦承自己的一切缺點和錯誤，並以二十四歲的成熟之姿解釋，過去之所以愛上璐西，只不過因為當時仍年少輕狂。

他說：「我當時真是愚昧無知、無所事事。這完全是涉世未深，又整天遊手好閒的下場。我十八歲時搬出普萊特先生的家，要是當時母親願意讓我好好工作，我相信——我敢肯定，這種事絕對不可能發生。即使當時我離開朗斯坦普時，自認仍為他的外甥女神魂顛倒，但是假如我接下來有一心追求的目標，足以讓我投注所有的時間，並和她分隔兩地數個月，我一定很快就能拋棄這一時的鬼迷心竅；尤其若能多與人群接觸，在當時的狀況下，我想必會更努力結識朋友，更快恢復理智。

「然而我接下來卻無事可做；母親並未替我安排任何工作，甚至不允許我追求自己的夢想，我回家後整天遊手好閒。最初那一整年，我不曾實際工作過；假如我就讀大學，自然有份差事可做，但是我直到十九歲才進了牛津大學。我沒有其他事可做，就只能一心沉浸於自己的初戀裡。母親讓我在家裡過得相當煎熬，我既沒有朋友，也和弟弟關係疏遠，對結識新朋友又毫無興趣。可想而知，我自然三天兩頭往朗斯坦普跑，回到那裡很自在，也總是有人熱烈地歡迎我。因此我十八歲到十九歲那年，大半時間都在那裡度過，璐西在我眼裡顯得如此討人喜歡、魅力十足。她長得也很漂亮——至少當時我是這麼認為。我很少接觸到其他女孩，無從比較，因此她在我眼裡完美無缺。回想起來，我當時真的年少無知，即使如今一切已證實訂婚之舉愚昧至極，我還是希望就當時看來，這件事還算合情合理，也並非無可寬恕的蠢行。」

在這短短數小時內歷經如此大起大落的情緒轉折後，達希伍德一家如今欣喜若狂，徹夜無法闔眼。達希伍德夫人高興得有些無所適從，不知如何才能真正表達對愛德華的心意，或是道盡對艾蓮娜的祝賀之意；她不知道該如何恭賀愛德華順利解脫，又不會傷害他脆弱的感情；她多希望盡快讓小兩口獨處，盡情地促膝長談，卻又捨不得錯過兩人甜蜜快樂的畫面。

瑪莉安只能透過眼淚表達自己的欣喜。她心裡依然不免陷入比較，並因此感到情緒低落。即使她真心愛著姊姊、打從心底為艾蓮娜感到高興，但是這份喜悅並未讓她精神為之一振，她也無從開口道賀。

至於艾蓮娜的感受又該如何形容呢？從聽聞璐西嫁給羅伯特、明白愛德華重獲自由的那一刻，到他隨即證實一切美夢終將成真的時刻，她的心情始終起伏不定，難以平靜。但是過了一段時間，她發現相較於這陣子以來的憂鬱心情，如今心中的疑慮和牽掛早已一掃而空。她見到愛德華順利從上一段婚約全身而退，隨即把握重獲自由的機會向她求婚，對她的愛意更是一如自己所想，那般溫柔真誠、堅定不渝——艾蓮娜壓抑不住內心幸福洋溢的情緒，幾乎讓快樂沖昏了頭。即使人們總是很快就能接受好消息，不過她恐怕需要花上好幾個鐘頭，才能讓自己不要興奮過頭，稍微平復一絲心情。

如今，愛德華決定在小屋至少住上一個禮拜。無論是否有其他要事得處理，他都不可能讓自己待在這裡的時間少於一星期，才能盡情享受與艾蓮娜作伴的美好時光，否則暢談起過往、現在與未來的種種，想講的話恐怕連一半都說不完。一般理智的人聊起天來，連續花上幾個小時就能談遍許多話題；但是熱戀中的情人自然另當別論。無論什麼話題，兩人非得重複至少二十遍才會打住，否則根本稱不上談天。

璐西的婚事自然讓所有人驚訝不已，因此也成了兩人一開始談論不休的話題。艾蓮娜對男女雙方的想法瞭若指掌，不禁認為，就各方面而言，這簡直是最出乎意料、令她匪夷所思的發展。他們究竟是如何湊在一塊兒的呢？她明明親耳聽過羅伯特批評璐西毫無美貌可言，卻又受到什麼地方深深吸引，讓他願意娶璐西為妻？更何況，璐西老早就與哥哥訂了婚，哥哥還因此遭受逐出家門的命運，艾蓮娜怎樣也無法理解，這樁婚事究竟如何成功。她心底自然認為這是大好消息，甚至是做夢也想不到的荒謬結果；從理性判斷的角度看來，她對此實在百思不得其解。

愛德華只能猜想，或許他們某天不期而遇，一方諂媚討好的姿態，正好與愛慕虛榮的另一方一拍即合，接下來對彼此的好感也與日俱增。艾蓮娜依然記得，羅伯特曾在哈里街對她說過，假如他能出面交涉，或許能改變哥哥的命運，便將那番話轉述給愛德華聽。

他隨即說：「那確實是羅伯特的作風。或許他正是抱定這樣的念頭，兩人才會初次相遇；一開始璐西也很可能只是為了我而請他幫忙。其他的想法，應該是之後才萌生出來的吧！」

不過他倆究竟交往了多久，愛德華同樣不得而知。他離開倫敦後一直待在牛津，除了璐西寄給他的信之外，就對她的消息一無所知；自始至終她都一如往常，頻繁地寫信給他，字裡行間也依然滿含深情。因此他不曾浮現半點疑心，對接下來的發展毫無預警。最後是璐西親筆寫了一封信，冷不防告知他這樁婚事。他起初半信半疑、驚恐不安，不禁愣了半晌，最後總算確定自己從此解脫，頓時感到欣喜若狂。他將那封信交給艾蓮娜。

親愛的先生：

我很清楚，你的心早已不在我的身上，因此決定將自己的感情交付給另一個人；我確信自己能和他幸福度過下半輩子，一如我也曾相信我倆能順利攜手一生。既然你的心別有所屬，我自然不願與你結婚。我由衷祝福你的選擇，倘若我們從此無法再維持友誼，你也無從怪罪於我，畢竟我們現在成了更為親密的家人。我敢說自己對你問心無愧，也相信慷慨如你，絕不會因此怪罪我們。

我全心全意地愛著令弟，我倆難分難捨，此時剛從教堂完婚，正在前往道利什的路上。由於你親愛的弟弟對道利什深感好奇，我們預計在那裡待上幾個星期。不過我想先寫封信告訴你，僅止於寥寥數語。

衷心祝福你的朋友暨弟媳　璐西・費勒斯

我將你寄來的信全燒了，一有機會就寄還你的畫像。請你同樣銷毀我的信件。不過那枚戒指鑲著有我的頭髮，你大可保留以茲紀念。

艾蓮娜讀完信後，一語不發地交還給愛德華。

愛德華說：「我不想聽妳對這封信的文筆有何看法。要是以前，我根本不可能將她寫的信拿給妳看。作為弟媳已經夠糟了，做妻子還得了！她的信總讓我羞得要鑽進地洞了。我得說，這是打從我們訂下愚蠢的婚約以來，唯一一封內容足以彌補拙劣文筆的來信。」

艾蓮娜沉默了一會兒，說：「無論原因為何，他們確實已經結婚了。你的母親也受到應有的懲罰。她出於對你的怒氣，將大筆財產過繼給羅伯特，反而讓他有能力為自己作主。你的母親從一個兒子身上剝奪了繼承權，卻反而讓另一個兒子完成她之前試圖阻止的婚事，璐西最後還是嫁給年收入一千英鎊的兒子。我相信對她而言，璐西嫁給羅伯特所帶來的打擊，或許不下於嫁給你。」

「她其實受到更大的衝擊，因為羅伯特始終是她最疼愛的兒子。她會因此傷透了心，卻同樣會更快原諒他。」

愛德華並不清楚如今這件事情在母子之間造成了什麼樣的影響，因為他至今未曾與家人聯繫。自從收到璐西的來信，不到二十四小時後，他隨即離開牛津，一心只想著眼前的唯一目標，也沒有時間仔細規劃下一步行動；儘管他對那條路並不熟悉，還是抄了最近的捷徑前往巴頓。他只想確保自己抱得美人歸，順利娶達希伍德小姐為妻，在此之前，他什麼事也做不了。既然愛德華想盡快達成這個心願，也就不難推想，即使他曾經嫉妒過布蘭登上校，不敢抬舉自己在艾蓮娜心目中的地位，談起心中的疑慮也相當懇切，整體而言，他依然認為自己不至於遭受殘酷的拒絕。不過，他自然還是得說自己擔心受到冷落，並以楚楚可憐的方式動之以情。一年後他又會怎麼提起相同的話題，就只能留給夫妻們自行想像了。

如今艾蓮娜已經明白，璐西有心欺瞞她，不懷好意地讓湯瑪斯轉達訊息，企圖抹黑愛德華；愛德華如今已完全看清她的真面目，對她卑劣的本性再也沒有半點疑心。雖然早在認識艾蓮娜以前，他就已經從璐西的部分想法中，看出她愚昧無知、心胸狹隘，不過他總將此歸咎於璐西缺乏教育。在愛德華收到最後一封來信之前，他始終相信璐西是個性情溫和、心地善良的好女孩，並對自己情深意重。愛德華對此深信不疑，因而不忍心中止婚約；其實早在母親得知消息而大發雷霆之前，他始終為此婚約飽受困擾，懊悔不已。

他說：「當母親與我斷絕關係，我身陷孤立無援的絕境之際，我依然認為，無論自己的感受為何，都有義務讓她決定是否該繼續遵守婚約。在當時的狀況下，任何抱著貪婪或虛榮之心的人都避之唯恐不及，她卻如此真摯熱切、堅持陪我一同面對未知的命運，我又怎能料到，她這番舉動並非出自真誠無私的愛情呢？即使此時此刻，我依然無法理解她的動機為何、在心裡打著什麼樣的如意算盤，讓她願意為自己根本漠不關心、身上僅剩兩千英鎊財產的男人如此費盡心思？她根本無法預測布蘭登上校之後願意給我牧師職位。」

「她確實無法預料。不過她想必認定你的處境仍有轉圜餘地，家人終究會寬恕你。無論從什麼角度看來，繼續遵守婚約對她而言並無任何損失，事實擺在眼前，這場婚約對她毫無拘束，她依然可以隨心所欲。這樁婚事自然相當風光，或許能讓身邊的親友更加關照她。就算她最後依然一無所獲，至少嫁給你也比小姑獨處來得好。」

可想而知，愛德華立即明白璐西的一切行徑情有可原，背後的動機也已不言自明。

艾蓮娜嚴厲地教訓起愛德華，一如女人總是責備男人行事輕率，即便這種輕率顯示出對女人的奉承。她責怪愛德華，他既然知道自己有所不忠，為何還花上這麼多時間，和她們一起待在諾蘭莊園？

「你的所作所為大錯特錯，」她說，「先不管我自己的想法，我們兩人的關係總是讓大家有所臆測，預期我們會訂婚。但是你當下其實早有婚約在身，我們根本不可能發展到這種地步。」

他只能表示當時愚昧無知，無法明白自己真正的心意，也過於自信，以為自己能堅持婚約。

「我當時的想法很單純，因為我認定自己已對另一個人許諾，因此和妳在一起沒有任何不妥；意識到自己有婚約在身，就能讓我更有安全感，認為自己問心無愧。我感覺到自己仰慕妳，但是又告訴自己，這只不過是友情的表現。直到我開始將妳和璐西兩相比較，才知道對妳的感情已陷得太深。我想，我之後不應該在薩塞克斯郡待上這麼長時間，我自認找了合理的藉口：引火自焚的人是我，我並未傷害任何人，只不過自食惡果。」

艾蓮娜露出微笑，搖了搖頭。

愛德華很高興聽到布蘭登上校即將到小屋住上一段時間。他不僅希望能更進一步認識對方，也想藉此機會告訴他，自己再也不會對接受戴拉弗牧師一職這件事心生怨懟。他說：「當時我對他的感謝言不由衷，他很可能直到現在還認為，我一輩子都不會原諒他提供這樣的機會給我。」

此時此刻，愛德華忽然很震驚自己還未曾拜訪過戴拉弗。由於他之前對此毫不在意，如今全靠艾蓮娜的幫忙，才對當地的房子、花園、教會附屬地[145]、教區範圍、土地現況和稅率有所了解。艾蓮娜從布蘭登上校那兒聽了不少，也聽得相當專注，對一切早已瞭若指掌。

接下來他們之間只下剩一個阻礙，剩最後一道難題有待解決。兩人情投意合，並獲得身邊所有親友熱情的祝福與認同；他們非常了解彼此，從此一定能過著幸福快樂的日子——他們唯一缺乏的是生活費。愛德華擁有兩千英鎊，艾蓮娜則有一千英鎊，再加上愛德華的牧師俸祿，這似乎就是他倆在戴拉弗生活的唯一依靠，因為達希伍德夫人不可能提供經濟上的援助。即使兩人彼此深愛，也很清楚一年三百五十英鎊仍不足以讓她們過上舒適的生活。

愛德華心中仍抱有一絲希望，期待母親對他回心轉意，如此一來，他們就可以獲得其他收入。不過艾蓮娜不想對此抱有期待。既然愛德華還是無法與莫頓小姐結婚，對費勒斯夫人而言，娶了艾蓮娜只是比選擇璐西．史提爾稍微好一點。她擔心羅伯特如此冒失，可能只是讓芬妮坐擁漁翁之利[146]。

愛德華抵達後約莫四天，布蘭登上校終於登門拜訪，讓達希伍德夫人相當心滿意足；自從她搬來巴頓之後，家裡第一次熱鬧得沒有多餘房間收容房客。由於愛德華先行抵達，自然還是能繼續住在小屋裡，布蘭登上校則必須每晚回到巴頓莊園借宿。他通常一大早就會回到巴頓，因此小倆口在早餐前，總是找不到機會好好談心。

他待在戴拉弗的三個星期，每天晚上絞盡腦汁，苦思如何克服三十六歲與十七歲之間如此不相稱的年齡落差。因此他抱著戰戰兢兢的心情前往巴頓，希望瑪莉安看待他的眼神有所轉變、願意張開雙臂親切地歡迎他，並從達希伍德夫人口中聽出鼓勵的意味，才能令他心情好轉。一見到這群朋友，聽到親切的寒暄，果然讓他的精神為之一振。他還不曾聽聞璐西結婚的消息，對此一無所知，因此初抵達便花了好幾個小時了解來龍去脈，一面深感詫異。達希伍德夫人鉅細靡遺地解釋一切，他又找到更好的理由慶幸自己為費勒斯先生盡了點力，因為最後受惠於此的人成了艾蓮娜。

可想而知，兩位紳士認識越久，對彼此的好感也與日俱增，畢竟他們沒有討厭對方的理由。他們的處世原則、理智、性情和思考方式都十分相似，即使沒有其他因素，也足以讓兩人建立起友好關係。況且他們各自愛上的達希伍德家姊妹，兩人感情如此融洽，他們自然立即有

145 教會附屬地（Glebe）：劃分給神職人員的土地，是牧師薪俸的一部分。

146 假如費勒斯夫人剝奪了愛德華和羅伯特兩名兒子的繼承權，女兒芬妮自然會成為唯一的繼承人。

所交集，否則就得花時間相處，才能逐漸培養出對彼此的評斷。

若是在幾天前，收到倫敦的來信想必會讓艾蓮娜全身繃緊神經，如今卻能抱持愉快的心情展信閱讀。詹寧斯夫人特地來信通知這則令人震驚的消息，打從心底憤慨譴責拋棄情人的璐西，對可憐的愛德華先生滿是同情；她相信愛德華對這配不上的輕佻女人用情至深，「現在想必在牛津心碎不已。」她接著寫道：「我認為世界上簡直沒有人比她更狡猾了。不過兩天前，璐西才登門拜訪、跟我聊了好幾個鐘頭呢！所有人都不曾起過半點疑心，連南西也被蒙在鼓裡。可憐的孩子！她隔天就跑來找我哭訴，非常害怕費勒斯夫人大發雷霆，也不曉得該怎麼回普利茅斯。璐西似乎在結婚前就從她那裡借走所有積蓄，我們猜想是為了打腫臉充胖子，結果可憐的南西身上只剩不到七先令。我非常樂意給她五基尼回埃克塞特，她打算借住在伯吉斯夫人的家裡三、四個星期，就如同我說的，希望能再次碰到那名醫生。我得說，璐西不帶著她一起搭馬車離開，真是太過分了！可憐的愛德華先生！我滿腦子都想著他，妳一定得邀他到巴頓住住，瑪莉安小姐也該好生安慰他！」

達希伍德先生的來信就嚴肅許多。費勒斯夫人真是太不幸了，可憐的芬妮情緒崩潰，備受折磨。他認為母女倆歷經如此打擊還能平安活著，真是令他由衷感恩。羅伯特的冒犯之舉固然不可原諒，可是璐西更是罪不可赦。在費勒斯夫人面前，再也不會提到這兩個人的名字。即使她未來可能寬恕兒子，也絕不可能承認璐西是兒媳，更不可能讓她出現在自己面前。兩人刻意隱瞞一切，更是名正言順地加深了他倆的罪行；因為倘若身旁的人察覺有異，想必能採取適當方式阻止這場婚事。他要求艾蓮娜與他一同表示遺憾，璐西違背了與愛德華的婚約，反而又為這個家族帶來更多不幸。他接著寫道：

「費勒斯夫人至今對愛德華絕口不提，這完全是意料中之事；不過，令我們驚訝的是，在這節骨眼上，愛德華竟也不曾捎來隻字片語。或許他是擔心忤逆母親，才決定保持沉默。所以我打算寫封信到牛津去提醒他，他的姊姊和我都認為，要是他能寫封措辭合宜的和解信寄給芬妮，讓她拿給母親看，或許不是什麼壞事。我們都知道費勒斯夫人生性溫柔，唯一的牽掛就是希望孩子都過得安好。」

這段話對愛德華起了不小作用，由於對他的前途至關重要，他不禁打算有所表示。他下定決心修補與母親之間的關係，可是不會完全照著姊姊與姊夫的方式行動。

「措辭合宜的和解信！」他說，「難道他們要我為了不知感激的羅伯特，拋棄自己的尊嚴，向母親乞求原諒嗎？我才不要和解，我不會為了過去發生的一切擺出低姿態或懺悔道歉。我現在過得非常快樂，但是她對此不感興趣。我不曉得什麼樣才是措辭合宜的和解。」

艾蓮娜說：「你確實得請求母親的原諒。因為你違背了她的意思。我想，或許現在你得試著向你母親坦承，就過去那場令她勃然大怒的婚約，你確實有所過失。」

他同意應該這麼做。

「她原諒你後，你向她坦承第二段婚約時，或許得稍微放下身段；畢竟在她眼裡，這也和第一次訂婚同樣輕率。」

他對此毫無異議，卻依然抗拒寫一封措辭合宜的和解信。他表示要做出如此難堪的讓步，與其透過書信傳達，他寧可當面說出口更為自在，因此他不打算寫信給芬妮，而是直接前往倫敦親自見母親一面。瑪莉安一如往常直言不諱：「要是他們確實真心想幫助愛德華促成這次和解，我想約翰和芬妮也不是毫無美德可言。」

布蘭登上校抵達不過三、四天，兩位紳士就一同離開了巴頓。他們立即前往戴拉弗，讓愛德華親眼看看自己未來的住家，他的贊助人暨朋友才知道如何整修。他在戴拉弗住了兩晚，接著便獨自啟程前往倫敦。

50

費勒斯夫人似乎總是擔心自己過於心軟，因此不願輕易低頭，歷經一番激烈堅決的抗拒之後，總算將愛德華叫來面前，宣告再次恢復母子關係。

她的家庭這陣子歷經相當大的轉變。多年來她膝下有兩名兒子，但是愛德華幾週前鑄下大錯後銷聲匿跡，讓她失去了一名兒子；接著羅伯特犯下同樣的錯誤，讓她整整兩週以來，同時失去兩名兒子。如今她與愛德華重修舊好，一名兒子又回到了身邊。

然而即使愛德華得以重新返家，他依然不敢放心地透露自己再次訂婚的消息；他擔心在家的地位會再次不保，像之前一樣迅速被逐出家門。他戰戰兢兢地據實以告，卻大感意外地發現，母親聽完相當冷靜。起初，費勒斯夫人很自然地仍想方設法說服他不要娶達希伍德小姐為妻。她表示，莫頓小姐擁有更高的社會地位和可觀財富，還是坐擁三萬英鎊的勛爵之女；達希伍德小姐的父親卻沒沒無名，僅擁有區區三千英鎊財產。但是她很快就發現，即使愛德華認同她的說詞，卻不願意聽從她。她記取之前的教訓，明白讓步方為上策；為了維護尊嚴，不願讓自己顯得太過心軟，硬是無禮地遲疑了一陣，最後依然點頭同意愛德華與艾蓮娜的婚事。

接著她開始考量該如何資助兩人每年的生活費。即使愛德華如今是她唯一的兒子，卻已經失去長子的身分；既然每年免不了要給羅伯特一千英鎊，那麼至少給予愛德華與他牧師收入相當的兩百五十英鎊，自然容不得半點異議。無論現在或未來，她都不會承諾資助超過一萬英鎊，她早已給了芬妮一筆相同的金額做為嫁妝。

然而，這早已讓愛德華與艾蓮娜相當滿足，甚至遠遠超乎兩人預期；反倒是費勒斯夫人不停找理由搪塞，似乎成了唯一訝異自己如此吝嗇的人。

如今兩人已獲得足以餬口的收入，愛德華也當上牧師，萬事俱備，就只等房子完成修繕了。布蘭登上校為了讓艾蓮娜住得舒適，亟欲將房子大為整修一番。他們花了一些時間等待屋子完工，卻因為工人拖泥帶水的進度而失望了無數次。艾蓮娜一如其他迫不及待的新娘，終於放棄等到一切準備就緒才結婚的想法，於是在初秋時，兩人便於巴頓教堂結了婚。

兩人婚後第一個月就住在上校的宅邸裡，一同監督牧師公館的進度，也可以當場決定自己的喜好；他們挑了喜歡的壁紙、決定灌木叢的種類，還建了一條馬車專用道。詹寧斯夫人的預言雖然選錯了對象，卻依然順利成真：她果然趕在米迦勒節之前到牧師公館拜訪愛德華和艾蓮娜，也發現小兩口一如她所願，成了世界上最幸福的夫妻。如今兩人幾乎別無所求，只盼著布蘭登上校和瑪莉安早日結婚，他們飼養的牛也能吃得上豐美的牧草。

他們剛定居下來，幾乎所有親朋好友都到場祝賀。費勒斯夫人當初羞於同意這門婚事，如今也想親眼見見小倆口過得何等幸福；甚至連約翰・達希伍德夫婦也不惜千里迢迢遠從薩塞克斯郡趕來祝賀。

「我不會說自己感到失望，親愛的妹妹。」一天早上，約翰與艾蓮娜一同走在戴拉弗宅邸的門前，他開口說：「這麼說就太過分了，因為妳確實成了世界上最幸運的女孩。但是我得坦承，倘若布蘭登上校能成為妹婿，我一定非常高興。他在此擁有的資產、土地和房子，無一不是如此體面，打點得完美無缺！他還有這麼一大片樹林！看看戴拉弗山坡上的那片林木，我在德文郡可沒見過這麼上等的木材！雖然瑪莉安不見得是他喜歡的類型，我還是建議多撮合他們和妳待在一起。畢竟布蘭登似乎挺常待在家裡，誰知道會發生什麼事呢？兩個人要是花上許多時間相處，眼裡幾乎見不到其他人——妳總會為她找到最好的出路。簡單來說，妳能給她一個大好機會。相信妳明白我的意思。」

即使費勒斯夫人確實親自前來探望他們，也總是裝出熱情相待的模樣，卻不是真心喜歡他們。這自然是因為羅伯特愚昧無知，他的妻子卻相當工於心計，不出幾個月就博得費勒斯夫人的歡心。璐西為了自身利益，腦筋動得特別快，一開始雖令羅伯特陷入窘境，之後卻也讓他從谷底翻身。她總是表現得謙遜有禮，熱絡地噓寒問暖，滿口甜言蜜語，一有機會便使出渾身解數，讓費勒斯夫人不再反對羅伯特的選擇，再次對他寵愛有加。

璐西的所作所為成功換來龐大財富，似乎成了最激勵人心的例子，說明人們要是一心一意追求自身利益，無論過程多麼曲折，只須犧牲一點時間和良心，終能確保自己衣食無虞。羅伯特起初想見璐西一面，因而私下拜訪巴洛特大廈時，其實只是為了愛德華，單純希望說服她放棄婚約；他認為眼前的阻礙只有兩人之間的感情，多走個一、兩趟就能擺平一切。然而這正是他唯一誤解的地方。璐西的態度讓羅伯特相信，自己辯才無礙，一定能及時說服她放棄婚姻，因此他必須經常上門溝通，以便成功達成目的。

每當他告辭之際，璐西心裡似乎依然半信半疑，唯有和他多聊半小時，才能消除她心中的疑慮。璐西以此手段牢牢套住了羅伯特，之後的發展自然順理成章。兩人的話題不再是愛德華，反而成了羅伯特；羅伯特談起自己總是滔滔不絕，她也聽得興致盎然。簡而言之，兩人很快就確定羅伯特早已完全取代了愛德華的位置。他非常得意自己成功擄獲佳人芳心，擺了愛德華一道；未經母親同意就悄悄結了婚，亦讓他感到十分驕傲。接下來的發展，各位都已經清楚不過。他們在道利什待了幾個月，過得非常快樂；璐西和許多親友斷絕來往，羅伯特則規劃了許多藍圖，準備打造幾棟豪華的小屋。接著他倆返回倫敦，請求費勒斯夫人的寬恕；在璐西的精心安排下，他們簡單地開口請求，便如願獲得母親的諒解。

可想而知，一開始費勒斯夫人自然只原諒了羅伯特。璐西與她毫不相干，稱不上犯了什麼滔天大錯，不過接下來好幾個星期，她依然不願原諒璐西。但是璐西不停放低姿態，對羅伯特的冒犯之舉深表自責，即使費勒斯夫人冷淡以對，她也依然滿懷感激，終究逐漸融化費勒斯夫人高傲冰冷的心，轉而待她親切有加，很快就對她產生深厚的感情。如今璐西就像羅伯特或芬妮同等重要，在費勒斯夫人心目中的地位已無可撼動；即使費勒斯夫人不曾原諒愛德華一度與璐西私訂終身，而艾蓮娜無論身家或地位皆比璐西優越，她卻依然認定艾蓮娜是不受歡迎的不速之客。儘管已眾所皆知，費勒斯夫人仍毫不諱言，璐西是她最疼入心坎的孩子。夫妻倆定居於倫敦，獲得費勒斯夫人相當優渥的資助，與約翰・達希伍德夫婦也保持相當良好的關係。即便芬妮與璐西之間仍相互嫉妒，尚未解開心結，她們的丈夫亦同有較勁意味，甚至羅伯特與璐西也常為了家務事爭執不下，但是撇開這一切不談，一家人相處起來倒是和樂融融。

愛德華為何失去長子特權，或許讓許多人大感不解；若再了解羅伯特取代哥哥繼承一切的理由，恐怕又會讓人更加摸不著頭緒。但是姑且不論是否公平，如此安排所帶來的結果，倒是恰如其分。從羅伯特的生活方式與談吐看來，他對每年的鉅額收入感到心安理得；即使分配極度不均，他也不曾認為愛德華拿得太少，自己拿得太多。愛德華總是盡心盡力履行自己的職責，對妻子與家庭的感情日益深厚，也能經常保持愉快的心情；這樣看來，他顯然相當滿足於現況，絲毫不想與羅伯特交換身分。

艾蓮娜即使結了婚，依然沒有減少與家人相處的時光；母親和兩名妹妹仍有大半時間陪在她身旁，她也未曾將巴頓小屋棄之不顧。達希伍德夫人自然樂於三天兩頭往戴拉弗跑，其中卻含有另一層考量：她仍一心想撮合瑪莉安與布蘭登上校，只是不像約翰表示得那麼明顯。這件事成了她目前最為重要的目標。她非常珍惜女兒陪在身旁的時光，然而，她相當重視布蘭登上校，不惜放棄女兒相伴的快樂，也希望成就好友的心願。愛德華和艾蓮娜同樣滿心期待瑪莉安一同在宅邸安頓下來。他們對布蘭登上校的失望之情感同身受，莫不努力想助他一臂之力，不約而同地認定瑪莉安是所有人的希望。

身邊的人齊心撮合他們兩人。長久以來，上校的優點、上校對她的一往情深早已有目共睹，直到現在她終於也察覺出來；她該怎麼回應呢？

瑪莉安．達希伍德的命運天生與眾不同。她這輩子的課題就是找出自己的錯誤觀念，言行舉止注定與自己最喜愛的格言背道而馳。她遲至十七歲才情竇初開，歷經感情的酸甜苦辣；可是她注定要擺脫這段舊情，懷著敬意和誠摯友情，心甘情願地付出自己的真心。這個男人在上一段感情遇到的挫折不亞於她，不過兩年前，她還認定對方年紀太大，不可能與他結婚呢！直到現在，他也還是不忘穿著保暖的法蘭絨背心！

但是一切已成定局。她曾經天真地期待自己為愛情沖昏頭，一心一意地犧牲奉獻；經過冷靜的長考之後，她也一度下定決心，打算一輩子陪在母親身旁，終生以閱讀為樂，然而，她在十九歲這年接受新的戀情，承擔起全新的責任，搬進新居裡，不僅成為一名妻子、家庭主婦，也成了莊園的女主人。

深愛布蘭登上校的人都認定，他終將苦盡甘來，獲得應有的快樂，如今他總算如願過得非常幸福。瑪莉安為他撫平過去的一切傷痛，她的關心與陪伴讓他再次敞開心房，滿心喜悅。布蘭登上校同樣成了瑪莉安的快樂泉源，周遭的每一個人都看得出她沉浸於幸福之中，並為此感到欣慰不已。瑪莉安的愛向來毫無保留，如同她過往對韋勒比一往情深，如今她亦全心全意深愛自己的丈夫。

韋勒比聽聞她的婚訊，感到痛苦不已；史密斯夫人隨後主動原諒韋勒比，表示他確實娶了個品格高尚的妻子，藉此展示自己寬宏大度。韋勒比因而確信，倘若自己過去忠於瑪莉安，想必麵包與愛情都能兼得，如此念頭不啻成了更為殘酷的懲罰。毫無疑問的是，他的所作所為如今已付出慘痛代價，令他打從心底懺悔；同樣可想而知，有好長一段時間，他一想起布蘭登上校便滿心嫉妒，憶及瑪莉安則懊悔莫及。然而，這並不表示他會一輩子活在心痛之中，因而離群索居，或是成天鬱鬱寡歡，心碎而逝。他依然過著充實的生活，盡情享樂。他的妻子並未成天悶悶不樂，家中氣氛也沒有變得劍拔弩張。他成天忙著照顧馬匹和獵犬，從事各種遊獵活動，仍然少不了家庭生活帶給他的莫大快樂。

然而，儘管他在失去瑪莉安後，不復過往的風度翩翩，他依然對瑪莉安眷戀不已，對她的消息深感關切，並暗自將瑪莉安視為最理想的女性典範。往後眼前出現再多美女，他都不屑一顧，因為沒有任何一個女人能與布蘭登夫人相提並論。

謹慎的達希伍德夫人依然繼續住在小屋，並不打算搬去戴拉弗。令約翰爵士和詹寧斯夫人慶幸的是，雖然瑪莉安已離家遠嫁，但是，瑪格麗特也已長成妙齡少女，足以參加舞會，也可以開始談戀愛了。

巴頓與戴拉弗之間依然密不可分，強烈深厚的親情讓兩家始終維持頻繁聯繫。最為快樂的莫過於艾蓮娜與瑪莉安，即使姊妹倆每天朝夕相處，感情依舊如此融洽，對丈夫的愛意也未曾冷卻。

譯後記

陳佩筠

身為網路世代的幸運譯者，彈指之間不乏龐大的參考資源；《理性與感性》又是流傳足足兩世紀的經典之作，擁有各具特色的眾多譯本，照理而言，翻譯過程應當順遂許多。

然而，正因為面對如此赫赫有名的百年經典，身為默默耕耘的小小譯者，不禁更覺戰戰兢兢；又因問世多年，前輩的心血之作琳瑯滿目，如何將無邊無際的資訊去蕪存菁，讓自己的譯作激盪出一番新意，反而成了更加棘手的挑戰。

本書的參考譯本為哈佛大學出版社出版，專業學者Patricia Meyer Spacks編纂的*Sense and Sensibility: An Annotated Edition*（後文簡稱哈佛譯注本），成為譯者茫茫摸索中的一盞明燈。身旁彷彿有個學識淵博、諄諄教誨的老師，甚至擁有讀心術一般，隨時精準預測學生浮現的疑問，不偏不倚地寫好解答：對文本稍有困惑時，令人安心的註腳符號總是出現得恰到好處，讀完內容包羅萬象的豐富註解，往往茅塞頓開，海闊天空。

哈佛譯注本旁徵博引的資訊文圖並茂，儼然是不亞於搜尋引擎的紙上寶典，最基本的地名解說無一遺漏，小至各式日常用品、特有的交通工具，大至當時人們的生活作息、社會規範，甚至書中人物喜好的文學巨擘，皆鉅細靡遺地一一解說；如此細膩的考究，自然有助於譯者更為精確的譯文。

舉例而言，第十七章中，瑪莉安興致盎然地描述著未來家庭生活的開銷：

“... A proper establishment of servants, a carriage, perhaps two, and hunters, cannot be supported on less.”

Hunter既是「獵犬」，亦有「獵馬」之意。兩者自然都是愛好打獵之人的最佳搭檔；因此對譯者而言，無論何者皆為正確翻譯，不少版本選擇譯為「獵犬」。

然而，哈佛譯注本不僅明確將Hunter解釋為「Horses used for hunting」，甚至找出英國畫家Thomas Spencer的油畫作品*Scipio, a spotted hunter, the property of Colonel Roche*以茲佐證，畫中主角正是一匹高大英挺的獵馬。

瑪莉安的那席話旨在說明家庭開銷驚人，年收入不可少於兩千英鎊；而在第三十章中，詹寧斯夫人斥責韋勒比“... dashing about with his curricle and hunters”，同樣是強調hunters（獵馬）與curricle（馬車）所費不貲。飼養獵馬的花費顯然遠比獵犬高昂，種種推斷下來，譯為「獵馬」自然比「獵犬」更為合適。

另一個例子則在第五十章，提及修繕牧師公館的工程：

“... could chuse papers, project shrubberies, and invent a sweep.”

有些版本將sweep譯為「園景」或「景觀」，從文章脈絡看來倒也合適不過。但是，哈佛譯注本將其定義為"A curved carriage driveway leading up to a house"，並附上英國畫家John Hassell的作品*Parsonage of the Rev. Drummond*做為參考；畫中是一棟樸實的牧師公館，門前一條長長的車道清晰可見。因此，sweep便順理成章地譯成了「馬車專用道」。

雖然僅列舉兩則例子，不過箇中差異應可見一斑。

更有趣的是，本書透過哈佛譯注本的幫助，讀者可以探索以下新奇知識：

若以今日的貨幣換算，諾蘭莊園的市值高達多少新台幣？

十八世紀末的英國人幾點吃早餐和晚餐？所謂「morning」是指什麼時段？

馬車到底分為哪幾種？當時最流行的聚會遊戲又有哪些？

對當時想要私奔的情侶而言，哪裡才是首選之地？

倫敦的有錢人都住在哪裡？哪幾條街是不可不知的購物天堂？

多了這些趣味新知，《理性與感性》的樣貌是否更添讓人深刻的嶄新印象呢？

回歸原著文本，舉凡珍．奧斯汀的寫作手法，乃至書中角色的性格舉止，譯註者亦提供大量獨到見解。

舉例而言，奧斯汀向來特別謹慎區分人物的社會階級，無論居住地段或言行舉止，皆有恰如其分的描述；她也格外強調，人們由於性格和所處情境截然不同，對同一件事情的解讀自然大相逕庭。讀者若細心咀嚼，便能察覺這些觀念在書中俯拾皆是。

針對書中角色的性格舉止，譯註亦有許多一針見血的犀利評論，有時甚至令人深感莞爾。

例如在約翰・達希伍德裝模作樣的當下，毫不留情地點出他嗜錢如命的一面；在史提爾姊妹對米德頓女士百般殷勤的情節中，諷刺米德頓女士確實是個無所事事的貴婦；或是在詹寧斯夫人故作矜持，不願側耳傾聽他人對話時，乾脆俐落地表示，她分明還是透過唇語努力「偷聽」著呢！

為了不影響讀者以自己的觀點建立批判性思考，帶有個人詮釋角度的註解無法悉數收錄。然而，這些另類想法仍幫助我從不同方向解讀文本，從中調整些許譯文，並期許透過偶爾穿插的註釋，幫助讀者深入思考：代表理性的艾蓮娜，從哪些行為舉止中悄悄流露出感性的一面？天真爛漫的瑪莉安，又是否自始至終只受感性牽絆，不曾展現出理智思考的時刻？看似不拘小節的詹寧斯夫人，難道真的對周遭的細微變化渾然不覺？

正如奧斯汀深諳想法因人而異的道理，即使是廣大讀者耳熟能詳的文學殿堂，透過獨具特色的解讀角度，也能指引出另一個全新的方向；踏上前所未有的探索之路，沿途收穫之豐，想必令人驚嘆連連吧！

期許讀者透過詳實的新知，能彷彿置身於十八世紀末的英國社會，親眼見到如詩美景與各具特色的莊園，耳邊迴響起抑揚頓挫格外雅致的話語，並從奧斯汀初次打造的人文面貌中，咀嚼出另一番全新韻味。若能激盪出嶄新的火花，不妨也試著動動筆，為《理性與感性》寫下獨樹一幟的註解。

經典文學 44

雅藏珍・奧斯汀：逝世兩百周年紀念版

理性與感性

Sense and Sensibility

作者　珍・奧斯汀（Jane Austen）
譯者　陳佩筠
社長　陳蕙慧
副社長　陳瀅如
總編輯　戴偉傑
責任編輯　張立雯、黃少璋
行銷企劃　廖祿存
排版　極翔企業有限公司

出版　木馬文化事業股份有限公司
發行　遠足文化事業股份有限公司（讀書共和國出版集團）
地址　231新北市新店區民權路108之4號8樓
電話　02-2218-1417　傳真　02-8667-1891
email: service@bookrep.com.tw
郵撥帳號　19588272　木馬文化事業股份有限公司
客服專線　0800221029
法律顧問　華洋法律事務所 蘇文生 律師
印刷　成陽印刷股份有限公司
二版　2018年12月
二版7刷　2024年5月
定價　新台幣360元

ISBN　978-986-359-613-4

國家圖書館出版品預行編目(CIP)資料

理性與感性 / 珍・奧斯汀（Jane Austen）著；陳佩筠譯. -- 二版. -- 新北市：木馬文化出版：遠足文化發行, 2018.12
面；　公分. --（經典文學；44）
譯自：Sense and sensibility
ISBN 978-986-359-613-4（平裝）

873.57　107019582